Ute Scharmann

Ein Engel für Weihnachten

PIPER

Zu diesem Buch

»Ich erinnere mich an meine erste Begegnung mit den beiden Greten. Direktor Wendt, der Leiter unserer Gewerbeschule, hatte mich zu seiner Tochter geschickt, um ihr meine Zeichnungen zu zeigen. Das war 1919 im Februar; der Große Krieg war gerade zu Ende gegangen. Ich lebte bei meiner Großmutter, die wie viele andere in unserem Dorf als Heimarbeiterin in der Spielzeugherstellung tätig war. Die Wohnstube in unserem kleinen Häuschen war mit den gedrechselten Holzrohlingen angefüllt, die Großmutter mit Farbe und künstlerischem Geschick zum Leben erweckte. Ich war fast siebzehn Jahre alt und hoffte, Fräulein Kühn und Fräulein Wendt würden mich einstellen. Die Manufaktur der beiden Frauen war für ihre Qualität und den hohen künstlerischen Anspruch bekannt. Viele in unserem Ort beobachteten es mit Bewunderung, manche auch mit Neid.«

Ute Scharmann wurde in Wiesbaden geboren. Nach dem Pädagogikstudium und ihrem Bibliotheksreferendariat arbeitete sie mehr als dreißig Jahre in unterschiedlichen Einrichtungen des Bibliothekswesens. Von 1990 bis 2017 leitete sie die Wuppertaler Großstadtbibliothek. Seit 2019 wohnt sie mit ihrem aus Chemnitz stammenden Mann in der Nähe von Kiel.

Ute Scharmann

Ein Engel für Weihnachten

Roman

PIPER

Mehr über unsere Autorinnen, Autoren und Bücher:
www.piper.de

Wenn Ihnen dieser Roman gefallen hat, schreiben Sie uns unter Nennung des Titels »Ein Engel für Weihnachten« an *empfehlungen@piper.de*, und wir empfehlen Ihnen gerne vergleichbare Bücher.

Unser Versprechen für mehr Nachhaltigkeit
- Klimaneutrales Produkt
- FSC®-zertifiziertes Papier
- Hergestellt in Europa

FSC www.fsc.org MIX Papier | Fördert gute Waldnutzung FSC® C021394

Originalausgabe
ISBN 978-3-492-31941-6
Oktober 2023

Redaktion: Susann Harring
Umschlaggestaltung: t. mutzenbach design, München
Umschlagabbildung: Natasza Fiedotjew / Trevillion Images und Shutterstock.com
Satz: Fotosatz Amann, Memmingen
Gesetzt aus der Adobe Garamond
Gedruckt von ScandBook in Litauen
Printed in the EU

WEIHNACHTEN 1979

22. Dezember

»Weihnachtsmannexpress für Frau Hollmann!«, ruft Hajo, als ich die Tür öffne. »Alles wie bestellt, sogar die Granatäpfel habe ich bekommen. Und ein bisschen Weihnachtspost habe ich auch noch mitgebracht. Lag im Treppenhaus. Die guten Wünsche der Sparkasse und ein Brief aus Grünhainichen von deiner Cousine Birgitta.«

Hajo stellt die Tasche in der Küche ab. Ich lege die Post unter das kleine Weihnachtsbäumchen auf der Kommode im Wohnzimmer und gehe in die Küche, um die Milch für den Kakao heiß zu machen.

»Euer Weihnachtsbaum steht?«, frage ich. Hajo hat seine Jacke an der Garderobe aufgehängt und ist mir in die Küche gefolgt.

»Er steht, samt Lichterkette, Kugeln, Strohsternen, Lametta und Christbaumspitze. Kritisch überprüft von Elke. Sie hat mir eine Stunde freigegeben – sie weiß, dass jetzt das Hollmannsche Weihnachtsritual fällig ist. Traditionen wollen gepflegt werden, besonders wenn sie süß und mit einem Schuss Alkohol verfeinert sind.«

Er nimmt eine Flasche aus dem Wohnzimmerschrank und gibt in jeden der bereitstehenden Kakaobecher einen kleinen Schluck Weinbrand. Ich gieße den Kakao ein und kröne das Getränk mit einem Sahnehäubchen, das ich mit Zimt verziere.

Der Teller mit den Kokosmakronen steht schon auf dem Tischchen am Erkerfenster bereit.

»Herrlich, Tante Berti«, sagt Hajo. »Heiße Schokolade mit Schuss und meine Lieblingsplätzchen! Als Vater mir zum ersten Mal ein Schlückchen Weinbrand in den Weihnachtskakao gegeben hat, hat er gesagt, so sei es schon bei seinem Vater und bei seinem Großvater üblich gewesen, wenn der Weihnachtsbaum fertig geschmückt und die Leiter weggestellt war. Damals habe ich mich ganz als Mann gefühlt. Schöne Erinnerung. Aber auch ein bisschen Wehmut. Vater fehlt!«

Ja, Paul fehlt. Mein Mann ist vor drei Jahren gestorben. Hajo ist Pauls Sohn. Er war vier Jahre alt, als wir eine Familie wurden und in dem alten Reetdachhaus unser erstes gemeinsames Weihnachtsfest feierten. Inzwischen lebt Hajo mit seiner Frau Elke und den drei Kindern – der siebenjährigen Solveig und den vierjährigen Zwillingen Swenja und Sören – in dem großen Haus.

Kurz nach Pauls Tod hatte ich beschlossen, in eine kleine Wohnung in der Strandstraße an der Kieler Förde zu ziehen. Von meinem Erkerfenster habe ich einen freien Blick auf das Wasser, das gegenüberliegende Ufer von Schilksee, den lebhaften Schiffsverkehr und die Sonnenuntergänge, von denen mir Paul schon in den ersten Monaten unserer Liebe in seinen Briefen vorgeschwärmt hatte.

»Bleibt es dabei, Tante Berti? Morgen Nachmittag nach der Probe für das Krippenspiel kommen wir zum Adventskaffee zu dir?«

Ich nicke, den Plan haben wir schon am vergangenen Sonntag gemacht.

»Dieses Jahr ist Weihnachten wirklich anstrengend. Heiligabend an einem Montag!«, stöhnt Hajo. »Das sollte verboten sein! Zumindest für Familien mit kleinen Kindern. Wir warten auf das Christkind! Und das drei Tage lang. Solveig macht sich Sorgen, dass das Christkind ihren Wunschzettel nicht lesen konnte. Sören quengelt wegen des Polizeiautos, das er sich wünscht, und hat mich schon drei Dutzend Mal gefragt, ob das Christkind auch wisse, dass das Auto eine Sirene haben müsse. Und Swenja fragt ständig, was sie machen soll, und fünf Minuten später: ›Und jetzt?‹ War ich auch so anstrengend, Tante Berti?«

Ich zwinkere ihm zu. »Ich kann mich nicht erinnern, dass du jemals anstrengend warst, außer vielleicht …«

Hajo lacht. »Schon gut, schon gut, du musst jetzt nicht alle meine Schandtaten aufzählen.« Er nimmt den letzten Schluck Kakao und sagt: »Schade, das war es für heute. Ich hatte die Becher irgendwie größer in Erinnerung. Dann will ich mal wieder …«

Nachdem ich die Tür hinter Hajo geschlossen habe, nehme ich Birgittas Brief und setze mich wieder auf meinen Platz am Erkerfenster.

Aus meiner Familie lebt nur Birgitta noch in Grünhainichen. Ihre Briefe sind die einzige Verbindung, die ich noch zu meinem Geburtsort habe. Viele Jahre sind vergangen, seit ich das Erzgebirge verlassen habe und zu Paul nach Kiel gezogen bin. Pauls Heimat wurde meine Heimat.

Birgitta ist keine große Briefschreiberin, aber jedes Jahr zu Weihnachten kommt ein Bericht über alles, was mich interessieren könnte. Ich überfliege ihre Zeilen. Noch immer hat Birgitta die schöne klare Schrift, die ihr damals nach der Schule zu einer Anstellung im Büro der Papierfabrik verholfen hat.

Plötzlich hakt sich mein Blick an einem Namen fest: »Im Juli ist Grete Wendt gestorben.« Der Satz, der zwischen vielen Belanglosigkeiten steht, trifft mich wie ein Schlag. Im Juli …

seitdem sind fünf Monate vergangen, und ich habe es nicht gewusst, nicht geahnt. Hätte ich es nicht fühlen müssen, dass die Welt um einen Menschen ärmer geworden ist, der mir einmal so wichtig war?

TEIL 1

Jahre der Entscheidungen

GRÜNHAINICHEN 1919

Ich erinnere mich an meine erste Begegnung mit den beiden Greten. Direktor Wendt, der Leiter unserer Gewerbeschule, hatte mich zu seiner Tochter geschickt, um ihr meine Zeichnungen und vor allem die beiden Kerzenleuchter zu zeigen, die ich für meine Großmutter zu Weihnachten angefertigt hatte. Das war 1919 im Februar; der Große Krieg war gerade zu Ende gegangen. Ich lebte bei meiner Großmutter, die wie viele andere in unserem Dorf als Heimarbeiterin in der Spielzeugherstellung tätig war. Die Wohnstube in unserem kleinen Häuschen war mit den gedrechselten Holzrohlingen angefüllt, die Großmutter mit Farbe und künstlerischem Geschick zum Leben erweckte: Bergmänner, Zwerge, Räuchermännchen. Ich hatte schon früh gelernt, bei dieser Arbeit zu helfen, und wurde von meiner Großmutter für den sicheren Umgang mit Pinsel und Farben gelobt.

Ich war fast siebzehn Jahren alt und hoffte, Fräulein Kühn und Fräulein Wendt würden mich einstellen. Die Manufaktur der beiden Frauen war für ihre Qualität und den hohen künstlerischen Anspruch bekannt, und manche, die wie Großmutter von schlecht bezahlter Heimarbeit lebten, träumten von einer Anstellung bei Wendt & Kühn. Die gedrechselten Leuchter, fein bemalten Dosen und Truhen verkauften sich auch in schwierigen Zeiten gut. Viele in unserem Ort beobachteten es mit Bewunderung, manche auch mit Neid.

Auf dem Weg zu dem großen Fachwerkgebäude, in dem die Manufaktur untergebracht war, schloss sich mir Fräulein Wendts Hund an. Der Boxerrüde namens Roland war im Ort gut bekannt, da er oft zwischen dem Wohnhaus der Wendts und dem Firmengebäude unterwegs war. Mit seiner platten Schnauze sah er grimmig aus, aber ich kannte ihn gut genug, um keine Angst vor ihm zu haben. Er schob den Kopf durch die angelehnte Tür zur Werkstatt, und ich trat hinter ihm ein, schüchtern das Leuchterpaar vor meiner Brust haltend, als könnte es mich schützen.

»Roland, wen hast du denn da mitgebracht?« Fräulein Wendt sprach den Hund an, doch ihr Blick war auf mich gerichtet. Freundlich oder kritisch, ich konnte es nicht erkennen.

»Albertine Bresser, Fräulein Wendt, guten Tag. Ihr Vater schickt mich. Sie möchten …«

Aber da unterbrach sie mich auch schon, ihr Blick war nun eindeutig freundlich, vielleicht sogar erfreut. »Albertine! Berti, nicht wahr? Komm hier an meinen Arbeitstisch und lass mich sehen.«

Ich stellte die gedrechselten, bunt bemalten Kerzenleuchter, die ich in den Werkräumen unserer Schule angefertigt hatte, auf den Tisch und zog aus dem Beutel, den ich bei mir hatte, meine Zeichnungen. Es dauerte eine Ewigkeit, zumindest schien es mir so, bis Fräulein Wendt mit der Durchsicht fertig war, und auch dann sagte sie nichts zu mir, sondern rief in den Nachbarraum: »Grete, komm doch mal und schau dir etwas an.«

Grete Kühn grüßte mich, wischte sich die Hände an der Schürze ab und hielt meine Zeichnungen unter das Licht der großen Lampe, die über dem Arbeitstisch angebracht war. Inzwischen war ich so angespannt, dass ich kaum noch atmen konnte.

»Famos«, sagte sie und legte die Blätter nebeneinander auf den Tisch. »Möchten Sie nach Dresden, Fräulein …«

»Bresser, Albertine Bresser, Fräulein Kühn, aber eigentlich Berti.«

»Berti … gut. Also, Berti, möchtest du an die Akademie?«

Ich schluckte. Ja, ich wollte an die Akademie, und nein, das war ganz unmöglich.

»Ich dachte …«, begann ich, doch mit einem Mal war mein Kopf ganz leer.

»Ja, was, was dachtest du?« Fräulein Kühns Stimme klang etwas spöttisch, und Fräulein Wendt sah abwartend zwischen uns beiden hin und her.

»Ich dachte … ich könnte bei Ihnen arbeiten. Ich … ich möchte etwas verdienen.«

Die beiden Frauen sahen sich an, und ich wusste, dass mit diesen Blicken ein Urteil gefällt wurde. Ein Urteil über mich.

»Setz dich«, sagte Fräulein Wendt und zeigte auf einen Stuhl, der etwas abseits stand. Ehe ich noch saß, bedeutete sie mir, den Stuhl näher an den Arbeitstisch zu ziehen.

»Wie alt bist du, Berti?«

»Siebzehn, Fräulein Wendt, fast siebzehn, nächsten Monat habe ich Geburtstag.«

»Und du lebst bei deiner Großmutter, wie ich hörte?« Als ich nickte, fuhr sie fort: »Deine Großmutter ist die Gesichter-Malwine, bei der jede Figur ihr ganz eigenes Gesicht hat, richtig?« Auch dazu nickte ich.

»Mein Vater hat dich zu uns geschickt, weil er dein Talent erkannt hat. Und wenn ein junges Mädchen Talent hat, dann möchte ich, dass dieses junge Mädchen eine Chance bekommt.

Und Fräulein Kühn denkt genauso. Deine Chance besteht aber nicht darin, für uns zu arbeiten, sondern darin, bei guten Lehrern und Professoren an der Akademie dein Talent weiterzuentwickeln.«

Die Worte wirbelten in meinem Kopf: Akademie, Talent, Chance. »Aber …«

»Ja, da gibt es viel Aber. Wir werden sehen, ob es nicht auch Möglichkeiten gibt, die Abers aus dem Weg zu räumen. Weißt du, seit wann Frauen an der Akademie in Dresden zugelassen sind?« Auf mein Kopfschütteln hin fuhr sie fort: »Seit 1907, also erst seit zwölf Jahren. Fräulein Kühn und ich gehörten zu den ersten Frauen, für die ein solches Studium möglich war. Die Frauen, die vor uns im Kunsthandwerk tätig waren, standen vor sehr viel größeren Abers. Ich werde mit deiner Großmutter sprechen, dann werden wir weitersehen. Sag ihr, dass ich morgen am Vormittag, wenn du in der Schule bist, zu ihr komme und mit ihr über deine Zukunft sprechen möchte.«

Ich nickte, stand auf, machte einen Knicks und ging in Richtung Tür. Fräulein Kühn war bereits während Fräulein Wendts kleiner Rede in den Nachbarraum zurückgekehrt.

»Halt!«, rief Fräulein Wendt mir nach. »Vergiss nicht die Kerzenleuchter und deine Zeichnungen.«

Ich packte die Papiere zurück in den Beutel, knickste noch einmal, und mit einem Leuchter in jeder Hand war ich froh, dass Fräulein Wendt mit mir zur Tür ging und diese für mich öffnete. Und jetzt endlich sagte ich: »Danke, vielen Dank!«

Die Tür schloss sich hinter mir, und im gleichen Augenblick fragte ich mich, ob sie verstanden hatte, dass dieser Dank nicht dem Türöffnen gegolten hatte, sondern allem, was sie zu mir gesagt hatte.

Ich wollte zurücklaufen und alles richtigstellen: danken für ihr Lob, danken für die Pläne, von denen sie gesprochen hatte, und danken dafür, dass sie mit meiner Großmutter über meine Zukunft sprechen wollte. Aber dann traute ich mich nicht, noch einmal zu stören.

***

»Haben deine Arbeiten Fräulein Wendt gefallen?«, fragte Großmutter, als ich zu ihr in die Wohnstube trat und die Kerzenleuchter auf der Kommode abstellte.

»Ja. Sie möchte morgen mit dir sprechen.«

»Was hat sie zu den Kerzenleuchtern gesagt?«

»Sie wird morgen zu dir kommen, wenn ich in der Schule bin.«

»Wird sie dir Arbeit geben? Dich in ihre Manufaktur aufnehmen?«

»Sie möchte, dass ich mehr lerne!«

Großmutter sah mich ungläubig an. »Mehr lernen sollst du? Ist das nicht gut genug, was du gemacht hast?«

Ich schüttelte den Kopf. »Sprich mit ihr! Morgen!«

Großmutter wirkte enttäuscht, aber ich konnte nichts von den Plänen, die Fräulein Wendt und Fräulein Kühn für mich hatten, erzählen. Dass ich gelobt worden war, war gut. Dass ich keine Arbeit bekommen und also auch kein Geld verdienen würde, war das große Aber. Ein Aber, das vielleicht viel größer war, als die beiden Greten es sich vorstellen konnten.

So oft hatte Großmutter in den letzten Monaten davon gesprochen, wie viel besser unser Leben wäre, wenn auch ich etwas verdienen würde. Dass wir Lederschuhe kaufen könnten, an jedem Sonntag ein Stück Gebratenes auf dem Tisch stehen würde und wir zum nächsten Weihnachtsfest unseren eigenen Christstollen haben könnten.

In dieser Nacht wachte ich auf. Eine Sorge hatte mich geweckt. Was, wenn Fräulein Wendt mich für undankbar hielt? Vielleicht war sie, nachdem sie die Tür hinter mir geschlossen hatte, in den Arbeitsraum von Fräulein Kühn gegangen und hatte gesagt: »Komisches kleines Ding, diese Berti. Bedankt sich dafür, dass ich ihr die Tür öffne, und das ist alles!«

Dabei hatte mir Großmutter das Danken frühzeitig beigebracht. Wir dankten dem lieben Gott für den Malzkaffee am Morgen, für die dünn bestrichenen Brotscheiben am Mittag und für die heiße Suppe am Abend. Ich dankte Großmutter für das warme Wasser, das sie mir am Morgen zum Waschen hinstellte, und für alles andere, was sie mir an Gutem bescherte: die warmen Handschuhe, die sie aus der Wolle der Pullover strickte, die mir zu klein geworden waren, den heißen Stein, mit dem sie abends mein Bett wärmte, und das Stück Kuchen, das sommers und winters am Sonntagnachmittag neben meinem Malzkaffeebecher lag. Ja, das Danken hatte ich gelernt, und ausgerechnet bei Fräulein Wendt hatte ich es vergessen oder doch fast vergessen.

Am nächsten Tag war ich in der Schule unaufmerksam. Immerzu musste ich daran denken, ob Fräulein Wendt schon bei Großmutter war oder ob sie sich vielleicht dazu entschlossen hatte, den Namen Berti Bresser zu vergessen. Auf dem Nachhauseweg, den ich wie immer gemeinsam mit meiner Cousine zurücklegte, trödelte ich, was so untypisch für mich war, dass Birgitta fragte, was los sei. Aber auch ihr mochte ich nichts erzählen.

»Berti?« Ich hatte kaum die Tür aufgemacht, als ich Großmutters Rufen hörte, und noch ehe ich etwas antworten konnte, stand sie in der Tür der Wohnstube.

»Berti, warum hast du nichts gesagt?«

Ich zuckte die Achseln und wich Großmutters Blick aus. Aber ihre Stimme hatte freundlich, ja freudig geklungen, und so traute ich mich doch, ihr ins Gesicht zu sehen, als sie auf mich zukam und mich in die Arme schloss. »Du hast großen Eindruck gemacht! Auf unseren Direktor und auf Fräulein Wendt und Fräulein Kühn. Sie wollen dich nach Dresden zur Kunstgewerbeschule schicken, zur Akademie, wie sie sagen. Berti Bresser soll studieren! Ist das nicht wunderbar?«

»Aber ich muss doch Geld verdienen! Wir wollten doch Schuhe kaufen …«

»Komm herein und setz dich zu mir in die Stube, dann erzähle ich dir alles!«

Und so erfuhr ich, wie der Plan aussah, den sie für mich gemacht hatten: Um in die Kunstgewerbeschule aufgenommen zu werden, musste ich mindestens achtzehn Jahre alt sein und zuvor die Zeichenschule in Dresden besucht haben. Für alle Kosten, die mit dem Schulbesuch verbunden seien – und dazu gehörten nicht nur eine Unterkunft und Materialien, sondern auch die Kleidung, die notwendig sei, damit ich unter den anderen Schülerinnen nicht auffiele –, würden Fräulein Wendt und Fräulein Kühn aufkommen oder vielmehr die Firma Wendt & Kühn. In den kommenden Monaten bis zum Unterrichtsbeginn in der Zeichenschule und zukünftig in den Ferien könne ich in der Manufaktur mitarbeiten und mir ein kleines Taschengeld verdienen.

»Und das wollen sie alles für mich tun?«

»Für dich und deine Begabung, Berti!«

Großmutters Gesicht schien vor Freude zu glühen, vor Freude über mein Glück, und auch mir wurde mit einem Mal in unserer schlecht geheizten Stube ganz warm. Dresden! Ich hätte nie gewagt, auch nur davon zu träumen. Ich, Berti, in Dresden! Gemeinsam mit jungen Damen wie Fräulein Wendt und Fräulein Kühn würde ich lernen dürfen, *studieren,* wie sie sagten.

»Aber du, Großmutter, was wird aus dir? Ich habe dir doch immer geholfen mit deiner Arbeit, und trotzdem …«

Trotzdem hatten wir an manchen Abenden Hunger gehabt, wenn die Suppe gar zu dünn gewesen war, da die Reste vom Vorabend gestreckt werden mussten.

»Etwas anderes Gutes gibt es auch noch, Berti«, und jetzt leuchteten Großmutters Augen noch ein bisschen mehr. »Künftig werde ich für Wendt & Kühn arbeiten, nicht mehr hier in der Stube bei schlechtem Licht und unregelmäßigem Einkommen, sondern in der Manufaktur, gemeinsam mit den anderen Frauen in der Malstube und mit einer festen Bezahlung.«

An diesem Abend schmeckte die Suppe wie ein Festessen, und das lag nicht nur an dem geräucherten Speck, den Großmutter mit den Zwiebeln angebraten hatte.

»Morgen nach der Schule gehst du zu den beiden Greten und bedankst dich. Und weil man nicht mit leeren Händen geht, suchst du die beiden schönsten deiner geschnitzten Blumen aus und bindest jede mit einem Tannenzweig zusammen. Fräulein Wendt liebt Blumen. Schon als Kind kam sie immer mit Wiesenblumen von ihren Spaziergängen zurück. Und wenn es im Winter keine Blumen gibt, wird sie sich über eine Holzblume freuen, und Fräulein Kühn bestimmt auch.«

Ich kramte in der Schachtel, in der ich meine Schnitzereien verwahrte, und sosehr ich jede einzelne auch liebte und stolz auf meine kleine Sammlung war, so schien mir jetzt keine der Blumen gut genug. »Es fehlt die Farbe«, jammerte ich, aber Großmutter ließ das nicht gelten und entschied schließlich, ich solle die beiden Margeriten nehmen. »So ist's gerecht und passt. Für jede Grete eine Margerite. Aber die Tannenzweige musst du selbst aussuchen und abschneiden.«

Als ich dieses Mal vor der Manufaktur ankam, war Roland

nicht zu sehen, und die Tür schien fest verschlossen. Ich klopfte, und als ich von drinnen »Es ist offen« hörte, drückte ich zaghaft die Klinke nach unten und betrat den hellen, warmen Raum.

Fräulein Wendt saß an ihrem Arbeitstisch, Fräulein Kühn stand hinter ihr, und beide beugten sich über zwei Schachteln, die auf dem Tisch lagen.

»Oh, Berti«, rief Fräulein Kühn, »du kannst uns helfen! Sag uns deine Meinung.«

Ich trat an den Tisch, und auch Fräulein Wendt nickte mir freundlich zu. »Berti, du kannst das Zünglein an der Waage sein. Wir sind uns nicht einig. Sag, was denkst du, welche Schachtel besser als Verpackung zu den Beerenkindern passt?« Dabei deutete sie auf die drei kleinen Holzfiguren, die auf dem Tisch standen.

»Aber …« Ich spürte, wie mir das Blut in den Kopf stieg. Da stand ich schon wieder hier und stotterte. Wie sollte ich denn so eine Entscheidung treffen?

»Du kannst nichts falsch machen«, beteuerte Fräulein Kühn, und tatsächlich hatte ich die Antwort schon gefunden. »Diese!«, sagte ich rasch, bevor mich der Mut verließ, und zeigte auf die linke Spanschachtel, auf deren grünen Untergrund weiße Blüten gemalt waren. »Sie sieht aus wie die Brombeerhecken in unserem Wald!«

Fräulein Kühn klatschte in die Hände: »Hab ich's dir nicht gesagt, Grete? Und Berti hat es direkt erkannt!«

»Die andere ist auch schön«, schob ich eilig nach.

»Für sie wird sich auch Verwendung finden! Fräulein Kühns Spandosen sind alle schön!«, sagte Fräulein Wendt und sah mich an, als würde sie sich plötzlich über meine Anwesenheit wundern. »Berti, wolltest du zu mir?«

»Ich wollte zu Ihnen beiden.« Jetzt musste ich all meinen

Mut zusammennehmen und die Sätze aufsagen, die ich mir zurechtgelegt hatte. »Meine Großmutter hat mir erzählt, wie alles geplant ist, und ich möchte Ihnen beiden danken. Es ist ganz, ganz wunderbar, dass ich nach Dresden gehen und Großmutter hier arbeiten darf. Danke, tausend Dank, und …«, an dieser Stelle holte ich tief Luft, »ich will mich immer bemühen und alles recht machen.«

Ich knickste, da fielen mir die beiden Tannenzweiglein ein, und bevor eine der beiden etwas hatte sagen können, zog ich den ersten Tannenzweig aus dem Beutel hervor und gab ihn Fräulein Wendt, dann reichte ich Fräulein Kühn den zweiten.

»Wie schön, Berti. Blumen im Winter, das ist eine hübsche Idee!« Fräulein Wendt fuhr mit der Fingerspitze über den Kopf der Margerite.

»Du hast sie selbst geschnitzt?«, fragte Fräulein Kühn. Als ich nickte, sagte sie: »Sehr gut! Wir freuen uns, wenn du nach Ostern dein Praktikum bei uns beginnst!«

Auf dem Rückweg fühlte ich mich, als würde ich trotz der schweren Holzschuhe schweben. Mein kleines Geschenk hatte den beiden gefallen, das freute mich. Aber noch mehr freute es mich, dass sie nach meiner Meinung zu den Spanschachteln gefragt hatten.

Grünhainichen 1919

Das Schuljahr endete vor Ostern, und ich begann mein Praktikum in der Manufaktur. »Praktikum« nannten die beiden Greten meine Tätigkeit, da sie beschlossen hatten, dass ich bis zu meinem Eintritt in die Zeichenschule Einblick in alle Arbeitsbereiche erhalten sollte. Im ersten Monat stand die Dreherei auf dem Plan. Meister Schöbler betrachtete mich etwas skeptisch, als ich die Werkstatt betrat. »Gibt's jetzt Kinderarbeit bei uns?«, grunzte er und lachte gutmütig, als ich sagte, dass ich schon siebzehn sei.

»Na gut, dann wollen wir mal sehen, Fräulein Berti.«

»Nur Berti«, sagte ich, und er lachte wieder.

»Dann hol mal die Holzplatten von dort drüben, Berti, und erzähl mir, was du weißt.«

Die Platten, auf die er gedeutet hatte, waren glücklicherweise nur kleine Musterstücke, die ich in einem Schwung durch den Raum tragen konnte.

»Vier Sorten Holz«, sagte Schöbler. »Welches ist das Pappelholz?«

Ich musste wohl etwas entgeistert zu ihm aufgesehen haben, denn ein breites Grinsen erhellte sein Gesicht. »Na, was ist?«

»Pappel?«, fragte ich, schüttelte den Kopf und zeigte auf die vier Platten: »Linde, Buche, Fichte und Ahorn, die einheimischen Hölzer, die in der Manufaktur verwendet werden.«

Schöbler kratzte sich am Kopf: »Und was willst du hier noch lernen?«

»Die Maschinen zu bedienen, bisher habe ich nur in der Werkstatt der Schule gearbeitet.«

»Aha«, sagte er und rief quer durch den Raum: »Heiner, komm mal rüber! Aber erst die Maschine abstellen.« Im nächsten Moment stand Heiner Pietsch vor mir und grinste mich an. »Das ist Berti«, stellte Schöbler mich vor.

»Kenne ich«, erwiderte Heiner immer noch grinsend.

»Berti ist für die nächsten Wochen Lehrmädchen bei dir. Zeig ihr, wie man die Hasenkörper und Hasenköpfe macht, und pass auf ihre Pfötchen auf. Und darauf, dass sie die Holzsorten nicht vertauscht!« Mit einem dröhnenden Lachen entließ Schöbler uns, und als wir außer Hörweite waren, beugte sich Heiner zu mir herunter und sagte: »Mach dir nichts draus, den Spruch mit den Holzsorten bringt er bei jedem!«

Die Zusammenarbeit mit Heiner war angenehm. Er zeigte mir manchen Kniff im Umgang mit der Drehmaschine und beim Schleifen des Holzes. Jeden Morgen beim Betreten der Werkstatt sog ich den frischen Holzgeruch tief ein. Wie schön, dachte ich, wenn Arbeit so riecht.

Doch das blieb nicht lange so, denn die nächste Station war die Leimerei.

»Gewöhnst dich dran, nach zwei Jahren riechst du es nicht mehr!«, erklärte Hilde, die diesen Arbeitsbereich leitete. Die schweren Schwaden des im Wasserbad erwärmten Perlleims, mit dem die einzelnen Teile der Figuren verleimt wurden, überlagerten alle anderen Gerüche. Dicht an dicht saßen wir da und fügten die Holzteile, die in Kisten auf dem Tisch standen, zu Figuren zusammen, was viel Fingerfertigkeit und Konzentration erforderte. In den ersten Tagen hatte ich häufig Kopfschmerzen und war dankbar, wenn die anderen mich immer mal wieder ins Lager auf den Dachboden schickten, um Nachschub zu holen.

»Wir brauchen eine Kiste Köpfe! Läufst du mal, Berti, du hast doch die jüngsten Beine«, hieß es, und ich lief gerne und nutzte die Gelegenheit, ein wenig frische Luft zu schnappen.

Auf die Leimerei folgte die Malstube, zu der auch die Taucherei gehörte, in der die Figuren ihre weiße Grundierung bekamen, um anschließend mit den endgültigen Farben für Körper, Haare und Kleidung versehen zu werden. Die letzte Station in der Malstube waren die Gesichtermalerinnen. Bei dieser feinen Arbeit durfte ich freilich nicht helfen. Stattdessen übernahm ich es, die Kleidung der Beerenkinder und die Hosen und Joppen der Hasen mit Farbe zu versehen.

An einem anderen Tisch in der Malstube wurden die kunstvollen Spanschachteln bemalt, auch dies erforderte sehr viel Sicherheit und Geschick im Umgang mit dem Pinsel. Ich bewunderte Großmutter und die anderen Frauen, die das Muster von einer fertigen Spanschachtel, die vor ihnen auf dem Tisch lag, auf ihr Arbeitsstück übertrugen.

»Keine Gesichter?«, hatte ich Großmutter gefragt, als sie mir nach ihren ersten Tagen in der Malstube von der Arbeit, die ihr übertragen worden war, erzählte.

»Doch, natürlich male ich auch Gesichter für die Beerenkinder und die Hasen, aber meistens bin ich mit den Spanschachteln beschäftigt.«

Die bemalten Schachteln waren ein beliebtes Produkt der Firma. Sie wurden in unterschiedlichen Größen von einem Hersteller aus unserer Region bezogen und bei Wendt & Kühn bemalt. Die Muster entwarf Fräulein Kühn, die auch die Umsetzung in der Malstube überwachte. Verwendet wurden die Schachteln als Verpackung, die größeren waren auch als Schmuckkästen für die Wohnräume beliebt.

Nach meiner täglichen Arbeit in den Werkstätten waren an jedem Nachmittag zwei Stunden für das Zeichnen reserviert. Fräulein Kühn hatte mir ein Zeichenlehrbuch überreicht, mit dem ich mich im Selbststudium weiterbilden sollte. »Jeden Tag nimmst du dir zwei Stunden Zeit und folgst den Aufgaben in diesem Buch. Am Samstag legst du mir deine Arbeiten vor, und wir gehen sie gemeinsam durch.«

Dafür erhielt ich einen Zeichentisch in einer Ecke von Fräulein Kühns Arbeitsraum. An einem meiner ersten Praktikumstage kam Fräulein Wendt während meiner Zeichenstunden in den Raum. Die beiden Greten sahen am Arbeitstisch eine Bestellung durch und besprachen die Abwicklung der Arbeiten. Erst als Fräulein Wendt den Raum verlassen wollte, entdeckte sie mich in meiner Ecke. »Da sitzt ja die Berti!«, rief sie überrascht. »Mucksmäuschenstill!« Ich sprang auf und entschuldigte mich, aber sie lachte und sagte: »Setz dich doch wieder!«

Von da an hatte ich meinen Spitznamen »Mäuschen« und häufig begrüßte Fräulein Kühn mich mit den Worten: »Da kommt ja mein Mäuschen!«

Jeder Tag meines Praktikums war ein Fest, an dem ich Neues lernen durfte. In der Manufaktur herrschte eine gute Stimmung. Alle, die hier arbeiteten, waren froh, aus der bedrückenden Enge der Heimarbeit befreit zu sein. Bei gutem Wetter saßen wir in den Pausen mit unseren mitgebrachten Broten im Garten auf den zahlreichen Bänken, deren Aufstellung Fräulein Wendt veranlasst hatte. »Frische Luft ist wichtig«, sagte sie, »und wo könnte sie besser sein als hier in unserem schönen Blumengarten.«

»Du hast es gut, Fräulein Praktikantin«, stichelte meine Cousine Birgitta, aber es war eine freundschaftliche Stichelei, und ich wusste, dass sie sich für mich freute. »Hast es verdient«, sagte sie. »Ich dagegen habe zwei linke Hände.« Bei den Worten verdrehte sie regelmäßig ihre Hände. »Für mich sind nur die groben Arbeiten richtig.«

Wir lachten, denn Birgitta hatte keinen Grund, neidisch zu sein. Sie hatte eine Anstellung im Kontor der Papierfabrik – auch ihr wurde die Möglichkeit geboten, mehr zu lernen. »Sie haben mich eingestellt, weil ich eine schöne Handschrift habe, und jetzt soll ich lernen, mit so einer Klapperkiste zu arbeiten. Mit einer Schreibmaschine!« Das letzte Wort kam wie ein Trompetenstoß, was deutlich machte, wie stolz Birgitta war, dass man ihr diese Maschine anvertraute.

Nein, Birgitta neidete mir meine Stellung in der Manufaktur nicht, sie neidete mir aber, dass ich im gleichen Gebäude arbeitete wie Heiner Pietsch. Heiner, der mich in der Dreherei angelernt hatte, war nur wenig älter als wir, und natürlich hatte ich längst bemerkt, dass Birgitta sonntags im Gottesdienst immer zu seiner Bank hinschielte und später gerne vor der Kirche stand und wartete, bis er herauskam und zu uns hin grüßte.

»Ich glaube, er hat heute zuerst zu mir hingesehen«, stellte sie jeden Sonntag fest, und ich hatte keinerlei Ehrgeiz, ihr diesen Rang streitig zu machen. Aber ich stand nicht gerne da vor der Kirche, weil ich merkte, dass es die eine oder andere gab, die wirklich neidisch auf mich oder auch auf Großmutter war. »Habt's gut getroffen, deine Großmutter und du!«, wurde mir zugerufen oder auch: »Ah, das Fräulein Berti! Kennst du uns überhaupt noch?«

»Mach dir nichts draus«, sagte Großmutter, doch das Gerede der anderen kränkte mich.

Den Abschluss meines fünfmonatigen Praktikums bildeten zwei Wochen im Kontor, das seit Beginn des Jahres Johannes Wendt, Fräulein Wendts jüngerer Bruder, leitete. Immer wieder hatte ich gehört, wie froh die beiden Greten darüber waren, dass er diese Aufgabe übernommen hatte, sodass sie sich auf die künstlerische Arbeit konzentrieren konnten. In der Leimerei und in der Malstube wurde leise über den neuen Geschäftsführer getuschelt; die eine oder andere der jüngeren Frauen strich sich übers Haar oder legte in der Mittagspause, wenn Herr Wendt vors Haus trat, rasch den Kittel ab. »Haltung, Marie« oder »Gerade sitzen und Brust raus, Evi«, hieß es manchmal, und die so Angesprochene versuchte, rasch eine günstige Position einzunehmen und den Blick von Herrn Wendt auf sich zu ziehen.

»Achte nicht auf die Äffchen«, sagte Großmutter. Aber wenn ich hin und wieder ins Kontor geschickt wurde, um ein Papier abzugeben oder Herrn Wendt zu einem Gespräch an den Arbeitstisch seiner Schwester zu bitten, war auch ich aufgeregt.

»Sieh da, das Fräulein Bresser«, sagte er immer, wenn ich nach dem »Herein« sein Kontor betrat, und allein die Begrüßung verunsicherte mich. Niemand sonst nannte mich so. Für alle anderen war ich Berti – für alle außer Herrn Wendt. »Ein Auftrag von meinem Fräulein Schwester?«, fragte er dann, oder er nannte mich »Die Botin der Chefinnen«.

Er hatte den Vorschlag, ich solle ein paar Tage in seinen Arbeitsbereich *hineinschnuppern,* selbst gemacht. »Ich weiß schon, dass Sie eine Künstlerische sind«, sagte er an meinem ersten Tag in seiner Abteilung zu mir. »Aber was hilft alle Kunst, wenn sich nicht jemand um das Verkaufen kümmert?«

Damit hatte er wohl recht, genauso wie mit der Annahme, dass diese Seite des Geschäfts nicht gerade meine Stärke war. Dennoch stellte er nach ein paar Tagen fest: »Rechnen können Sie, Fräulein Bresser, und eine ordentliche Ablage haben Sie auch gemacht.«

Da errötete ich wieder, stotterte ein Dankeschön – und dachte den Rest des Abends an Herrn Wendts freundlichen Blick.

DRESDEN 1919

Im Herbst begann mein Kurs an der Zeichenschule. Fräulein Kühn, die ihre Eltern in Dresden besuchen wollte, begleitete mich auf meiner ersten Fahrt in die Großstadt. Alles war verwirrend, und ich war mir sicher, dass ich mich jeden Tag verlaufen und immer zu spät zum Unterricht kommen würde. Doch zum Glück logierten bei Witwe Genner drei weitere junge Frauen, mit denen ich den Weg zur Schule allmorgendlich gemeinsam zurücklegte.

Lene, die bereits seit einigen Monaten die Zeichenschule besuchte, nahm mich direkt unter ihre Fittiche. Auch sie wollte im Anschluss an die Zeichenausbildung zur Kunstgewerbeschule wechseln. Ihr Vater war Eigentümer einer kleinen Porzellanmanufaktur, und Lene sollte eines Tages den Familienbetrieb übernehmen. »Nachdem unsere beiden Brüder gefallen sind und meine nichtsnutzige Schwester einen Franzosen geheiratet hat, bleibt die Klitsche wohl an mir hängen«, sagte sie, aber ich wusste, dass es durchaus keine Klitsche war, sondern ein angesehener Betrieb, den ihr Vater schon vom Großvater übernommen hatte und dessen Porzellan weit über Sachsen hinaus Kunden fand.

Die Schwestern Annchen und Betti, mit denen wir uns das Zimmer teilten und von denen eine dünner und blasser war als die andere, kamen aus Pirna. Der Onkel betrieb dort eine

Druckerei, er hatte die beiden Nichten nach Dresden geschickt, damit sie künftig die Gestaltung von Werbeanzeigen in den bei ihm gedruckten Zeitungen übernahmen. Genau wie ich waren die beiden erst in diesem Herbst nach Dresden gekommen; ansonsten schienen wir aber nicht viel gemeinsam zu haben, zumindest konnte ich nichts Gemeinsames entdecken, da sie immer zusammensteckten und uns andere wenig beachteten.

Unser Zimmer war groß und durch einen Paravent in zwei Bereiche geteilt, die jeweils mit einem Kleiderschrank und einer Waschkommode ausgestattet waren. »Leider hält der Paravent die Geräusche nicht ab«, flüsterte Lene mir nach der ersten Nacht zu und hüstelte geziert. Annchen und Betti hatten die ganze Nacht hindurch um die Wette gehustet.

»Man kann ja kaum ein Auge zutun«, beklagte sich Lene ein paar Tage später, aber sie sagte es nur zu mir, denn die beiden Schwestern machten einen solch beklagenswerten Eindruck, dass wir uns hüteten, sie auch noch mit unseren Beschwerden zu verunsichern.

»Wichtig ist, dass ihr eure Arbeitskittel nicht vergesst!«, wies uns Lene am ersten Morgen an. »Und das Pausenbrot!«, ergänzte Frau Genner, die uns zum Frühstück dampfenden Haferbrei servierte und die Pakete mit den Pausenbroten neben die Teller legte. Auch einen rotbackigen Apfel gab sie jeder von uns mit auf den Weg.

Wenn wir nach den langen Schultagen zurückkamen, hatte sie schon in der Küche den Tisch für das Abendessen vorbereitet. »Mädchen, ihr müsst essen«, sagte sie und servierte uns ein über den anderen Abend Klitscher, die sie Kartoffelpuffer nannte, oder Eintöpfe, die so wohlriechend und gehaltvoll waren, dass mir schon in der Haustür das Wasser im Mund zusammenlief.

»Fräulein Bresser, was sollen wir Ihnen eigentlich noch beibringen?«, fragte mich einer der Lehrer in der dritten Woche. Einige meiner Mitschülerinnen starrten mich an, und ich fühlte, dass ich rot wurde.

Die Studien und Übungen mit Fräulein Kühn hatten mich gut auf den Unterricht vorbereitet, und voller Dankbarkeit dachte ich an die Nachmittage mit meinem Übungsbuch und an die samstäglichen Korrekturstunden. Das perspektivische Zeichnen ging mir ebenso leicht von der Hand wie Licht-und-Schatten-Bilder und das Zeichnen von Blüten und Blättern nach der Natur. Während Annchen und Betti genau wie die anderen, die im Herbst mit uns in die Schule eingetreten waren, mit leichten Anfänger-Übungen betraut wurden, rückte ich bereits nach vier Wochen in die Gruppe der Fortgeschrittenen auf, wo ich mit Lene einen der Arbeitstische teilte.

»Du hast wirklich Talent, Berti«, stellte sie fest, nachdem ich eine Kohleskizze von ihr angefertigt hatte. Auch Herr Weber, der uns im Porträtzeichnen unterrichtete, hatte wenig auszusetzen. Lene bat mich, sie bei der Bleistiftzeichnung eines Porträts ihrer Mutter zu unterstützen, wozu eine Fotografie als Vorlage diente. Mehrere Versuche waren nötig, bis Lene zufrieden war und das Blatt, in Seidenpapier eingeschlagen, in ihrem Koffer verstaute. »Das wird das Weihnachtsgeschenk für meinen Vater«, erklärte sie und bot mir an, dass ich mir zum Dank etwas aus ihrem Adventspäckchen aussuchen dürfe. Die Mutter versorgte sie regelmäßig mit dem, was Lene ihre Fresspakete nannte, die so reichlich bemessen waren, dass wir alle vier die ein oder andere Zusatzscheibe Schinken oder Hartwurst für unsere von Frau Genner bereitgelegten Butterbrote erhielten.

Als das Adventspäckchen eintraf, entschied ich mich für eine köstlich duftende Mettwurst, die ich direkt in einem Leinenbeutel verpackte und in meiner Tasche versteckte – vor mir selbst, denn dem Geruch der Wurst konnte ich kaum widerstehen. Sie sollte mein Weihnachtsgeschenk für Großmutter sein.

***

»Denk dir, Berti, unsere Hustenfräulein kommen nicht wieder!«, sagte Lene, als ich nach Weihnachten wieder in Dresden eintraf.

Auf unsere Fragen hin berichtete Frau Genner, dass sie einen Brief vom Vater der Mädchen erhalten habe. Die Dresdener Luft wäre den beiden wohl nicht gut bekommen, sie würden nun in Pirna von einem Privatlehrer unterrichtet.

»Ich wüsste nicht, was an der Dresdener Luft so schlecht sein sollte«, sagte Lene, als wir uns in unserem Zimmer, das wir vorläufig allein bewohnten, auf das Zubettgehen vorbereiteten. »Jedenfalls werden wir nun ruhigere Nächte haben.«

»Und die Neue? Was denkst du über sie?«

Die Neue, das war die rotbackige Luise, die von einem kleinen Gut im Vogtland stammte und in dem Zimmer logierte, das früher Frau Genners Sohn bewohnt hatte. Gleich nachdem wir uns miteinander bekannt gemacht hatten, präsentierte Luise uns ihren funkelnden Verlobungsring. »Ganz frisch! Bei einer Schlittenfahrt am Nikolaustag hat Ferdinand mich geküsst, am Tag darauf bei meinem Vater um meine Hand angehalten, und am zweiten Weihnachtstag war die Verlobungsfeier«, sprudelte es aus ihr hervor. »Praktisch, da waren sowieso alle noch zu Hause, und am nächsten Tag fand wie jedes Jahr die Jagd auf dem Gut von Ferdinands Vater statt. Nur mit meinem Verlobungskleid gab es ein Problem. Damit es rechtzeitig fertig wurde, haben sich zwei Näherinnen abwechseln müssen.«

»Und wann heiratet ihr?«, fragte Lene, während Luises Bericht mir die Sprache verschlagen hatte.

»Im Sommer, nach der Ernte, das ist die beste Zeit für eine große Feier.«

»Und bis dahin besuchst du die Zeichenschule?«

Luise kicherte. »Oh, das wäre fein. Blumen zeichnen und im Frühling an der Elbe sitzen und romantische Landschaftsskizzen machen …«

»Warum bist du denn dann hier?«

»Ach, Kinder.« Sie seufzte und sah mit einem tragischen Blick von einer zur anderen. »Suppen kochen, Zwiebeln schälen und Bratensoßen rühren. Das war die Idee meiner zukünftigen Schwiegermutter, und meine Mutter hat doch tatsächlich zugestimmt. Eine Kochschule!« Sie rümpfte die Nase, als würden die Zwiebeldüfte sie schon umwehen. »Dabei werden Ferdinand und ich selbstverständlich eine Köchin und weiteres Personal einstellen.«

Was Luise da erzählte, hörte sich an wie Geschichten aus einer anderen Welt, und ich dachte, wie erstaunlich es war, dass sich unsere Lebenswege hier bei Witwe Genner kreuzten. Dabei war Luise durchaus nicht hochnäsig oder eingebildet und sprach mit uns wie mit ihresgleichen.

»Luise, mein liebes Kind«, sagte sie und ahmte damit ihre zukünftige Schwiegermutter nach, »wenn du später einmal ein großes Haus führen wirst, solltest du wissen, was in deiner Küche und deinen Hauswirtschaftsräumen geschieht.«

»Das klingt in meinen Ohren sehr vernünftig, und Frau Bernings Haushaltsschule ist doch auch viel mehr als nur eine Kochschule, Fräulein Luise!«, kommentierte Frau Genner, die von ihrem Kochherd aus zugehört hatte, Luises Worte.

»Vernünftig, ja, das meint meine Mutter auch. Aber ich verpasse alle Frühjahrsbälle in der Nachbarschaft!«, erklärte

Luise mit einem Stöhnen und fügte dann hinzu: »Aber liebe Frau Genner, lassen Sie doch das Fräulein weg, Luise reicht!«

Während Lene und ich uns einen raschen Blick zuwarfen, da wir wohl beide gleichermaßen über die Frühjahrsbälle staunten, schob Luise mit einem tragischen Blick auf den Verlobungsring nach: »Und im nächsten Frühjahr bin ich dann ja schon fast eine Matrone oder sitze mit einem dicken Kinderbauch bei den Matronen!«

DRESDEN 1920

Ende Januar fand ich beim Abendessen einen eleganten cremefarbenen Briefumschlag neben meinem Teller. Eine Einladung von Fräulein Kühn für den Sonntagnachmittag in ein Café am Altstadtmarkt.

»Wie nett von ihr«, sagte Lene, als ich ihr das Briefchen zeigte. Ich jedoch schwankte zwischen Freude, Aufregung und Angst vor einer schlechten Nachricht. Lene begleitete mich am Sonntagnachmittag zum Café, und als ich vor der Tür zögerte, gab sie mir einen leichten Stoß. »Auf ins Abenteuer, Berti!«

Zu meiner Erleichterung entdeckte ich schon beim Betreten des vornehm eingerichteten Raums Fräulein Kühn, die mir von einem der Ecktische aus zuwinkte. »Fein, dass du gekommen bist«, sagte sie und bestellte Eierschecke und heiße Schokolade für uns beide.

So wunderbar es war, in dieser eleganten Umgebung zu sitzen, und so köstlich der Kuchen auch aussah, so blieb mir der erste Bissen doch fast im Halse stecken, als sie mir sagte, sie würde aus der Manufaktur austreten.

»Aber warum? Sie erschaffen so viel Schönes!«

»Denk dir, Berti«, sagte sie und strahlte dabei eine Freude aus, die ich doch nicht mit der für mich so bedauerlichen Nachricht ihres Weggangs vereinbaren konnte. »Denk dir, ich heirate!«

»Aber …« So viel ging mir durch den Kopf. Wollte ihr zukünftiger Ehemann nicht, dass seine Frau arbeitete? Oder dachte sie, dass sie künftig so viel mit ihrem Haushalt zu tun hätte, dass sie nicht mehr arbeiten könnte? Oder würde sie nicht nur die Manufaktur, sondern auch Grünhainichen verlassen?

»Es gibt viele gute Gründe dafür, dass ich aus der Manufaktur austrete, obwohl ich doch sehr mit unserem Betrieb verbunden bin. Damals, als wir die Manufaktur gründeten, haben wir im Vertrag festgelegt, dass, wenn eine von uns beiden heiraten würde, sie aus der Betriebsleitung ausscheiden müsse, damit nicht der künftige Ehemann auf die Geschicke der Firma Einfluss nehmen könne. Grete hat nun gesagt, wir könnten trotzdem weiter zusammenarbeiten. Aber ich werde mit meinem zukünftigen Mann nach Chemnitz ziehen und hoffe, dass ich dort einen eigenen kleinen Betrieb aufbauen kann.«

»Einen eigenen Betrieb?«

»Ja, ich möchte die Herstellung von Gebrauchsgegenständen in den Vordergrund stellen, dazu Puppenwiegen und Puppenstuben, Spielzeug für Kinder.«

»Schade!«, sagte ich und verbesserte mich dann rasch: »Das klingt alles ganz wunderbar für Sie, und ich wünsche Ihnen Glück! Aber Sie werden mir fehlen.«

»Du wirst mir auch fehlen, Berti! Es waren schöne Stunden, wenn das Mäuschen in der Ecke saß und fleißig strichelte.« Sie legte ihre Hand auf meinen Arm, dabei fiel mein Blick auf ihren wunderschönen neuen Ring, auf dem ein Stein blitzte.

»Aber ich weiß, du wirst deinen Weg machen, Berti!« Bei diesen Worten lächelte sie mir ermutigend zu.

»Fräulein Wendt werden Sie auch sehr fehlen«, schob ich hinterher.

»Ja, aber wir waren schon in der Kunstgewerbeschule Freundinnen und werden Freundinnen bleiben. Und im Betrieb hat sie nun Unterstützung durch ihren Bruder. Glücklicherweise, muss ich wohl sagen, denn das Kaufmännische liegt weder Grete noch mir. Damals, als wir die Firmengründung planten, waren wir zu dritt. Käthe sollte sich um die wirtschaftliche Seite kümmern und hat viele gute Vorschläge eingebracht.«

»Käthe?«, fragte ich, denn diesen Namen hatte ich nie zuvor gehört.

»Sie war eine gemeinsame Freundin. Eine kluge Frau. Aber … sie wurde krank, lungenkrank … Tuberkulose.« Fräulein Kühns Blick war traurig geworden. »Gut, dass Johannes jetzt an Gretes Seite ist. Johannes ist nicht nur ein ideenreicher Kaufmann, sondern auch ein erfahrener Handwerker, und manchmal ist es gut, wenn ein Mann das Wort ergreift.«

Ich nickte, und sie tätschelte meine Hand. »So, nun weißt du alles, und jetzt lass uns die Eierschecke essen und danach vielleicht noch ein Stückchen Strietzel bestellen.«

Damit holte sie mich in die wunderbare Umgebung des Cafés zurück.

Schade, dachte ich. Die beiden Frauen hatten so gut zusammengearbeitet. Immer gab es ein »Sieh mal« oder ein »Was denkst du?«, und schließlich waren es die beiden Margareten gewesen, die mein Schicksal in die Hände genommen hatten.

***

Lene und ich arbeiteten unserem Abschlusszeugnis entgegen. Ich war stolz, dass man mich nach nur sechs Monaten zur Abschlussprüfung zugelassen hatte. »Das habe ich nur meinen Übungen mit Fräulein Kühn zu verdanken«, sagte ich zu Lene, die leicht den Kopf schüttelte.

»Und deiner Begabung, Berti!«, erklärte sie.

»Wenn Sie zur Kunstgewerbeschule wechseln, können Sie weiter hier wohnen«, stellte Witwe Genner in Aussicht, und wir freuten uns über den Vorschlag der freundlichen Frau, die nie mit Essen oder Ofenheizung geknausert hatte.

Luise hörte gerne zu, wenn wir über unsere Pläne sprachen, und sagte immer mal wieder: »Das würde mir auch gefallen, aber bestimmt hätte ich gar nicht genug Talent. ›Fräulein Luise‹«, sagte sie, und an dem in die Luft gestreckten Zeigefinger, der ihre Worte begleitete, erkannten wir, dass sie ihre Erzieherin nachahmte, »›Fräulein Luise, Sie können einen Punkt nicht von einer geraden Linie unterscheiden.‹« Wir lachten, und nachdem sie den Zeigefinger wieder gesenkt hatte, fügte sie hinzu: »Aber wisst ihr, die Punkte und Geraden waren mir einfach zu langweilig, und meine Blumenaquarelle können sich durchaus sehen lassen.«

An einem kalten Februarmorgen, als wir dick eingemummelt unterwegs zur Zeichenschule waren, sagte Lene: »Nun war ich froh, dass unsere beiden Huste-Fräuleins nach Weihnachten nicht zurückgekommen sind, und jetzt hustest du, Berti.«

Ja, ich hatte mich über Weihnachten in unserem zugigen Häuschen in Grünhainichen wohl erkältet, da hatten auch der heiße Stein im Bett und die wollenen Tücher, in die wir uns tagsüber wickelten, nichts geholfen. Vielleicht war ich in dem warmen Schlafraum bei Frau Genner und in den überheizten Zeichensälen verzärtelt worden.

In der Apotheke kaufte ich mir Hustensaft und zusätzlich eine Hustensalbe, die mir der nette Apotheker empfahl und die wunderbar nach Kräutern duftete. Der Husten wurde nicht besser, aber ich war zuversichtlich, dass der bevorstehende Frühling Besserung bringen würde. Ich hatte den

Husten nicht ernst genommen, aber das war ein Fehler gewesen.

Am selben Tag, an dem Lene ihre Zulassung für die Kunstgewerbeschule bekam, erhielt ich eine Absage.

GRÜNHAINICHEN 1920

Ich hatte meine Abfahrt aus Dresden hinausgezögert, hatte einen der letzten Züge genommen, beim Umsteigen in Flöha herumgetrödelt, und als ich in Grünhainichen ankam, war es bereits seit mehr als einer Stunde dunkel. Vom Bahnhof aus nahm ich einen Umweg zu Großmutters Haus; ich wollte niemandem begegnen, von niemandem befragt werden. Ich hatte Angst davor, zurückzukommen, Angst vor den traurigen Augen meiner Großmutter, Angst vor dem Gespräch, das ich mit Fräulein Wendt führen musste.

Nachdem ich alles berichtet hatte, legte ich mein Zeugnis vor Großmutter auf den Tisch. »Das habe ich immerhin, und auch damit kann ich Arbeit finden. Als Reinzeichnerin vielleicht.«

»Ach Kind!« Großmutter wischte sich über die Augen, und obwohl der Abend schon frühlingshaft mild war, legte sie den heißen Stein in mein Bett.

Als ich am folgenden Morgen Fräulein Wendts Arbeitsraum betrat, war ihr Platz am Arbeitstisch leer. »Ich komme«, rief sie aus dem Raum, in dem früher Fräulein Kühns Platz gewesen war. Ich hörte Stimmen aus dem Nachbarraum und war dankbar für diese kleine Galgenfrist. In der Nacht hatte ich schlecht geschlafen. Was würde Fräulein Wendt sagen, wie würde sie reagieren? Würde sie mir künftig verbieten, die Werkstatt zu betreten?

»Berti«, sagte sie überrascht, als sie eintrat, aber das freudige Lächeln verschwand sofort aus ihrem Gesicht, als sie mich wie ein Häuflein Elend in der Mitte des Raumes stehen sah. »Was hast du, was ist passiert?« Und gleich darauf: »Abgelehnt?«

Sie war wie ich stehen geblieben und machte jetzt einen Schritt zurück, als wolle sie eine größere Distanz zwischen uns schaffen. »Sie haben dich abgelehnt? Das ist unmöglich! Frau Professor Junge hat mir doch noch vergangene Woche geschrieben, dass sie sich darauf freut, dass du in ihre Klasse eintreten wirst. Du hast alle Voraussetzungen erfüllt! Du bist achtzehn Jahre alt, du hast die Zeichenschule besucht und ein gutes Zeugnis erhalten. Die Proben, die du abgegeben hast, waren exzellent für eine Anfängerin. Das hat mir Margarete Junge bestätigt, Berti. *Exzellent.*« Sie machte eine Pause, und als sie meine Tränen sah, fuhr sie fort: »Berti, was ist passiert? Ich selbst habe die Zustimmung deines Vormunds besorgt. Mein Vater hat dir ein mustergültiges Zeugnis über dein Arbeitsverhalten und dein Betragen ausgestellt. Was wollen sie dort in Dresden noch mehr? Wie kann man dich ablehnen?«

»Es war …« Plötzlich liefen mir die Tränen übers Gesicht, ich drehte mich um, wollte weglaufen, aber Fräulein Wendt hielt mich zurück.

»Sag es, und wir werden eine Lösung finden.«

»Das Gesundheitszeugnis«, schluchzte ich.

»Aber du warst doch bei dem Arzt? Du bist untersucht worden?«

»Ja, ich war da, und er hat gesagt …«

Fräulein Wendts Gesichtsausdruck hatte sich verändert, plötzlich wirkte sie distanziert. Eben noch dachte ich, sie wolle mich in den Arm nehmen, mich trösten. Jetzt hatte ihr Blick etwas Strenges, und ihre Stimme klang weniger besorgt als abweisend.

»Berti, bist du etwa …«

Ich wusste nicht, was sie sagen wollte, aber ich wollte jetzt allem nur noch ein Ende bereiten, diesem schrecklichen Gespräch – und meinen zerstobenen Träumen.

»Ja, ich bin krank! Da ist etwas mit meiner Lunge, und sie haben Angst, dass ich andere anstecke!«

Das Schreckliche war gesagt, und ich erwartete, dass Fräulein Wendt sich nun ganz von mir abwenden würde. Schwindsucht. Wer wollte schon in einem Raum mit einer Schwindsüchtigen sein? Doch als Fräulein Wendt sich endlich wieder rührte, war es nicht, um den Raum zu verlassen, sondern sie trat neben mich und legte nun tatsächlich den Arm um meine Schultern.

»Berti, Berti, das ist eine Krankheit, und Krankheiten kann man heilen, viele zumindest.«

Anschließend befragte sie mich, wie viel ich hustete, ob ich dabei Blut spuckte und all diese Dinge, die auch der Arzt bei seiner Untersuchung gefragt hatte.

»Die Krankheit ist im Anfangsstadium«, wiederholte ich die Worte des Arztes. »Sie ist heilbar, und in einem Sanatorium …«

Ich stockte, als Fräulein Wendt erleichtert auflachte. »Oh, Berti«, sagte sie, »eine Krankheit … Ich dachte …«

Jetzt war sie es, die keine Worte fand.

»Was … was dachten Sie?«

»Warum hast du es nicht gleich gesagt?«

»Ich dachte, Sie schicken mich weg, weil auch Sie Angst haben, von mir angesteckt zu werden.«

»Nein, ich habe keine Angst. Ich dachte, du seist … ich dachte, es ist ein Kind … du wärest schwanger.«

Ich sah sie an, völlig fassungs- und sprachlos.

Dann lachten wir beide, obwohl die Krankheit und die

nicht erteilte Zulassung immer noch ein großes Problem darstellten.

Ein paar Tage später trat ich eine Reise nach Norden an. Fräulein Wendt hatte sich an eine Studienfreundin erinnert, deren Bruder ein Lungensanatorium im Harz leitete, und durch Vermittlung seiner Schwester konnte ich kurzfristig dort aufgenommen werden.

»Keine Angst, es ist ein Sanatorium für die, die sie die ›leichten Fälle‹ nennen. Mit viel Ruhe, guter Luft und ausgewählter Nahrung wird man dich dort wieder aufpäppeln. Dann sehen wir weiter.«

»Und die Schule?«

»Die kannst du besuchen, wenn du wieder ganz gesund bist. Die Krankheit ist heilbar, aber es ist nicht mit ihr zu spaßen. Es fängt scheinbar harmlos an, aber irgendwann ist es zu spät.«

Dachte sie an ihre Freundin Käthe?

Widerworte ließ sie nicht zu; die Kosten würden übernommen, darüber solle ich mir keine Gedanken machen. »Nimm Papier und Stifte mit. Wenn du dich dort langweilst, kannst du ein paar solcher Entwürfe machen, wie du sie mir gezeigt hast. Muster für Spandosen oder Wandteller.«

Am Tag vor meiner Abreise ging ich zu ihr, um mich zu verabschieden.

»Hier ist jemand, der mit dir auf die Reise gehen möchte«, sagte Fräulein Wendt und deutete auf eine Figur auf dem Tisch. Der hölzerne Engel, der dort stand, war schlank, mit einem langen Gewand, großen Flügeln und ausgebreiteten Armen, als wolle er jemanden umarmen. Ich nahm ihn vorsichtig in die Hand und drehte ihn hin und her. »Er ist wunderschön«, sagte ich.

»Er hat viele Geschwister. Die ersten waren die Lichterengel, die zwei Kerzen tragen können. Ich habe sie 1912 für einen großen Leuchter entworfen, und dann habe ich meinem Bruder Johannes zur ersten Kriegsweihnacht einen Friedensengel ins Feld geschickt. Der Friede ließ noch lange auf sich warten, aber für Johannes wurde der Engel ein Schutzengel, und er hat ihn aus dem Krieg mit zurückgebracht.«

Sie nahm den Engel, den ich wieder auf den Tisch gestellt hatte, in die Hand. Ihre Gedanken schienen weit weg zu sein. »Ich glaube, jeder Mensch braucht einen Schutzengel«, fuhr sie dann fort. »Dieser hier soll dich beschützen. Auf der Reise, in der Zeit im Sanatorium und in allen kommenden Zeiten, in denen du seinen Schutz benötigst.«

Damit reichte sie mir die Figur und umarmte mich. Als ich mich bedankte, geriet ich wieder ins Stottern.

Ich war schon an der Tür, als sie mir nachrief: »Berti, geh auch noch ins Kontor zu meinem Bruder!«

Als ich mich noch einmal umdrehte, sah ich, dass sie sich über die Augen wischte.

Herr Wendt schien mich schon erwartet zu haben. Er nahm ein paar Geldstücke, die vor ihm auf dem Schreibpult lagen, und gab sie mir. »Damit Sie Geld fürs Briefporto haben, Fräulein Bresser. Meine Schwester wird auf Post warten und die Frau Großmutter sicher auch.« Zum Abschied drückte er meine Hand fest, und unter seinem freundlichen, warmen Blick stieg mir das Blut in den Kopf. »Werden Sie gesund, Fräulein Bresser! Man braucht Sie hier in Grünhainichen.«

4. ADVENT 1979

»Schuhe ausziehen!«, ermahnt Elke die Kinder, nachdem ich die Wohnungstür geöffnet habe.

»Norddeutsches Weihnachtswetter«, sagt sie und hängt die nassen Jacken der Kinder im Badezimmer über die Wanne. »Wenn es doch Schnee gäbe!«

Hajo ist schon im Wohnzimmer und ruft nach den Kindern. »Die Fähre nach Schweden läuft gerade aus!«

Sogleich stürmen alle drei zu ihm ans Fenster. Auch wenn die Kinder an der Kieler Förde aufwachsen und Boote und Schiffe in allen Größen hier zum täglichen Leben gehören, ist es immer noch etwas Besonderes, im warmen Zimmer am Fenster zu stehen und den großen Fähren beim Ein- oder Auslaufen zuzusehen. Als ich mit einem Tablett voller Kakaobecher aus der Küche komme, fragt Sören: »Fahren wir auch mal nach Scheden?«

Hajo lacht. »Schweden. Ja, wenn ihr ein bisschen größer seid.«

Elke sieht sich im Zimmer um. »Schön weihnachtlich ist es bei dir, Tante Berti. Und der Tannenduft! Die beiden Räuchermännchen qualmen ja um die Wette.«

»Also ich rieche noch etwas anderes«, stellt Hajo fest. »Und dieser Duft kommt aus der Küche und erinnert mich an …«

»Bratäpfel!«, ruft Solveig voller Begeisterung.

»Stimmt«, sage ich. »Und wenn ihr es schon erraten habt, dann muss ich rasch die Teller holen.« Elke folgt mir in die Küche, und während ich die Äpfel vom Blech nehme, verteilt sie die vorbereitete Vanillesoße.

Als wir alle am Tisch sitzen, frage ich nach der Probe für das Krippenspiel.

»Wie das so ist«, sagt Elke, »der eine vergisst seinen Hirtenstab, der andere bringt statt des Wollschäfchens seinen Teddy mit.«

»Pia muss in der Kirche bleiben!«, sagt Swenja und zieht ein unglückliches Gesicht. Pia ist Swenjas Babypuppe, die normalerweise mit in ihrem Bett schläft.

»Ja, damit wir sie morgen nicht vergessen. Pia ist doch das Jesus-Kind.«

»Wir hätten sie nicht vergessen!« Swenjas Stimme hat einen jämmerlichen Unterton angenommen.

»Vielleicht wird sie geklaut!«, macht Sören das Drama um Pia noch größer. Swenja reißt die Augen auf, die ersten Tränen laufen über ihre Wangen.

»Sören, musste das sein?«, fragt Hajo und nimmt Swenja in den Arm. »Keine Angst, niemand geht in die Kirche und klaut eine Puppe!«

»Aber Pia ist doch das Jesuskind!«, schnieft Swenja und blickt sorgenvoll zu Hajo.

»Ja, das Jesuskind klaut erst recht niemand!«, fügt Elke beruhigend hinzu. »Und damit du heute Nacht nicht allein bist, darf Papas alter Bär zu dir ins Bett.«

Swenja lächelt schon wieder, nun ist es Sören, der unzufrieden ist: »Immer darf Papas Bär zu Swenja!«

»Stimmt doch gar nicht!«, schaltet sich jetzt Solveig ein. »Als du Halsweh hattest, war Bruno drei Tage bei dir im Bett, sogar mit Papas Schal.«

Papas Bär! Ich wechsle einen Blick mit Hajo, und er grinst mich vergnügt an.

»Wisst ihr eigentlich, wie alt Bruno ist?«, wendet er sich an die Kinder.

»Hundert!«, schlägt Sören vor.

»Na ja, fast. Als ich vier Jahre alt war, hat mir das Christkind Bruno gebracht. Und was denkt ihr, woher das Christkind Bruno hatte?«

»Aus dem Spielzeugladen in Kiel!«, schlägt Swenja vor. Alle drei Kinder sehen Hajo an, der jetzt den Kopf schüttelt.

»Falsch, ganz falsch!« Er deutet auf mich.

»Von Tante Berti? War Bruno dein Bär, Tante Berti?«

»Auch falsch!«, antwortet Hajo. »Tante Berti hat Bruno *gemacht.* Seinen Pelz ausgeschnitten, ihn zusammengenäht, sein Gesicht gestickt, die schwarzen Knopfaugen angenäht und ihn ausgestopft.«

Die Kinder sehen mich mit großen Augen an, und Solveig sagt: »Tante Berti kann alles!«

Aber Swenja hat die Frage ihres Vaters nicht vergessen: »Und wie alt ist Bruno?«

»Vier Jahre jünger als Papa!« Solveig hat gut zugehört.

»Also, lasst mich rechnen …«, sagt Hajo. »Ich bin jetzt zweiunddreißig Jahre alt, dann ist Bruno …«

»Achtundzwanzig!«, ruft Solveig.

»Genau«, stimmt Hajo ihr zu. »Ganz schön alt für so einen Bären.«

»Aber nicht so alt wie du, Papa!«, wirft Solveig ein.

»Stimmt auch!« Hajo sieht zu mir hin. »Hast du das Foto noch?«, fragt er, und ich nicke.

Swenja schiebt ihren Teller mit den Bratapfelresten zu Hajo. »Für dich, Papa!« Hajo nimmt den Teller und guckt in die Runde: »Hat sonst noch jemand ein Restchen für mich?«

Er hat Pech, alle anderen Teller sind blitzblank.

Während Elke die Teller einsammelt und in die Küche bringt, gehe ich ins Schlafzimmer und nehme das Foto von der Kommode. *Weihnachten 1951,* hatte Paul auf die Rückseite geschrieben. *Berti mit unserem Hajo und dem Bären.*

Das Foto geht von Hand zu Hand, und jedes Kind macht einen Kommentar zum Bären, seiner roten Schleife oder zu Hajos Lederhose und den Wollstrümpfen, die er darunter trägt. Solveig stellt fest: »Papa sieht aus wie Sören!«

»Nö«, ruft Sören. »Papa hat eine ganz komische Frisur!«

Hajo sagt: »Stimmt, mein Sohn. Aber damals sahen alle Jungs so komisch aus.«

Elke gibt mir das Foto zurück: »Glücklich seht ihr aus, und der kleine Hajo war ziemlich süß!«

Hajo zeigt auf den Engel, der in der Mitte des Tisches steht. »Dieser Engel war damals an Weihnachten auch schon da. Er ist noch älter als Bruno und ich.« Er macht eine kurze Pause, bevor er fortfährt: »Der Engel gehörte für mich immer zu Weihnachten. Aber eines Tages hat mir Tante Berti erzählt, dass er gar kein Weihnachtsengel war.«

»Richtig«, sage ich, und nach einer kleinen Pause: »Wollt ihr hören, wie er zu mir gekommen ist?«

»Aber zuerst werden die Kakaobecher in die Küche gebracht!« Elke sieht die Kinder auffordernd an.

Als die drei zurückkommen, fragt sie: »Muss vorher noch jemand zum Klo?«

Swenja und Sören stürmen los, Hajo grinst: »Es gibt doch nichts Besseres, als mit einer Lehrerin verheiratet zu sein. Sie stellt immer die richtigen Fragen!«

Als alle wieder sitzen, sage ich: »Also gut! Dann werde ich euch heute etwas über diesen Engel erzählen.« Damit nehme ich den schlichten Holzengel, der bis dahin inmitten des Tannengrüns gestanden hat, und stelle ihn vor mich auf den Tisch. »Der Engel hat eine besondere Geschichte. Und er hatte ganz viele Geschwister.«

Alle sehen mich gespannt an, und ich beginne wie immer mit einem Satz, der uns in meine Heimat und zu Großmutter bringt: »Als ich eine junge Frau war und bei meiner Großmutter Malwine in einem kleinen Dorf im Erzgebirge lebte …« Ich erzähle von Grete Wendt und ihrer Manufaktur, von den Engeln, die schon immer zur Holzkunst im Erzgebirge gehörten, und schließlich von meinem Husten und dem Sanatorium im Harz. »Bevor ich mich auf die Reise machte, gab mir Fräulein Wendt diesen Engel. Er sollte mein Schutzengel sein.« Ich mache eine kleine Pause und frage dann: »Wisst ihr, was ein Schutzengel ist?«

»Der passt auf!«, sagt Swenja.

»Ich bin mal mit dem Fahrrad in einen Graben mit Wasser gefahren, und da war Wasser drin, aber es war im Sommer, und das Wasser war nicht so hoch. Da hat Mama gesagt, ich hätte einen Schutzengel gehabt«, steuert Solveig eine kleine Geschichte bei.

»Papa hatte einen Schutzengel, als er das Kabel vom Rasenmäher durchgeschnitten hat«, erinnert sich Sören, woraufhin Hajo die Augen verdreht.

Ich rücke den Engel wieder in die Tischmitte, damit alle ihn gut sehen können. »Was fällt euch denn an diesem Engel auf?«, frage ich und drehe ihn hin und her.

»Er sieht aus, als wolle er jemand umarmen«, ruft Solveig.

Ich nicke, denn ich denke oft das Gleiche, wenn ich den Engel ansehe.

»Er hat keine Farbe!«, stellt Sören fest.

»Doch!«, widerspricht Swenja. »Er hat ein Gesicht.«

»Das ist alles richtig!« Ich sehe von einem zum anderen und

fahre mit meinem Bericht fort: »Damals musste der Engel schnell fertig werden, damit er mit mir auf die Reise gehen konnte, für die Farbe war keine Zeit mehr. Nur das Gesicht hat er noch bekommen, und wisst ihr, wer ihm das gemalt hat?«

»Du, Tante Berti!«

Ich schüttele den Kopf.

»Fräulein Wendt!«, schlägt Solveig vor, und als ich auch dazu den Kopf schüttele, sind die Kinder ratlos.

»Malwine – meine Großmutter! Sie war bekannt für die feinen Gesichter, die sie malte.«

»Und dann?«, fragt Swenja.

»Dann habe ich den Engel mit auf die Reise genommen und im Kurheim auf meinen Nachttisch gestellt.«

»Und dann hast du nicht mehr gehustet?«, will Solveig wissen, und Swenja fragt: »Und dann?«

»Nach ein paar Wochen war ich wieder gesund und durfte nach Hause fahren.«

»Und dann?«, fragt Swenja.

»Bevor ich nach Hause fuhr, ist noch etwas sehr Schönes passiert. Vielleicht hat der Engel auch dabei geholfen.«

»Und was?«, variiert Swenja ihre Frage.

»Eines Morgens saß ich mit einer anderen jungen Frau auf einer Bank, da kam ein junger Mann und fragte, ob er sich zu uns setzen dürfe. Er hat mir gleich gefallen. Er war groß und blond und …«

»Das war Papa!«, ruft Swenja. Jetzt verdreht Elke die Augen, Hajo grinst vergnügt, und Solveig stellt fest: »Da war Papa doch noch gar nicht auf der Welt!«

»Und wer war der Mann?«, will Sören wissen.

»Opa! Opa Paul!«, erklärt Solveig.

»Und dann?«, fragt Swenja.

»Ein bisschen später haben wir geheiratet, und als ich mit Opa in Kiel wohnte, stand der Schutzengel auf meiner Frisierkommode.«

»Und dann kam Papa!«, sagt Sören.

»Das war noch ein bisschen später!«

»Und der Schutzengel hat immer aufgepasst?«, erkundigt sich Solveig.

»Ja«, antwortet Hajo für mich. »Und jedes Jahr an Weihnachten wurde aus dem Schutzengel für ein paar Tage ein Weihnachtsengel.«

SANATORIUM BERGFRIEDEN 1920

Im Sanatorium von Doktor Sommerau gab es viel Zeit – viel Zeit für Langeweile, aber nur wenige Möglichkeiten, diese Zeit sinnvoll zu nutzen. Der Tagesablauf war stark reglementiert. Nach dem ersten Frühstück stand Bewegung in der Natur auf dem Plan, nach dem zweiten Frühstück Liegekur auf der Veranda. Dabei war »leichte Lektüre« erlaubt. Diese stand im Bücherzimmer bereit, je eine Regalwand für die Herren und eine Regalwand für die Damen. Die leichte Lektüre für Damen war jedoch so seicht, dass ich meistens nach einer Viertelstunde einschlief, was vermutlich beabsichtigt war.

Für die zweite Liegekur nach dem Mittagessen galt ein striktes Gesprächs- und Lektüreverbot. Während ich dort lag, sang es in meinem Kopf immer wieder »Die Gedanken sind frei«, und in meinen freien Gedanken entstanden Puppenhäuser und -schlösser mit Blumentapeten in den Zimmern und Fliesen mit holländischen Mustern in den Küchen.

Nach dem Nachmittagstee, zu dem Obst- oder Butterkuchen serviert wurde, war Zeit für die dritte Liegekur, bei der Gespräche und Gesellschaftsspiele erlaubt waren. Die Damen legten Patiencen oder spielten Domino. Das Gerücht besagte, dass bei den Herren gelegentlich gepokert wurde.

Am Abend wurden Vorträge über gesunde Lebensführung angeboten. In einem kleinen Heft mussten wir den Besuch von mindestens zwei Vorträgen pro Woche nachweisen, ebenso die zweimalige Teilnahme an *Leichter gymnastischer Bewegung*. Die kurze Zeit bis zur Bettruhe um 22 Uhr konnte nach eigener Vorstellung gefüllt werden, vorrangig mit Briefeschreiben. Ich nutzte die Zeit für ein paar rasche Zeichnungen, schrieb an Großmutter, an Lene und an Fräulein Wendt. Als mich Doktor Sommerau bei einem seiner Patrouillengänge im Schreibzimmer beim Zeichnen überraschte, ermahnte er mich: »Fräulein Bresser, Sie sind nicht zum Arbeiten hier, sondern um sich zu langweilen. Bei der Langeweile erholen Sie sich und bekommen neue Kraft für die *zukünftige* Arbeit. Nutzen Sie die Zeit hier zur Langeweile. Arbeiten können Sie später.«

Ich vermied es, mich auf Fräulein Wendts Auftrag zu berufen, dachte mein »Die Gedanken sind frei« und nickte.

Den morgendlichen Spaziergang unternahm ich immer mit Marthel, mit der ich das Zimmer teilte. Eines Morgens, als wir auf der Bank unter einer großen Tanne eine Pause einlegten, kam ein junger Mann auf uns zu.

»Oh, der Herr Hollmann«, sagte Marthel, und dann fragte er auch schon, ob er sich zu uns setzen dürfe. »Ja«, sagte Marthel, und ich nickte.

»Sie sind noch nicht lange hier?«, wandte er sich an mich, und von da an entspann sich ein Gespräch zwischen uns beiden, bei dem ich gar nicht bemerkte, dass es Marthel ausschloss. Herr Hollmann erzählte mir, dass er von der Küste stamme und wie sehr ihm diese Bergregion mit ihren Wäldern gefalle. »Berge gibt es in meiner Heimat auch«, erwiderte ich, woraufhin er zu erraten versuchte, woher ich komme.

Marthel stand auf. »Verpass die Liegekur nicht, Berti«, erinnerte sie mich, bevor sie den Rückweg zum Sanatorium antrat.

»Ihre Freundin hat recht«, sagte Herr Hollmann. »Wir dürfen hier nichts von dem, was uns gesund machen soll, verpassen.«

Von diesem Tag an unternahmen Paul Hollmann und ich die morgendlichen Spaziergänge gemeinsam. Zuerst schienen es zufällige Begegnungen zu sein, aber nach einigen Tagen wartete Paul am hinteren Ausgang auf mich, sodass Marthel sich bald einer anderen jungen Frau anschloss. Die Tanne, unter der Paul und ich zum ersten Mal miteinander gesprochen hatten, war *unsere* Tanne geworden.

Paul Hollmann war Maschinenbauingenieur. Sein Studium in Berlin war vom Krieg unterbrochen worden. Nach zwei Jahren im Schlamm und Morast des Stellungskriegs an der französischen Front hatte Paul das Studium wieder aufgenommen und sich ein Zimmer mit einem Kommilitonen geteilt. Doch seit Verdun hatte es Franz an der Lunge und hustete so sehr, dass Paul sich ins Wohnzimmer der Zimmerwirtin schlich, um auf dem Sofa zu schlafen.

Zurück in Kiel, wurde er auf der Werft, auf der er in den Semesterferien immer wieder gearbeitet hatte, von seinem früheren Vorgesetzten freudig begrüßt.

»Schiffe werden wir so schnell nicht bauen, aber wir brauchen Ingenieure, die improvisieren können, Ingenieure mit neuen Ideen für die Zukunft.«

Er hatte Paul für die Einstellungsuntersuchung zum Arzt geschickt, wenn er am nächsten Tag wiederkäme, sei sein Vertrag vorbereitet. Doch das Datum in dem vorbereiteten Vertrag hatte geändert werden müssen, denn Paul sollte zunächst zur Erholung in ein Sanatorium in den Harz reisen.

»Der Bergfrieden von Doktor Sommerau ist ein guter Ort zur Regeneration«, hatte der Arzt gesagt. »Eine Pause, um sicherzugehen, dass Sie gesund sind. Acht Wochen Minimum, zwölf Wochen Maximum.«

Im Sanatorium hatte Paul das Rauchen aufgegeben, das ungesunde Berlin aus sich herausgeatmet. Fünf Mahlzeiten am Tag – fünfmal gesunde Kost aus magerem Fleisch und Gemüse, dazu die täglichen zwei oder drei Gläser Rotwein, die ebenfalls stärken sollten.

Als wir zum letzten Mal auf der Bank unter der Tanne saßen, versprach Paul, mir gleich nach seiner Rückkehr zu schreiben. »Wir müssen in Kontakt bleiben, Berti. Wir dürfen uns nicht verlieren«, sagte er. Dabei sah er mich eindringlich an und strich mit dem Finger ganz leicht über meinen Handrücken.

Nachdem er am Abfahrtsmorgen seinen Koffer in den Wagen gestellt hatte, der ihn zum Bahnhof bringen sollte, nahm er mich in den Arm. »Werde ganz gesund, Berti. Für mich!«, flüsterte er, und ich fragte mich, was er mir damit sagen wollte.

Paul war abgereist, und ich sehnte meine eigene Abreise herbei. Ich war einer der leichteren Fälle, aber in Doktor Sommeraus Augen kein abgeschlossener Fall. »Sie sind zu mager, Fräulein Bresser«, verkündete er jedes Mal, wenn er mich sah, und es half nichts, dass ich ihm erklärte, schon als Kind mager gewesen zu sein.

»Sie haben nichts zuzusetzen, Ihnen fehlt die Widerstandskraft. Da muss sich noch etwas ändern. Ich entlasse Sie erst, wenn ich weiß, wohin ich Sie entlasse.« Er korrespondierte mit Grete Wendt, blieb aber immer noch unschlüssig. »Fräulein Wendt möchte, dass Sie Ihr Studium an der Kunstgewerbeschule in Dresden aufnehmen. Ich sehe nicht, dass das ein gesundes Leben für Sie bedeutet«, erklärte er mir nach fünf Wochen Aufenthalt im Sanatorium. Er legte so viel Verachtung in die Worte Studium und Kunstgewerbe, dass ich mich fragte, was er für verwerflicher hielt: das Studium einer jungen Frau oder das Kunstgewerbe als Ziel ihrer Tätigkeit. Dabei hatte doch auch seine Schwester in Dresden studiert, dort hatten sie und Grete Wendt sich kennengelernt. Die Schwester hatte bald danach einen Harzer Glasbläser geheiratet, einen Glaskünstler, für dessen Arbeiten sie die Entwürfe machte. Ein Leben, das für Doktor Sommerau vermutlich weder mit seinem Frauenbild noch mit seiner Vorstellung von verantwortlichem Umgang mit der eigenen Gesundheit zu vereinbaren war.

Es dauerte noch sechs weitere Wochen, bis Doktor Sommerau endlich zufrieden mit mir war und mir ein Ende meines Aufenthalts in Aussicht stellte. Sechs Wochen, in denen ich sechs Briefe an Paul geschrieben und sechs Briefe von ihm erhalten hatte. Er schrieb schöne Briefe, und ich freute mich jedes Mal, wenn ich auf meinem Platz am Esstisch einen der Umschläge mit seiner Handschrift fand.

»Berti, du hast heute schon wieder einen Brief bekommen«, sagte Marthel, als sie vor dem Schlafengehen ihre Kleider zusammenfaltete und auf dem Stuhl neben ihrem Bett ablegte. »Seid ihr verlobt, Paul Hollmann und du?«

»Nein, warum?«

»Weil er dir so oft schreibt.«

»Du weißt doch, dass ich in Dresden die Kunstgewerbeschule besuchen werde. Und Paul wohnt in Kiel, wie sollen wir da verlobt sein?«

Plötzlich bemerkte ich, dass Marthel weinte.

»Ich bin verlobt«, sagte sie und schluchzte. »Aber von da, wo Wilhelm ist, gibt es keine Briefe.« Sie hatte sich aufs Bett gelegt und vergrub ihr Gesicht im Kopfkissen. Ich setzte mich zu ihr auf die Bettkante und legte meine Hand auf ihren Rücken.

»Das tut mir leid, Marthel, das tut mir so leid!«

»Noch im letzten Kriegsjahr wurde er eingezogen, er war erst siebzehn. Sie haben ihn nach Frankreich geschickt. Und am Tag bevor er losmusste, kam er zu mir, gab mir den Ring, nahm mich in den Arm und …« Marthel machte eine Pause, das, woran sie dachte, ging in einem lauten Schluchzer unter, »und dann erzählten wir meiner Mutter von unserer Verlobung. Wir haben zusammen geweint, weil doch auch der Vater in Frankreich war und Mutter schon seit Wochen keinen Brief mehr bekommen hatte. Wilhelm sagte, er glaube fest daran, dass der Krieg bald zu Ende sei, und jetzt, wo wir verlobt seien, habe er ja einen Schutzengel …«

Einen Schutzengel, der Wilhelm nicht vor einem unsinnigen Tod bewahren konnte.

***

Drei Tage vor meiner Entlassung aus dem Sanatorium bestellte mich Doktor Sommerau zu einem Gespräch in sein Büro. Er begann damit, dass ich eigentlich immer noch zu mager sei, nun aber zumindest gut wisse, worauf es ankomme, und er hoffe, dass ich künftig auf mich achten und mich an die fünf Mahlzeiten pro Tag halten würde.

»Und nicht nur an die fünf Mahlzeiten, sondern auch an die notwendigen Ruhezeiten und den Aufenthalt an der frischen Luft. Ob die Stadt Dresden der richtige Ort für Sie ist, wage ich zu bezweifeln, aber auch dort gibt es Parks und Erholungsgebiete, und ich rate Ihnen ganz dringlich zu regelmäßigen Spaziergängen am Fluss. Hier«, und damit hielt er einige Blatt Papier in die Höhe, »sind einige allgemeine Regeln, an die Sie sich halten müssen, Fräulein Bresser. Und hier«, damit zog er das unterste Blatt hervor, »ist eine Aufstellung, die ich speziell für Sie erstellt habe. Und da steht ganz oben: ausreichender Schlaf in einem gut belüfteten Raum. Wie ich höre, ist es neuerdings üblich, dass die jungen Damen in den Städten abends gemeinsam ausgehen, tanzen und ...« Er sah mich streng an, und ich schüttelte den Kopf. »Gut, ich sehe, dass das auf Sie nicht zutreffen wird. Aber auch für Sie muss gelten, die Nacht ist zum Schlafen da – und nicht etwa zum Arbeiten.«

Ich nickte wieder, ich hätte zu allem genickt. Ja, ich wollte nicht nur das Sanatorium verlassen, ich wollte endlich die Zulassung zur Kunstgewerbeschule in Dresden bekommen.

»Gut, Sie sind ein verständiges junges Fräulein. Sie können lesen und werden sehen, was wir hier für Sie an Regeln aufgeschrieben haben, darauf kann ich mich verlassen. Damit ich mich aber noch besser darauf verlassen kann, habe ich diese Blätter auch an Fräulein Wendt geschickt.«

Auch dazu nickte ich, denn selbstverständlich hatte Fräulein Wendt das Recht, alles über mich und meinen Gesundheitszustand zu erfahren.

»Liebes Fräulein Bresser«, hob Doktor Sommerau erneut an. »Sie wissen, ich bin kein Freund dieser neuen Gedanken zur Selbstständigkeit der Frauen und ihrer Berufstätigkeit, gar nicht zu reden vom Unsinn des Wahlrechts für Frauen, aber eines muss ich anerkennen: Fräulein Wendt ist eine Dame mit großer Weitsicht und Tatkraft. Damit will ich nichts zu dem Gewerbe, das sie betreibt, sagen, das kann ich nicht beurteilen, wenn ich auch viel Gutes von meiner Schwester höre. Ich will vielmehr sagen, dass Sie, Fräulein Bresser, ohne das rasche Einschreiten von Fräulein Wendt, ohne diesen Aufenthalt in unserem Sanatorium und ohne die Einhaltung unserer Regeln sehr rasch sehr schwer erkrankt wären. In dem Fall hätte niemand Ihre Gesundheit wiederherstellen können.«

Diese Worte waren hart und klar. So deutlich hatte sie bisher niemand mir gegenüber ausgesprochen. Doktor Sommerau sah mir den Schrecken wohl an und fuhr fort: »Ja, Sie waren bei Ihrer Aufnahme einer der leichteren Fälle. Aber meine Erfahrung als Leiter dieses Sanatoriums ist, dass nur die leichten Fälle eine Chance haben, durch die Natur geheilt zu werden. Denn alles, was die moderne Medizin an Eingriffen und Maßnahmen entwickelt hat, ist keine wirkliche Heilung, sondern nur ein Ausschalten der krankhaften Partien des Körpers. Aber davon will ich nicht weiter reden, und ich will Sie auch nicht weiter erschrecken, denn meine Prognose für Sie ist eine gesunde Zukunft, wenn Sie sich an all das halten, was Sie auf diesen Blättern finden, und regelmäßig einen Arzt aufsuchen, um Ihren Gesundheitszustand zu überprüfen. Auch das finden Sie hier niedergeschrieben!«

Er schob die Blätter zusammen und über den Schreibtisch in meine Richtung. Obenauf lag das zuvor unterste Blatt: »Anweisungen für Fräulein Albertine Bresser zur strengen Einhaltung«.

Ich bedankte mich und wollte aufstehen, aber Doktor Sommerau hielt mich zurück.

»Eines noch, Fräulein Bresser. Vielleicht machen Sie sich Gedanken über die Zukunft, vielleicht haben Sie den Wunsch, zu heiraten und eine Familie zu gründen. Es gibt aus medizinischer Sicht keine Bedenken, dass Sie Mutter werden. Eine genesene Frau wird die Lungenkrankheit nicht auf ihre Kinder übertragen. Wir haben es bei der Tuberkulose nicht mit einer erblichen Krankheit zu tun, sondern mit einer Krankheit, die durch Ansteckung verbreitet wird. Wenn zwei Menschen heiraten, die beide eine Neigung zur Lungenkrankheit haben, sollten sie sich besonders genau an die Empfehlungen für eine gesunde Lebensweise halten, dann ermöglichen sie auch ihren Kindern ein gesundes Aufwachsen.«

Ich nickte wieder und dachte, dass das vermutlich zu dem

gehörte, was er allen jungen Frauen bei der Entlassung mit auf den Weg gab.

»Im Übrigen, Fräulein Bresser, habe ich dies auch Herrn Hollmann mitgeteilt!«

»Herrn Hollmann?«

Diesmal erhellte ein Schmunzeln das Gesicht von Doktor Sommerau.

»O ja, in unserem Sanatorium begegnen sich junge Menschen beiderlei Geschlechts, und gelegentlich erreicht uns eine Hochzeitsanzeige. Sie haben die Morgenspaziergänge gemeinsam gemacht, Sie korrespondieren ... Herr Hollmann ist ein vielversprechender junger Mann, ein Ingenieur, wie unser geschundenes Vaterland sie braucht ... Es würde mich freuen, von Ihnen zu hören.« Damit erhob er sich und ging vor mir her zur Tür. »Alles Gute für Sie, Fräulein Bresser, und meine Empfehlung an Fräulein Wendt.«

Als ich vor der Tür stand, merkte ich, dass meine Hände zitterten. Die Blätter, die Doktor Sommerau mir übergeben hatte, raschelten in meinen Händen. Auf dem Flur war niemand zu sehen, die Nachmittagsliegezeit hatte gerade begonnen und im Gebäude herrschte vollkommene Stille. Eine Stille, die so typisch war für diesen Ort.

Ich ging in mein Zimmer und schob die Blätter in die Schublade meines Nachtschränkchens. Vom Haken an der Wand nahm ich das große Dreieckstuch meiner Mutter, das Großmutter mir an meinem achtzehnten Geburtstag überreicht hatte. Bevor ich das Zimmer verließ, steckte ich den Schutzengel in meine Rocktasche.

Meine Füße übernahmen die Kontrolle, und je schneller ich vom Haus wegkam, desto ruhiger wurde ich. Auch hier draußen war niemand zu sehen. Den Weg zur Tanne kannte ich nur zu den angeordneten Bewegungsstunden, wenn alle auf den Beinen waren, und hatte nie daran gedacht, wie einsam es hier war, wenn die Patienten auf den Balkonen ruhten.

Auf der Bank, auf der ich so oft mit Paul gesessen hatte, versuchte ich meine Gedanken und Gefühle zu sortieren. Ich würde aus dem Sanatorium entlassen werden, mit einer Bescheinigung über meine Gesundheit, und alle drei Monate würde ich mir diese neu bestätigen lassen. Als eine gesunde junge Frau würde ich dort mit meinem Leben weitermachen, wo ich plötzlich herausgerissen worden war. Ich würde zurückkehren zu Großmutter und in die Manufaktur, und endlich würde ich in die Kunstgewerbeschule eintreten.

Warum also hatte ich zitternd auf dem Flur gestanden? Warum war ich nicht einfach nur glücklich? Ich gehörte doch zu denen, die dieses Sanatorium als Genesene verließen. Womöglich war mir erst in dem Gespräch mit Doktor Sommerau wirklich bewusst geworden, in welcher Gefahr ich geschwebt hatte. In Dresden hatte man mir gesagt, ich sei krank und könne andere anstecken. Dennoch hatte ich geglaubt, es sei nur ein Husten, wie ich ihn schon öfter im Winter gehabt hatte. Ja, andere junge Frauen waren kräftiger als ich, ermüdeten weniger schnell. Aber dafür gab es doch viele, ganz unterschiedliche Gründe. Dieses Denken und Abwiegeln hätte fast dazu geführt, alle Anzeichen zu übersehen, ihnen keine Bedeutung beizumessen. Fräulein Wendt hatte gesagt, mit dieser Krankheit sei nicht zu spaßen, und nun hatte Doktor Sommerau mir klargemacht, was ich Fräulein Wendt zu verdanken hatte. Ohne sie und ihr Eingreifen wäre die Krankheit weiter fortgeschritten … Wie konnte ich ihr das jemals vergelten?

Und als wäre es nicht genug gewesen, mir diese Bedrohung deutlich zu machen, hatte Doktor Sommerau all diese verwirrenden Dinge über Familie und Elternschaft gesagt und dann Paul erwähnt. Paul, der gesagt hatte: *Werde gesund für mich.*

In seinen Briefen schrieb Paul von seinem neuen Leben, das sich so entwickelte, wie er es gehofft hatte, vor allem in Bezug auf die Arbeit, die er liebte, für die er gebraucht wurde und bei der er alles einsetzen konnte, was er in seinem Studium gelernt hatte. Es waren sachliche Berichte, aus denen seine Zufriedenheit herausklang. Daneben gab es aber auch die poetischen Seiten. Die Beschreibung des Sonnenuntergangs am Wasser, an der Kieler Förde, die ich mir wie einen großen Fluss vorstellen solle, der aber nicht floss, sondern nur eine Schneise ins Land darstellte, ein Einschnitt, den die letzte Eiszeit vor zehntausend Jahren geschaffen hatte. Manchmal erlebte er den Sonnenuntergang sogar auf seinem Segelboot. Er schrieb von den tausend Farben, die den Himmel und das Wasser von einem Augenblick zum anderen immer wieder veränderten. Er schrieb von der Weite des Horizonts, wenn er mit dem Boot auf dem Meer war und es keine Grenze zu geben schien zwischen Wasser und Himmel.

Einmal hatte er geschrieben: »Berti, ich wünschte, du könntest das alles sehen, es ist so großartig, dass es keine Worte dafür gibt.«

Paul Hollmann schrieb von Maschinen, die sein Beruf waren, er schrieb von den Farben von Wasser und Himmel.

Er schrieb nichts von Familie und Kindern. Und das war gut.

GRÜNHAINICHEN 1920

Es war immer noch Sommer, und ich war zurück zu Hause. Großmutter hielt sich gewissenhaft an die von Doktor Sommerau erstellten Ernährungspläne, und ein Bauer sorgte dafür, dass Milch, frisches Gemüse und wöchentlich ein Hühnchen in unsere Speisekammer kamen. Nein, wir waren nicht plötzlich reich geworden, aber Großmutters regelmäßiger Verdienst hatte eine spürbare Verbesserung mit sich gebracht.

Gleich am ersten Morgen in Grünhainichen ging ich zur Manufaktur, und nach meinem Bericht über den Aufenthalt im Sanatorium schob Fräulein Wendt mir einen Stapel Papiere zu.

»Für die Zeit bis zu deinem Studienbeginn habe ich eine besondere Aufgabe für dich, Berti. Die Manufaktur besteht nun schon seit mehr als fünf Jahren, und mein Bruder möchte ein Archiv mit all unseren Entwürfen anlegen. Diese Papiere …«, damit deutete sie auf den Stapel vor mir, »enthalten einen Teil der Entwürfe, die Fräulein Kühn in unserer gemeinsamen Zeit hier erstellt hat. Du sollst alles sichten, zusammenfügen, was zusammengehört, und, wo es nötig ist, Reinzeichnungen anfertigen, damit nichts verloren geht.«

Ich war stolz auf die Arbeit, die mir übertragen worden war. Dies war keine Praktikantentätigkeit, sondern eine ernst zu nehmende Aufgabe, für die ich nach Abschluss der Zeichenschule die richtige Person war.

Ich erhielt einen Arbeitstisch in einem der Nebenräume des Kontors. Meine Arbeits- und Ruhezeiten richteten sich nach Doktor Sommeraus Vorgaben.

Nach den langen müßigen Wochen fühlte ich mich endlich wieder wie ein nützlicher Mensch, der abends zufrieden auf die Arbeit des Tages zurückschauen konnte.

Gelegentlich kam Herr Wendt an meinem Arbeitszimmerchen vorbei, sah durch die offene Tür, richtete einen Gruß an mich oder fragte: »Sie kommen voran, Fräulein Bresser?«

Beim ersten Mal war ich aufgesprungen und hatte »Ja ... danke« gestottert und geknickst, aber er hatte gesagt, ich könne ruhig sitzen bleiben, und knicksen müsse ich vor ihm nicht. Dann hatte er hinzugefügt: »Es ist schön, dass Sie wieder gesund sind. Das Gesundheitszeugnis von Doktor Sommerau haben wir bereits nach Dresden geschickt. Ich bin mir sicher, dass Sie nun die Zulassung für den Herbst erhalten.«

Ich bedankte mich und dachte, er müsse noch auf dem Flur das laute Pochen meines Herzens hören. Es klopfte vor Freude über seine freundlichen Worte, vor Freude über die Aussicht, in ein paar Wochen nach Dresden zurückzukehren und endlich mit dem Studium zu beginnen, und es klopfte wegen des ganz besonderen Blicks, mit dem Herr Wendt mich angesehen hatte.

Als der zweite Brief von Paul ankam, fragte Großmutter: »Was schreibt er denn, der Herr aus dem hohen Norden?«

Ich las ihr einen Absatz aus dem Brief vor, in dem Paul von einem Sommerfest im Garten seines Elternhauses berichtete, und davon, wie er mit ein paar Freunden am Ufer im Sand gesessen und dem langsamen Untergang der Sonne zugesehen hatte. Großmutter nickte. »Auch andere Gegenden unseres Vaterlandes sind schön!«

Den Satz »Es war ein schöner Abend, Berti, an dem du gefehlt hast« hatte ich vorsichtshalber nicht vorgelesen.

In meiner Antwort erzählte ich ihm von meiner Arbeit, wie viel Freude sie mir bereitete, und von all den wunderschönen Dingen, die in der Manufaktur gefertigt wurden, von den Leuchtern und Truhen und dem, was die beiden Greten liebevoll als Tändelkram bezeichneten. Damit war alles gemeint, was der modernen Frau einen Hauch von Luxus ins Haus brachte: bemalte Kleiderbügel, kurios verzierte Behälter für Zigaretten und Streichhölzer, hölzerne Wandteller und kleine Figuren, die ein Tischchen oder Regal zierten und geliebt wurden. Ich beschrieb den Blick aus meinem Arbeitsraum über die Nachbargärten hinweg auf den Wald und fügte meinem Schreiben eine kleine Zeichnung bei.

Abends, wenn Großmutter und ich auf der Bank vor unserem Häuschen saßen, gesellte sich auch Birgitta manchmal zu uns. An einem der Abende, als wir wieder zu dritt dort saßen und Erbsen pulten, die Birgitta und ich im Garten geerntet hatten, sagte sie: »Bei uns in der Papierfabrik gibt's ein Gerede über den Herrn Wendt und das Fräulein Olly. Wisst ihr etwas davon? Manche hören da schon die Hochzeitsglocken läuten.«

Bevor ich ins Sanatorium abgereist war, hatte Großmutter erwähnt, dass es seit einigen Wochen eine neue Praktikantin in der Manufaktur gab. Olga Sommer hatte wie die beiden Greten die Kunstgewerbeschule in Dresden absolviert und war zunächst für das Praxissemester, das ihr Studium abschließen sollte, nach Grünhainichen gekommen. Olly, wie sie genannt werden wollte, war eine elegante Erscheinung. Vielleicht hatte sie ursprünglich andere Pläne gehabt, denn in Dresden hatte sie die Fachklasse für Modedesign besucht, aber während ihrer Praktikumszeit war rasch entschieden worden, dass sie bei Wendt & Kühn bleiben und den Platz von Fräulein Kühn einnehmen würde. Dazu gehörte auch die Aufsicht über die Malstube, wo Großmutter ihr täglich begegnete.

Bei Birgittas Frage durchfuhr mich ein heißer Stich. Fräulein Sommer war hübsch und liebenswürdig. Konnte es sein, dass …? Ich mochte den Gedanken gar nicht zu Ende führen. In der vergangenen Woche hatte ich bei einem Blick durchs Fenster gesehen, dass Herr Wendt und Fräulein Sommer in ein Gespräch vertieft auf einer Bank im Garten saßen. Kurz darauf hatte sich auch Fräulein Wendt zu den beiden gesellt, und so hatte ich nicht weiter darüber nachgedacht.

Großmutter verdrehte die Augen bei Birgittas Frage. Klatschgeschichten waren ihr zuwider. »Ach Kind«, stöhnte sie, »das ist mal wieder so ein Gerede, das gibt es immer. Die, die reden, möchten doch selbst oft an der Stelle derjenigen sein, über die geredet wird. So manche blinzelt hinter dem Herrn Wendt her, hinter dem Chef, der noch dazu jung und gut aussehend ist.«

Ich schwieg, aber Birgitta ließ nicht locker: »Und du, Berti? Du sitzt doch da in deinem Kämmerchen ganz in seiner Nähe. Ist dir noch nichts aufgefallen?«

Ich merkte, dass mir bei dieser Frage das Blut in den Kopf schoss, aber die Schatten der untergehenden Sonne halfen mir, meine Erschütterung zu verbergen.

»Ach, ich seh ihn kaum. Guten Morgen und guten Abend, das ist fast alles, was ich von ihm höre.«

»Und wieso sitzt du eigentlich da oben so ganz allein und nicht da, wo alle anderen arbeiten?« Nachdem sie mit ihren Nachforschungen nicht weiterkam, wechselte Birgitta das Thema. Doch die Frage, die sie gestellt hatte, beschäftigte sicherlich auch andere.

Es war Fräulein Wendts Vorschlag gewesen. Ein Arbeitsplatz, an dem ich das Fenster geöffnet halten konnte, an dem es weder Staub gab noch Dämpfe von Farben wie in der Malerei oder gar die Gerüche aus der Leimerei.

Nachdem Birgitta sich mit einem kleinen Sack Erbsen auf den Nachhauseweg gemacht hatte, sagte Großmutter: »Ich wollte es vorhin nicht sagen, denn Birgitta redet gerne und manchmal auch zu viel … aber ja, passen würde es schon: das Fräulein Olly und der Herr Wendt.«

In den folgenden Tagen musste ich immer wieder an Großmutters Worte denken. Stimmte es, dass da etwas war zwischen Fräulein Sommer und Herrn Wendt? Und wenn es nicht stimmte, so schien es doch die allerbeste Idee. Alles würde zusammenpassen: die beiden Frauen, die miteinander die künstlerische Seele der Manufaktur waren, und der Mann, der das, was dort entstand, geschickt in die Welt hinausbrachte. Wenn sich alle drei in der gemeinsamen Arbeit verstanden, wie wunderbar wäre es dann, auch zu einer Familie zusammenzuwachsen. Als Ehefrau des Geschäftsführers würde Fräulein Sommer in der Manufaktur weiterarbeiten können. Ja, das passte – und auch sonst passte alles. Die begabte und hübsche Olly und der gut aussehende Herr Wendt. Da war kein Platz für eine kleine Berti, die noch lange lernen würde und die durch einen Graben der Armut von der Familie Wendt getrennt war.

Aber vermutlich war doch alles Gerede, Fräulein Sommer hatte einen Verehrer in Dresden oder vielleicht sogar in Riga, woher ihre Familie stammte, und genau wie Grete Kühn würde sie schließlich aus Grünhainichen weggehen.

DRESDEN 1920

Als Herr Wendt mir den Brief zeigte, der meine Zulassung zur Kunstgewerbeschule enthielt, war meine Freude groß. Eine Woche vor meiner Abreise sollte unser Arzt noch einmal bestätigen, dass sich an meinem Gesundheitszustand nichts verändert hatte, dann könne ich meine Tasche packen.

»Sie werden uns natürlich hier fehlen, Fräulein Bresser. Für unser Archiv haben Sie gute Arbeit geleistet.«

»Mir wird auch viel fehlen: meine Großmutter, die Manufaktur, meine Arbeit hier und Sie alle.« Dabei wurde ich rot, aber immerhin hatte ich nicht gestottert.

Herr Wendt lachte und sagte: »Dann können wir uns ja sicher sein, dass wir Sie an Weihnachten wiedersehen.«

Er schickte mich zu seiner Schwester, damit ich ihr die gute Nachricht überbringen könnte. Dort erfuhr ich eine weitere Neuigkeit: Ich würde wieder bei Witwe Genner wohnen, diesmal allerdings hätte ich ein Zimmer für mich allein. Es läge nach hinten zur Gartenseite, sodass ich nachts bei offenem Fenster mit frischer Luft schlafen könne. Es war das ehemalige Zimmer von Frau Genners Sohn, in dem zuletzt Luise logiert hatte. Lene hatte es immer »das Prinzessinnenzimmer« genannt.

Zu meiner Freude wohnte auch Lene weiterhin bei Frau Genner, war jedoch ein bisschen traurig, dass ich dieses Mal nicht mit ihr das Zimmer teilen würde. »Aber ja, wenn du nun eine Eisprinzessin geworden bist, die im Kalten schläft, dann musst du das freilich allein machen, und natürlich ist das Prinzessinnenzimmer dafür der beste Ort«, neckte sie mich. Dann nahm sie mich in den Arm und sagte: »Hauptsache, du bleibst gesund.«

In der ersten Nacht konnte ich fast nicht schlafen, weil das Bett so weich war. Weicher als mein Bett in Großmutters Häuschen, weicher als das Bett im Sanatorium und weicher als das Bett in dem Zimmer, das ich mit Lene geteilt hatte. Frau Genner lachte, als ich das am nächsten Morgen sagte, und Lene erkundigte sich: »Ist das immer noch Luises Matratze?«

Als ich fragend von einer zur anderen sah, erklärte Frau Genner: »Luise beschwerte sich, weil die Matratze so hart war. Umgehend kam Geld von ihrem Vater für eine neue, weiche Matratze.«

»Für die Prinzessin auf der Erbse!«, kommentierte Lene, und ich fragte staunend: »Und die neue Matratze hat sie hiergelassen?«

»Ja, sie meinte, das Bett sei sehr schmal, und solche schmalen Betten gäbe es bei ihr zu Hause sowieso nicht, und bestimmt würde das nächste Pensionsfräulein sich über ein weiches Bett freuen.«

***

Ich war froh, dass ich mich auf dem Weg zur Kunstgewerbeschule Lene anschließen konnte. An meinem ersten Abend in Dresden hatte sie mir schon einiges über die Unterrichtsfächer und die Professoren, die uns unterrichteten, erzählt. Die Damenklasse wurde von Frau Professor Junge geleitet, die auch einen Großteil unseres Unterrichts übernahm.

Lene und ich gehörten zu den jüngsten Studentinnen. Zugelassen wurden Frauen bis zu einem Alter von dreißig Jahren. Unter den Älteren waren einige, deren Verlobte im Großen Krieg gefallen waren, von Theres von Gampen wurde sogar behauptet, sie sei verwitwet. Sie selbst sprach nicht darüber. Wir alle waren stolz darauf, an der Kunstgewerbeschule hier in Dresden zu studieren, aber jede von uns verband mit dem Studium andere Zukunftserwartungen oder Hoffnungen. Theres gehörte zu denjenigen, die ein klares Berufsziel verfolgten. Sie strebte eine Tätigkeit als Lehrerin an einer Kunstgewerbeschule an. In immer mehr Schulen wurden Damenklassen eingerichtet, damit nahmen auch die Anstellungsmöglichkeiten für Lehrerinnen zu.

Unter uns waren mehrere Frauen, deren Familien bereits im Bereich des Kunstgewerbes tätig waren. Wie Lene würden sie nach Abschluss ihres Studiums Aufgaben im väterlichen Betrieb übernehmen.

»Bis die Kinder kommen«, sagte Clara Fridon, deren Vater und Bruder eine Kunstschmiedewerkstatt betrieben.

Lene machte mir einen Vorschlag: »Überleg es dir, Berti, du könntest in unsere Manufaktur eintreten, dann stellen wir nicht nur Teller und Tassen her, sondern genauso feine Tischdekorationen wie die Herren von der KPM oder die Moritzburger.«

»Und du wirst meine Chefin!« Um sie zu necken, verdrehte ich die Augen.

»Ja, dann geht es: Husch, husch, Fräulein Bresser, wir brauchen einen Tafelaufsatz für eine Hochzeitsfeier. Mindestens zwei Hirsche und ein halbes Dutzend Fasane.« Darüber witzelten wir noch lange. Manchmal sagte sie auch: »Die Holzarbeiten aus dem Erzgebirge sind schön, aber unser Porzellan ist feiner.«

Heimlich dachte ich, dass sie recht hatte und es viel Grobes unter den Holzarbeiten aus dem Erzgebirge gab. Aber die

Arbeiten von Fräulein Wendt waren doch anders und etwas Besonderes.

Einige unserer Mitschülerinnen hatten sich ausschließlich der Kunst und dem eigenen künstlerischen Schaffen verschrieben. Sie erhofften sich, nach dem Besuch der Kunstgewerbeschule als Schülerin bei einem der großen und bekannten Künstler angenommen zu werden. In unserer Damenklasse gab es neben den Malerinnen sogar zwei angehende Bildhauerinnen. Die *feinen Damen,* wie Lene und ich sie heimlich nannten, blieben in der Regel unter sich. Ihre Ziele unterschieden sich sehr von den unseren, und die Kurse, die sie belegten, waren weniger auf das Praktische ausgelegt als vielmehr auf das rein Künstlerische. Zu ihren Studienschwerpunkten gehörten Kunstgeschichte, Anatomie und Aktzeichnen.

»Sie werden es nicht leicht haben, unsere Künstlerinnen«, sagte Theres einmal, als wir in der Mittagspause gemeinsam unsere Brote aßen. »Die Künstler, das sind Männer, und trotz all der Malweiber, die sich seit Anfang des Jahrhunderts in der Kunst versucht haben, halten die Herren die Türen in den Olymp geschlossen. Da wird es viel Enttäuschung geben – oder viel Malerei in den Gärten und auf den Gütern der Herren Ehemänner.«

Es klang spöttisch, aber als sie hinzufügte, dass es keinen weiblichen Rembrandt gegeben habe und auch heute noch die Herren Impressionisten und Expressionisten überwiegend unter sich blieben, mussten wir ihr recht geben.

»Und doch könnte sich in Zukunft etwas ändern. Seit dem Ende des Krieges hat es große Entwicklungen für uns gegeben. Immer mehr Frauen machen sich im Kunstgewerbe einen Namen, allen voran unsere Professorin Frau Junge«, fuhr sie fort und wandte sich dann an mich: »Mit Grete Wendt hast du ein wunderbares Vorbild, oder auch mit Margarete Kühn, die sich nun in Chemnitz etablieren wird. Es sind solche Frauen, die ich künftig als Lehrerin unterstützen und auf ihrem Weg begleiten möchte.«

Von all den neuen Arbeitstechniken, die ich im Unterricht kennenlernte, begeisterten mich die Tonarbeiten am meisten. Rasch entstand eine Schale mit weihnachtlichem Dekor für Großmutter sowie zwei Wandteller für Fräulein Wendt, wobei ich im Stillen dachte, einer der Teller solle für Herrn Wendt sein, aber ich würde mich nicht trauen, ihm ein Geschenk zu überreichen.

Lene und ich liebten die Adventszeit und genossen die vorweihnachtliche Stimmung. Manchen Abend verbrachten wir mit Freundinnen bei Tee und Plätzchen und erzählten uns bei Kerzenschein von den Advents- und Weihnachtstagen unserer Kindheit. An den Sonntagen zogen wir über den Striezelmarkt, bestaunten die Vielzahl der angebotenen Waren, naschten gebrannte Mandeln und Zuckerwatte und wärmten uns in einer der Buden bei heißem Tee auf.

»Wirst du Paul etwas schenken?«, fragte Lene, denn natürlich hatte sie die Briefe, die regelmäßig für mich ankamen, längst entdeckt. Ich schüttelte den Kopf, aber sie zeigte auf die Lebkuchenherzen, die an einem der Stände hingen. »Ein Herz vielleicht?« Sie lachte, und ich wusste, dass es nur ein Scherz sein sollte, sagte dann aber doch zu meinem eigenen Erstaunen: »Das Herz würde ich einem anderen schenken wollen.«

Sofort hakte sie nach. »Ein anderer? Auch eine Kurbekanntschaft?«

»Nein, nur eine unsinnige Träumerei.«

»Und was ist mit Paul?«

»Soll ich dir eine Landkarte zeigen, damit du siehst, wie weit Dresden von Kiel entfernt ist?«

»Aber ihr schreibt euch doch! Und hast du nicht gesagt, er

sieht gut aus? Groß und blond mit blauen Augen? Ein richtiger Nordländer! Und er hat eine Anstellung als Ingenieur! Was willst du mehr?«

Ja, was wollte ich mehr? Im Sanatorium war Paul ein guter Freund gewesen, meine Stütze in den ersten Wochen. Die Freundschaft und Zuneigung, mit der er mir begegnet war, hatten mir gutgetan, ich hatte mich angenommen und geschätzt gefühlt. Wir hatten ernste Gespräche geführt, aber auch oft miteinander gelacht. Ich dachte gerne an unsere morgendlichen Spaziergänge zurück und freute mich über jeden seiner Briefe.

»Das sind alles nur Träumereien. Ich bin hier, um etwas zu lernen, und ich will das, was ich lerne, später auch einsetzen – und zwar bei Wendt & Kühn, denn dafür ermöglicht Fräulein Wendt mir das Studium, und das ist das Wichtigste. Das Lebkuchenherz kaufe ich für meine Großmutter, und zwar eines mit der Aufschrift *Die Beste.*«

»Lass uns gemeinsam ein zweites kaufen. Für Witwe Genner. Sie ist auch eine *Beste!*«

»Unbedingt, ohne sie würden wir verhungern!«

»Allerdings, denn bei all unserer Kunst hätten wir gar keine Zeit, uns um das Kochen oder das Zubereiten des Frühstücks und der Pausenbrote zu kümmern«, stimmte Lene zu.

Trotzdem war es ein schöner Gedanke, Paul ein kleines Geschenk zu machen. Ein Geschenk aus Freundschaft und aus Dankbarkeit dafür, dass er mit mir unter der Tanne gesessen und mir Mut gegeben hatte. Aber was könnte es sein?

»Schau, Berti, wie gefällt dir das?« Lene zeigte mir den Entwurf für ein Exlibris. »Ein Geschenk für meinen Vater. Er kann es als Druckvorlage verwenden und seine Bücher damit als sein Eigentum kennzeichnen.« Lene hatte eine Eule gezeichnet, das Tier, das Weisheit verkörperte und das ein beliebtes Exlibris-Motiv war, wie sie mir verriet.

Ein Exlibris! Ein Exlibris für Paul war eine wunderbare Idee. Ein Segelschiff würde ihm bestimmt gefallen. Dazu in künstlerisch gesetzter Schrift *Exlibris Paul Hollmann*. Den Namen Paul platzierte ich so, dass er gleichzeitig als Bootsname gelesen werden konnte. In Seidenpapier eingeschlagen, passte das Geschenk perfekt in einen Briefumschlag.

***

Als ich an Heiligabend in Grünhainichen ankam, empfing mich in unserem Häuschen der Duft der vielen Tannenzweige, mit denen Großmutter die Stube geschmückt hatte. Ein warmes Glücksgefühl durchströmte mich. Wieder zu Hause, dachte ich. Wie schön war es doch, nach Hause zu kommen, zu Großmutter. Der Weihnachtsberg stand bereits fertig aufgeschichtet in einer Ecke der Stube, auch die Kiste mit dem getrockneten Moos und den Hölzern, Steinen und Baumrinden wartete schon, sodass ich mich beeilte, alles auf dem vorbereiteten Berg zu verteilen. Oben auf dem Berg wählte ich einen Platz, auf den ich die Krippe stellte, alles andere musste auf diesen Ort hin ausgerichtet werden. Dann kam die Schachtel mit dem Männel-Zeug, unseren Holzfiguren, an die Reihe. Im unteren Teil des Weihnachtsberges gab es einen flachen grünen Bereich, auf dem die kleinen Schafe ihre Weide fanden. Den Hund gab ich ihnen als Wächter zur Seite. Für die Hirten streute ich einen Weg aus trockener Erde, der sie zur Krippe hinführen sollte, und während ich das Lied der Hirten summte, stellte ich Josef auf seinen Platz bei der Krippe.

Eine zweite kleinere Schachtel enthielt die Schnitzereien, die meine Mutter als junge Frau angefertigt hatte. Die dort versammelten Figuren waren mir besonders wertvoll, und ich hielt eine jede von ihnen so lange in der Hand, bis sich das

Holz erwärmt hatte. Erst dann fügte ich die Engel, das Eselchen und die beiden Ochsen in die Weihnachtslandschaft ein, wobei ich immer darauf achtete, dass alle gut zu sehen waren.

So wenige Spuren waren von dem kurzen Leben meiner Mutter erhalten geblieben, und wie innig fühlte ich mich ihr verbunden, wenn ich diese Schnitzereien in Händen hielt. Großmutter hatte mir so viel von meiner Mutter erzählt, dass ich manchmal dachte, ich müsse sie gekannt haben, dabei war ich nur wenige Monate alt, als sie starb. »Du siehst ihr ähnlich«, hatte Großmutter einmal gesagt. »Es ist, als habe sie sich mir durch dich wieder geschenkt.«

Als Letztes nahm ich die Maria aus der Schachtel, die ich wie immer besonders lange in Händen hielt. Die kleine Figur mit dem strahlend blauen Gewand war zart und vollkommen. Wie ich sie so betrachtete, war es, als lächle sie mir zu, aus einer anderen Zeit, aus einem anderen Leben. Was mochte meine Mutter gedacht haben, als sie diese wunderschöne Figur gestaltet hatte? Wovon hatte sie geträumt? Was hatte sie sich von ihrem Leben erhofft? Was hatte sie sich für ihr Kind erhofft? Das Kind, aus dem nun Berti geworden war. Berti, die in Dresden studierte und die alles, was sie war, durch diese Frau war. »Danke, Mutter«, flüsterte ich, als ich Maria an die Krippe stellte.

Die Tür öffnete sich, und mit einem Schwall kalter Luft kam Großmutter herein. »Du kommst gerade recht!« Ich machte eine Handbewegung zu meiner Dekoration. »Alles ist an seinem Platz, gerade habe ich die Maria neben Josef gestellt. Jetzt muss ich nur noch die Krippe ein bisschen auspolstern.« Es gab noch einen kleinen Rest Moos, das ich zurechtzupfte, dann legte Großmutter wie in jedem Jahr das Jesuskind in die Krippe.

Ich entzündete die Kerzen auf dem Schwibbogen im Fenster und stellte die Kerzenleuchter auf den Tisch. Das warme Licht, das von den Kerzen ausging, stimmte mich auf die frohe Botschaft des Heiligabends ein.

Das Weihnachtsessen hatte Großmutter schon am Vortag vorbereitet, sodass wir Hähnchen, Wurzelgemüse und Kartoffeln jetzt nur noch erhitzen mussten. Rasch tauschten wir die Alltags- gegen unsere Sonntagskleidung und setzten uns an den mit Tannengrün und roten Bändern geschmückten Tisch.

Nach dem Essen löschten wir das Licht. Die Stube war nun nur noch durch die Kerzen erleuchtet. Abwechselnd sprachen wir die Sätze des Weihnachtsevangeliums und sangen gemeinsam unsere liebsten Weihnachtslieder: »Stille Nacht, heilige Nacht« und »Maria durch ein Dornwald ging«. Später würden wir zur Christmette in die Kirche gehen.

Das Herz vom Striezelmarkt hängte Großmutter ihrem Bett gegenüber an die Wand ihrer Schlafkammer, und der getöpferte Teller, dessen Rand ich mit Tannenzweigen und dessen Mitte ich mit einem Engel bemalt hatte, fand seinen Platz auf der Kommode in der guten Stube. Ich zeigte ihr die Wandteller, die ich für Fräulein Wendt angefertigt hatte, und eine Kopie des Exlibris, das ich für Paul entworfen hatte. »Es ist wunderbar, was du in Dresden alles lernst, mein Kind. Und wenn du dein Geschenk Fräulein Wendt überreichst, vergiss nicht, ihr zu danken. Denn all das kannst du nur durch sie lernen.«

Dann betrachtete sie nochmals das Exlibris und sagte: »Paul Hollmann? Das ist doch der junge Herr, den du im Sanatorium kennengelernt hast. Ihr schreibt euch noch immer?«

Ich nickte, bevor ich ihr die mit einer feinen Spitzenborte eingefassten Batisttaschentücher zeigte, die Paul mir zu Weihnachten geschickt hatte. Voller Bewunderung strich sie über den zarten Stoff.

»Ihr schreibt euch, ihr macht euch Geschenke … wird das etwas Ernstes mit euch, Berti?«

»Wie soll es etwas Ernstes werden, wenn er dort im Norden ist und ich in Dresden oder hier in Grünhainichen bin?«

»Das findet sich manchmal.«

Ich fragte nicht nach, aber vor dem Einschlafen dachte ich über ihre Worte nach. Nahm Großmutter meine Freundschaft mit Paul so ernst? Gehörten Paul und seine Familie nicht in eine andere Welt? In eine Welt der Spitzentaschentücher und Segelboote? Konnte sich Großmutter ihre kleine Berti an der Seite eines Ingenieurs vorstellen, der auf einer Werft arbeitete, Schiffsmotoren und anderes konstruierte, wovon wir beide keinerlei Vorstellung hatten? Wünschte sie sich das für mich? Aber wie könnte sie mir solch ein Leben wünschen, wenn es doch gleichzeitig bedeuten würde, dass dieses Leben mich weit von ihr entfernen würde? Wie könnte ich sie allein hier zurücklassen?

***

Am Sonntag nach Hochneujahr, dem Fest der Heiligen Drei Könige, kehrte ich nach Dresden zurück. In den Tagen zuvor hatte ich viele Stunden in der Manufaktur verbracht. Jede Hand wurde gebraucht, denn in den Wochen vor Weihnachten waren viele Aufträge und Anfragen zurückgestellt worden, um all das, was in den Weihnachtsstuben aufgestellt werden sollte, rechtzeitig ausliefern zu können. Nun ging es daran, die Bestellungen zu bearbeiten, um die Lücken wieder aufzufüllen, die das Weihnachtsgeschäft in den Kunstgewerbegeschäften in Deutschland und im Ausland hinterlassen hatte. Ich nahm einen Platz neben Großmutter in der Malerei ein, und während ich mit den bunten Vögeln beschäftigt war, die Behälter für Streichholzschachteln und Rauchwaren zierten, arbeitete Großmutter an den komplizierten Mustern der Spanschachteln.

Auch als ich über Ostern für zehn Tage nach Grünhainichen kam, teilte mich Fräulein Wendt für die Malstube ein. Da saß ich wieder Seite an Seite mit Großmutter, die mich anleitete. Diesmal bemalte ich Puppenstubenmöbel mit bunten Blumenranken und Borten. Für die Arbeit brauchte man eine ruhige Hand, Fingerspitzengefühl und einen sehr feinen Pinsel. Ich war stolz, dass ich von den Hasenhosenbeinen und Hasenjoppen zu dieser feinen Malerei aufgestiegen war.

Im Arbeitsraum herrschte wie immer heitere Stimmung. Manchmal wurden ein paar Sätze gewechselt, manchmal wurde gesungen, aber meistens arbeiteten alle ganz still und konzentriert. Hin und wieder hörte man ein Stöhnen, wenn einer von uns der Pinsel verrutschte und Schadensbegrenzung angesagt war.

»Wie ist es so in Dresden, Berti?«, fragten Großmutters Kolleginnen. Ich gab Antworten wie: »Wir lernen viel« oder »Dresden ist eine schöne Stadt«, denn es war wohl eher Höflichkeit, die sie fragen ließ, als wirkliches Interesse an meinem Leben, und ein übers andere Mal stellten sie fest: »Zu Hause ist es doch am besten!«

Nach Abschluss des ersten Unterrichtsjahres konnte ich Fräulein Wendt nicht nur ein ausgezeichnetes Zeugnis präsentieren, sondern auch den Bericht des Arztes, der mir Gesundheit und eine stabile Konstitution bescheinigte.

Ich genoss die Sommerwochen in Grünhainichen und die Arbeit in der Manufaktur, freute mich aber auch darauf, nach Dresden zurückzukehren, wo ich mit der Arbeit am Katalog einer Werkzeugfabrik beginnen sollte, mit der ich einen kleinen eigenen Verdienst haben würde.

DRESDEN 1921

Lene kehrte im Herbst ebenfalls zu Frau Genner zurück. Zwei neue Schülerinnen der Kunstgewerbeschule bezogen das Zimmer mit ihr.

An einem Samstagnachmittag verlockte uns das schöne Wetter dazu, auf dem Rückweg von der Schule einen kleinen Umweg zu machen, sodass wir etwas später als gewöhnlich zu Hause ankamen.

»Besuch für Sie, Berti«, sagte Frau Genner, als wir in den Flur eintraten. Sie deutete auf die Tür der Wohnstube, hielt mich aber gleichzeitig am Arm zurück.

Besuch? Wer sollte mich besuchen? Und wieso platzierte Frau Genner meinen Besuch in ihrer Wohnstube? Eine frühere Schulkollegin war es sicher nicht. Vielleicht war Fräulein Kühn, die inzwischen Frau Lohrisch-Kühn war, zu einem Besuch aus Chemnitz nach Dresden gekommen?

»Es ist ein Herr – der Herr, von dem Sie Briefe bekommen.«

»Herr Hollmann?«, fragte ich ungläubig, denn das konnte nicht sein. Am Tag zuvor war ein Brief von Paul angekommen, wie sollte er jetzt in Dresden sein? Aber Frau Genner nickte.

»Ich habe ihm schon mal eine Kanne Tee hingestellt, gehen Sie hinein zu ihm, der Arme war ganz nervös, dass er Sie verpasst, aber ich habe ihm gesagt, dass Sie nach dem Unterricht immer nach Hause kommen. Gehen Sie hinein, aber richten Sie zuerst Ihr Haar – und ein wenig frisches Wasser könnte auch nicht schaden, Sie sehen ganz erhitzt aus. Ich werde ihm sagen, dass Sie da sind und gleich zu ihm in die Stube kommen.«

Als ich wenig später das Zimmer betrat, stand Paul auf und kam mir ein paar Schritte entgegen. Wollte er mich umarmen? Aber er streckte mir nur beide Hände entgegen. »Ich freue mich so, dich zu sehen, Berti!«

Hatte ich mir das mit der Umarmung nur eingebildet, weil ich das Strahlen in seinem Gesicht sah? Oder war es die Anwesenheit von Frau Genner, die hinter mir in der Tür stand, die ihn davon abhielt?

Paul ging zu seinem Platz am Tisch zurück, und als ich mich auf einen der Stühle an der gegenüberliegenden Tischseite setzte, hörte ich, wie Frau Genner die Tür hinter sich zuzog. Ein wenig steif saßen Paul und ich uns gegenüber. Er goss mir Tee ein, und ich rührte mit dem Löffel in der zierlichen Tasse, obwohl ich doch gar nichts vom Zucker genommen hatte.

»Wie …«, begann ich eine Frage und gleichzeitig sagte Paul: »Ich …«

Wir mussten lachen, und endlich fiel das Steife und Konventionelle von uns ab. Ich nickte Paul lächelnd zu, und er sagte: »Ich wollte dich nicht so überfallen, aber ganz plötzlich hat es sich ergeben, dass ich Urlaub nehmen konnte, und dann … also, ich dachte, Briefe sind schön und gut, aber ich wollte mich doch selbst überzeugen, dass es dir gut geht. Wollte sehen, wie schön es hier in Dresden ist und …«

In dem Moment öffnete sich die Tür. Frau Genner kam, um die Gardine am Fenster zu richten. Sie warf einen raschen Blick auf uns, als müsse sie sich versichern, dass wir hier in ihrer

Wohnstube den nötigen Abstand zueinander wahrten. Sie schien zufrieden, denn als sie wieder zur Tür ging, sagte sie an Paul gewandt: »Sie sind herzlich zum Abendessen eingeladen, Herr Hollmann.«

»Ein bisschen wie meine Mutter«, stellte Paul fest, nachdem er sich bedankt und sie die Tür hinter sich geschlossen hatte.

***

»Ich habe einen Baedeker mitgebracht«, sagte Paul am nächsten Vormittag und hielt mir ein dickes rotes Buch entgegen. »Und ich denke, wir beginnen mit der Frauenkirche. Da werden wir wohl gerade richtig zum Gottesdienst kommen.«

An diesem Sonntag sah ich mit Paul und dank seines Reiseführers vieles von Dresden, was ich bisher noch nicht kannte. In der Kühle der endlosen Räume des Schlosses erholten wir uns von der spätsommerlichen Hitze. Vor einem der zahllosen Gemälde, die wir pflichtgemäß bewunderten, nahm Paul meine Hand und hielt sie fest, bis wir dem nächsten Aufseher begegneten und ich meine Hand rasch aus seiner zog.

»Was hast du?«, flüsterte er mir zu. »Soll er doch denken, wir sind auf der Hochzeitsreise!«

»Sind wir aber nicht, und das sieht er bestimmt!«

Anschließend spazierten wir zu den Brühlschen Terrassen und von dort an der Elbe entlang, auf der ein Schwanenpaar in Richtung Norden schwamm. »Wenn du dir ein kleines Boot nimmst, ziehen die Schwäne dich vielleicht bis nach Hamburg. Da hole ich dich ab, und dann fahren wir nach Kiel.«

»Ich fürchte, ich bin zu schwer für die Schwäne.«

Ehe ich michs versah, hatte Paul mich hochgehoben und

sich einmal mit mir im Kreis gedreht. »Fräulein Bresser, Sie sind leicht wie eine Feder, das sollte für zwei Schwäne kein Problem sein!«

Nach unserem Abendessen in einem Restaurant, für das mein Sonntagskleid, das doch mein bestes Kleid war, einiges an Eleganz fehlen ließ, wechselten wir in einen Weinkeller.

»Nun kommt unser medizinisch verordneter Rotwein«, sagte Paul und studierte die Weinkarte, nahm dann aber doch die Empfehlung des Obers an.

»Das war ein wunderschöner Tag. Danke, Paul«, sagte ich, als wir uns zuprosteten.

»Schade, dass du nicht einfach Urlaub von der Schule nehmen kannst«, erwiderte Paul. »Mit dem Baedeker allein wird es mir morgen nicht so viel Freude machen. Aber ich werde dich am Nachmittag von der Schule abholen.«

Das machte er am Montag und am Dienstag – und schon am Mittwoch berichtete Lene, es würde gemunkelt, Berti Bresser sei verlobt. Doch niemand fragte mich direkt.

Als wir an Pauls letztem Abend in Dresden wieder in der Weinstube saßen, berichtete er mir, dass er nun, da er eine Festanstellung in der Werft habe, auch einen Anspruch auf eine der Firmenwohnungen anmelden könne. »Freilich nur, wenn ich verheiratet bin«, ergänzte er und griff über den Tisch nach meiner Hand. »Verstehst du, was ich damit sagen möchte, Berti?«

Ich verstand, aber ich wusste keine Antwort. »Ich habe doch gerade erst ein Studienjahr abgeschlossen …«, sagte ich schließlich.

»Aber du kannst dein Studium in Kiel fortsetzen, ich habe mich erkundigt. Auch dort gibt es eine Kunstgewerbeschule.«

»Aber Großmutter … und die Manufaktur … ich fühle mich doch auch verpflichtet, etwas zu leisten …«

Er sah, dass ich keine schnelle Antwort hatte. »Ich will dich nicht drängen. Ich kann warten. Aber … sag mir, ob du darüber nachdenken wirst. Und sag mir, ob es einen anderen gibt.«

»Einen anderen?«

»Ja, vielleicht gibt es einen jungen Herrn in der Akademie oder einen in eurem Dorf, der dich liebt …«

»Nein«, sagte ich rasch, »es gibt keinen.«

Es gab nur einen, von dem ich träumte. Aber waren diese Tage mit Paul in Dresden nicht auch wie ein Traum gewesen?

***

Nachdem Paul abgereist war, verbrachte ich die Abende wieder mit Spaziergängen mit Lene und mit den Katalogzeichnungen von Steckschlüsseln und Zangen: Beißzangen, Drahtzangen, Flachzangen, Krokodilzangen …

»Oh, unsere Werkzeugkünstlerin ist wieder an der Arbeit«, kommentierte Lene meine Tätigkeit, als sie in mein Zimmer kam, um mich zum Spaziergang abzuholen.

»Ja, ich muss doch aufholen, was ich in den letzten Tagen versäumt habe«, sagte ich, legte jedoch den Zeichenstift zur Seite. »Für einen kleinen Spaziergang muss aber Zeit sein.«

Die Luft an diesem Abend war wunderbar lau und der Herbst noch nicht zu spüren. Lene hakte sich bei mir unter. Mit raschem Schritt passierten wir die gepflegten Vorgärten in unserer Straße.

»Schön ist es heute Abend«, stellte ich fest und dachte, wie schade es war, dass Paul bereits abgereist war.

»Paul Hollmann könnte mir auch gefallen.« Lenes Worte trafen sich mit meinen Gedanken. »Im Norden gibt es bestimmt auch die ein oder andere, der er gefällt«, fuhr sie fort. »Wie geht es weiter? Ich sehe noch keinen Ring.«

»Nein. Ich habe doch gerade erst mit dem Studium begonnen.«

»Und er? Hat er davon gesprochen?«

»›Davon‹? Ach Lene, was du alles wissen willst.«

Sie schüttelte den Kopf, fragte nicht weiter, aber jeder Brief, der abends neben meinem Teller lag, schien sie zu beruhigen.

Sogar Frau Genner sagte hin und wieder mit einem Blick auf einen der Briefe: »Ein feiner Herr, der Herr Hollmann, lassen Sie ihn nicht gehen, Berti!«

DRESDEN UND GRÜNHAINICHEN 1922

Als ich im zweiten Studienjahr in den Osterferien in Grünhainichen war, bestellte Fräulein Wendt mich am Tag vor meiner Abreise zu sich.

»Die feinen Pinselstriche hast du in Dresden nicht verlernt, Berti!«, sagte sie, während sie mir eine von mir bemalte Puppenstubenwiege entgegenhielt. »Noch ein paar Wochen, dann geht dein zweites Dresdener Jahr zu Ende, und die Praktikumswochen beginnen. Die sollst du aber nicht mit dem Bemalen von Puppenstubenmöbeln verbringen.«

Sie machte eine kleine Pause, und ich überlegte, ob ich widersprechen sollte, denn in der Malerei hatte es mir doch recht gut gefallen. Aber ich entschied mich, abzuwarten, was sie vorschlagen würde.

»Ich habe einen kleinen Auftrag für dich, mit dem du in Dresden schon beginnen kannst.« Dann legte sie mir dar, dass ich in der kommenden Praktikumszeit zwei von mir selbst entworfene Tierfiguren durch den gesamten Produktionsablauf führen sollte. »Am Ende sollen von jedem Tier fünfzig Stück fertig sein, dann werden wir bei der nächsten Messe sehen, wie Bertis Figuren von den Käufern aufgenommen werden.«

Das war fantastisch! Ein richtiger Arbeitsauftrag, und am Ende des Sommers würde ich Figuren in Händen halten, die von mir entworfen waren und bei denen ich alle einzelnen Arbeitsschritte selbst durchgeführt hatte. Fräulein Wendt schob mir einige Bögen Zeichenpapier zu, die Entwürfe und Arbeitsvorlagen enthielten, und erläuterte mir an ihnen, worauf es ankäme und was ich beachten müsse. »Diese Blätter kannst du als Muster mitnehmen. Wenn du Entwürfe für fünf bis sechs Figuren mitbringst, werden wir gemeinsam mit Fräulein Sommer entscheiden, welche Figuren in die Produktion gehen werden.«

Als ich Großmutter am Abend davon berichtete, nahm sie meine Hände. »Das macht mich froh, Berti. Fräulein Wendt hat Pläne für dich, und das ist gut. Dann muss ich mir keine Sorgen machen, was wird, wenn ich einmal nicht mehr da bin.«

In meine Freude mischte sich bei ihren Worten ein Schreck. »Aber du bist da, Großmutter, und du wirst noch lange da sein!«

Wir nahmen uns in die Arme und blieben eine Weile dicht nebeneinandersitzen. »Schade, dass du morgen schon zurück nach Dresden musst«, sagte Großmutter.

Ich versuchte, sie zu trösten: »Im Juli bin ich wieder hier.«

Ich ahnte nicht, dass ich schon viel früher zurückkehren würde. Wie sollte ich auch ahnen, dass meine Welt sich in den kommenden Wochen vollständig verändern würde?

***

Die freien Stunden an den Sonntagen, wenn ich von meinen Spaziergängen an der Elbe zurückkam, nutzte ich für meine Entwürfe. »Was denkst du, welche Tiere würden den Menschen am meisten Freude machen?«, fragte ich Lene, und gemeinsam gingen wir die heimische und exotische Fauna durch.

Meine Briefe an Paul verzierte ich von da an regelmäßig mit

kleinen Tierzeichnungen. Von meinem Auftrag hatte ich ihm berichtet, und er schrieb: »Du kannst stolz auf dich sein, Berti.« Und ein paar Briefe später: »Ich bin stolz auf dich.«

Im Mai kam ein Brief von Birgitta. Das war ungewöhnlich, denn wir schrieben uns eigentlich nicht, sondern sparten uns alles, was wir einander mitteilen wollten, für meine Tage zu Hause auf. Aber Birgittas Neuigkeit konnte wohl keinen Aufschub vertragen: Sie hatte sich verlobt. Aber nicht mit Heiner Pietsch, den Birgitta so lange von ferne angeschmachtet hatte, sondern mit Karl Teschner, dem Sohn unseres Holzschuhmachers. Karl hatte das Handwerk seines Vaters erlernt und würde dessen Betrieb nach der Hochzeit übernehmen. *Geheiratet wird in diesem Herbst, dann ist es vorbei mit der Papierfabrik, vorbei mit der Tipperei auf dieser widerspenstigen Maschine. Bald bin ich Frau Holzschuhmachermeisterin und werde das Geschäft führen. Dann sind die Rechnungen, die ich schreibe, für unseren eigenen Betrieb.*

Ich dachte bei mir, dass wir unsere Holzschuhe bisher immer ohne Rechnungen bezahlt hatten, aber was wusste ich schon von den Aufgaben einer Frau Holzschuhmachermeisterin?

Ganz am Ende des Briefes hatte Birgitta dann noch eine Nachricht angefügt, die mir den Atem nahm: *Im Ort gibt es noch ein neues Paar: Fräulein Sommer und Herr Wendt haben sich verlobt!*

Ich starrte auf den letzten Satz und hoffte, er würde wieder verschwinden. Also doch, dachte ich, Fräulein Sommer! Bei meinem letzten Aufenthalt in Grünhainichen hatte ich Herrn Wendt nur einmal gesehen. Ich hatte am Ostersonntag mit Birgitta einen Spaziergang an der Flöha gemacht, einen Spaziergang, bei dem sie mich über Paul Hollmann ausfragte und mit meinen Antworten unzufrieden war.

»Nun sag schon, Berti, hat er dich vielleicht wieder in Dresden besucht, oder wird er im Sommer kommen? Vielleicht kommt er auch hierher, um Großmutter kennenzulernen …«

Genau in diesem Moment war Herr Wendt auf uns zugekommen.

»Guten Tag, die Damen«, sagte er, zog seinen Hut und fügte hinzu: »Wunderbares Wetter für einen Osterspaziergang!«

Birgitta schien bei seiner Anrede ein paar Zentimeter zu wachsen.

Nachdem wir zurückgegrüßt hatten, wandte er sich an mich: »Ich habe Sie noch gar nicht gesehen, Fräulein Bresser. Meine Schwester scheint Sie in der Werkstatt versteckt zu halten.«

Unter seinem freundlichen Blick wurde ich rot und antwortete, dass ich mit Großmutter in der Malerei arbeite und in ein paar Tagen zurück nach Dresden fahren würde.

»Dann wünsche ich noch einen schönen Tag«, sagte er zu uns beiden, lüftete seinen Hut erneut und ging weiter.

»Sehr freundlich, sehr nett – ein sehr feiner Herr!«, stellte Birgitta fest, worauf ich wohl eine wirre Antwort gab, denn sie sagte: »Na, Herr Wendt. Wirklich ein feiner Herr!«

Das war nur eine kurze Begegnung gewesen, aber wie immer, wenn ich Herrn Wendt traf, waren mein Kopf und mein Herz in Unordnung geraten. Jetzt wühlte mich die Neuigkeit von seiner Verlobung auf.

Birgittas Brief zitterte in meiner Hand, ich wollte ihn zerknüllen und in den Abfall werfen, aber das hätte auch nichts geändert. Genauso wenig wie die Tränen, die ich weinte, als ich mich auf mein Bett warf. Meine Gedanken gingen durcheinander, in meinem Kopf war alles wirr: Verlobt ist nicht verheiratet, ein feiner Herr ist zu fein für Berti Bresser.

Aber er hatte mich doch immer so angesehen, mit diesem besonderen Blick, hatte das gar nichts zu bedeuten? Nein, es hatte nichts zu bedeuten. Olly Sommer war eine Dresdener Absolventin, sie arbeitete Hand in Hand mit Fräulein Wendt, hatte längst einen festen Platz in der Manufaktur. Sie machte Entwürfe, die umgesetzt wurden, und hatte einen ganz eigenen Stil in der Malerei. Sie war schon lange eine Künstlerin, daran bestand kein Zweifel. Mit ihrer Eleganz schien sie aus einer anderen Welt zu kommen, und viele im Ort bewunderten sie. Gegen Olly Sommer war ich doch nur die kleine Berti, und wenn mich ein feiner Herr freundlich ansah, dann bedeutete das gar nichts.

Lene klopfte an meine Tür und fragte, ob ich eine schlechte Nachricht erhalten habe.

»Nur mal wieder eine Verlobung«, schniefte ich.

»Doch nicht etwa Paul Hollmann?«, wollte sie wissen. Als ich verneinte, schloss sie die Tür wieder. Ein paar Minuten später brachte sie ein Schälchen Kompott, das sie mir mit den Worten reichte: »Hier, ein Seelentröster. Irgendwer verlobt sich immer, und irgendwann werden auch wir uns verloben!«

Ich war ihr dankbar dafür, dass sie nicht weiter fragte, und noch dankbarer für das süße Kompott, das mich tatsächlich ein klein bisschen tröstete.

»Und jetzt Schluss mit dem Weinen und raus mit dir, wir machen einen Spaziergang, und kein Wort mehr über Verlobungen!«

Das half. Doch vor dem Einschlafen überkam mich die Traurigkeit erneut. Meine kleinen Träumereien hatten ein jähes Ende gefunden. Aber wie froh war ich, dass es nur heimliche Träumereien gewesen waren. Niemand wusste davon, vor niemand hatte ich mich lächerlich gemacht, hatte niemand schmachtende Blicke zugeworfen oder vor der Kirche aufgelauert. Ja, Fräulein Sommer war eine elegante junge Dame, und sie und Herr Wendt passten bestimmt gut zueinander.

***

Ich merkte, wie sich in meinem Kopf und in meinem Herz etwas neu sortierte und Johannes Wendt in den Hintergrund trat. Immer öfter dachte ich an Paul und an die schönen Tage im letzten Herbst. Ich freute mich, als er in einem seiner nächsten Briefe schrieb, dass er in diesem Jahr für einen längeren Urlaub nach Sachsen kommen könne. Das Elbsandsteingebirge solle eine bemerkenswerte Landschaft sein, und vielleicht könnten wir ein paar Tage dort wandern. »Ich habe Sehnsucht nach dir«, schrieb er. »Ich freue mich über jeden deiner Briefe und über deine kleinen Zeichnungen, aber viel lieber würde ich dir beim Zeichnen zusehen.«

Paul hatte Sehnsucht nach mir. Seine Worte öffneten mein Herz, und je mehr es mir gelang, meine alten Träume zu vertreiben, umso mehr Raum nahm Pauls Bild ein. Mit seinem blonden, gewellten Haar, das er mit viel Pomade zu glätten versuchte, und mit seinen blauen Augen verkörperte er das, was Lene den nordischen Typus genannt hatte. »Ein echter Wikinger«, hatte sie gesagt, nachdem er am ersten Abend mit uns am Tisch bei Frau Genner gesessen hatte. »Und er versteht es, ein Gespräch zu führen.«

Aber: Wandern im Elbsandsteingebirge? Wie stellte er sich das vor? Ich ging nicht auf seinen Vorschlag ein, ließ ihn aber wissen, dass ich mich freuen würde, ihn in Dresden wiederzusehen. In diesem Sommer müsse ich aber zunächst meine Tierfiguren in der Manufaktur bearbeiten.

Ich erzählte niemand von Pauls Plänen, auch Lene gegenüber schwieg ich, obwohl ich ihre neugierigen Blicke wahrnahm, wenn ich wieder einen Brief von Paul vom Tisch nahm und in meiner Rocktasche verschwinden ließ.

***

Das Unterrichtsjahr würde bald zu Ende gehen, und ich war voller Vorfreude auf die Sommerwochen bei Großmutter und auf die vor mir liegende Arbeit in der Manufaktur, als ich an einem der letzten Junitage aus dem Kunstgeschichtsunterricht heraus ins Sekretariat gerufen wurde. Mein Herz klopfte, als ich dort ankam, obwohl ich keine Vorstellung hatte, ob mich etwas Gutes oder etwas Schlechtes erwartete. Die Bürodame, Frau Stein, reichte mir den Hörer des Telefons. »Aus Grünhainichen«, sagte sie, und mein Herz klopfte noch rascher, dann fügte sie hinzu: »Ihre Cousine.«

Ich nahm den Hörer. »Birgitta?«

Am anderen Ende war ein Schniefen zu hören, dann: »Oh, Berti, es ist so schrecklich, Berti. Großmutter ist heute nicht in die Manufaktur gekommen, da haben sie jemand zu ihr geschickt, die Hanne Benders. Sie ist hingelaufen und hat geklopft und gerufen, aber es hat niemand aufgemacht und dann …«

Ich unterbrach Birgitta, denn ich hielt ihr langes Reden nicht mehr aus. »Was ist? Ist Großmutter krank?«

Birgitta stieß ein lautes Japsen aus. »Tot, Berti, sie ist tot. Sie hat schon seit Stunden dagelegen, Hanne sagt, sie war … sie war schon ganz kalt.«

»Ich komme, so schnell ich kann«, sagte ich mechanisch und gab Frau Stein den Hörer des Telefons zurück. Sie brachte mir einen Stuhl, nahm mich an der Hand, drückte mich auf die Sitzfläche und legte den Arm um mich. Eine Weile saß ich ganz still und starrte vor mich hin, ohne etwas wahrzunehmen. Ich hatte gesagt, ich würde nach Hause kommen, aber sosehr ich mich auch beeilen würde, ich würde zu spät sein.

Ich wollte wieder oben im Unterrichtsraum sein, Professor Weissers Vortrag über die Ideale der Antike hören. Alles sollte sein wie zuvor. Kein Anruf, keine schluchzende Birgitta … gleichzeitig hämmerte das Wort *tot* in meinem Kopf.

Wie lange ich so gesessen hatte mit Frau Stein, die ruhig neben mir stand, weiß ich nicht. Irgendwann sagte sie mit sanfter Stimme: »Ich schicke jemand, der Ihre Sachen aus dem Klassenraum holt, dann rufe ich eine Droschke, die Sie zum Bahnhof bringt.«

Als sie wenig später meine Tasche vor mir abstellte und mir mein Tuch in die Hand drückte, fragte sie: »Schaffen Sie es allein zum Bahnhof? Oder soll Sie jemand begleiten? Haben Sie das Geld für die Fahrkarte? Soll ich nachsehen?« Ich kramte die Geldbörse aus meiner Tasche und hielt sie ausgestreckt vor mich.

»Ja, das wird reichen«, sagte Frau Stein, nachdem sie einen Blick in meine Börse geworfen hatte. »Ich sage dem Pedell, er soll mit Ihnen gehen und Ihnen die Fahrkarte besorgen.« Dann nahm sie mich noch einmal in den Arm: »Gott schütze Sie, armes Kind!«

Die nächsten Tage erlebte ich wie durch einen Grauschleier. Birgitta wich nicht von meiner Seite, in den Nächten lagen wir nebeneinander in Birgittas Bett und weckten uns gegenseitig mit unserem Schluchzen. Am Tag der Beerdigung sagten mir viele Leute gute Dinge über Großmutter, viele nannten mich wie schon Frau Stein »armes Kind«, und als die drei Schaufeln Erde auf Großmutters Sarg fielen, wurde mir klar, dass ich nun wirklich eine Waise war.

»Du hast uns, Berti. Mama, Lily und mich, wir sind deine Familie«, sagte Birgitta, aber wir wussten beide, dass mein Leben von jetzt an anders sein würde. Auch Fräulein Wendt nahm mich fest in die Arme: »Wir alle haben mit deiner Großmutter einen wertvollen Menschen verloren, doch dein Verlust ist ungleich größer, Berti.« Ich sah, dass sie sich Tränen aus den Augen wischte, bevor sie fortfuhr: »Aber du hast mit deiner Tante eine Familie, und auch hier in der Manufaktur hast du eine Familie. Du gehörst zu uns, Berti.«

Es tat gut, ihre tröstlichen Worte zu hören und in ihre freundlichen Augen zu sehen, die etwas von meiner eigenen Trauer widerspiegelten. Wir saßen nebeneinander auf dem Sofa in ihrem Wohnzimmer, einem Raum, der Geborgenheit ausstrahlte.

»Es war eine große Freude für deine Großmutter, zu sehen, wie du deinen Weg gehst. So gehe ihn weiter im Gedanken an Malwine, die dich von dort, wo sie jetzt ist, beschützen und leiten wird.«

Es waren gute Worte. Worte, an die ich mich halten konnte, die mir eine Richtung gaben und sich von dem allgemeinen »Was soll nur werden?«, mit dem mich mancher in den letzten Tagen bedacht hatte, unterschieden.

»Fahre nach Dresden zurück, beende das Studienjahr, und dann kommst du hierher und absolvierst dein Praktikum, wie wir es geplant haben.«

***

Zurück in Dresden, umarmte Frau Genner mich, bereitete heiße Schokolade zu und setzte sich mit mir in die Wohnstube. Sie fragte, ob Großmutter schon länger krank gewesen sei, und auf einmal war es, als sei eine Schleuse geöffnet worden. Ich erzählte von meinem letzten Aufenthalt zu Hause, davon, dass Großmutter gesagt hatte, sie wisse, dass sie sich keine Sorgen über meine Zukunft machen müsse, keine Sorgen über die Zeit, wenn sie nicht mehr da sei.

»Das ist ein schöner Satz, den Ihre Großmutter Ihnen damit geschenkt hat. Sie hat Sie entlassen, Berti, entlassen in ein selbstständiges Leben.«

Es tat gut, mit Frau Genner in ihrer Wohnstube zu sitzen und ihre Anteilnahme zu spüren, und so erzählte ich immer weiter, von Großmutter, ihrem gütigen Wesen und wie sie mir Vater und Mutter ersetzt hatte. Auch von dem schweren Leben meiner Großmutter berichtete ich. Sie war früh Witwe geworden, weil der Großvater bei einem Grubenunglück im Berg geblieben war, und hatte allein für ihre beiden Töchter sorgen müssen. »Als die beiden heirateten, wurde das Leben auch für Großmutter leichter. Doch dann starb meine Mutter, kaum dass ich laufen gelernt hatte, und mein Vater ging nach Freiberg in den Bergbau. Im Krieg bekam Großmutter irgendwann die Nachricht, dass er in Frankreich gefallen war.«

»Ein schweres Leben, in der Tat. Aber wie schön, dass Ihre Großmutter erlebt hat, wie sich für Sie ein neuer Weg geöffnet hat. Gehen Sie ihn weiter, Berti. Im Andenken an Ihre Großmutter und vielleicht auch im Andenken an Ihre Mutter, auch wenn Sie sie nicht wirklich gekannt haben.«

Wir saßen noch eine Zeit lang zusammen, bis Lene kam und mit mir zu einem Spaziergang aufbrach.

In der Schule drückten mir die meisten meiner Mitschülerinnen die Hand und murmelten ein Beileid oder nahmen mich still in den Arm. Nur Theres von Gampen fragte nach Großmutter und unserem gemeinsamen Leben. »Die meisten Menschen haben Angst, die Verstorbenen zu erwähnen, weil sie denken, es schmerzt zu sehr, an sie erinnert zu werden. Ich habe gelernt, wie tröstlich es ist, von den Verstorbenen zu sprechen, und dass man sich ihnen dadurch wieder nahe fühlt.« Nach einer kurzen Pause fügte sie hinzu: »Ich habe das gelernt, als mein Ehemann gestorben ist. Das war noch vor dem Großen Krieg.«

Mit einem Mal hatte ich den Mut, nach ihrem Mann zu fragen und ob er krank gewesen sei.

»Nein, es war ein Jagdunfall!« Sie berichtete von der Jagdleidenschaft in ihrer beider Familien und wie ihr Mann nur wenige Monate nach der Hochzeit bei einer Treibjagd von einem Querschläger getroffen worden war.

»So jung«, sagte sie, »wir hatten gerade seinen achtundzwanzigsten Geburtstag gefeiert. Und so jung wird er für mich immer bleiben. Ich werde ihn in Erinnerung behalten, wie er an jenem Morgen aufgebrochen ist und ich ihm Waidmannsheil gewünscht habe. Er hat sich an der Tür umgedreht, mit einem Waidmannsdank geantwortet, und dann ist er noch einmal zurückgekommen und hat mich umarmt.« Wie sie das sagte, fühlte ich die Nähe, die sie dabei zu dem Verstorbenen empfand.

»Und danke, Berti, dass du gefragt hast. Hier wissen alle, dass ich verwitwet bin, aber niemand wagt, es mir gegenüber zu erwähnen.«

Und so waren es Theres, Lene und Frau Genner, die mich auch in den nächsten Tagen und Wochen immer wieder darauf ansprachen und fragten, wie es mir gehe.

Von Paul kam ein einfühlsamer Brief, und auch das tat mir gut.

GRÜNHAINICHEN 1922

Ende Juli erhielten wir unsere Zeugnisse für das zweite Studienjahr, und ich freute mich, wie gut ich auch in diesem Jahr abgeschlossen hatte. In Grünhainichen ging ich zuerst zu Fräulein Wendt. Sie gratulierte mir herzlich und sagte: »Deine Großmutter wäre sehr stolz auf dich! Das wissen wir beide.«

In Großmutters Haus erwartete mich eine Überraschung. Mein Zimmerchen war unverändert, aber in Großmutters Schlafkammer war alles neu, und Birgitta war dort eingezogen. Auch in der Küche gab es einige Veränderungen, aber ich freute mich über die Ordnung im Haus und den Blumenstrauß, der mit einem Willkommensgruß für mich auf dem Tisch stand. Als Birgitta aus der Papierfabrik kam, sagte sie: »Mutter meinte, es sei hier zu einsam für dich, deshalb habe ich mich schon mal ein bisschen eingerichtet.« Tatsächlich hatte es mich in den vergangenen Tagen bei dem Gedanken, allein in dem Haus zu wohnen, etwas gegruselt, deswegen war ich froh, Birgitta an meiner Seite zu haben. Gemeinsam gingen wir zum Friedhof, und auf dem Weg dorthin pflückten wir einen bunten Blumenstrauß, den wir auf Großmutters Grab legten.

Fräulein Wendt und Fräulein Sommer besprachen mit mir meine Entwürfe und entschieden, dass ein Vogel, für den ich viele bunte Farben vorgesehen hatte, und ein Lämmchen in die Produktion gehen sollten. »Das Lämmchen ist wirklich niedlich und passt gut zu unseren Weihnachtskrippen. Aber es ist auch als Spielzeug für Kinder geeignet«, sagte Fräulein Sommer, die es auch übernahm, einige kleine Korrekturen an den Entwürfen vorzunehmen und den Ablauf der Arbeiten festzulegen.

Die erste Station war die Dreherei, in der ich in den kommenden Tagen die Rohlinge anfertigen würde. Auch in allen anderen Bereichen würde ich die Arbeiten selbst übernehmen; zunächst unter Fräulein Wendts Aufsicht, in der Malerei würde die Zuständigkeit dann bei Fräulein Sommer liegen.

Als ich die Tür zur Dreherei öffnete und mir der frische Holzgeruch entgegenschlug, erinnerte ich mich an meine ersten Tage in der Manufaktur. Wie lange schien das her zu sein, und doch war alles noch so wie damals. Meister Schöbler machte zunächst ein kritisches Gesicht, als ich ihm meine Entwürfe vorlegte, schob dann die Brille auf die Nasenspitze und sah mich über deren Rand hinweg an. Sein Gesicht drückte Zustimmung aus, als er mit dem Zeigefinger auf meine Skizzen zeigte. »Scheinst was gelernt zu haben in der feinen Schule, Berti!«

Dann rief er wie damals an meinem ersten Praktikumstag Heiner zu uns. »Wie du siehst, Heiner, ist Berti wieder da. Ihr habt schon mal miteinander gearbeitet. Seht zu, was ihr aus diesen Entwürfen macht!« Nach einer kleinen Pause ergänzte er: »Das sind Bertis Entwürfe, Heiner, pass auf, dass du's nicht verdirbst!«

Zum Glück ließ sich Heiner durch diesen Spruch nicht erschüttern, grinste wie immer, nahm die Papiere, die ich ihm entgegenstreckte, und sagte: »Wird schon gehen, Meister!«

Als wir an seinem Arbeitsplatz ankamen, legte er die Skizzen auf den Tisch neben der Maschine und warf mir einen herausfordernden Blick zu: »Dann fang mal an, Berti. Zuerst muss die Maschine eingerichtet werden.«

Während ich die notwendigen Einstellungen vornahm, beschäftigte Heiner sich damit, die Teile, die er zuvor bearbeitet hatte, glatt zu schleifen. Dabei sah er immer wieder zu mir hin, nickte zustimmend oder trat neben mich, um eine Korrektur vorzunehmen. Als Schöblers Ruf zur Pause erklang und auch wir unseren Platz verließen, um uns zu den anderen an den Tisch zu setzen, hielt Heiner mich zurück. »Schätze, das ist eine schwere Zeit für dich, Berti«, sagte er, und als ich nickte, fuhr er fort: »Aber die Arbeit tut gut, denke ich!«

Damit hatte er recht. Jeden Morgen freute ich mich auf die Arbeit und die Gemeinschaft mit den anderen. Ich kannte fast alle hier schon seit meiner Kindheit, und obwohl ich die einzige Frau in der Dreherei war, fühlte ich mich nicht als Außenseiterin. Heiner und ich hatten ein gutes Miteinander, und mit der Zeit verlegte er sich darauf, mich zu necken. »Vorsichtig mit deinen Fingern, die werden noch zum Plätzchenbacken gebraucht«, sagte er. Oder: »Oh, Berti, pass nur auf, dass du mit deinen Tierchen nicht durcheinanderkommst. Auf einmal hat das Lämmchen einen Vogelkopf!«

Wenn der Ton oder die Scherze beim Frühstück allzu derb wurden, klopfte Meister Schöbler einmal auf den Tisch und erinnerte: »Obacht, ihr groben Kerle. Hier sitzt ein junges Fräulein mit am Tisch!«

Wenn wir abends auf der Bank vor dem Haus saßen, erzählte ich Birgitta von meinem Tag, doch seit sie mit Karl verlobt war, interessierte Heiner sie nicht mehr. An einem Abend stieß Tante Emma, Birgittas Mutter, dazu und setzte sich neben mich.

»Wie geht es dir inzwischen, Berti?«, fragte sie, und ich

wunderte mich über ihr Interesse und ihre Frage, sagte aber, es sei schön, dass Birgitta bei mir sei und ich nicht ganz allein hier leben müsse. Als ich bemerkte, dass Birgitta angespannt zur Seite sah und meinem Blick auswich, wunderte ich mich noch mehr.

»Ja, Berti«, sagte Tante Emma, »wir wollten mit dir über Großmutters Häuschen sprechen. Du hast immer hier gewohnt, und daran soll sich natürlich nichts ändern. Aber du bist ja nun die meiste Zeit in Dresden und das bestimmt noch für ein Jahr, richtig?«

Eine Ahnung stieg in mir auf und machte mir das Sprechen unmöglich.

»Birgitta und Karl werden im Herbst heiraten. Natürlich könnten sie für den Anfang bei Karls Eltern wohnen, aber ...«, sie machte eine kleine Pause, in der sie die Hände unter ihre Schürze steckte. Birgitta saß ganz starr, ihr Blick war auf etwas gerichtet, das nur sie zu sehen schien.

»Also, Berti, wir haben uns gedacht, dieses Häuschen muss ja nicht leer stehen, wenn du nicht hier bist, und Birgitta und Karl würden sich, wenn sie hier wohnen, auch um alles kümmern: um das Dach, darum, dass die Fenster fest schließen, und auch um alles andere, was für die Erhaltung eines Häuschens nötig ist. Und wenn du in den Ferien nach Grünhainichen kommst, findest du dein Zimmer wie immer, und alles bleibt in Ordnung und in gutem Stand.«

Ich nickte, und jetzt schob auch ich meine Hände unter die Schürze und verknotete die Finger. Als ich nichts sagte, fuhr Tante Emma fort: »Vielleicht kommst du ja gar nicht hierher zurück, wenn du deine Schule abgeschlossen hast. Vielleicht findest du Arbeit in Dresden oder verheiratest dich ...« Wieder machte sie eine Pause, sie sah aus, als erwarte sie Hilfe von mir, aber ich konnte nichts sagen und helfen wollte ich ihr auch nicht. Vielleicht war ja alles richtig, was sie vorbrachte, aber ich spürte, dass ich gerade mein Zuhause verlor.

»Oder Berti … ich habe da auch etwas gehört von einem jungen Herrn in Norddeutschland, mit dem du dir Briefe schreibst …«

Das war es also, worauf sie hofften: dass ich mich in Dresden verheiratete oder Paul in den hohen Norden folgte. Sollte ich aus meinem Heimatort verschwinden, damit Großmutters Häuschen für Birgitta und ihren zukünftigen Mann zur Verfügung stünde? War Birgitta in diesem Sommer deshalb schon mal mit mir zusammen hier eingezogen? Um sich den Platz zu sichern?

Ganz plötzlich schniefte Birgitta neben mir, und ich zuckte zusammen. »Bitte, Berti, sag doch was! Ich will nicht mit Karls Eltern zusammenwohnen. Seine Mutter ist ein Drachen, das hat Karl selbst gesagt. Die hat ihm schon eine Verlobung kaputt gemacht. Bitte, Berti!«

»Es ist ja nicht mein Haus!«, sagte ich, stand auf, ging in meine Kammer und kroch unter die Bettdecke.

Am nächsten Morgen beeilte ich mich das Haus zu verlassen, bevor Birgitta aufstand, und ging zum Friedhof.

Tante Emma war ebenso Großmutters Tochter wie meine Mutter, also konnte sie entscheiden, was mit dem Haus passierte. Natürlich war es vernünftig, das Haus nicht monatelang leer stehen zu lassen. Und ja, ich war froh gewesen, in diesem Sommer nicht allein zu sein.

Aber es war doch mein Zuhause, das einzige Zuhause, das ich hatte. Und wenn Karls Mutter ein Drachen war, so war Karl selbst doch auch ein grober Klotz. Wenn Birgitta und er hier wohnten, würde ich ihr Gast sein, auch wenn sie meine Kammer weiter als mein Zimmer bezeichneten. Wenn sie sagten, fürs Erste, so war doch unklar, wie es weitergehen würde.

Ob sie sich später wirklich eine andere Unterkunft suchen würden, stand in den Sternen. Wenn sie erst Kinder hätten, würden sie Platz benötigen, und dieser Platz war dann Bertis Zimmer. Dann hätte ich gar kein Zuhause mehr …

Die Tränen liefen mir übers Gesicht. In all der Zeit, die ich in Dresden die Schule besuchte, war ich gerne nach Hause gekommen. Zu Hause, das war bei Großmutter gewesen. Und jetzt? Jetzt konnte ich nur noch an ihrem Grab sitzen und auf die Inschrift auf dem kleinen Kreuz starren. Ich würde kein Zuhause mehr haben, wenn Birgitta und Karl im Herbst einziehen würden. Wenn ich Weihnachten hierherkäme, hätte Birgitta schon den Weihnachtsberg aufgebaut – *ihren* Weihnachtsberg –, und Karl säße da und würde seine Pfeife schmauchen und …

Ich merkte, wie sehr mich diese Gedanken quälten, und versuchte mich zu beruhigen. Großmutter, dachte ich, kannst du mir einen Weg zeigen? Ich wendete meinen Blick vom Grab nach oben in den Himmel, und für einen Moment war es, als würde mir von dort neue Kraft gegeben. Kraft zumindest für den Tag, der vor mir lag.

In der Manufaktur war alles wie am Tag zuvor und an allen anderen Arbeitstagen, und im Lauf des Vormittags beruhigte ich mich mehr und mehr. Am Abend beeilte ich mich nicht, nach Hause zu gehen. Doch als ich mich Großmutters Häuschen näherte, roch ich es schon: Birgitta bereitete unser beider Leibgericht zu.

Wir setzten uns zum Essen an den Tisch. Birgitta schob mir die besonders kross geratenen Klitscher zu und teilte das Apfelmus, das sie aus ein paar frühen Falläpfeln zubereitet hatte, zu meinen Gunsten zwischen uns auf.

»Danke«, sagte ich, »das ist köstlich, so könnte ich es jeden Tag haben!«

»Du wirst immer hierherkommen können, wenn du es möchtest, Berti. Nie, nie könnte ich dich vertreiben.«

Ich nickte. »Lass uns die Tage in diesem Sommer als gemeinsame gute Tage leben«, sagte ich, »es müssen auch nicht jeden Tag Klitscher sein.« Wir lachten, und damit war das Thema zwischen uns erledigt. Aber am Sonntag, als Birgitta sich nach der Kirche zu Karl gesellte und mit ihm zu einem Spaziergang aufbrach, suchte ich die Kiste mit den Weihnachtsschnitzereien heraus und nahm die kleine Schachtel mit Mutters Arbeiten an mich. Ich würde sie nicht hier im Haus lassen, aber das musste ich Birgitta nicht erzählen.

GRÜNHAINCHEN 1922

An einem warmen Sommerabend, den Birgitta bei Tante Emma und Lily verbrachte, fand ich beim Nachhausekommen einen Brief von Paul auf dem Küchentisch. Ich freute mich darauf, den Brief draußen auf der Bank in aller Ruhe zu lesen. Aber schon auf der zweiten Seite war es um meine Ruhe geschehen. Nach ein paar einleitenden Worten schrieb Paul ungewohnt umständlich von seinem Besuch in Dresden im vergangenen Jahr und wie schwer es ihm gefallen sei, mich zurückzulassen. Schon damals habe er mir gesagt, dass es auch in Kiel eine kunstgewerbliche Fachschule gebe. Jetzt, da mein Leben durch Großmutters Tod doch ganz anders geworden sei, könne ich ebenso gut in Kiel studieren. Plötzlich war auch wieder die Rede von einer Werkswohnung und dass er als verheirateter Mitarbeiter der Werft im Herbst eine solche Wohnung beziehen könne. Und dann – ja, dann stand da: »Berti, sag Ja! Du würdest mich so glücklich machen!«

Mit zitternden Händen faltete ich den Brief zusammen, aber als ich ihn gerade in meine Schürzentasche schieben wollte, fiel mir auf, dass ich ihn gar nicht zu Ende gelesen hatte. Ich nahm ihn wieder aus dem Umschlag, und da, auf der letzten Seite, machte Paul noch einen weiteren Vorschlag: »Erbitte dir eine Woche Urlaub, und lass uns diese Tage gemeinsam in einem der Seebäder verbringen. Travemünde schlage ich vor. Ich werde mich um alles kümmern und schicke dir postwendend eine Fahrkarte. Dann können wir uns besprechen und alles planen.«

Ich sprach mit niemand darüber und steckte Pauls Brief in die Mappe mit meinen Zeichnungen und Entwürfen. Bevor ich am nächsten Morgen zur Manufaktur ging, besuchte ich wieder Großmutters Grab. Vielleicht würde ich hier Antworten finden auf die Fragen, die mich in der Nacht wachgehalten hatten. Ferientage an der Ostsee, das klang wie ein Traum, und der Gedanke an ein Wiedersehen mit Paul bereitete mir Herzklopfen. Aber wie würde mein Leben nach dieser Ferienwoche weitergehen?

Großmutter, dachte ich, alle sagen, ich würde meinen Weg gehen und solle ihn so weitergehen, wie du es gewünscht hättest. Wärest du noch hier, ich wüsste, wie mein Weg verlaufen sollte.

Ich erinnerte mich an Großmutters Frage: »Wird das etwas Ernstes mit euch, Berti?«, und dass sie auf meine Bemerkung, ich sei in Dresden und Paul in Kiel, geantwortet hatte: »Das findet sich manchmal.«

Wenn ich jetzt den nächsten Schritt machte und an die Ostsee reiste, konnten Großmutters Worte wahr werden. »Ist es das, was du mir nun raten würdest, Großmutter?«, flüsterte ich, und während ich an diesem Tag in der Malstube die Flügel meiner kleinen Vögelchen bemalte, ging mir die Frage immer wieder durch den Kopf.

Als ich am Abend nach Hause kam, saßen Karl und Birgitta auf unserer Bank. »Setz dich zu uns, Berti«, bat Birgitta, und da sie mir bereits einen Stuhl aus der Küche geholt hatte, konnte ich es nicht ablehnen, obwohl Karls Pfeife die Abendluft vernebelte und ich husten musste.

»Nimm die Pfeife zur Seite, Karl. Berti verträgt die Qualmerei nicht so gut.«

Er knurrte etwas, legte die Pfeife aber doch unter die Bank.

»Birgitta ist sehr froh über deine Zustimmung, Berti«, sagte er dann. »Mit meiner Mutter ist nicht immer so gut Kirschen essen, und zwei Frauen unter einem Dach ... das ist schwierig.«

Ich nickte, obwohl ich dachte, Birgitta und ich wären dann ja auch zu zweit unter diesem Dach. Ihr ging wohl dasselbe durch den Kopf, denn sie sagte rasch: »Du musst Karl nicht missverstehen, Berti. Er meinte nur seine Mutter und mich. Du bist natürlich immer hier zu Hause.«

Karl sagte nichts.

Anschließend erzählte Birgitta eine komische Geschichte, die einer Kollegin in der Papierfabrik passiert war. Währenddessen hing ich meinen eigenen Gedanken nach. Wie würde es sein, wenn ich in diesem Jahr an Weihnachten nach Grünhainichen käme? Birgitta und Karl wären verheiratet und würden die Stube auf ihre Art schmücken, und ich säße dabei wie eine, die nicht wirklich dazugehört. Und wie könnte ich Karls Pfeifenrauch im Winter in der Stube ertragen, wenn ich doch schon hier im Freien Hustenanfälle bekam?

Bis zum nächsten Morgen hatte ich einen Plan gemacht, und bevor ich meinen Arbeitsplatz in der Malerei aufsuchte, ging ich ins Kontor zu Herrn Wendt. Er begrüßte mich freundlich wie immer, und ich schalt mich eine dumme Gans. Wie hatte ich jemals denken können, dass seine Freundlichkeit eine besondere Bedeutung haben könnte?

»So früh am Morgen, Fräulein Bresser«, sagte er, und ich staunte über mich selbst, als ich ohne Stottern meinen Wunsch nach ein paar freien Tagen vorbrachte.

»Wenn meine Schwester einverstanden ist, lässt sich das einrichten. Möchten Sie einen Besuch machen?«

Ja, ich würde gleich zu Fräulein Wendt gehen und um ihre Zustimmung bitten, und ja, ich hätte eine Einladung erhalten.

»Es war eine schwere Zeit für Sie in diesem Jahr«, sagte er. »Trotzdem haben Sie ein exzellentes Zeugnis aus Dresden mitgebracht, und auch über Ihre Arbeit hier habe ich nur Gutes gehört. Eine kleine Erholung wird Ihnen sicherlich guttun. Ich bin überzeugt, dass auch meine Schwester das so sieht.«

»Ah, Berti.« Fräulein Wendt sah erfreut von dem Zeichentisch auf, als ich ihren Arbeitsraum betrat. »Fein, dass du kommst. Wie ich hörte, sind deine Lämmchen schon fertig und warten darauf, in die Welt geschickt zu werden. Wie sieht es mit den Vögelchen aus?«

Auch die Vögel waren bereits in der Malerei angekommen und hatten ihre Grundierung erhalten. Mit den unterschiedlichen Bemalungen war ich ebenfalls gut vorangekommen, sodass einige Vögelchen bereits in der Trocknung standen. Meinem Bericht fügte ich die Bitte um Urlaub an und sagte, dass ich bereits mit Herrn Wendt gesprochen hätte. Auch Fräulein Wendt stimmte zu und wiederholte das, was ihr Bruder gesagt hatte. Sprach von einer harten Zeit und guten Leistungen, dann fragte sie, wohin es denn gehen solle.

»An die See, eine Freundin hat mich eingeladen.« Die Lüge hatte ich mir zurechtgelegt, da ich nicht wollte, dass meine Reise mit Paul Hollmann in Verbindung gebracht wurde.

Fräulein Wendt fragte nicht weiter und sagte: »Dann ist es abgemacht. Ich werde mit meinem Bruder sprechen, dass er dir noch ein kleines Reisegeld auszahlt.« Nun wurde ich doch wieder rot und stotterte einen Dank.

GRÜNHAINICHEN 1922

Eines Nachmittags kurz vor meiner Abreise rief mich Fräulein Wendt in ihren Arbeitsraum. Die Tür zum Nachbarraum war geschlossen, Fräulein Sommer war zur Erholung in ihre alte Heimat gereist.

Fräulein Wendt bot mir einen Stuhl an und breitete einige Skizzenblätter auf dem Tisch aus.

»Sieh es dir an, Berti, und sag mir, was du davon hältst.«

Ich beugte mich über die Blätter, auf denen eine Schar kleiner Gestalten versammelt war. Das waren nicht nur erste Skizzen, nein, jedes Detail war von allen Seiten festgehalten, es war etwas völlig Neuartiges. Die Besonderheit dieser kleinen Engel erkannte ich auf den ersten Blick. Sie schienen beweglich, oder vielmehr war jeder von ihnen in einer anderen Bewegung festgehalten. Eine neuartige Gestaltung ihrer Arme ermöglichte es, ihnen eine individuelle Haltung zu geben, was Fräulein Wendt dafür genutzt hatte, sie mit allerhand Geräten und Instrumenten auszustatten. Auch die Beine der Engelchen waren nicht mehr starr wie die Brettchenbeine der früheren Figuren, sondern so gestaltet, als würden sie gerade einen Schritt machen.

Während ich die Skizzen studierte, beobachtete Fräulein Wendt mich gespannt. »Siehst du, welchen Unterschied es macht?«, fragte sie schließlich.

»Es ist wunderbar«, antwortete ich, und da ich gerne etwas Klügeres sagen wollte, fügte ich hinzu: »Sie leben, sie stehen nicht starr da, sie können alles tun, was Sie ihnen zu tun geben wollen.«

Fräulein Wendt nickte mit strahlendem Gesicht.

»Ich habe schon seit Längerem nach einer Möglichkeit gesucht, den Figuren zu mehr Bewegung zu verhelfen, und ich denke, so kann es gehen: indem man die einzelnen Gliedmaßen schräg anschneidet und in unterschiedlichen Winkeln an den Schnittstellen neu zusammenfügt, können die Figuren verschiedene Haltungen einnehmen. Mit der Starrheit verlieren diese Engel gleichzeitig an Distanziertheit. Sie wirken so weniger wie Heilsbringer und vielmehr wie kleine Freudenspender. Kindlich und fröhlich sind sie, und ich wünsche mir, dass sich diese Fröhlichkeit auf die Menschen überträgt, die sie kaufen und in ihren Wohnungen aufstellen. Vielleicht werden diese Engel zu unserem Markenzeichen; zu etwas, das die Menschen mit der Firma Wendt & Kühn verbinden, etwas, das sie nur bei uns finden. All unser Tändelkram verkauft sich gut, aber die Holzkunst im Erzgebirge steht doch auch für Weihnachtsschmuck. Mit diesen kleinen Engeln kann ich unserem Angebot etwas Neues hinzufügen, und wenn die Menschen sie mögen, können sie Geschwister bekommen. Vielleicht könnte sogar ein ganzes Orchester entstehen.«

WEIHNACHTEN 1979

Heiligabend

Auf dem Weg zur Kirche nehme ich mir vor, mir und den anderen den Tag nicht mit meiner Trauer zu verdunkeln. Die Nachricht von Gretes Tod hat mich getroffen, und wie jeder Todesfall, von dem ich höre, reißt die Nachricht alte Wunden auf, selbst die tiefste. Paul fehlt mir so sehr, dass es schmerzt. Aber hat nicht die Kirche Trost für alles, und soll ich dafür nicht heute besonders offen sein?

Die beiden hohen Tannen neben dem Altar sind mit Lichtern und Sternen geschmückt. Jedes Kind der Gemeinde durfte einen selbst gebastelten Stern beisteuern, und ich freue mich über diese schöne Geste, mit der die Kinder in das Gemeindeleben einbezogen werden.

In den letzten Minuten vor Beginn des Gottesdienstes ist es unruhig. Nicht nur Kinderfüße scharren aufgeregt. Es wird getuschelt und gehustet, Spätankömmlinge werden eilig zu freien Plätzen gewinkt. Als die Flötenspielerinnen vor dem Altar Aufstellung nehmen und voller Konzentration mit ihrem Spiel beginnen, tropft eine Träne auf meinen Ärmel. Von der Seite, die immer Pauls Seite war, kommt Hajos Hand und drückt meine. Ich schließe die Augen, und mit den Tönen des Flötenspiels zieht Ruhe in mein Herz ein.

Als das Krippenspiel beginnt, bin ich mindestens so stolz wie die Eltern der Kinder. Swenja als Maria wacht neben dem kleinen Josef über Pia in der Krippe. Während die Gemeinde das Lied »Kommet ihr Hirten« singt, setzen sich die Hirten, unter denen auch Sören ist, aus einer Ecke des Kirchenraumes langsam in Richtung Krippe in Bewegung. Eine kleine Heiterkeitseinlage gibt es, als Maria einem der Hirten ziemlich laut zuflüstert: »Du hast deinen Hut verloren!«, und Sören sich suchend an den Kopf greift.

Sosehr mich das Krippenspiel anrührt, am ergreifendsten ist das Schlusslied, als wir uns alle erheben, an den Händen fassen und die ganze Gemeinde die drei Strophen von »Oh du fröhliche« singt.

»Typisch Sören und Swenja«, sagt Solveig auf dem Nachhauseweg. In ihrem Stolz darüber, dass sie auf der Flöte fast jeden Ton getroffen hat, verzeiht sie ihren Geschwistern den Patzer aber doch.

Von den Kindern unbemerkt ist Hajo vorausgegangen, hat die Lichterkette des Weihnachtsbaumes eingestöpselt und die Haustür einen kleinen Spalt offen gelassen. »Die Tür ist ja offen«, sagt Elke und tut entsetzt, aber Swenja hat sofort die Erklärung: »Das war das Christkind!«

Sören läuft als Erster zur Krippe und ruft: »Das Jesuskind ist da!«

Nicht nur das Jesuskind ist da, auch die Päckchen sind unter dem Weihnachtsbaum angekommen.

»Gucken dürft ihr, aber nichts anfassen oder gar auspacken! Zuerst wird gegessen, dann gesungen, und erst danach sind die Geschenke an der Reihe. Tante Berti und ich gehen jetzt in die Küche, und Papa passt auf, dass hier niemand Unsinn macht.«

In der Küche gibt es nicht viel zu tun. Elke hat den Kartoffelsalat schon am Vormittag vorbereitet, jetzt müssen nur noch die Würstchen in den Topf. »Das perfekte Essen für Kinder an Heiligabend«, sagt Elke.

Ich übernehme das Tischdecken. Mit einer Wachstuchdecke mit weihnachtlichem Muster und vielen kleinen Tannenzweigen, die mit Glöckchen und kleinen Schleifen verziert sind, sieht der runde Holztisch in der Ecke der großen Küche festlich aus. In jedem der drei Küchenfenster steht ein Schwibbogen mit elektrischen Kerzen und auf der Kommode die Weihnachtspyramide, die Paul und ich vor vielen Jahren gekauft haben. Ich zünde die frisch eingesteckten Kerzen an – nur jede zweite, sonst dreht sich die Pyramide zu schnell.

Hajo schiebt die Kinder vor sich in die Küche. »Ehe die strenge Frau Mama fragt«, wendet er sich an Elke, »wir haben uns alle die Hände gewaschen!«

Swenja hat vor lauter Aufregung kaum Hunger und verkündet schon nach zwei Löffeln vom Schokoladenpudding, den es als Nachtisch gibt: »Ich bin satt!«

»Soll Papa deinen Pudding essen?«, bietet Hajo an, doch Solveig hat Bedenken: »Dann bekommst du Bauchschmerzen!«

»Tante Berti«, Hajo sieht mich Hilfe suchend an, »hatte ich jemals Bauchschmerzen von Schokoladenpudding?«

Swenja schiebt ihm ihr Schälchen hin, somit ist die Sache geklärt.

»So, und jetzt dürft ihr alles stehen lassen, und wir gehen zum Weihnachtsbaum«, sagt Elke. Nachdem ich die Kerzen gelöscht habe, folge ich den anderen auf die große Diele, die nur von der Lichterkette des Weihnachtsbaums erleuchtet wird.

Jedes der Kinder hatte sich ein Weihnachtslied gewünscht, und Elke, die sich ans Klavier gesetzt hat, sagt: »›Ihr Kinderlein kommet‹ für Swenja.«

Als Nächstes kommt das Lied von den Hirten für Sören und auf Solveigs Wunsch hin »Stille Nacht«.

»Und für uns alle noch mal ›Oh du fröhliche‹, aber nur die erste Strophe!«

***

Nachdem die Kinder alle Päckchen ausgepackt haben, die Sirene des neuen Polizeiautos die Nerven der Erwachsenen und besonders meine bis an die Grenze des Erträglichen strapaziert hat und wir alle reichlich von den Plätzchen und Marzipankartoffeln genascht haben, gehen die Kinder widerwillig ins Bett, und das auch nur deshalb, weil Elke versprochen hat, die Gute-Nacht-Geschichte vom Weihnachtswichtel und seinem Weihnachtseselchen zu erzählen.

»Die Kinder lieben diese Geschichte. Elke muss sie bestimmt in den nächsten Tagen noch fünfmal erzählen«, sagt Hajo lachend, nachdem Solveig, Swenja und Sören sich mit einem Gutenachtkuss von uns verabschiedet haben.

»Von manchen Geschichten bekommt man nie genug, als Kind oder auch wenn man erwachsen ist«, antworte ich, woraufhin Hajo den Anfang des Weihnachtsevangeliums spricht: »Es begab sich aber zu der Zeit …«

»Ja, auch das hören wir immer wieder gerne«, bestätige ich lächelnd.

Er dreht das Rotweinglas in der Hand und sieht mich fragend an. »Was ist, Tante Berti? Du bist nicht in Weihnachtsstimmung.«

»Vielleicht hätte ich statt des Polizeiautos lieber eine Dampfmaschine kaufen sollen. Die wäre erheblich leiser gewesen.«

»Stimmt! Meine Dampfmaschine muss noch auf dem Dachboden sein. Ein schönes Geschenk für Sören in einem der nächsten Jahre. Ich war sechs, als Vater sie mir schenkte. Aber er war selbst ganz vernarrt in die Maschine.«

»Vermutlich wünschen sich Männer deshalb Söhne, weil sie dann all das Spielzeug kaufen können, das sie selbst in ihrer Kindheit nicht hatten. Ja, Paul hatte seine Freude an der Dampfmaschine. Und du? Du hast versucht, sie auseinanderzunehmen.«

Wir lachen in der gemeinsamen Erinnerung an mein Entsetzen, als ich Hajo dabei erwischte, wie er der Dampfmaschine mit einem Obstmesser zu Leibe rückte.

»Ich wollte wissen, wie sie funktioniert! Aber Vater hat sie vor mir gerettet und auf den Schrank im Wohnzimmer gestellt.«

»Ja, und dann hat er zu mir gesagt: ›Der Junge wird Ingenieur! Dritte Generation!‹«

»Und im nächsten Jahr begann die wunderbare Zeit der Technikbaukästen! Mit ihnen konnte ich so viel zusammenbauen und auseinandernehmen, wie ich wollte. Auch diese Kästen sind noch auf dem Dachboden.«

Er macht eine kleine Pause und kehrt dann zu seiner ursprünglichen Frage zurück: »Aber ich glaube, das Polizeiauto war eine Ausrede, Tante Berti. Dich bedrückt etwas. Das ist mir gestern schon aufgefallen!«

»Ja, aber es ist kein Thema für Weihnachten.«

»Soll ich jetzt sagen: Jedes Thema, das dich bedrückt, ist ein Thema für jeden Tag im Jahr? Du weißt das. Also: Was ist? Sag es mir, bevor Elke mit dem Punsch kommt.«

»Grete ist tot!«

»Grete Wendt?« Er weiß sofort, von wem ich spreche. »Wie alt war sie?«

»Zweiundneunzig.«

»Ein schönes Alter, ein erfülltes Leben. Wann ist sie gestorben?«

»Schon im Sommer. Ich habe es erst durch Birgittas Weihnachtsbrief erfahren. Grete ist seit Monaten tot, doch in meinen Gedanken hat sie in all diesen Monaten noch gelebt, da drüben im anderen Deutschland.«

Hajo drückt meine Hand. »Das tut mir leid. Ihr wart euch einmal sehr nah.«

»Ja, und dann hat uns so viel getrennt. Nicht nur diese schreckliche Grenze.«

Elke kommt herein, Weihnachtswichtel und Weihnachtseselchen haben für Ruhe in den Kinderzimmern gesorgt. Auf einem Tablett trägt sie die Punschgläser und stellt das duftende Getränk vor uns ab. »Kein Heiligabend ohne Punsch!«

Bevor sie sich setzt, holt sie das Holzbrett, auf dem sie ihre Engelmusikanten versammelt hat, und stellt es auf den Tisch. »Jetzt kann ich mir meine neuen Schützlinge in Ruhe ansehen«, sagt sie und mit einem Zwinkern zu mir: »Die Engel waren wirklich eine gute Idee, Tante Berti! Ohne dein erstes Engelgeschenk würde Hajo mir vermutlich jedes Jahr eine Flasche Parfüm und ein neues Haushaltsgerät schenken.«

»Und so wirst du bald ein ganzes Orchester haben, der Dirigent ist jedenfalls schon da!«, sagt Hajo und deutet auf den kleinen Engel mit dem Dirigentenstab. Elke nimmt den zweiten Neuzugang, den Engel mit der Flöte, und platziert beide nebeneinander.

»Diese Engelchen sind wirklich zu niedlich mit ihren kurzen weißen Hemdchen und den lieben Gesichtern. Sie sind klein, fleißig und guter Dinge und nicht so unnahbar wie viele andere Engelfiguren.«

Hajo reiht einige der kleinen Engel vor sich auf und zeigt von einem zum anderen. »Was mich begeistert, ist die Präzision. Die Instrumente machen die Figuren individuell, es gibt sogar unterschiedliche Haarfarben. Aber die Hemdchen und Flügel haben alle den gleichen Farbton, und sooft ich auch zähle: Jeder Engel hat exakt elf Punkte auf jedem Flügel.«

»Das war stets das Credo von Grete und Olly Wendt: Exaktheit in Form und Farbe. Die Farben sollten unverwechselbar sein und wurden für jede Figur festgelegt. Das Grün der Engelflügel ist gleich geblieben, und die elf Punkte sind ein Muss und das Markenzeichen der kleinen Musikanten. Damit die Qualität gesichert war, wurde alles in der Manufaktur hergestellt, nicht in Heimarbeit, wie es im Erzgebirge damals üblich war. Heimarbeit, bei der alle im Haus mithalfen, so gut sie konnten, hatte doch oft den Fehler, dass nicht jeder das, was er tat, auch wirklich beherrschte.«

»Seit wann gibt es die kleinen Engel eigentlich?«, fragt Elke.

»Grete hat sie Anfang der Zwanzigerjahre entworfen. Seit 1923 gehören sie zur Kollektion von Wendt & Kühn.«

»Warst du damals noch in Grünhainichen? Hast du ihre Geburtsstunde miterlebt?«, will Elke nun wissen.

Ich schüttle den Kopf. »Grete hat mir erste Entwürfe gezeigt. Aber kurz darauf habe ich Grünhainichen verlassen. Im Dezember 1922 haben Paul und ich geheiratet.«

Elke versammelt ihre Musikanten wieder auf dem Holzbrett. »Fröhlich und liebenswert sind sie. Ich hoffe, die Engel gehen auch beim VEB Werk-Kunst nie aus, sodass ich irgendwann wirklich ein ganzes Orchester hier versammelt habe.«

An diesem Abend bringt Hajo mich nach Hause. An jedem anderen Abend hätte ich gesagt, dass ich die paar Schritte allein gehen kann, aber heute ist es tröstlich, dass er neben mir geht und ich mich bei ihm einhaken kann. In manchen Häusern sieht man die hell erleuchteten Weihnachtsbäume, an der Ecke des Strandwegs steht die große Tanne der Gemeinde, deren Lichter unseren Weg erhellen. Ein Schiffshorn tutet auf der Förde.

»Heiligabend an der Ostsee«, sagt Hajo mit einem kleinen wohligen Seufzer, und ich antworte: »Ich bin froh, mit euch hier zu sein.«

Hajo schließt die Haustür auf und kommt auch noch bis zur Wohnungstür mit. Ich frage ihn nicht, ob er noch einmal hereinkommen will.

WEIHNACHTEN 1979

Die erste Raunacht

Als ich aufwache, ist es stockdunkel. Ohne auf die Uhr zu sehen, weiß ich, dass es drei Uhr morgens ist, die Zeit, zu der ich häufig aufwache.

Nachts um drei wiegt alles doppelt schwer. Besonders wenn der Wind die Dachziegel klappern lässt und die Erinnerungen mich zurück zu den Ängsten meiner Kindheit bringen.

Die Nächte zwischen Weihnachten und Hochneujahr, dem Dreikönigstag, sind die *Raunächte* – oder die *Innernächte,* wie wir sie im Erzgebirge nennen.

Als Kind fürchtete ich mich vor den Innernächten mit ihren langen dunklen Abenden. In diesen Nächten konnte allerhand Unheimliches geschehen. Wenn wir ein Klappern und Rauschen hörten, wussten wir, dass die Wilde Jagd durch die Lüfte ritt.

»Aberglaube«, sagte Paul, wenn ich, wie ich es gelernt hatte, in dieser Zeit nicht wusch, da die Wilde Jagd sich in der aufgehängten Wäsche verfangen könnte.

»Es sind die Engel«, sagte Großmutter. »Wegen der Engel hängen wir keine Wäsche auf. Sie sind in diesen Nächten unterwegs, um die Menschen zu schützen, und sie sollen nicht über unsere Wäscheleinen stolpern.«

Damit wollte sie mir die Angst nehmen. Ich vertraute Großmutter, und der Gedanke an die Engel war tröstlich, aber wenn ich den Wind pfeifen hörte, wusste ich, dass dies nicht die Engel waren.

Jetzt, in der ersten Raunacht in diesem Jahr, denke ich an Grete.

Ich musste schlucken, als Elke am Abend vom VEB Werk-Kunst sprach. An diesen Namen würde ich mich wohl nie gewöhnen, und jetzt in der Nacht quält mich der Gedanke an Grete und daran, wie sehr sie sich über diese Veränderungen gegrämt haben muss. Vor sieben Jahren ist aus dem Betrieb, den sie 1915 mit Grete Kühn gründete und dem sie mit der Verbindung ihrer beider Familiennamen den Firmennamen gab, der VEB Werk-Kunst geworden. Werk-Kunst – kein schlechter Name. Doch die Abkürzung, die ihm vorausgeht, bedeutet Volkseigener Betrieb. Aus dem Familienunternehmen, zu dem die Firma nach dem Ausscheiden von Grete Kühn geworden war, dem Unternehmen, das Grete, ihr Bruder Johannes und ihre Schwägerin Olly gemeinsam aufgebaut hatten und in dem Hans Wendt in den Fünfzigerjahren die Position seines Vaters als Kaufmännischer Leiter übernommen hatte, war ein Volkseigener Betrieb geworden. Volkseigen, das heißt nicht nur Eigentum des Volkes, sondern gleichzeitig Enteignung der ehemaligen Besitzer. 1972 wurde die Firma Wendt & Kühn dem Namen nach eliminiert. Wie mochten diese Tage für Grete gewesen sein? Wie mochten die Jahre danach für sie gewesen sein?

Einen kleinen Triumph gibt es allerdings: Auf der Bodenmarke der kleinen Engel steht heute »W-K«. Nicht mehr »WuK« wie in den früheren Jahren, aber wenn man will, kann man den alten Firmennamen noch deutlich erkennen. Auch die erzgebirgische Fichte, die unsere Professorin an der Kunstgewerbeschule, Margarete Junge, als Signet für die Produkte von Wendt & Kühn geschaffen hat, ist auf der Bodenmarke erhalten geblieben.

Ich hoffe, dass Grete mit diesen Veränderungen ihren Frieden machen konnte, in dem Wissen, dass ihr künstlerisches Schaffen in ihren Figuren weiterlebt.

Ich denke an Grete und daran, dass ich nichts mehr ändern kann. In dieser Nacht schäme ich mich wieder dafür, dass ich Grünhainichen Hals über Kopf verlassen habe.

TRAVEMÜNDE 1922

Vor meiner Abreise schlug ich meine Zeugnisse aus Dresden in Papier ein und legte sie auf den Boden der Tasche unter meine Wäsche. Zwischen meine Blusen und das Unterzeug packte ich nicht nur den Schutzengel, den ich von Fräulein Wendt bekommen hatte, sondern auch Mutters Holzfiguren.

Als ich schließlich im Zug saß, pochte mein Herz heftig, und bei der Ausfahrt aus dem Bahnhof musste ich mir die Tränen aus den Augen wischen. Noch ist nichts entschieden, sagte ich mir und nahm den Brief aus der Tasche, in dem Paul mir seine Pläne für unseren Aufenthalt in Travemünde beschrieb. Er würde mich am Bahnhof erwarten, von dort würden wir eine Droschke zum Haus der Kapitänswitwe nehmen, bei der er für mich ein Zimmer reserviert hatte, während er selbst im Nachbarhaus bei der Schwester der Frau logieren würde. Er schrieb von Strandspaziergängen, von Bootsfahrten und Kurmusik, von frischem Fisch und Marzipan, und all das hörte sich an, als würde ich ins Paradies reisen. Ein Paradies, weit entfernt von allem, was mich in den letzten Monaten traurig gemacht, mich belastet hatte. Ein Paradies für eine Woche?

Chemnitz, Berlin, Hamburg, Lübeck, Travemünde – acht Stunden dauerte die Reise, und ich zitterte vor jedem Umsteigen. Würde ich das Gleis, von dem der Anschlusszug abfuhr, finden? Würde ich den Anschlusszug verpassen und Paul in

Travemünde warten, während ich noch immer durch den Bahnhof von Berlin oder Hamburg irrte? Schließlich, auf der letzten Etappe, die weniger als eine halbe Stunde dauerte, kam mir der entsetzliche Gedanke, dass Paul vielleicht gar nicht am Bahnhof auf mich wartete. Könnte es nicht tausend Gründe geben, die ihn daran gehindert hätten, von Kiel nach Travemünde zu reisen? Und was würde ich dann tun? Ich nahm den Brief aus meiner Tasche und suchte nach dem Namen der Kapitänswitwe, bei der ich logieren würde. Heinke Hinnerksen, der Name selbst klang wie das Ziel einer Reise in den Norden.

Aber Paul stand da. Nein, er stand nicht da – er lief auf mich zu und umarmte mich, nahm meine Tasche und führte mich nach draußen. »Du musst müde sein, du musst hungrig sein …«

Plötzlich stellte er meine Tasche ab und nahm mich auf dem Platz vor dem Bahnhof und vor allen Menschen, die aus dem Gebäude heraus- oder hineineilten, in die Arme, als wolle er mich nie wieder loslassen.

***

»Hier sind wir«, sagte Paul, als die Droschke vor einem der schmucken roten Backsteinhäuser anhielt. »Käpt'n Hinnerksen hat sich einen schönen Platz für sein Haus ausgesucht. Aus deinem Zimmer kannst du aufs Wasser sehen.«

Paul klopfte an die Haustür, die offen stand, und rief etwas ins Haus hinein, was ich nicht verstand, woraufhin eine junge Frau im Flur erschien, deren Antwort an Paul ich ebenfalls nicht verstand. Als sie sich zu mir wandte, änderten sich ihr Tonfall und ihre Sprache jedoch: »Herzlich willkommen, Fräulein Bresser.«

Eine Stunde später saß ich Paul gegenüber in einer Ecke des hübsch eingerichteten kleinen Speisezimmers, in dem außer uns noch zwei weitere Paare und eine ältere Dame Platz genommen hatten. »Die Küche bei Frau Hinnerksen ist vorzüglich«, sagte Paul, »deshalb habe ich mich hier auch als Gast für das Mittag- und Abendessen angemeldet. Aber auch wenn das Essen schrecklich wäre, würde ich doch jede Minute mit dir zusammen sein wollen.«

»Oh«, sagte ich, als nach der Vorsuppe ein riesiger platter Fisch vor mir auf dem Teller lag. Glücklicherweise fehlte ihm der Kopf.

Paul lächelte mich an. »Scholle«, sagte er und rief das Serviermädchen wieder an unseren Tisch. Der Teller wurde entfernt, und als ich Einspruch erheben wollte, beruhigte mich Paul: »Keine Sorge, er kommt gleich zurück!«

Während ich wartete, beobachtete ich, wie Paul seinen Fisch beschnitt, entgrätete, wendete, erneut beschnitt und schließlich vier appetitliche Stücke auf seinem Teller zurückblieben. »Grundkenntnisse der Küstenbewohner«, sagte er augenzwinkernd und wartete, bis mein Teller entsprechend bearbeitet zurückkam. Der Herr am Nachbartisch gab seinen Teller ebenfalls in die Obhut des Serviermädchens, während seine Frau versuchte, das Problem selbst zu lösen.

»Hier muss ich wohl viel lernen«, stellte ich fest, als wir nach dem Abendessen mit einer Flasche Rotwein im Wintergarten saßen.

»Dat mutt du woll, mien Leev.« Er hatte langsam gesprochen, und den ersten Teil konnte ich mir zusammenreimen, doch den Rest …

»Mien … wie?«

»Mien Leev, das heißt mein Liebling, mien Leev.«

Er hob sein Glas, und wir stießen mit den zart klirrenden Gläsern an. »Auf unsere Gesundheit, auf unser Wiedersehen und auf unsere Zukunft«, sagte Paul, und als wir die Gläser wieder abgestellt hatten, nahm er meine Hand und führte sie an seine Lippen. Ich sah ihn an, und plötzlich war es, als flöge ein kleiner Engel durch den Raum und direkt in mein Herz.

»Ich möchte dich zeichnen«, sagte ich.

»Jetzt?«

»Ja, jetzt!« Rasch stand ich auf, lief in mein Zimmer und holte Zeichenblock und Stift.

»So?«, fragte er, als ich wieder neben ihm saß, neigte den Kopf ein wenig und beobachtete, wie ich mit meiner Skizze begann.

Ich hatte Block und Stift geholt, weil mir das Zeichnen Halt gab. Einen Halt in meiner Verwirrung in dieser fremden Umgebung, in der man anders sprach, andere Dinge aß und in der Paul meine Hand küsste und mein Herz unruhig wurde. Der Stift gab mir Sicherheit und das kleine Porträt die Möglichkeit, Pauls Gesicht zu studieren. Ich ließ mir Zeit, sah ihn an, machte ein paar Striche und sah ihn wieder an. Es machte mir Freude, sein Gesicht zu studieren, und er ließ es sich gerne gefallen.

Paul hatte sich verändert, seit wir uns vor zwei Jahren im Sanatorium kennengelernt hatten. Seine Wangen waren voller geworden. Seine schönen klaren Gesichtszüge wurden durch den schmalen Oberlippenbart unterstrichen. Er hatte das Gesicht eines Mannes, der in seinem Leben angekommen war und wusste, wohin der weitere Weg ihn führen sollte. Ich spürte, dass etwas von seiner Sicherheit und Zuversicht auf mich abstrahlte.

Schließlich riss ich das Blatt ab, hielt es in die Höhe und verglich meine Zeichnung mit dem Original. »Paul am ersten Abend« schrieb ich auf das Blatt und reichte es ihm.

»Berti, wie hast du das gemacht? Das bin ja wirklich ich!«

Ich musste lachen. »Grundkenntnisse der Dresdener Zeichenschule.«

Mittlerweile war es draußen dunkel geworden. Als Frau Hinnerksen in den Wintergarten kam, lud Paul sie ein, sich zu uns zu setzen.

»Ist alles nach Ihren Wünschen, Fräulein Bresser?«, erkundigte sie sich, und ich beeilte mich, ihr zu versichern, dass alles wunderbar sei.

Sie befragte Paul nach seiner Mutter und seiner Tante, die sie von früheren Aufenthalten kannte. Für ein paar Sätze verfielen beide in ihre eigentümliche Sprache, die ich nicht verstand, dann erhob sie sich.

»Sie denken daran, Herr Hollmann?«

Paul lachte und sagte: »Selbstverständlich!«

»Woran sollst du denken?«, fragte ich leise, als wir wieder allein waren.

»Dass ich das Haus um zehn Uhr verlassen muss. Hier herrschen Sitte und Anstand!« Mit einem kleinen Zwinkern fügte er hinzu: »Schade eigentlich.«

Dann sah er mich an: »Du wirst müde sein von der Reise. Gute Nacht, mien Leev. Schlaf gut und träume etwas Schönes.«

Ich träumte nicht, ich schlief nicht gut, aber ich war glücklich. Mein Herz klopfte, wenn ich an Paul dachte, an seine Umarmung vor dem Bahnhof und daran, wie er zuerst meine Hand geküsst hatte und später, als er meine Zeichnung bewunderte, jeden einzelnen Finger. »Was diese Hände alles können!«, hatte er mit Bewunderung in der Stimme gesagt.

Am nächsten Morgen brachen wir bei herrlichem Wetter zu einem Spaziergang am Meer auf. Paul hielt mir kleine Vorträge über all das, was die Kinder hier in der Schule lernten: über die Ostsee und wie sie entstanden ist, über die Eiszeiten, die die Landschaft geprägt hatten, über die Hanse und ihre Kaufleute und über all die bekannten und klugen Leuten, die schon in Travemünde gewesen waren. Ich hörte ihm aufmerksam zu und dachte, er hat nicht nur schöne Gesichtszüge, sondern auch eine wunderbar angenehme Stimme.

Als wir zu einem großen Stein kamen, der am Ufer aus dem Wasser herausragte, erklärte er: »Das ist der Möwenstein, auf dem Tony Buddenbrook mit Morten Schwarzkopf gesessen hat.«

»Tony?«, fragte ich. »Ist sie eine Bekannte von dir, und werde ich sie auch kennenlernen?«

Paul warf mir einen raschen Blick zu, bevor er antwortete: »Vielleicht morgen!«

Tony, das klingt nett, dachte ich.

Für den Nachmittag hatte Paul einen Strandkorb in der ersten Reihe am Wasser gemietet, und wir richteten uns darin ein. »Das ist wunderschön«, sagte ich, lehnte mich an das von der Sonne erwärmte Korbgeflecht, lauschte Pauls Stimme, der über die Möwe witzelte, die vor uns über den Sand lief, und war gleich darauf eingeschlafen.

Als ich aufwachte, war die Möwe immer noch da, aber Paul schien sie nicht mehr zu beachten, sondern sah mich mit einem amüsierten Lächeln an.

»Wie peinlich«, sagte ich, aber Paul lachte. »Seeluft macht müde, besonders wenn man sie nicht gewöhnt ist.«

»Entschuldige«, sagte ich, denn es war mir immer noch unangenehm.

»Ich habe dir gerne zugesehen und gerade überlegt, ob ich dich wach küssen soll wie der Prinz sein Dornröschen.«

»Oh«, sagte ich, und dann: »Aber du hast es nicht gemacht, weil ich keine Prinzessin bin und weil dies hier kein Schloss ist und weil du dir sicher warst, dass ich nicht hundert Jahre schlafen würde ...«

»Und weil ich kein Prinz bin und weil ich dachte, dass ich dich doch vorher fragen sollte. Darf ich dich küssen, Berti?«

Es war nicht mein erster Kuss, aber an die Küsse, die es davor gegeben hatte, mochte ich nicht denken, vor allem nicht nach Pauls zweitem Kuss, denn der war nicht mehr vorsichtig und scheu, sondern – ja, er war leidenschaftlich, und fast schämte ich mich, weil plötzlich alles in mir in Flammen zu stehen schien.

»Das war jetzt die falsche Reihenfolge, Berti«, sagte Paul und nestelte in seiner Jackentasche, als suche er etwas.

»Reihenfolge?«

»Ja, ich glaube, es muss anders sein. Also Berti …« Er machte eine Pause, holte tief Luft, griff nach meiner Hand und sah mir in die Augen. »Berti, möchtest du meine Frau werden? Möchtest du mich heiraten? Möchtest du das Leben mit mir teilen, mien Leev?«

Ich sah ihn an, und in diesem Moment war nichts anderes mehr wichtig. Vergessen war die Manufaktur, war Dresden, war meine Arbeit der letzten Wochen, vergessen war das Häuschen von Großmutter, der Ärger über Karl und Tante Emma. Es gab nur noch einen Gedanken: Dieser Mann wollte sein Leben mit mir teilen, mich an seiner Seite haben. Er würde der Mensch sein, zu dem ich gehören würde.

»Ja«, sagte ich, »ja«, und meine eigene Stimme klang mir in diesem Moment fremd.

»Berti, Berti …« Aus einer kleinen Schachtel, die er aus seiner Jackentasche gezogen hatte, nahm er einen goldenen Ring mit einem kleinen blauen Stein und streifte ihn über meinen Finger. »Wenn er zu groß ist, kann der Juwelier ihn enger machen. Das ist kein Problem.«

»Er ist wunderschön.« Ich streckte ihm meine Hand entgegen und sagte: »Er passt, denn das sind keine zarten Finger. Das sind Finger, die mit Maschinen und Werkzeugen gearbeitet haben.«

»Das sind die schönsten Finger, die ich kenne, und die begabtesten«, sagte er und küsste wieder jeden einzelnen.

»Darf ich?«, fragte er dann, und ich hob ihm als Antwort mein Gesicht entgegen.

»Jetzt sind wir verlobt«, sagte er. »Jetzt können wir alles andere planen.«

Aber wir planten dann doch nichts, weil wir uns gegenseitig an so vieles erinnerten: an unsere morgendlichen Spaziergänge zur Tanne, an die Worte von Doktor Sommerau und an jede Minute unserer gemeinsamen Zeit in Dresden.

Beim Abendessen stand ein Strauß roter Rosen auf unserem Tisch, und als der Nachtisch serviert wurde, kam Frau Hinnerksen in den Speiseraum, klopfte mit einem kleinen Teelöffel an ein Glas und sagte, es gäbe etwas zu feiern. Mir war die Aufmerksamkeit der anderen Gäste unangenehm, aber Paul meisterte die Situation voller Ruhe und Selbstsicherheit. Er stand auf, und nach einem liebevollen Blick zu mir sagte er, er freue sich, unser Glück mit anderen zu feiern, und lud alle auf ein Glas Sekt ein, der umgehend von Frau Hinnerksens Serviermädchen gebracht wurde. Paul übernahm das Öffnen der Flaschen, und das Mädchen goss das sprudelnde Getränk in die bereitstehenden Gläser, die sie anschließend herumreichte. Alle kamen, um mit uns anzustoßen und uns Glück zu wünschen, und dann ließ Frau Hinnerksen sogar Marzipantorte servieren.

Der perlende Sekt kitzelte in meiner Nase. Als Paul sah, dass ich die Nase kräuselte, flüsterte er mir zu: »Meine Braut ist eine erfahrene Rotweintrinkerin, aber das Sekttrinken musst du noch lernen, Berti.«

***

»Und wann treffen wir Tony?«, fragte ich, als Paul mich am nächsten Morgen abholte.

»Lass uns zum Möwenstein gehen, dort kannst du sie kennenlernen.«

Aus seinem Rucksack, den er mitgenommen hatte, packte Paul am Möwenstein eine Decke und ein Buch aus, und wir setzten uns in den Sand. Ich griff nach dem Buch und besah mir die Gestaltung des Einbands. »Sehr schön«, wollte ich sagen, doch dann las ich den Titel des Buches: *Buddenbrooks*.

»Ist das nicht Tonys Name?«, fragte ich und spürte, wie mir das Blut in den Kopf schoss.

Paul lachte. »Tony ist eine Figur in diesem Buch. Ihr Vater ist ein reicher Lübecker Kaufmann, und Tony verbringt eine Sommerfrische in Travemünde. Sie sitzt mit Morten Schwarzkopf, dem Sohn des Lotsenkommandanten, hier am Möwenstein. Die beiden sind verliebt, aber es geht traurig für sie aus. Ich lese dir jetzt etwas aus dem Buch vor, damit du Tony kennenlernst.«

Einen kleinen Moment war ich ärgerlich, weil ich dachte, Paul habe mich mit Tony hereingelegt und meine fehlende Bildung aufdecken wollen, aber als er zu lesen begann, fingen mich seine Stimme und die Atmosphäre des Ortes ein, und ich dachte, ich hätte nichts dagegen, wenn er mir das ganze dicke Buch vorlesen würde.

»Arme Tony«, sagte er, als er nach einer Weile das Buch zuklappte. »Sie musste dann doch diesen schrecklichen Herrn Grünlich heiraten, aber das kannst du alles selbst lesen. Morgen fahren wir nach Lübeck und gehen durch die Stadt, denn wenn Thomas Mann auch den Namen seiner Vaterstadt in dem Roman nicht nennt, so nennt er doch die Namen der Straßen, und wenn du das Buch liest, kannst du dir alles vorstellen.«

TEIL 2

Die Kieler Jahre: 1922–1944

KIEL 1922

Nur wenige Monate nach meiner Abreise aus Grünhainichen sollte aus Berti Bresser Albertine Hollmann werden. Zumindest Pauls Mutter war der Ansicht, dass dieser Name auf den Hochzeitskarten stehen müsse.

»Albertine, das hat S-til!«, sagte sie. »Berti, das klingt doch zu sehr nach kleinem Mädchen und nicht nach der jungen Frau, die diesen entzückenden Entwurf gemacht hat.« Damit hielt sie die Druckvorlage für unsere Hochzeitskarten in die Höhe. Die Schrift hatte ich selbst gestaltet und die Karte mit einer dazu passenden Umrandung versehen. Auf Pauls Seite der Karte gab es ein stilisiertes Segelboot und auf meiner Seite einen kleinen erzgebirgischen Fichtenhain.

Pauls Mutter und seine Tante Frieda, die unverheiratete Schwester seines Vaters, bewohnten in einem kleinen Seebadeort auf der Ostseite der Kieler Förde ein altes Reetdachhaus, das von einem großen Garten umgeben war. Bei meinem ersten Besuch hatte ich jeder der beiden Frauen eine gerahmte Zeichnung einer Herbstblume überreicht, die mit viel Lob entgegengenommen wurden.

»Wir haben schon das Exlibris sehr bewundert, das Sie für Paul entworfen haben, Albertine. Ich freue mich, dass wir künftig eine Künstlerin in der Familie haben«, sagte Pauls Mutter, und ich errötete unter dem Lob, das mir übertrieben erschien, aber Paul drückte meine Hand und warf mir einen beruhigenden Blick zu.

Ich wurde nach meinen hauswirtschaftlichen Kenntnissen befragt, und so gut ich bei allen Handarbeiten abschnitt, so wenig kannte ich mich mit der Zubereitung von Fisch- und Fleischspeisen aus. »Ein Kochkurs«, entschied Pauls Mutter und nannte sogleich einige ihr bekannte Adressen in Kiel. Ich dachte an die Scholle auf meinem Teller am ersten Abend in Travemünde und fand es sinnvoll, meine Kenntnisse zu erweitern.

»Das kannst du machen, wenn wir verheiratet sind. Es eilt nicht. Ich bin fürs Erste mit Klitscher und Kartoffelsuppe zufrieden«, entschied Paul. Als seine Mutter nach meiner Aussteuer fragte, erlöste er mich aus dieser Peinlichkeit mit dem Hinweis, das sei in meiner Heimat nicht üblich. Sie schüttelte den Kopf und meinte zu Frieda, so etwas habe sie noch nie gehört. Frieda lachte, nahm mich mit in ihr Schlafzimmer, öffnete eine Truhe und zeigte auf Bettwäsche und Handtücher, die mit roten Bändern zusammengehalten waren.

»Da ist sie, meine Aussteuer, sie hat dort wohl auf dich gewartet, Berti!«

Sie erzählte mir, dass ihr Großvater dieses Haus erbaut hatte und nicht nur Paul und sein Vater, sondern auch sie selbst hier aufgewachsen waren. Ihr Vater sei Lotsenkommandant gewesen, ihr Bruder habe als Erster aus der Familie studiert und sei wie Paul als Ingenieur im Schiffbau tätig gewesen.

Pauls Mutter stammte aus Hamburg, bezeichnete sich als Hanseatin, sprach ein steifes Hochdeutsch und sagte s-pitz und s-till. Sie achtete stets darauf, dass Paul und ich nicht allein in einem Raum waren. »Du musst auf Albertines Ruf achten, Paul«, sagte sie, und wir beide lachten darüber, wenn wir gegen Abend gemeinsam das Haus verließen und Paul mich zurück nach Kiel begleitete.

»Sie ist schlimmer als Frau Genner in Dresden und mindestens so schlimm wie Frau Hinnerksen«, sagte Paul, und ich sagte, dass ich mir wünschte, sie würde mich nicht Albertine nennen.

»Lass sie, es klingt gewichtiger. Mit einer Albertine kann sie vor ihren Freundinnen ein bisschen renommieren, vor allem mit einer Albertine, die an der Kunstgewerbeschule in Dresden studiert hat.«

Sosehr ich Frieda mochte, die mich mit ihrer Herzlichkeit und Güte gleichzeitig an meine Großmutter und an Fräulein Wendt erinnerte, so froh war ich, dass wir nicht mit Pauls Mutter unter einem Dach wohnen würden. Ihren Anforderungen an eine Albertine fühlte ich mich nicht gewachsen.

Paul regelte alles für mich. Er schrieb an Herrn Wendt, bat um Entschuldigung, dass er mich *entführt* habe, und forderte ein Zeugnis an. Er meldete mich bei der Kunstgewerbeschule in Dresden ab, teilte Frau Genner mit, dass ich nicht zurückkehren würde, und bot ihr eine Zahlung für den Ausfall meiner Miete an. In Kiel mietete er für mich eine kleine möblierte Wohnung in der Nähe der Kunstgewerbeschule. Dort erfuhr ich, dass das Studienjahr bereits begonnen hatte und ich nicht mehr aufgenommen werden konnte. Aber man empfahl mir ein privates Töpferatelier, das Kurse anbot, und gab mir die Adresse eines Innenarchitekten, der eine Reinzeichnerin suchte. Paul war der Meinung, dass seine zukünftige Frau nicht für andere Leute arbeiten müsse, aber zumindest die Kursgebühr des Töpferateliers wollte ich selbst verdienen.

Unsere Hochzeit sollte in den ersten Dezembertagen stattfinden. Paul kümmerte sich darum, alle nötigen Unterlagen zu beschaffen, und gemeinsam wählten wir die Einrichtung für Küche und Wohnzimmer aus. Die Schlafzimmermöbel ließ Paul bei einem befreundeten Tischler aus hellem Eichenholz anfertigen, und als sie aufgestellt und auch die Matratzen aufgelegt waren, setzte ich mich auf den Bettrand und ließ mich rückwärts auf die Matratze fallen.

»Da wäre auch die Prinzessin auf der Erbse zufrieden!«, sagte ich und dachte an Luise. Ich strich über die Marmorplatte des Nachttischs und betrachtete mich im Spiegel der Frisierkommode. Hier gab es keinen Waschtisch mit Schüssel und Kanne im Schlafzimmer oder gar eine Waschschüssel in der Küche, nein, in dieser Wohnung gab es einen kleinen Raum mit einem Waschtisch und einem eigenen Wasseranschluss.

Das dritte Zimmer, das irgendwann das Kinderzimmer werden sollte, blieb vorerst leer. Die Möbel, die ich mir für unser Kind wünschte, würde ich selbst entwerfen. »Die Wiege werde ich bemalen«, sagte ich zu Paul und versuchte, mich an Fräulein Kühns Muster zu erinnern.

Als Pauls Mutter fragte, wer von meinen Verwandten zur Hochzeit kommen würde, murmelte ich beschämt: »Es wird niemand kommen.«

»Niemand?«, wiederholte sie, zog die Augenbrauen empor und sah mich erstaunt an. Paul erinnerte daran, dass ich Waise sei und auch meine Großmutter, die mich aufgezogen hatte, verstorben sei.

»Armes Kind«, sagte sie und tätschelte meine Hand, »aber nun hast du hier eine neue Familie.«

Unsere Hochzeit feierten wir im kleinen Kreis, mit Pauls Mutter, Tante Frieda, zwei Schulfreunden von Paul und deren Ehefrauen und einer Hamburger Verwandten. Ich hatte lediglich eine neue Freundin aus dem Töpferkurs eingeladen. Wilhelmine wurde mit einem anerkennenden »Noch eine junge Künstlerin« von Pauls Mutter begrüßt.

Beim Hochzeitsessen hielt Pauls Freund Erich eine kleine Rede, die alle sehr rührte: »Als Paul mir das erste Mal von

Berti erzählte, holte ich einen Atlas und suchte diesen Ort mit dem eigenartig umständlichen Namen, und da ich ihn nicht finden konnte, suchte ich das Erzgebirge, und es schien mir so weit weg von unserer Küste, dass ich dachte: O Mann, Paul, wie soll das gehen?

Manche von uns finden leicht zusammen, man kennt sich im Dorf, man trifft sich bei Freunden oder Verwandten … Und dann sind da Berti und Paul, die sich an einem Ort begegnen, an den sie etwas gebracht hat, das niemand haben möchte: eine Krankheit. Welche Verschwörung der Tuberkelbazillen mag es zuvor gegeben haben, damit eine junge künstlerische Dame aus den Tiefen dieses Erzgebirges und ein Ingenieur, ein Küstenbewohner und Schiffbauer, in einem Sanatorium im Harz aufeinandertreffen. Damit hatten die Bazillen aber auch ihren Dienst getan und wurden zum Glück in ihre Schranken verwiesen. Man wurde gesund und ging auseinander. Von nun an war es Aufgabe der Reichspost, das entfachte Feuerchen am Lodern zu halten. Was ich Paul kaum zugetraut hätte: Er wurde zu einem eifrigen Briefschreiber, und was ich ihm gleichfalls nicht zugetraut hatte, er redete ständig von der Romantik unserer Sonnenuntergänge.

Zu Weihnachten brauchte er Rat für ein kleines Geschenk für das ferne Fräulein, und meine Stine gab ihm eine Idee. Als Paul uns zeigte, was Berti ihm zu Weihnachten geschickt hatte – den Entwurf eines Exlibris, von ihr selbst angefertigt für Paul Hollmann –, sagte Stine: *Dagegen können die Batisttüchlein von Paul nicht standhalten.*

Ein paar Monate später fuhr Paul nach Dresden, und wir hofften, dass er seine Künstlerin mitbringen würde. Doch er kam allein zurück; Berti war standhaft geblieben, für ein weiteres Jahr sollte es Dresden bleiben. Nichtsdestotrotz loderte das Feuerchen bei Paul inzwischen hellauf. Er würde warten, denn er hatte gefragt und wusste, dass es keinen anderen für sie gab. Im nächsten Sommer lockte er Berti in den Norden, und wer weiß, was Berti dort verzauberte, jedenfalls gelang es Paul, ihr den Verlobungsring an den Finger zu stecken.

Paul immerhin musste nicht mehr verzaubert werden, er war es längst. Und doch: Am ersten Abend des Wiedersehens in Travemünde, als sie bei ihrem Gesundheitsrotwein saßen, tat Berti etwas, das unserem kühlen Ingenieur vollständig die Sinne umnebelte: Sie holte Stift und Block, und in wenigen Minuten entstand eine Zeichnung. *Paul am ersten Abend.* Die Zeichnung hängt nebenan im Musikzimmer, und ich möchte meinen, sie ist eine Liebeserklärung von Berti an Paul.«

Bei diesem letzten Satz sahen mich alle an, und als ich rot wurde, drückte Paul meine Hand. Tante Frieda wischte sich eine kleine Träne aus den Augen, und Pauls Mutter warf uns einen zufriedenen Blick zu.

Beim Schneiden der Hochzeitstorte führte Paul meine Hand. Nach dem Kaffeetrinken bedankte er sich bei allen Gästen für ihr Kommen, und Erich fuhr uns in seinem Wagen zu unserer neuen Wohnung.

»Die Hochzeitsreise holen wir im nächsten Sommer nach«, hatte Paul vorgeschlagen, und ich hatte gerne zugestimmt, freute ich mich doch von Tag zu Tag mehr auf unsere erste gemeinsame Wohnung.

Lene hatte eine Karte geschickt und geschrieben: »Ein Bub und ein Mädel, das wünsche ich euch, und alles Glück auf Erden!«

»Ja, Kinder«, sagten wir und lachten in der Erinnerung an Doktor Sommerau, der natürlich ebenfalls eine Hochzeitsanzeige bekommen und seinerseits eine Glückwunschkarte geschickt hatte.

Aus Berti Bresser war Frau Hollmann geworden, deren Zukunft sorglos und voller Geborgenheit vor ihr lag.

KIEL 1922

Ich freute mich, dass unser gemeinsames Leben in der Vorweihnachtszeit begann und ich die neue Wohnung, in der doch manches noch kahl wirkte, weihnachtlich gestalten konnte. Mit Paul gemeinsam kaufte ich Tannenzweige, die ich in den Räumen verteilte und mit roten und grünen Bändern und vielen Strohsternen schmückte. Frieda lud mich ein, mit ihr gemeinsam Plätzchen zu backen, und schrieb mir die alten Familienrezepte auf, die sie mit Anmerkungen versah: *Pauls Lieblingsplätzchen, Tante Luzis Mandelgebäck* oder *Feine Butterplätzchen nach einem Rezept von Großmutter Hollmann.* Wenn Paul am Abend nach Hause kam, zog der Geruch des Teepunschs durch die Luft, und wir setzten uns in unsere gemütlichen Sessel oder kuschelten uns auf dem Sofa aneinander. Bei Punsch und Plätzchen berichteten wir einander vom Tag oder teilten unsere Erinnerungen.

»Wie war es bei dir zu Hause an Weihnachten?«, fragte mich Paul an einem Abend.

»Wir haben jedes Jahr einen Weihnachtsberg gebaut«, sagte ich, und damit hatte ich eine Schleuse für meine Erinnerungen geöffnet, und für die Erinnerungen an das letzte Weihnachtsfest mit Großmutter, eine Schleuse für meine Tränen.

Paul zog mich an sich. »Erzähl es mir«, sagte er, »vielleicht wird es dann leichter.«

Als ich sprach, ging alles durcheinander. Die Erinnerungen an das letzte Weihnachtsfest mit Großmutter, der Striezelmarkt mit den Lebkuchenherzen und dem Duft von gebrannten Mandeln, das Männel-Zeug und die Schnitzereien meiner Mutter, Schwibbögen und Kerzenleuchter in den Fenstern der Häuser und Hütten und der knirschende Schnee, wenn wir nachts zur Christmette gingen.

»Was können wir tun, Berti?«, fragte Paul. »Was können wir tun, damit du hier nicht alles vermisst?«

»Warte«, sagte ich, putzte mir die Nase mit dem Taschentuch, das er mir gereicht hatte, und stand auf. »Warte einen Moment.«

Aus dem Fach in meinem Nachttisch nahm ich die Schachtel mit den Schnitzereien, die ich bei meiner Abreise nach Travemünde vorsorglich in meine Tasche gepackt hatte. Ich stellte die kleine Kiste vor uns auf den Tisch und holte Stück für Stück heraus: die Engel, das Eselchen und die beiden Ochsen, eines meiner Lämmchen und die Madonna meiner Mutter, als Letztes den Schutzengel von Grete Wendt.

Paul nahm ihn mir aus der Hand und besah ihn lange. »Ein Schutzengel! Warum versteckst du ihn?«

Ich schlug die Hände vors Gesicht und schluchzte von Neuem, und als ich mich unter seinen streichelnden Händen etwas beruhigt hatte, erzählte ich ihm, wie Grete Wendt mir diesen Engel mit auf die Reise ins Sanatorium gegeben hatte und dass sie mir doch eigentlich das Leben gerettet hatte und wie schlecht es von mir war, dass ich einfach weggegangen war.

»Jeder wird verstehen, dass du in diesem Sommer in einer schwierigen Situation warst. Und wer nicht versteht, dass eine junge Frau ihrem Herzen folgt, der wäre doch selbst kalt und verständnislos. Und dass die junge Frau in dieser schwierigen

Situation ein bisschen den Kopf in den Sand steckt und ihren Ehemann alles regeln lässt, wird man auch verstehen.«

Ja, vielleicht kann man das verstehen, dachte ich. Aber ich habe mich gegenüber Fräulein Wendt undankbar gezeigt, und das ist das Schlimmste.

»Vielleicht fahren wir einmal hin. Dann kannst du alles erklären, und man wird sicher verstehen, dass du nicht von dort weggegangen, sondern zu mir gekommen bist.«

Ich beruhigte mich etwas, und Paul nahm wieder den Engel in die Hand.

»Er darf nicht wieder in dieser Kiste verschwinden«, sagte er. »Ein Engel will eine Aufgabe haben, und dein Schutzengel will dich sehen. Stelle ihn auf deine Frisierkommode, dann sieht er dich jeden Morgen. Und jetzt in der Weihnachtszeit soll er mit all den anderen Figuren zwischen den Tannenzweigen stehen.« Er arrangierte die Figuren in der Tischmitte und sagte dann: »Ich gehe in die Küche, mache ein paar Brote und zwei Becher Glühwein, schließlich hat Doktor Sommerau nichts davon gesagt, dass der Rotwein nicht auch heiß sein darf. In der Zwischenzeit legst du dich ein wenig aufs Sofa. Ich weiß ja nun, dass du einen Beschützer hast.«

Als Paul die Tür hinter sich geschlossen hatte, nahm ich den Schutzengel in die Hand und sah ihn lange an. »Danke, dass du mich behütet hast«, flüsterte ich ihm zu. »Und danke, dass du mich zu diesem wunderbaren Mann geführt hast.« Ich wiederholte den Dank noch einmal und dachte dabei an Grete Wendt.

An Heiligabend halfen wir bei Pauls Mutter und Frieda, die riesige Tanne in der großen Diele zu schmücken. Paul stand auf der Leiter, ich reichte ihm die Kugeln und Kerzenhalter an, und Pauls Mutter dirigierte, was an welcher Stelle angebracht werden sollte. Frieda war in die Küche gegangen, und als sie nach einiger Zeit zurückkam, trug sie ein Tablett mit vier dampfenden Bechern.

»Schokolade«, sagte sie. »Schokolade gehörte schon bei meinem Vater dazu, wenn der Baum geschmückt wurde. Schokolade mit Kardamom und Zimt, das schmeckt nicht nur gut, der Duft ist für mich auch der Duft von Weihnachten. Und für Vater kam ein Schlückchen Weinbrand dazu.«

»Den Weinbrand bekommt Paul erst, wenn er von der Leiter ges-tiegen ist. Vorher muss er noch die Kerzen eins-tecken«, bestimmte Pauls Mutter.

Paul lachte gutmütig. »Das sagst du jedes Jahr, Mutter. Bin ich jemals von der Leiter gefallen?«

»Sie ist jedenfalls ziemlich hoch«, gab ich zu bedenken, und Pauls Mutter sagte: »Siehst du, das macht auch Albertine Angst.«

»Gut, ich beeile mich jetzt mit den Kerzen, und eine von euch kann schon mal die Flasche mit dem Weinbrand holen.«

Am frühen Abend besuchten wir gemeinsam den Gottesdienst in einer der großen Kieler Kirchen und ließen uns nach der Rückkehr das köstliche Gänseessen schmecken, das Frieda vorbereitet hatte.

Die beiden Weihnachtsfeiertage verbrachten Paul und ich allein. Wir genossen die ungestörte Zweisamkeit in unserer Wohnung und machten Spaziergänge am Fördeufer und im Botanischen Garten. Das hügelige Gelände mit seinen verschlungenen Pfaden und dem alten Baumbestand bot immer wieder neue Eindrücke. Vom Aussichtspavillon, auf dem höchsten Punkt des Gartens, bewunderten wir den Ausblick auf die Förde. Wir standen dicht nebeneinander, unsere Hände ineinander verschränkt.

»Sieh mal nach oben!«, sagte Paul.

»Was für ein wunderschöner romantischer Ort«, flüsterte ich mit einem Blick in die filigrane schmiedeeiserne Kuppel des Pavillons, die von einer stilisierten Lotosblüte gekrönt war.

Paul zog mich enger an sich und zeichnete mit seinem Zeigefinger die Linien meines Gesichts nach. »Ich liebe dich so sehr, Berti!«, sagte er und küsste mich.

Als ich wieder zu Atem kam, lächelte ich ihn an und erwiderte: »Ich liebe dich, Paul.« Er sah mich an, als würde er noch etwas erwarten. Ich stellte mich auf die Zehenspitzen, und als er seinen Kopf zu mir neigte, flüsterte ich in sein Ohr: »So sehr!«

***

Das Ende der Weihnachtszeit kam für mich überraschend früh. Am Neujahrsmorgen erklärte Paul, dass wir nicht nur zu Friedas traditionellem Kassler-und-Sauerkraut-Essen eingeladen seien, sondern dass auch der Weihnachtsbaum abgeschmückt werden müsse.

»Heute schon?«

»Ja, wann sonst?«

»Im Erzgebirge lassen wir alles bis Hochneujahr stehen«, antwortete ich, und ehe er noch fragen konnte, erklärte ich: »Hochneujahr ist der 6. Januar, der Dreikönigstag. Erst dann ist die Weihnachtszeit zu Ende, und erst dann werde ich unsere Tannenzweige abräumen und das Männel-Zeug wieder in meine Weihnachtskiste verpacken.«

»Dann mok wi dat nach Hochneujoar!«, sagte Paul, und wir lachten über unsere Sprachvermischung und machten uns auf den Weg zur anderen Fördeseite, um den Weihnachtsbaum abzuschmücken.

Beim Mittagessen erinnerte meine Schwiegermutter an den

von ihr vorgeschlagenen Kochkurs: »Hast du Albertine inzwischen bei Frau Hansen angemeldet, Paul?«, erkundigte sie sich.

»Berti hat selbst bei Frau Hansen vorgesprochen, Mutter. In der kommenden Woche wird sie dort in den Koch- und Haushaltungskurs für den gehobenen Haushalt eintreten«, erklärte Paul, woraufhin meine Schwiegermutter mir einen erstaunten Blick zuwarf.

»Hör dir das an, Frieda. Albertine hat es selbst in die Hand genommen. Die jungen Frauen heute sind doch selbstständiger, als wir es waren.«

Frieda schmunzelte, und Paul sagte: »Andere Zeiten, Mutter.«

Die Tätigkeit als Reinzeichnerin hatte ich bei der Heirat aufgegeben. Mit Paul beriet ich über die Weiterführung meines Studiums an der kunstgewerblichen Schule. Das nächste Studienjahr würde im September beginnen, daran würde sich ein praktisches Jahr anschließen. Erst dann würde das Studium abgeschlossen sein.

»Eine lange Zeit!«, sagte Paul. Wir beide dachten, dass wir bis dahin längst zu dritt sein würden. Ich beschloss, das Studium nicht fortzuführen, die Töpferkurse aber weiterhin zu besuchen.

Der Haushaltungskurs begann, und ich empfand überraschend große Freude daran, zwei Vormittage in der Woche mit anderen jungen Frauen in der Lehrküche von Frau Hansen zu verbringen und an einem zusätzlichen Nachmittag in die Feinheiten der Tischkultur und Etikette eingewiesen zu werden.

Nachdem ich den Kurs absolviert hatte, konnte ich nicht nur Scholle, Dorsch, Lachs und anderen Seefisch zubereiten, sondern auch Karpfen, Rinder- und Gänsebraten sowie Vorsuppen und exquisite Nachspeisen.

Zur Feier des Tages luden wir Mutter und Tante Frieda an einem Sonntag zum Mittagessen ein. Ich deckte den Tisch, wie ich es bei Frau Hansen gelernt hatte, und als ich nach Rinderbouillon als Vorsuppe, dem Kalbsbraten, den ich in einem Rotweinsud mit Möhren und Sellerie gegart hatte, und der Rotweincreme als Nachspeise noch einen Kaffee mit leichtem Gebäck servierte, stellte Frieda fest, ich habe den Kurs offensichtlich mit Bravour bestanden. Meine Schwiegermutter ließ mich wissen, dass das Menü sehr gut komponiert gewesen sei und vorzüglich geschmeckt habe. Auch für die Tischdekoration, zu der ich selbst gestaltete Keramikblumen verwendet hatte, wurde ich gelobt. »Entzückend, Albertine, ganz entzückend!«

KIEL 1932

An unserem zehnten Hochzeitstag lag neben meinem Frühstücksteller eine kleine Schachtel mit einem eleganten Collier, das in einen funkelnden Anhänger auslief.

»Das passt ganz wunderbar zu deinem dunkelblauen Kleid«, sagte Paul, während ich mir den Anhänger auf den Handrücken legte und beobachtete, wie die Steine bei jeder Bewegung funkelten.

»Eine schöne Arbeit«, sagte ich, »Goldschmiede sind wirkliche Künstler.« Ich stand auf und ging um den Tisch herum zu Paul, der ebenfalls aufgestanden war und mich in den Arm nahm. »Danke«, sagte ich. »Du findest immer die schönsten Stücke.«

»Und du, Berti, bist doch selbst eine Künstlerin«, sagte er und zeigte auf das kleine Aquarell, das ich von seinem Boot gemalt hatte. *Pauls Jolle im Sonnenuntergang* hatte ich auf die Rückseite geschrieben. Ich war stolz darauf, wie gut es mir gelungen war. Sonnenuntergänge gerieten häufig kitschig, dieser war es nicht.

»Heute Abend habe ich noch eine Überraschung für dich«, sagte Paul, bevor er das Haus verließ, um zur Arbeit zu gehen, und lächelte mich spitzbübisch an. Er wusste, dass ich es hasste, auf angekündigte Überraschungen zu warten.

Für den Abend hatte er in einem eleganten Restaurant einen

Tisch reserviert. Ich hatte das dunkelblaue Kleid angezogen, und Paul legte mir das Collier um den Hals.

»Wie merkwürdig«, sagte er, »ich muss immer erst deinen Nacken küssen, bevor ich einen solchen Verschluss schließen kann.«

»Wenn du so weitermachst, wird unser Tisch frei bleiben«, sagte ich leise und lehnte mich an ihn.

Paul schob mich von sich. »Ich bitte Sie, Frau Hollmann, mich nicht zu verführen. Ich musste den Geschäftsführer bestechen, damit er mir den Tisch in der Nische am Fenster reserviert.«

Als Vorspeise wurde ein Krabbencocktail serviert, dazu hatte Paul Sekt bestellt. »Du bist erwachsen geworden, Berti«, stellte er fest. »Du trinkst Sekt, ohne die Nase kraus zu ziehen, und du isst Krabben, als wärst du eine eingeborene Küstenbewohnerin!«

»Paul«, sagte ich, »du willst mich ablenken.«

»Wovon?«

»Du hast von einer Überraschung gesprochen.«

»Gibt es Überraschungen nicht erst, wenn der Teller leer gegessen ist?«

»Er *ist* leer gegessen!«, sagte ich, und wie um meine Worte zu unterstreichen, trat in diesem Moment ein junger Kellner an den Tisch, um die Vorspeisenteller abzuräumen.

»Touché!«, sagte Paul und sah sich um, als würde er prüfen, ob jemand mithörte. »Also …«

»Also was?«

»Erinnerst du dich an das Haus, an dem wir neulich auf unserem Abendspaziergang hier in Düsternbrook vorbeigekommen sind?«

»Wir sind an vielen Häusern vorbeigekommen.«

Er lachte. »Willst du es nun hören, oder verzögerst du?«

»Ich will es hören, und wenn du es mir nicht gleich sagst, klopfe ich mit dem Messer auf den Tellerrand.«

»Bitte nicht, das könnte den Oberkellner irritieren.«

»Also sag schon!«

»Da war doch dieses Haus, das gerade im Bau war. Mit dem Blick auf den Botanischen Garten.«

»Ja, und?«

»Ich habe gestern einen Mietvertrag unterschrieben!«

Wir hatten an dem Abend dort gestanden und davon gesprochen, wie schön es sein müsse, in einem solchen Haus zu wohnen, wie großartig die Lage war – und dass die Mieten wahrscheinlich sehr hoch waren.

»Aber … Ist das nicht viel zu teuer?«, fragte ich.

Paul sah mich nachdenklich an. »Darüber habe ich gar nicht nachgedacht. Du wirst wohl ein paar Schmuckstücke versetzen müssen.«

»Du bist ein Schuft«, sagte ich und lächelte ihn an, »aber ich kenne dich, Paul. Also dann erzähle von der Wohnung.«

»1. Etage, drei Zimmer, helle, hohe Räume, alle etwas größer als in der alten Wohnung, eine geräumige Küche, ein Badezimmer mit Wanne und Badeofen, ein Küchenbalkon und ein Balkon in Richtung zum Botanischen Garten.«

Da der Hauptgang serviert wurde, hatte ich einen Augenblick Zeit, über meine Antwort nachzudenken und die Frage zu verdrängen, warum Paul mich nicht gefragt hatte, bevor er den Vertrag unterschrieb.

»Ein Badezimmer mit Wanne und Badeofen!«, wiederholte ich und trank den letzten Schluck Sekt, da der Ober uns bereits Rotwein eingeschenkt hatte. »Das klingt großartig! Und wenn wir nicht in diesem vornehmen Restaurant wären, würde ich jetzt aufstehen und dich küssen.«

Paul verdrehte scheinbar resigniert die Augen und seufzte.

»Da habe ich für meine Überraschung wohl den falschen Ort gewählt.«

Unter der langen Tischdecke streifte ich einen meiner Schuhe ab und streckte meinen Fuß zu Pauls Wade. Er lächelte mich an und sagte mit einem leichten Kopfschütteln: »Frau Hollmann, das geht hier aber nicht!«

***

Am nächsten Tag hatte ich einen Termin bei meinem Arzt, und als ich im Wartezimmer saß, spürte ich wieder diese Angst. Die Angst davor, dass er mir eine endgültige Antwort geben würde.

Zehn Jahre waren Paul und ich verheiratet, und noch immer blieb eine Schwangerschaft aus.

»Geduld«, hatte Doktor Petersen gesagt, als ich im zweiten Jahr unserer Ehe gefragt hatte, warum sich noch immer kein Kind einstellte.

Im dritten Jahr empfahl er mir Ruhe und einen Kuraufenthalt in Bad Ems. Von der Sanatoriumsleitung kam ein Schreiben mit der Bitte, der Ehemann möge, wenn irgend möglich, am Aufnahmegespräch teilnehmen.

»Warum das?«, wunderte ich mich.

»Na, wir Männer sind schließlich auch beteiligt«, sagte Paul und begleitete mich auf der Reise. Nach der Begrüßung bat der Arzt mich, ihn mit meinem Mann allein zu lassen, es gäbe ein paar Fragen zu klären, die sich leichter unter Männern besprechen ließen.

»Was wollte er von dir?«, fragte ich Paul, als wir vor dem Mittagessen im Kurpark spazieren gingen.

»Er hatte ein paar Fragen nach dem Wie und Ob – und ob es Probleme gäbe.«

»Probleme?«

»Ich habe ihm gesagt, es gäbe keine.«

»Und das war alles? Das hätte ich ihm auch sagen können.«

»Nein, das war nicht alles.« Paul senkte seine Stimme. »Er fragte nach Geschlechtskrankheiten und danach, ob und wo ich im Krieg gewesen sei.«

»Oh.«

»Ja, und er sagte, dass er diese Fragen doch lieber in Abwesenheit der Frau Gemahlin stelle.«

»Ja. Und?«

»Du willst es hören?«

Ich nickte.

»Ich habe ihm gesagt, dass ich in Frankreich war und der Lazarettapotheker uns aufs Beste mit den Gummi-Produkten von Herrn Fromm versorgt habe.«

Man wusste doch nie alles voneinander, dachte ich, und manches wollte man auch tatsächlich gar nicht wissen.

»Ja, das zu hören wäre mir wirklich etwas peinlich gewesen«, sagte ich. »Aber was hat das mit meinem Problem zu tun?«

»Er wollte eine Ursache ausschließen. Es gibt Männer, die nach einer Krankheit und deren verschleppter Behandlung zeugungsunfähig sind.«

»Was wir also ausschließen können?«

»Ja!«

Als Paul zwei Tage später nach Kiel zurückfuhr, war ich traurig. Seit der Hochzeit waren wir keine Nacht voneinander getrennt gewesen. Ich vermisste Paul, vermisste unsere Gespräche, seine Zärtlichkeiten.

Noch trauriger war ich, als der Erfolg der Kur ausblieb.

Im darauffolgenden Jahr schlug Doktor Petersen einen gemeinsamen Urlaub an der Nordsee vor. So fuhren wir im Sommer für vierzehn Tage an die holländische Küste, wo wir in einem Seebadeort einen luxuriösen Hotelaufenthalt genossen. Aber auch der entspannte Urlaub in dem anregenden Nordseeklima hatte nicht den gewünschten Erfolg.

»Das können wir wiederholen«, sagte Paul, doch auch in den beiden folgenden Jahren zeigte sich keinerlei Effekt. Ebenso wenig nach der Anwendung der neusten Erkenntnisse über empfängnisbegünstigende Zyklustage, die Herr Doktor Knaus 1928 in Leipzig vorstellte und die Doktor Petersen mir anhand eines Kalenders erklärte.

Im Folgenden riet der Doktor mir zu Bewegung und Ablenkung. Da ich dem Segelsport nichts abgewinnen konnte, nahm ich Tennisstunden, wurde Mitglied in einem Tennisclub und verbrachte viele Sommernachmittage auf dem Tennisplatz.

Nachdem ich bei einer der Andeutungen, die Pauls Mutter auch nach all den Jahren noch machte, in Tränen ausgebrochen war, erwähnte sie ihren Wunsch, Großmutter zu werden, nicht mehr. In der Folge verliefen die sonntäglichen Mittagessen deutlich entspannter.

Ganz anders erging es Birgitta: Ihre Familie vergrößerte sich beständig. Sie schrieb mir jedes Jahr zu meinem Geburtstag und zu Weihnachten. Mit meinen Antworten an sie tat ich mich allerdings schwer. Was sollte ich ihr von meinem Leben schreiben? Was könnte sie interessieren, was würde sie sich auch nur vorstellen können von meinen Beschäftigungen? Tennis, Tanzabende im Segelclub, Theater- und Konzertbesuche, Einladungen in elegante Wohnungen zu exquisiten Mahlzeiten und Reisen mit dem neuen Wagen, den Paul angeschafft hatte … All das war so fern von der Lebenswelt meiner Cousine, dass ich es nicht erwähnen wollte.

Da es wenig zu schreiben gab, packte ich Päckchen, die ich zu den Geburtstagen der Kinder und zu Weihnachten schickte, und wenn ich die Babysachen, Bubenhosen und Mädchenröckchen in den Geschäften aussuchte, stellte ich mir vor, ich kaufte für meine eigenen Kinder ein. Wenn dann eine Verkäuferin sagte: »Das wird Ihrer Kleinen gefallen, das Material ist so weich, da kratzt gar nichts«, oder »Dieser Drillich ist genau richtig für kleine Buben, da wird Ihr Sohn auch beim Herumtoben keinen Riss hineinmachen«, glaubte ich einen Moment selbst daran, dass zu Hause die Kinder auf mich warteten.

»Soso, der zehnte Hochzeitstag«, sagte Doktor Petersen. »Es tut mir leid, Frau Hollmann, wir haben ja schon vieles probiert. Die Kur, die Tropfen … Manchmal sind wir Ärzte mit der Weisheit am Ende, aber dann ist es auch so, dass der Körper sich verkrampft, wenn der Wunsch zu stark ist. Vielleicht hilft es, wenn Sie sich in Gedanken von dem Kinderwunsch verabschieden, wenn Sie sich eine Betätigung suchen, die Sie so gefangen nimmt, dass Sie Ihren Körper sozusagen überlisten.«

Als ich die Praxis verließ, fiel es mir schwer, die Tränen zurückzuhalten, bis ich zu Hause war. *Verabschieden Sie sich von dem Kinderwunsch.* Wie grausam das klang.

Ich dachte an die schöne Wohnung, die wir bald beziehen würden, und dass auch dort das Kinderzimmer leer bleiben würde. Paul hatte mir in den letzten Jahren, als ich in Hinblick auf eine mögliche Schwangerschaft immer verzagter geworden war, immer wieder gesagt, dass wir auch ohne Kinder glücklich seien. Aber wenn ich sah, wie er mit den Söhnen seiner Freunde scherzte, wusste ich, dass auch er sich nach einem Kind sehnte.

Als er am Abend nach Hause kam, sah er mir an, dass ich geweint hatte. »Warst du bei Doktor Petersen?«

Ich nickte, und er nahm mich ohne weitere Fragen in den Arm und wiegte mich sanft.

Später berichtete ich von Doktor Petersens Rat, mir eine Beschäftigung zu suchen, und fügte hinzu: »Schade, dass ich nicht wieder als Reinzeichnerin arbeiten kann.« Aber ich wusste, dass eine Berufstätigkeit für eine verheiratete Frau aufgrund der herrschenden Arbeitslosigkeit nicht infrage kam.

»Du könntest doch wieder eine künstlerische Tätigkeit aufnehmen«, schlug Paul vor und erinnerte mich an die Töpferkurse, die ich in den ersten Jahren in Kiel besucht hatte.

Im Atelier freute man sich, als ich nach so langer Zeit wieder in der Tür stand, und von da an verbrachte ich jede Woche zwei Vormittage in der Werkstatt. Dienstags ging es um das Arbeiten mit Engoben, ein Bereich, in dem ich noch vieles lernen konnte. Freitags arbeiteten wir frei, und ich hatte mir zunächst vorgenommen, ein Teegeschirr für den eigenen Gebrauch herzustellen. Die Entwürfe für Teller, Tassen, Kanne, Sahnekännchen und Zuckerdose fertigte ich zu Hause an.

»Ich habe eine Idee, Berti«, sagte Paul, als er mich an einem Abend beobachtete, wie ich den Küchentisch zum Arbeitstisch umfunktionierte.

»Ja?«

»In der neuen Wohnung richten wir uns das dritte Zimmer als Arbeitszimmer ein. Zeichentisch und Reißbrett und was wir sonst alles benötigen. Du machst dort deine Entwürfe für die Keramiken, und ich würde mich gerne an der Konstruktion eines Motors für die Jolle versuchen.«

»Aber ...«

»Und wenn das Zimmer anderweitig benötigt wird, sehen wir weiter.«

***

Im Sommer war es endlich so weit: Wir konnten die neue Wohnung beziehen. Am ersten Abend saßen wir etwas erschöpft auf dem Balkon und gratulierten uns zu unserem Glück.

»Das ist die schönste Wohnung, die ich mir denken kann«, sagte ich. »Es sind nur ein paar Schritte bis zum Fördeufer. Dort können wir abends spazieren gehen oder im Botanischen Garten, und auch die Kunsthalle ist ganz in der Nähe. Ich werde mir künftig keine Ausstellung entgehen lassen.«

»Düsternbrook«, sagte Paul, »beste Lage von Kiel. Davon habe ich immer geträumt.«

Wir genossen das Leben in unserer neuen Wohnung, und ganz allmählich rückte die Frage der Schwangerschaft in den Hintergrund. Ich liebte es, an dem Zeichenbrett im neu eingerichteten Arbeitszimmer zu sitzen, und als im Tennisclub ein Sommerfest geplant wurde, entwarf ich die Druckvorlagen für die Einladungen.

»Das ist unglaublich, Berti«, sagte eine meiner Clubfreundinnen mit Blick auf die fertigen Karten. »Wo hast du das gelernt?«

Dann fragte sie mich, ob ich eine Idee für die Einladungskarten zu ihrem vierzigsten Geburtstag hätte. Wenig später überbrachte Paul die Anfrage seines Segelclubs für den Entwurf der Einladungen zum Saisonabschlussball. So übernahm ich mehr und mehr in beiden Clubs die grafischen Arbeiten.

Die kleinen Zeichnungen und Druckvorlagen gingen mir leicht von der Hand und waren keine große Herausforderung. Dennoch freute es mich, wenn auf den Veröffentlichungen der Clubs *Entwurf: Albertine Hollmann* stand und mir der Präsident des Segelclubs bei der Balleröffnung einen Blumenstrauß überreichte oder die Präsidentin des Tennisclubs sich mit einem Gutschein für eine Trainerstunde bedankte.

Im Atelier traf ich auf Frauen, die wie ich Freude am kreativen Gestalten hatten, und manchmal erinnerte mich unser Miteinander an die Zeit in der Manufaktur. »Traudel, sieh mal« und »Berti, was hältst du von dieser Farbe?« oder »Kinder, das müsst ihr euch ansehen. Ich habe bei Schütte ganz famose Pinsel bekommen«.

Mehr noch als die Arbeit an der Töpferscheibe liebte ich das freie Modellieren, bei dem immer wieder kleine Figuren entstanden, denen ich mit Pinsel und Farbe ihr ganz individuelles Aussehen gab.

»Du hast eine unglaublich sichere Hand bei der Malerei«, stellte eine der Frauen fest, als sie mir einmal zusah, wie ich das Gesicht eines Zipfelmützenzwergs aufmalte.

»Ich habe es schon als Kind gelernt«, erwiderte ich, »bei meiner Großmutter.« Ich freute mich bei der Erinnerung an Großmutter und dass ich das von ihr Gelernte auch hier anwenden konnte. Aber immer wieder dachte ich auch wehmütig an die Werkstätten von Wendt & Kühn, sehnte mich nach dem Holzgeruch in der Dreherei und fragte mich, ob Grete Wendt inzwischen die kleinen Engel in die Welt gebracht hatte, deren Entwürfe sie mir in meinen letzten Tagen in Grünhainichen gezeigt hatte.

Das Atelier bot uns die Möglichkeit, an Ausstellungen in Galerien oder auf Kunstgewerbeschauen teilzunehmen, und in der Erinnerung an das hölzerne Lämmchen und den Vogel gestaltete ich die kleinen Tierchen nun aus Ton. Bei einer der Ausstellungen sprach mich die Geschäftsführerin eines Kunstgewerbegeschäfts an und schlug mir eine Zusammenarbeit vor. Zunächst zögerte ich, ob ich den Schritt zur Kunsthandwerkerin, die für den Verkauf arbeitete, wirklich wagen sollte. Paul, der erkannte, wie wertvoll die Anerkennung für mich war, ermutigte mich und schlug sogar vor, einen eigenen Markennamen zu verwenden.

»Malwina«, sagte ich in Erinnerung an Großmutter und verwendete als Bodenmarke eine kleine rote Blume, die an die Blüte einer Malve erinnerte.

KIEL 1934–1938

Bei meinem ersten Besuch im Kunstgewerbegeschäft führte mich die Geschäftsführerin durch die Räume. »Da wird man ganz klein«, sagte ich, nachdem ich die hinter Glas ausgestellten Figuren der Königlichen Porzellan-Manufaktur Berlin und anderer großer Hersteller bewundert hatte.

»Kein Grund, sich klein zu fühlen, Frau Hollmann«, sagte Frau Marten. »Die großen Namen werden nicht alle Tage verkauft, denn seien wir ehrlich, wer kann sich das heute noch leisten? Oft sind es doch die kleinen Dinge, die das Herz erfreuen, die man sich als Trostpflästerchen für das ein oder andere Leid kauft oder auch verschenkt. Ihre kleinen Vögelchen sind ganz allerliebst, und ich habe noch nichts Derartiges im Angebot. Vielleicht könnten wir mehrere unterschiedliche Vögel als Verkaufseinheit anbieten. Eine Dreierkombination oder sogar eine Kombination von sechs unterschiedlichen Figuren. So etwas wird gerne gekauft. Die Schäfchen würde ich für das Weihnachtssortiment vorschlagen, passend zu den Krippen.«

Wir verließen den Bereich der Keramik, an den sich die Glaskunst anschloss, und Frau Marten erläuterte die Aufteilung innerhalb des Verkaufsbereichs. »Wir haben uns auf drei Bereiche des Kunsthandwerks spezialisiert: Keramik und Porzellan, Glaskunst und dann die Holzwaren, die Sie dort im Nachbarraum sehen. Im Bereich des Holzhandwerks nimmt die Volkskunst aus dem Erzgebirge eine besondere Stellung ein, insbesondere in der Vorweihnachtszeit. Dann bauen wir diese Abteilung aus und zeigen die Pyramiden, Räuchermännchen, Krippen, Schwibbögen und Engel. Leider wird vieles angeboten, was unserem Anspruch nicht gerecht wird, aber wir haben inzwischen gute Kontakte zu den Herstellern unseres Vertrauens.« Damit zeigte sie auf ein Regalbrett, und was ich sah, beschleunigte meinen Herzschlag.

Volkskunst aus dem Erzgebirge hatte sie gesagt und damit mein Interesse geweckt, aber ich hatte doch nicht mit den Spar- und Spieldosen, den Knaulfrauen und der Vielzahl von kleinen Figuren gerechnet, die ausnahmslos die Handschrift von Grete Wendt trugen.

»Das kommt aus meiner Heimat«, sagte ich und hoffte, dass Frau Marten mir meine Rührung nicht anmerkte.

»Zu dieser Manufaktur haben wir bereits seit Jahren beste Kontakte, und wir schätzen die hohe und vor allem gleichbleibende Qualität. Die Kunden sind begeistert über die akkurate Ausführung und die liebevolle Gestaltung. Die Märchenfiguren zum Beispiel sind in jeder Jahreszeit gefragt, und sehen sie nicht aus, als seien sie direkt einem Märchenbuch entsprungen?«

Als ich nickte, fuhr sie fort: »Zu Weihnachten verkaufen wir viele Krippen und Engel von Wendt & Kühn. Engel in allen Größen, mit Kerzenleuchtern, mit Margeriten im Haar und natürlich die Musikantenengel mit den grünen Flügeln.«

Auf meine Bitte hin ließ sie eine Schachtel aus dem Lager holen. Zum ersten Mal sah ich die Musikantenengel, die ich bisher nur von den Entwürfen kannte. Eine ganze Schar von ihnen setzte Frau Marten vor mir auf den Ladentisch. Alle waren sie nach dem gleichen Muster gestaltet, aber durch ihre unterschiedlichen Instrumente und die dazu passende Armhaltung und Beinstellung besaßen sie eine große Individualität. Dazu die freundlichen kindlichen Gesichter und die niedlichen kurzen Hemdchen.

»Richtige Sammlerstücke«, sagte Frau Marten. »Und es ist sehr geschickt, dass jedes Jahr etwas Neues dazukommt. Das regt den Kaufwunsch der Menschen und die Sammelleidenschaft an.«

An diesem Tag hatte ich nicht nur die Zusammenarbeit mit Frau Marten besiegelt, sondern auch meine ersten beiden Musikantenengel gekauft – den Flötenspieler und den Geiger, die ich bereits als Entwurfszeichnungen von Fräulein Wendt kannte. Nachdem ich eine Spandose als Verpackung ausgewählt hatte, hatte ich es plötzlich eilig, nach Hause zu kommen und die kleinen Engel zu meinem Schutzengel zu stellen. Nach all den Jahren fühlte ich mich Grete Wendt plötzlich wieder ganz nah.

Zunächst waren es meine Keramik-Vögelchen, die Frau Marten in ihr Sortiment aufnahm. Ich hatte entsprechend ihrer Anregung kleine Gruppen entworfen: Drei blaue Vögelchen in unterschiedlicher Haltung bildeten die erste Gruppe. Als Nächstes gestaltete ich eine Dreiergruppe, bei der die Grundfigur identisch war, jeder Vogel aber eine andere Farbe hatte.

»Wunderbar. Warten wir ab, wie sie angenommen werden, aber ich denke, ein paar zusätzliche Farben könnten Sie schon vorbereiten«, schlug Frau Marten vor, als ich meine Ware ablieferte.

Ihre Prognose bestätigte sich rasch, die Vögelchen waren als Tischdekoration gefragt.

Als Nächstes entwarf ich ein Kinderservice, bei dem besonders die Bemalung mit Märchenfiguren auf Anerkennung stieß. »Ein ungewöhnlich feiner Pinselstrich«, stellte Frau

Marten fest, und ich sagte, dass ich dies bei meiner Großmutter Malwine gelernt habe.

»Malwine?«, wiederholte sie. »Ich hatte mich über Ihren ungewöhnlichen Produktnamen gewundert. Wie schön, dass Sie Ihrer Großmutter mit dem Namen ein Andenken schaffen.«

***

Im Dezember lud Frau Marten ausgewählte Kunden zu einem Adventsnachmittag mit großer Weihnachtsausstellung ein. Vor der Tür des Geschäfts standen zwei mit roten Schleifen und Lametta geschmückte Tannen. Der Duft des frischen Tannengrüns, das überall im Geschäft verteilt war, vermischte sich mit dem Geruch von Tee mit Zimt und anderen Gewürzen und versetzte die Besucher schon beim Öffnen der Tür in weihnachtliche Stimmung. Im Eingangsbereich empfing eine Krippenausstellung die Kunden. Daneben wurden auf einem großen Tisch vielfältige Krippenfiguren präsentiert: aufwendig geschnitzt oder aus Keramik, bunt bemalt oder zurückhaltend schlicht gestaltet; für jeden Geschmack fand sich etwas. Dann kamen die Schwibbögen und Kerzenleuchter, Räuchermännchen, Weihnachtsmänner und Weihnachtspyramiden. Sogar ein paar erzgebirgische Bergmänner hatten ihren Weg in den Norden gefunden. Schließlich gab es eine Engelecke, hübsch gestaltet mit einem Regalrund, von dem die größeren Engel heruntersahen, und einer Vitrine, die den kostbaren Einzelstücken vorbehalten war. Davor kleine Tische, auf denen die Wendtschen Margeriten- und Musikantenengel liebevoll arrangiert waren. Während ich mich umsah, setzte leise Musik ein: »Vom Himmel hoch«, das Lied, das wie kein anderes zu den Engeln passt. Ich konnte nicht feststellen, woher die Musik kam. Später erzählte mir Frau Marten, dass sie ihren Neffen im Hintergrund der Engelecke mit einem Grammofon platziert hatte, mit dem er immer wieder das ein oder andere Weihnachtslied abspielte. »Die Musik verzaubert besonders, wenn man nicht sieht, woher sie kommt«, sagte Frau Marten.

Wie schade war es, dass Grete Wendt nicht sehen konnte, mit welcher Liebe auch hier im Norden ihre kleinen Musikantenengel in Szene gesetzt wurden. Für einen Moment brachten mich meine Erinnerungen zurück in die vertraute Atmosphäre der Manufaktur, zurück an den Arbeitstisch in der Malstube, zurück in die Dreherei mit ihrem Holzgeruch.

Zu Hause erzählte ich Paul von dem schönen Nachmittag in der stimmungsvollen Umgebung und zeigte ihm meine Neuerwerbungen, den Engel mit Panflöte und den kleinen Zitherspieler.

»Für Mutter und Frieda habe ich auch zwei Engel gekauft. Einen Geigenspieler und eine Harfenistin.«

»Das passt wunderbar«, sagte Paul. »Mutter klagt immer häufiger, wie schwer ihr der Weg nach Kiel ins Konzert fällt. Ich habe für sie und Frieda eines der neuen Radiogeräte von Mende bestellt. So können sie zu Hause im Sessel sitzen, ihren Tee trinken und sich die Übertragungen der Konzerte anhören. Die kleinen Engel stehen dann oben auf dem Gerät und musizieren mit.«

»Als hätten wir uns abgesprochen!«, sagte ich.

»Ich hatte noch eine Idee.«

»Ja?«

»Möchtest du sie jetzt hören oder erst an Weihnachten?«

»Oh, Paul, du weißt doch, dass ich nicht warten kann ...«

»Du kannst schon, aber du willst nicht.«

»Also wenn du mich so gut kennst, warum quälst du mich dann?«

Er zog seine Brieftasche hervor, öffnete sie umständlich, nahm einen Zettel heraus, legte ihn zurück, prüfte einen zweiten und sagte schließlich: »Ah, hier ist es, sieh selbst.«

Ich nahm das Blatt und … »Du hast zwei Geräte bestellt!«

»Ja, als ich mir das eine vorführen ließ, fand ich den Klang so wunderbar, da konnte ich nicht widerstehen …«

»Wie du nie widerstehen kannst, wenn du eine technische Neuheit entdeckst … Auch ich kenne dich, Paul …«

Ich wollte ihm rasch einen Kuss auf die Wange geben, aber er zog mich an sich, und das Küssen war so schnell nicht erledigt.

»Und welcher unserer kleinen Engel steht dann auf unserem Gerät?«, fragte ich danach leicht außer Atem.

»An Weihnachten alle!«, entschied er.

***

Frau Marten gewöhnte sich an, mich zu informieren, wenn sie neue Lieferungen erhielt oder es Neuigkeiten aus dem Erzgebirge gab.

»Gestern habe ich eine Spieldose verkauft und gleich drei neue bestellt. Vielleicht ist auch eine für Sie dabei«, sagte sie. Anscheinend hatte sie mein Interesse an den Spieldosen bemerkt.

Wenige Wochen später zeigte sie auf eine Kinowerbung in einer Zeitung, die aufgeschlagen auf ihrem Schreibtisch lag. »Sie sollten sich diesen Film ansehen!«

»Marlene Dietrich?«, fragte ich, denn der Name der Schauspielerin war mir zuallererst ins Auge gesprungen.

»Der Film heißt *Blonde Venus,* und leider spielt Frau Dietrich wieder eine etwas anrüchige Rolle. Es scheint, als komme sie davon nicht los.«

Ich wunderte mich, was es mit dieser Empfehlung auf sich hatte, als Frau Marten fortfuhr: »Wissen Sie, dass auch Marlene Dietrich eine Spieldose von Wendt & Kühn besitzt?« Und auf mein Kopfschütteln hin ergänzte sie: »Die Spieldose ist ein Requisit in *Blonde Venus,* und allein das ist doch den Besuch des Films wert. Eine deutsche Spieldose in einem Film aus Hollywood. Und sehen Sie sich den Film unbedingt bis zu Ende an.«

Ich besuchte eine der Nachmittagsvorstellungen von *Blonde Venus,* und es war gut, dass ich allein war. Bei der Szene, in der Marlene Dietrich ihrem kleinen Film-Sohn ein Schlaflied mit der Spieldose vorspielte und dazu sang, liefen mir die Tränen übers Gesicht. Es war die Spieldose, die den ersten Tränenstrom auslöste, aber jedes Mal, wenn die Schauspielerin mit ihrem niedlichen Sohn zu sehen war, liefen die Tränen wieder. So banal die Geschichte war, so sehr litt ich mit der Mutter, als sie ihren Sohn an den Vater verlor, der sich von ihr betrogen glaubte. Aber es gab ein Happy End, das die Familie schließlich wieder vereinte, und wie ein Symbol für dieses Familienglück kam die Spieldose am Ende des Films erneut zum Einsatz. Ich schämte mich für meine sentimentale Heulerei und wartete, bis alle Besucher den Kinosaal verlassen hatten und ich, ohne die Blicke anderer auf mich zu ziehen, hinausgehen konnte.

Mit Frau Marten tauschte ich mich über den Film aus, und wir stellten fest, dass die Dietrich die Rolle der Mutter sehr überzeugend gespielt hatte, wenn auch der Auftritt der Sängerin im weißen Frack sicherlich für viele Zuschauer der Höhepunkt des Films war. »Eine Frau im Frack ist eine verrückte Idee, aber es steht ihr ausgezeichnet.«

Zwischen Frau Marten und mir entwickelte sich mehr und mehr ein freundschaftliches Verhältnis. Wir wiesen uns gegenseitig immer wieder auf Dinge hin, von denen wir wussten, dass die andere sich dafür interessierte. Ich lud sie zu den offenen Nachmittagen in unserem Atelier ein und machte sie mit anderen Töpferinnen bekannt; sie hatte immer neue Vorschläge für Produkte, die für ihre Kundschaft interessant sein könnten, und hielt mich über alles, was Wendt & Kühn betraf, auf dem Laufenden.

»Vergangene Woche ist ein neuer Katalog eingetroffen«, sagte sie, und ich freute mich, dass ich das Verzeichnis zur Durchsicht mit nach Hause nehmen durfte, wo ich einen halben Vormittag damit verbrachte, das Heft durchzublättern und die Abbildungen zu studieren. Bei jedem Exponat überlegte ich, ob es ein Entwurf von Grete Wendt oder von Fräulein Sommer war. Aber nein, aus Olly Sommer war ja längst Frau Wendt geworden, und wie ich von Birgitta wusste, hatte es inzwischen auch im Hause Wendt Nachwuchs gegeben, ein Zwillingspärchen.

Immer wieder blätterte ich im Katalog zur Schar der Blumenkinder. Mehr noch als in den Engelmusikanten fand ich in den Blumenkindern all das, was für Grete und ihre Arbeit typisch war: die Liebe zu Blumen, die Leichtigkeit und Beschwingtheit der kindlichen Figuren, die liebenswert und natürlich waren, wie ich es schon von den Beerenkindern kannte, dabei aber genauso viel Bewegung zeigten wie die kleinen Engel. Welch wunderbare Idee, die Blumen durch die Hände der Kinder zu präsentieren! Betrachtete man die Figuren, fiel der Blick zunächst auf die überdimensional großen Blüten, die fein ausgearbeitet waren. Sie waren der zentrale Teil der Komposition. Erst der zweite Blick ging zu dem Kind, das die Blume hielt:

Mädchen oder Jungen mit unterschiedlichen Frisuren, unterschiedlicher Kleidung und unterschiedlicher Haltung. Sie schienen ihre Lebensfreude mit ihren Blumengaben weiterzureichen. Ich konnte mich an diesen Figuren nicht sattsehen, bedauerte aber, dass die Abbildungen nur schwarz-weiß waren, wusste ich doch, mit wie viel Sorgfalt die Farben gewählt und aufgetragen worden waren.

Der Gedanke an die Blumenkinder ließ mich nicht mehr los. Sie spukten in meinem Kopf herum, und der Spuk in meinem Kopf übertrug sich schließlich auf meine Hände. Ich zeichnete Entwürfe, versuchte mich an der keramischen Umsetzung kleiner Gestalten, die ich ebenfalls mit individueller Kleidung, unterschiedlichen Kopfbedeckungen und Frisuren versah. Während die kleinen Wichte im Brennofen ihrer Vollendung entgegensahen, machte ich mich zu Hause an die Herstellung der Blumen. Sollte ich mit einer Margerite beginnen, wie ich sie damals den beiden Greten überreicht hatte? Ich spürte, dass mich die Erinnerung schmerzte, sodass ich mich doch lieber an anderen Blüten versuchte. Um der Natur möglichst nahe zu kommen, besorgte ich mir ein Botanikbuch, an dessen Darstellungen ich mich orientierte. Für das große Mädchen wurde es eine zartviolette Freesie, der Junge bekam einen roten Klatschmohn und das kleine Mädchen eine Butterblume. Für die Stiele der Blumen experimentierte ich mit dünnen Zweigen und Pflanzenstängeln, die ich in Friedas Garten zusammensuchte. Die Blütenblätter formte ich, wie ich es in der Manufaktur gelernt hatte, aus feinen Hobelspänen, damit sie nicht zu schwer wurden.

Als die drei Figuren fertig vor mir auf dem Tisch standen, war ich begeistert, sie waren perfekt geraten. Ich wollte sie zu Hause behalten, als Schatz nur für Paul und mich, und stellte sie in unserem Blumenfenster zwischen die Topfpflanzen, wo sie bald von meiner Freundin Traudel entdeckt wurden.

»Berti, die sind ja entzückend«, rief sie, und ich beschloss, noch ein paar weitere Blumenkinder herzustellen, die ich als ganz persönliches Geschenk bei einer Einladung zusammen mit einem Blumenstrauß überreichen konnte.

»Du musst die Blumenkinder unbedingt bei der nächsten Ausstellung des Ateliers zeigen. Du wirst sehen, sie werden Furore machen«, sagte Traudel.

»Sie machen ziemlich viel Arbeit«, wandte ich ein, aber Traudel ließ nicht locker.

Vorsichtshalber kennzeichnete ich die Blumenkinder, die ich in der Ausstellung zeigte, mit einem roten Punkt, der signalisierte, dass diese Figuren unverkäuflich waren. Als ich trotzdem nach dem Preis gefragt wurde, nannte ich eine Zahl, die mir sehr hoch angesetzt erschien.

»Nehmen Sie Bestellungen an?«, wurde prompt und ohne Zögern nachgefragt.

Ich biss mir auf die Zunge, denn ich hatte den Preis als Abschreckung gedacht. Aber die Anerkennung machte mich schwach, und so nahm ich Bestellungen entgegen, und je mehr Blumenkinder ein neues Heim fanden, umso größer wurden meine Zweifel an der Rechtmäßigkeit dessen, was ich da tat. Waren das nicht unerlaubte Kopien? Hatte ich Gretes Entwürfe damit unrechtmäßig weitergenutzt?

»Berti, beruhige dich«, sagte Paul. »Das sind keine Kopien. Die Blumenkinder von Fräulein Wendt haben dich inspiriert, aber du hast etwas Eigenes geschaffen. Deine Blumenkinder sind eine Kombination deiner Töpferarbeit mit fein geschnitzten Blumen. Sie sind einmalige Malwina-Produkte und als solche ja auch gekennzeichnet.«

Ja, dachte ich, aber die Blumenkinder sind im Geist von

Grete Wendt entstanden, und ich scheute mich, sie Frau Marten zu zeigen.

***

1937 waren wir fünfzehn Jahre verheiratet, und Paul schlug eine Herbstreise nach Paris vor, bei der wir auch die Weltausstellung besuchen könnten. Als Pauls Mutter im Spätsommer schwer erkrankte und kurz darauf starb, nahmen wir von unseren Reiseplänen für dieses Jahr Abstand.

Ich hatte die Zeitungsberichte über die große Ausstellung verfolgt und freute mich, als Frau Marten mich kurz vor Jahresende auf einen umfassenden Artikel in einer Kunstgewerbezeitschrift aufmerksam machte. »Möchten Sie das Heft mitnehmen?«, bot sie mir an. »Es gibt einen sehr guten zusammenfassenden Bericht über die Weltausstellung. Hedwig Bollhagen hat eine Goldmedaille für eine ihrer keramischen Arbeiten bekommen, und Grete Wendt wurde ebenfalls ausgezeichnet. Lesen Sie in Ruhe, Sie können das Heft nächste Woche zurückbringen, wenn Sie das bestellte Service vorbeibringen.«

Der Artikel zeigte Großaufnahmen von Albert Speers Deutschem Haus und dem Pavillon der Sowjetunion. Die beiden monumentalen Gebäude, für die das Wort Pavillon eher ein Hohn war, schienen sich wie feindliche Kämpfer gegenüberzustehen.

»Das ist Imponiergehabe«, sagte Paul, als ich ihm die Aufnahme zeigte, und ergänzte: »Das scheint nichts Gutes zu verheißen.«

Mehr als die protzigen Gebäude interessierte mich, was in ihnen gezeigt wurde, aber die Abbildungen der prämierten kunsthandwerklichen Gegenstände waren vergleichsweise klein. An deutschen Namen wurden die Meissener Porzellanmanufaktur, die Werkstätten Hellerau und Carl Zeiss Jena genannt. Grete Wendt hatte für die einzigartige Gestaltung der Madonna mit Engelberg einen Grand Prix und eine Goldmedaille erhalten.

»Engelberg?«, fragte Paul, der sich über mich gebeugt und die Textunterschrift gelesen hatte. »Ein merkwürdiger Begriff.«

Das sagte auch Frau Marten, als ich ihr das Heft zurückgab, woraufhin ich meine Vermutung aussprach, dass das Wort von den im Erzgebirge üblichen Weihnachtsbergen abgeleitet war.

»Eine sehr schöne Anordnung«, stellte Frau Marten mit einem Blick auf die Abbildung fest, »aber irgendwie auch ein eigenartiger Gegensatz: die so heilig wirkende prächtige Madonna und die Schar der kleinen fröhlichen Engel, die doch alle mit ganz weltlichen Musikinstrumenten beschäftigt sind. Aber vielleicht liegt gerade darin das Geheimnis der Verzauberung!«

Meine eigene Engelschar wuchs, und Paul lachte regelmäßig über die neuen kleinen Hemdenmätze, die zu meinem Orchester dazustießen.

»Dieser kleine Kerl mit der Trommel macht mir entschieden zu viel Lärm«, bemerkte er. »Geige, Bratsche und Cello entsprechen mehr meinem Musikgeschmack. Harfe und Flöte lasse ich natürlich auch gelten. Vielleicht auch die Gitarre. Aber dein Trommler und das Akkordeon, die übertönen doch einfach alles.«

»Du meinst also, ich solle sie separieren?«

Paul zuckte schmunzelnd die Achseln. »Frag sie, sie sind schließlich Erzgebirgler wie du! Ihr werdet es schon richtig machen.«

***

Gerne verbrachte ich die Sommertage bei Frieda auf der anderen Seite der Förde. Nach dem Tod von Pauls Mutter hatte Frieda uns vorgeschlagen, das Haus zu übernehmen, aber wir fühlten uns in dem Komfort unserer Neubauwohnung so wohl, dass wir das Angebot ablehnten. Mit dem Fördedampfer pendelte ich zur anderen Uferseite, saß mit Frieda auf der Terrasse, oder wir unternahmen Spaziergänge am Wasser. An anderen Tagen half ich ihr in dem großen Garten, den sie wie einen historischen Bauerngarten angelegt hatte. Sie liebte Pflanzen, unter ihren Händen schien alles zu gedeihen. Eines Tages erzählte ich ihr, dass sie mich an Grete Wendt erinnere. Es war nicht nur die Liebe zu Blumen, sondern auch ihre zierliche Figur und ihr freundliches Wesen, die mich diesen Vergleich anstellen ließen.

»Wie du das sagst, sind es gute Erinnerungen für dich«, stellte Frieda fest. Daraufhin erzählte ich ihr von meinem ersten Gespräch mit Grete Wendt und von allem, was sie für mich getan hatte.

»Jede von uns muss ihrem Schicksal folgen«, sagte sie, als ich geendet und mein Bedauern über meinen Weggang zum Ausdruck gebracht hatte. »Ich bin so froh, dass es dich zu Paul geführt hat und damit auch zu mir. Paul war mir immer ein guter Neffe und ist es auch heute noch, aber zwischen zwei Frauen kann es doch eine ganz andere Vertrautheit geben, und daran erfreue ich mich jedes Mal, wenn du hier bist.«

Irgendwann an diesem Nachmittag kam sie auf dieses Gespräch zurück: »Mit deinem Fräulein Wendt verbindet mich ja auch, dass ich nie geheiratet habe.«

Ja, dachte ich, auch Grete Wendt war nun Tante und lebte mit dem Neffen und der Nichte in einem Haus, so wie Frieda in Pauls Kindheit mit dem Bruder und dessen Familie hier gelebt hatte.

Und ich? Ich bin verheiratet, aber wir haben keine Kinder, und ich bin noch nicht einmal Tante. Fast hätte ich diesen Gedanken ausgesprochen, aber nur fast. Es hatte keinen Sinn, mit anderen über meine Trauer zu sprechen. Es gab keinen Trost, nichts, was andere dazu sagten, konnte helfen. So kam ich wieder zu den Blumen zurück: »Grete Wendt nahm zu ihren Spaziergängen immer ein Körbchen mit, und wenn sie zurückkam, füllte sie die Vasen mit den mitgebrachten Blumen. Ihr würdet euch bestimmt gut verstehen«, schloss ich.

»Sehnst du dich zurück in deine Heimat?«

Auch Paul stellte mir die Frage manchmal, hatte sogar hin und wieder eine Reise vorgeschlagen: Leipzig, Dresden, dann ein Besuch in Grünhainichen und eine Fahrt durch das Erzgebirge. »Ich kenne deine Heimat gar nicht«, sagte er, und es klang, als dächte er, ich wolle etwas vor ihm verstecken.

»Ja, ich sehne mich manchmal zurück, aber wenn ich jetzt dort hinfahren würde, wäre ich ein Besuch aus einer anderen, fernen Welt. Ich würde nichts von dem wiederfinden, wonach ich Sehnsucht habe.«

Das war aber wohl nur die halbe Wahrheit, denn in Wirklichkeit hatte ich Angst, das wiederzufinden, was einmal mein Leben ausgemacht hatte, aber jetzt nicht mehr mein Leben war und auch nie wieder sein würde: Großmutters Häuschen und die Manufaktur, in der all die wunderschönen Dinge entstanden, die man sogar hier in Kiel kaufen konnte.

Ich hatte die Möglichkeit gehabt, dazuzugehören, aber ich hatte alles aufgegeben und war Paul gefolgt. Nein, ich wollte nicht zurück.

KIEL 1944

1939 hatte ein weiterer Krieg begonnen. In den ersten Monaten schien er weit entfernt und die Wehrmacht siegreich, aber bereits im Sommer 1940 gab es einen englischen Luftangriff auf Kiel. In den folgenden Kriegsjahren wurde der Marinestandort Kiel, wo sich so viele Werften und andere kriegswichtige Industrie sowie der Endpunkt des Nord-Ostsee-Kanals befanden, der eine strategisch wichtige Schifffahrtsverbindung der beiden Meere war, zunehmend Ziel der alliierten Luftangriffe.

Paul war kaum noch zu Hause. Ich war dankbar, dass er nicht an die Front musste, aber er verbrachte nicht nur die Tage, sondern auch die meisten Nächte auf dem Werftgelände, stets in Bereitschaft, im Falle eines Angriffs die Sicherungs- und Rettungsmaßnahmen zu koordinieren. Immer wieder sprach er davon, dass ich im Erzgebirge sicherer sei, aber ich wollte lange nichts davon hören. Ich sträubte mich, Kiel zu verlassen; die wenigen Stunden, die wir miteinander verbringen konnten, waren mir wertvoll, und ich ahnte, wie ich um Paul und Frieda bangen würde, wenn ich so weit entfernt wäre.

Aber Paul war nicht nur in Sorge um meine Sicherheit in dem Bombenkrieg, er hatte Angst, dass ich zu kriegswichtiger Tätigkeit herangezogen würde. Bisher hatte ein ärztliches Zeugnis mit dem Hinweis auf meine schwache Lunge mich davor bewahrt, aber Paul befürchtete, dass dieses Attest mich nicht dauerhaft vor einem Einsatz schützen würde. Wir sprachen es nicht aus, aber wir wussten beide, dass die Kinderlosigkeit in den Augen derer, die in unserem Staat das Sagen hatten, ein Makel war und mich als wertlos abstempelte. »Vielleicht bist du im Erzgebirge sicherer vor dem Zugriff, Berti.«

»Und wenn ich zu Frieda ziehen würde?«

Paul schüttelte den Kopf. »Es würde nicht viel ändern, und sicherer vor den Angriffen bist du dort auch nicht. Die ganze Umgebung der Förde ist gefährdet. Der Marinestützpunkt in Heikendorf ist wiederholt Angriffsziel gewesen. Bitte, Berti, überlege es dir – und überlege nicht zu lang. Vielleicht wird es bald nicht mehr möglich sein, eine Bahnreise zu unternehmen.«

In Friedas Garten gab es einen alten Eiskeller, den sie ihren Bunker nannte. Kein Bunker für Menschen, aber ein trockenes Versteck für all das, was man vor Bomben, Feuer und Überfällen sichern wollte. Dorthin brachte ich im Frühsommer 1944 eine Kiste mit den Dingen, die mir besonders lieb waren. Meine kleine Engel-Sammlung, meine liebsten Keramikfiguren, meine Zeichnungen und Aquarelle und einen Teil meines Schmucks. Den Schutzengel behielt ich bei mir. Er lag immer in der kleinen Tasche, die griffbereit für den Fall des Fliegeralarms an der Wohnungstür stand. Der Keller in unserem Haus war solide gebaut und schien genügend Schutz zu bieten, aber nachdem Paul einmal mit mir bei einem Angriff den Keller aufgesucht hatte, sagte er am nächsten Morgen, er wolle nicht, dass ich auch nur eine weitere Stunde dort unten verbringen müsse. Gemeinsam gingen wir zum Bahnhof, und Paul kaufte die Fahrkarte. Auf der Post gab ich ein Telegramm an Birgitta auf, um meine Ankunft anzukündigen.

Als habe er Angst, dass ich es mir anders überlegte, begleitete Paul mich am nächsten Tag zum Bahnhof und bahnte mir in dem Gedränge den Weg zu meinem Zugabteil.

»Es wird nicht für lange sein, Berti«, hatte er zu Hause gesagt. »Dieser Krieg wird zu Ende gehen, dann werden wir wieder zusammen sein.«

Nein, er sprach nicht vom Endsieg. Nachdem die Alliierten in der Normandie gelandet waren, schien die Propaganda noch lauter zu werden und die Parolen noch schärfer, aber auch ich verstand die Nachrichten zu deuten.

Beim Abschied konnte ich die Tränen nicht unterdrücken und klammerte mich bei der letzten Umarmung an Paul.

»Im nächsten Jahr bist du wieder zu Hause, Berti«, flüsterte er mir ins Ohr, bevor er mich zur Waggontür schob. »Schick mir ein Telegramm, wenn du angekommen bist!«

Die Reise wollte kein Ende nehmen. Immer wieder kam es zum Stillstand, manchmal auf freier Strecke, manchmal erhielten wir keine Ausfahrt aus einem der Bahnhöfe. Mitten in der Nacht erreichten wir Chemnitz, und ich musste einige Stunden auf den Zug nach Grünhainichen warten. Als ich endlich dort ankam, war es heller Vormittag. Ich war mehr als zwanzig Stunden unterwegs gewesen. Die Ruhe des kleinen Ortes umfing mich, und als ich mich auf den Weg zu Birgittas Haus, dem alten Häuschen unserer Großmutter, machte, schien mich niemand zu bemerken und niemand zu erkennen. So viele Jahre waren vergangen, und doch war mir alles vertraut. Für einen Moment fühlte ich mich sogar zurückversetzt in die Zeit meiner Ausbildung in Dresden. Wie aufgeregt und froh war ich damals, wenn ich zu Großmutter zurückkam, voll der Geschichten über das Erlebte, über die Fortschritte, die ich gemacht hatte, und voller Vorfreude, in den kommenden Tagen wieder einen Platz in der Manufaktur einzunehmen.

Diesmal war die Rückkehr ganz anders. Ich wusste nicht, was mich in den nächsten Wochen und Monaten erwartete, auch wenn Birgitta mich auf dem Laufenden gehalten hatte. Fünf Kinder hatte sie, drei lebten noch mit ihr zusammen. Karl war eingezogen worden, und Birgitta arbeitete seit zwei Jahren wieder in der Papierfabrik.

Als ich mich dem Haus näherte, sah es verschlossen aus. Es war ein Wochentag, die Kinder waren in der Schule, Birgitta bei der Arbeit. Die Bank, auf der ich so oft gesessen hatte, stand da, wo sie immer gestanden hatte, und ich ließ mich erschöpft darauf nieder. Der Tisch, der vor der Bank stand, war neu, auf ihm lag unter einem Stein ein Zettel.

WEIHNACHTEN 1979

Erster Weihnachtstag

Als ich am ersten Weihnachtstag aufwache, ist es schon nach acht Uhr. Der Wind hatte sich gegen Morgen irgendwann gelegt, und ich war noch einmal eingeschlafen. Ich hatte von Grünhainichen geträumt, von den Kindertagen, von meiner Zeit in der Manufaktur, von den ersten Hasenhosen und -jacken, die ich in der Malstube mit Farbe versehen hatte, und von den Beerenkindern, der kleinen Figurengruppe, die ich immer geliebt hatte, weil sie mich an die eigene Kindheit erinnerte.

Hajo, Elke und die Kinder kommen heute zum Kaffee zu mir. Heute wird traditionsgemäß der Stollen angeschnitten, und heute gibt es für alle ein Buchgeschenk. Natürlich werden zuerst die Bücher ausgepackt, und wie jedes Jahr bin ich gespannt, ob ich das Richtige getroffen habe: für Sören und Swenja Bilderbücher, ein Buch voller Abbildungen von Autos und Schiffen, das andere mit Bauernhoftieren. Damit kann ich nichts falsch machen, die Zwillinge werden die Bücher untereinander tauschen. Der Bauernhof ist auch für Sören akzeptabel, und Swenja interessiert sich großzügig für alles, was für den Bruder interessant ist. Solveig hat sich ein Buch über Malerei gewünscht. Vorsichtshalber hatte ich bei Elke nachgefragt, und sie hatte zugestimmt.

»Ja, zurzeit möchte sie Malerin werden. Deshalb das Buch.

Vielleicht machst du in den Ferien mal einen Ausflug mit ihr in die Kunsthalle.«

Den Tipp für Hajos Wissenschaftlerbiografie hat mir ebenfalls Elke gegeben; und bei ihr liege ich immer richtig, solange das Buch dick und spannend ist.

Der erste Akt der Nachmittagsveranstaltung ist gut verlaufen, im zweiten Akt kommen Kaffee, Kakao und der Stollen auf den Tisch.

Die Zuckerkruste des Stollens ist so dick, wie Hajo sie liebt, und wie jedes Jahr pickt Solveig das Zitronat aus ihrer Stollenscheibe und schiebt die Stückchen auf den Tellerrand. Wie jedes Jahr sagt Hajo: »Darf ich?« Dann sammelt er das Zitronat von Solveigs Teller und die verschmähte Zuckerkruste vom Teller seiner Frau.

Swenja lässt nur ein winziges Stückchen vom Stollenrand zurück, bevor sie ihren Teller zu Hajo schiebt und verkündet: »Für dich, Papa!«

»Es ist köstlich, Tante Berti«, stellt Elke wie jedes Jahr fest, »aber noch ein Stück Stollen und ich muss neue Hosen kaufen.«

Elke und ich bringen das Geschirr in die Küche, und der dritte Akt kann beginnen, eingeleitet von Solveigs Ankündigung: »Jetzt kommt deine Geschichte, Tante Berti!«

»Tante Berti hat doch am Sonntag schon die Geschichte vom Schutzengel erzählt«, wendet Elke ein, aber die Kinder geben nicht auf.

»Bitte, Tante Berti«, rufen Swenja und Solveig im Chor, und Sören trommelt dazu auf den Tisch. Natürlich gebe ich mich geschlagen. Die Schachtel mit den Beerenkindern habe ich vorsorglich bereits in Reichweite auf die Kommode gestellt und platziere die kleinen Figuren jetzt so, dass die drei Kinder sie gut sehen können. »Bevor ich etwas erzähle, müsst ihr mir sagen, was euch zu den Figuren einfällt.«

»Das sind drei Kinder, zwei Mädchen und ein Junge, wie wir!«, prescht Solveig vor.

»Die Große bist du, Solveig, ich bin die Kleine!«

»Sie tragen etwas! Kannen und Töpfchen!«, jetzt meldet sich auch Sören zu Wort.

»Der Junge hat einen Korb!«

»Und er hat einen Hut auf!«

»Wie du, Sören, beim Krippenspiel!«

»Komischer Hut«, mault Sören.

»Die sind ganz komisch angezogen!«, stimmt Svenja ihrem Zwillingsbruder zu.

»Sie haben zu große Schuhe!«, stellt Sören fest, und Swenja findet: »Sie sehen aus wie in einem Märchen!«

»Die Tupfen auf dem Kleid des kleinen Mädchens sind genauso wie die Tupfen auf der Kanne des Jungen.« Es ist Solveig, die diese Bemerkung macht, und ich staune wie schon oft darüber, wie genau sie beobachtet. Ich warte ab, bis alle drei mich erwartungsvoll ansehen.

»Ihr habt noch gar nichts dazu gesagt, was in dem Korb und in den Krügen ist.«

»Kohlen!« Sörens Vermutung wird von seinen Schwestern mit »Quatsch!« abgetan, und Solveig schiebt mit der richtigen Antwort auch rasch eine Frage nach: »Beeren, aber warum in den Krügen?«

Ich warte noch einen kleinen Moment, bis ich anfange zu erzählen, und beginne meine Geschichte mit den Worten: »Als ich ein kleines Kind war und bei meiner Großmutter Malwine in einem kleinen Dorf im Erzgebirge lebte …«

Ich erzähle ihnen, wie es war, als wir Kinder im Sommer in den Wald gingen und Beeren sammelten und die Mütter und Großmütter zu Hause Saft oder Marmelade einkochten.

»Meine Großmutter hat mich immer zusammen mit meiner

Cousine Birgitta losgeschickt. Manchmal musste sie ihre kleine Schwester mitnehmen, weil ihre Mutter keine Zeit hatte, auf Lily aufzupassen. Birgitta hatte immer zwei Körbchen, wie der Junge, und Großmutter gab mir ebenfalls ein Körbchen mit – und einen Krug. Der war ganz einfach, ohne Bemalung. Für Wasser oder Saft konnte man ihn nicht mehr benutzen, weil er einen kleinen Riss hatte. An einem Nachmittag standen Birgitta und Lily plötzlich vor der Tür und wollten mit mir in die Beeren gehen. Großmutter gab mir den Krug, aber das Körbchen konnten wir an diesem Tag nicht finden. Lily quengelte, und auch Birgitta wurde unruhig. ›Dann nimmst du halt diesen hier‹, sagte Großmutter und holte aus der hinteren Ecke des Schranks einen Krug mit einem Rosenmuster.

›Schön!‹, sagte Lily und deutete auf die Rosen, auch Birgitta gefiel der Krug. ›Du musst gut damit aufpassen‹, ermahnte sie mich unterwegs.«

Bei der Erinnerung spüre ich wieder etwas von der Angst, das Gefäß könnte mir aus der Hand rutschen.

»Wir hatten Brombeeren gesammelt, und an dem großen Strauch hatten wir unsere mitgebrachten Behälter rasch gefüllt. Dann kam die Nachlese für uns selbst, und wir stopften uns die süßen Beeren in die Münder. Lily hatte ein verschmiertes Gesicht, und wenn wir sie nicht schnell genug mit Beeren versorgten, griff sie kurzerhand in Birgittas Körbchen. Schließlich brachen wir zum Rückweg auf. Lily stolperte über eine Wurzel, fiel mir vor die Füße und … der Rosenkrug lag auf dem Boden.«

An dieser Stelle meiner Erzählung erschrecken nicht nur die Kinder, sondern auch Elke. »Oje«, sagt sie, und Sören fragt: »War er kaputt?«

»Der Henkel war abgebrochen, und viele Beeren lagen auf dem Waldboden. Lily weinte, und nachdem Birgitta und ich die Beeren aufgesammelt hatten, weinten auch wir. ›Die Großmutter wird schimpfen!‹, sagte Birgitta, und Lily heulte noch lauter. Nein, dachte ich, sie wird nicht schimpfen, aber sie wird sehr traurig sein. Der schöne Krug! Sie hat ihn nie benutzt, bestimmt weil er der schönste ist! Und wie sollte ich nun mit den beiden Krügen nach Hause kommen? Jetzt, wo der Henkel abgebrochen war, brauchte ich beide Hände, um den Rosenkrug zu tragen.

›Lily muss helfen‹, schlug Birgitta vor, aber Lily schaffte es noch nicht, eines der Körbchen zu tragen. Schließlich setzte ich mich mit Lily auf einen Baumstumpf und wartete, während Birgitta ihre beiden Körbchen nach Hause brachte. Als sie zurückkam, übernahm sie einen meiner Krüge. Ich trug den Rosenkrug in beiden Händen, den abgebrochenen Henkel hatte ich in meine Schürzentasche gesteckt.«

»Und was hat deine Oma gesagt?«, will Sören wissen, als ich an diesem Punkt angekommen bin und eine kurze Pause mache.

»Hat sie geschimpft?«, fragt Swenja.

»Oh, wir hatten Glück! Großmutter leerte die Beeren in eine große Schüssel, dann drehte sie den Krug um und zeigte uns seinen Boden.« Ich mache noch eine Pause, um die Spannung zu steigern, und alle sehen mich erwartungsvoll an.

»Er hatte ein kleines Loch! Deshalb hatte sie ihn nie aus dem Schrank genommen.«

»Puh«, macht Elke. Solveig sagt: »Glück gehabt!«, Swenja klatscht in die Hände, und Sören wiederholt: »Glück gehabt!«

Meine Geschichte ist zu Ende, aber ich füge noch eine Erinnerung hinzu: »Birgitta sagte damals, immer noch schniefend: ›Aber er sieht so schön aus!‹, und Großmutter antwortete: ›Deshalb stellen wir ihn auch wieder in den Schrank und drehen ihn so, dass man nicht sieht, dass ihm der Henkel fehlt.‹ Schön aussehen konnte er immer noch, aber von da an blieb er endgültig im Schrank!«

»Ende gut, alles gut!«, sagt Hajo, der als Einziger die Geschichte schon kannte. Solveig zeigt auf die drei Figuren auf dem Tisch. »Und die Figuren hast du gemacht, Tante Berti?«

»Nein, Grete Wendt hat sie für einen Wettbewerb entworfen und sogar einen Preis dafür erhalten.«

»Für einen Wettbewerb?« Es ist Solveig, die nachfragt.

»Ja, ein Wettbewerb für die schönsten Reiseandenken aus unserer Heimat. Denn auch damals – vor mehr als sechzig Jahren – gab es schon Leute, die verreisten und Andenken kaufen wollten.«

»Das ist lange her«, sagt Elke. »Jetzt wissen wir auch, warum die Kinder so komisch angezogen sind und ein bisschen aussehen wie die Kinder in den Märchenbüchern.«

»Hast du auch so ein Kopftuch gehabt, Tante Berti?«, will Solveig wissen, und auch Swenja hat eine Frage: »Und so eine Schürze?«

»Und so komische Schuhe?«, ergänzt Sören.

»Ja«, sage ich.

Die kleine Gruppe hatte Grete Wendt so gestaltet, wie die Kinder damals im Sommer ausgesehen hatten. Oder war es vielleicht doch anders gewesen? Irgendwo gab es einen Unterschied, aber dem würde ich später, wenn ich allein war, nachspüren.

Nachdem Hajo mit seiner Familie nach Hause gegangen ist, lege ich die drei Holzfiguren wieder in ihre Spanschachtel zurück.

Hatten wir wirklich so ausgesehen? Ja, wir hatten Schürzen, Kopftücher und klobige Holzschuhe getragen und waren mit Weidenkörben und Krügen in den Wald gegangen. Aber … irgendetwas war anders gewesen …

Sie sehen aus wie die Kinder in den Märchenbüchern, hat Elke festgestellt. Grete hatte die Beerenkinder wie Märchenfiguren gestaltet, das hatte sicherlich zu ihrem großen Erfolg beigetragen. Birgitta, Lily und ich hatten Schürzen und Kopftücher getragen, aber unsere Kleider hatten nicht diese Fröhlichkeit, keine Tupfen und frische Farben. Unsere Kleidung war ausgewaschen, und häufig trugen wir zwei oder drei Hemden übereinander, weil jedes Hemd Löcher an einer anderen Stelle hatte. Wir wurden zum Beerensammeln geschickt, weil auch wir einen Beitrag zum Haushalt leisten mussten. Wir waren gerne gegangen, denn wenn wir allein waren, ohne die Erwachsenen, konnten wir immer die ein oder andere Handvoll süßer Beeren in unseren Mündern verschwinden lassen.

Nein, wir hatten nicht wie Märchenfiguren ausgesehen, sondern wie arme Kinder. Trotzdem waren manche Tage auch für uns Märchentage gewesen.

TEIL 3

Kriegs- und Nachkriegsjahre im Erzgebirge

GRÜNHAINICHEN 1944

Willkommen zurück, stand auf dem Zettel, den Birgitta unter den Stein gelegt hatte. *Der Schlüssel ist da, wo er immer war. Brot und Tee findest Du in der Küche. Wenn die Kinder aus der Schule kommen, kann Gunda das Essen warm machen. Ruh dich aus, heute Abend besprechen wir alles.*

Ich musste lachen. Mehr als zwanzig Jahre waren vergangen, und der Schlüssel lag immer noch da, wo er immer gelegen hatte, unter dem Stein beim Rosenbusch. Mit einem Becher Tee und einer Scheibe Brot setzte ich mich wieder auf die Bank. Der Kräutertee, für den die Blätter immer noch in derselben inzwischen verbeulten Dose waren, die wir zu Großmutters Zeit benutzt hatten, schmeckte wie früher. So vieles war vertraut, und trotzdem wollte ich mich nicht allein im Haus aufhalten. Es war Birgittas Haus, und ich fühlte mich wie ein Eindringling.

Bald darauf kamen die Kinder aus der Schule. Gunda, die Älteste, sah aus, wie Birgitta in ihrem Alter ausgesehen hatte. Ihr Bruder Arnold und die kleine Almut kamen mehr nach Karl.

»Du bist Tante Berti!«, rief Arnold, und dann kam die Frage, die ich schon befürchtet hatte: »Hast du uns etwas mitgebracht?«

Aus Birgittas Briefen wusste ich, wie heiß ersehnt meine

Weihnachts- und Geburtstags-Päckchen waren. Nur hatte ich bei meinem raschen Aufbruch nicht an Geschenke gedacht. Also holte ich meine eiserne Ration hervor, eine Tafel Schokolade und eine Rolle saure Drops.

»Mehr passte in meinen Rucksack nicht hinein«, erklärte ich. »Teilt es auf, und lasst eurer Mutter auch noch ein Stückchen Schokolade übrig.«

Während Gunda in der Küche das vorgekochte Essen aufwärmte, fragten Almut und Arnold mich aus. Wie lange die Reise gedauert habe, wie oft ich umgestiegen war, ob man im Meer auch angeln könne und vieles mehr. Eine schwarze Katze mit weißen Vorderpfötchen hatte sich zu uns gesellt. »Das ist Socke«, stellte Almut die Katze vor. »Er heißt so, weil er aussieht, als habe er weiße Söckchen an. Socke haben wir erst, seit Vater im Krieg ist«, erklärte Arnold, »Vater mag keine Katzen, wir aber schon; und Socke fängt alle Mäuse!«

Gunda rief nach Almut, die gleich aufsprang, um der großen Schwester beim Auftragen des Essens zu helfen. Es gab Kartoffeln mit kräftiger Soße.

»Heute Abend macht Mutter Klitscher«, erfuhr ich von Arnold. »Wenn Tante Berti kommt, gibt es Klitscher, hat sie versprochen.«

»Hilfst du uns bei den Hausaufgaben?«, wollte Almut wissen, und ich versprach es.

»Mutter hat gesagt, Tante Berti ist bestimmt müde von der langen Reise«, sagte Gunda zu den Geschwistern, und an mich gewandt fuhr sie fort: »Du kannst dich nach dem Essen zum Schlafen hinlegen. Almut kann ihre Aufgaben gut allein machen.«

Aber ich war zu unruhig zum Schlafen, ließ mir lieber die Hefte der Kinder zeigen und saß dabei, während sie ihre Aufgaben erledigten. Ruhe und Frieden schien über der kleinen

Szene zu liegen. Vielleicht konnte ich mich hier doch wieder zu Hause fühlen.

Als Birgitta von der Arbeit kam, erkannte ich, wie viele Jahre vergangen waren, seit ich sie zuletzt gesehen hatte. Ihr früher so fröhliches Mädchengesicht hatte etwas Verhärmtes, ihre Hände waren rissig, und unter ihrem Kopftuch sahen graue Strähnen hervor.

»Die norddeutsche Luft scheint dir gutzutun«, stellte sie fest, »trotz der langen Reise siehst du frisch und munter aus.«

Vielleicht ist es weniger die Luft als der Wohlstand, in dem ich all die Jahre gelebt habe, dachte ich und sah auf meine gepflegten Hände.

Birgitta überbrückte die entstandene Pause: »Fein, dass du hier bist nach all der Zeit. Selbst der Krieg hat manchmal etwas Gutes!«

Am Abend als die beiden Kleinen im Bett lagen und Gunda zum Nähstubenabend des BDM gegangen war, saßen Birgitta und ich auf der Bank vor dem Haus.

»Wie früher!«, sagte sie. »Wie ist die Zeit vergangen. Ich hätte nicht gedacht, dass du nicht wiederkommst, als du das letzte Mal Grünhainichen verlassen hast.«

»Nun bin ich ja wieder da.«

»Ich hatte ein schlechtes Gewissen, als du nicht zurückkamst. Ich dachte, es lag an mir oder an Karl und mir oder an Karl und daran, dass wir in das Häuschen einziehen wollten. Damals dachte ich wirklich, es wäre nur eine vorübergehende Lösung und irgendwann hätten wir unser eigenes größeres Haus, wie Karl es mir versprochen hatte.«

Ich wollte das nicht kommentieren und fragte stattdessen nach ihrem Mann: »Wo ist Karl? Hast du Nachricht von ihm?«

Birgitta schüttelte den Kopf. »Vielleicht kommt er ja nicht wieder!«, sagte sie, und wie sie es sagte, klang es eher nach einer Hoffnung als nach einer Befürchtung. Eine Zeit lang saßen wir schweigend nebeneinander, dann knüpfte ich an das, was sie zuvor gesagt hatte, an: »Nein, es lag nicht an dir. Gar nicht! Es lag ein bisschen daran, dass ich nicht gern daran dachte, in ein Haus zurückzukommen, in dem Karl der Hausherr war. Aber hauptsächlich lag es daran, dass ich fühlte, dass ich bei Großmutters Tod meine Heimat verloren hatte. Und dann war da Paul, der mir seine Heimat zu Füßen legte und alles Schwere aus meinem Leben nahm.« Bei diesen Worten spürte ich wieder die Wärme, die ich damals empfunden hatte. Die Wärme, die Paul in mein Leben gebracht hatte und die all die Jahre angehalten hatte.

»Wie schön, wenn man so etwas sagen kann«, stellte Birgitta fest. »Mit Karl war es anders, er brachte die Schwere in mein Leben, zwang mir seinen Willen auf. Oft habe ich mich in all den Jahren erinnert, dass Großmutter zu mir gesagt hat: ›Karl ...? Der ist ein harter Klotz!‹«

Von Großmutters Worten hatte ich nichts gewusst, aber es war genau das, was ich selbst von Karl gedacht hatte. Ich streichelte Birgittas raue Hände.

»Es lebt sich schwer neben einem harten Klotz, Berti«, sagte sie leise. »Und dann gilt der Satz: Wie man sich bettet, so liegt man. Dein Bett ist sicherlich weicher gewesen.«

Ja, nicht nur das Bett war weich gewesen. Mein Leben an Pauls Seite war ein Leben des Umsorgtseins gewesen, ein Leben voll gegenseitiger Rücksichtnahme und Zuneigung. Aber auch ein Leben, in dem das, was wir beide uns so ersehnt hatten, fehlte.

»Es tut mir leid für dich, Birgitta«, sagte ich. »Aber du hast deine Kinder, und die drei, die ich heute kennengelernt habe, gefallen mir sehr. Und ich ... ich habe mich so danach gesehnt, Mutter zu werden, eine Familie zu haben.«

»Kein Leben ist vollkommen«, stellte Birgitta nach einer kleinen Pause sanft fest, und nun streichelte sie meine Hände. Dann schlug sie vor, wir sollten auch zu Bett gehen und nicht auf Gunda warten.

Als wir uns in das Ehebett von Karl und Birgitta legten, sagte sie: »Ich nehme die Mitte. Gunda hat dann noch genug Platz, wenn sie nach Hause kommt. Und morgen, wenn die Kinder und ich aufstehen, dann bleibst du liegen und ruhst dich aus.«

In den folgenden Tagen übernahm ich es, den Haushalt zu führen. Das Haus blieb Birgittas Haus, wie auch das Bett Birgittas Bett blieb, aber ich kam mir immer weniger wie ein Eindringling vor. Die Kinder freuten sich, dass das Essen auf dem Tisch stand, wenn sie aus der Schule kamen, dass Küche und Stube ausgefegt waren und die saubere Wäsche zum Trocknen auf der Leine hing. Abends, wenn auch Birgitta nach Hause kam, wärmten wir das Mittagessen noch einmal auf, und danach saßen wir oft mit dem Flickkorb vor dem Haus.

Birgitta erzählte mir, wie ihr in den ersten Monaten ihrer Ehe nach und nach klar geworden war, dass Karl nichts von dem halten würde, was er ihr versprochen hatte.

»Vielleicht wäre es besser gewesen, seine Mutter hätte auch unsere Verlobung auseinandergebracht«, sagte sie mit einem schweren Seufzen in Erinnerung an lange zurückliegende Tage. »Das Geld, das er nach Hause brachte, reichte nie. Er arbeitete so unzuverlässig, dass sein Vater die Werkstatt schließlich dem jüngeren Bruder übergab und Karl nur noch ein Angestellter des Bruders war. Das führte zu Reibereien und Streitigkeiten. Karls schlechte Laune bekamen dann auch wir zu spüren. Er schalt die Kinder wegen Nichtigkeiten, verteilte Kopfnüsse und Ohrfeigen und drohte Martin, unserem Ältesten, sogar mit dem Gürtel. Immer öfter verschwand Karl abends im

Gasthaus und kam erst spät und polternd zurück. Martin verließ das Haus einen Tag nachdem er die Schule abgeschlossen hatte. Zwei Monate später ließ er mich wissen, er sei in Seiffen und mache eine Lehre als Reifendreher. Dass ich dem Vater nicht sagen solle, wo er sei, darum hätte er nicht bitten müssen. Karl fragte auch nicht. ›Ein Esser weniger‹, lautete sein Kommentar. Ein Jahr später ging auch Magdalen. Sie hatte sich mir vorher anvertraut, daher wusste ich, dass sie nach Chemnitz wollte, und dort ist sie bis zum heutigen Tag. So hat er meine Kinder aus dem Haus getrieben«, schloss sie ihren Bericht voller Bitterkeit in der Stimme.

Nachmittags, wenn Arnold und Almut ihre Hausaufgaben abgeschlossen hatten und mit anderen Kindern zum Spielen im Wald verschwunden waren, setzte sich Gunda manchmal zu mir auf die Bank und half beim Strümpfestopfen, Flickensetzen oder Erbsenpulen.

»Wie ist es da, wo du jetzt lebst?«, wollte sie an einem Nachmittag von mir wissen, und als ich sie fragend ansah, verbesserte sie sich rasch: »Ich meine da, wo du die ganze Zeit gelebt hast? Im Norden, am Meer?«

Ich überlegte einen Augenblick, was ich ihr antworten sollte. Was wollte sie wissen, was konnte die Fünfzehnjährige interessieren?

»Wie soll ich es dir beschreiben? Kiel ist eine Großstadt am Meer mit Industrie und Marine. Aber auch mit Museen und Theater. Wir leben in der Stadt, aber auf der gegenüberliegenden Seite der Kieler Förde ist es schon viel ländlicher. Dort ist Paul aufgewachsen, und seine Tante lebt noch immer dort. In den letzten Jahren habe ich sie oft besucht und bin mit ihr am Strand spazieren gegangen.«

»Am Strand …«, wiederholte Gunda. »Warst du gerne dort im Norden?«

»Ja«, sagte ich rasch, denn diese Antwort fiel mir leicht. »Ja, ich habe gerne mit Paul dort gelebt.«

»Ich kenne nur Grünhainichen«, sagte Gunda und ergänzte dann: »Mit dem BDM war ich einmal in Dresden und auch in Chemnitz. Magdalen lebt in Chemnitz. Vielleicht gehe ich auch dorthin. Mutter sagt, ich soll in die Papierfabrik eintreten, wenn ich die Schule abgeschlossen habe. Da könnte ich auch das Pflichtjahr in der Küche absolvieren. Eine Freundin von mir ist Helferin bei der Kinderlandverschickung, von ihr weiß ich, dass Mädels gesucht werden. Da könnte ich von hier weg. Aber ... da sitzt man dann irgendwo in der Landschaft und macht Gymnastik mit frechen kleinen Mädchen aus der Ruhrregion oder wer weiß woher ...«

»Du würdest deiner Mutter und deinen Geschwistern fehlen«, wandte ich ein.

Gunda nickte, und plötzlich sah ich Tränen auf die Erbsen tropfen. Ich stellte die Schüssel zur Seite und nahm sie in den Arm. »Erst ist Martin weggegangen, dann Magdalen, und ich ... ich will auch nicht hierbleiben, wenn ... wenn Vater zurückkommt.«

Ich wiegte sie eine Zeit lang im Arm, bis sie sich die Tränen aus dem Gesicht wischte.

»Tante Berti, sag nichts zu Mutter. Sie soll sich keine Sorgen machen.«

»Nein, ich sage nichts. Aber du musst dir jetzt auch noch keine Sorgen machen. Das Schuljahr ist erst Ostern zu Ende, du hast noch viel Zeit, nachzudenken.«

Die Worte »wenn Vater zurückkommt« hatten auch mir einen Schrecken eingejagt. Dafür gab es keinen Grund, beruhigte ich mich selbst, denn wenn der Krieg zu Ende wäre und Karl nach Hause käme, würde ich zurück nach Kiel gehen.

Aber wie schrecklich war es, dass Karl seine beiden ältesten

Kinder aus dem Haus getrieben hatte und dass Gunda in Tränen ausbrach, wenn sie nur daran dachte, der Vater könne zurückkommen.

***

Im August 1944 war ich nach Grünhainichen gekommen. Das Erzgebirge war bis dahin vom Kriegsgeschehen fast verschont geblieben. Bis zum 13. September, als die Luftschlacht über dem Erzgebirge den Schrecken der Luftangriffe auch in diese Region brachte. Hatten die Bombardements mich eingeholt? Ich sah das Entsetzen und die Angst in den Gesichtern von Birgitta und Gunda.

»Ist das der Anfang? Werden wir nun auch Ziel der Angriffe?«, fragten sich viele, während ich mich fragte, ob ich nicht doch besser nach Kiel zurückkehren sollte.

Ein Brief von Paul, der über den schweren Angriff auf Kiel Ende August berichtete, belehrte mich eines Besseren. *Ich bin so froh, Berti, dich in Sicherheit zu wissen*, schrieb er.

Es wurde Herbst, und die schönen Abende auf der Bank vor dem Haus waren für dieses Jahr vorüber. Die langen Tage im Haus, die darauf folgten, begannen mich zu bedrücken, die Arbeiten in unserem Haushalt füllten mich schon längst nicht mehr aus, auch wenn ich mich über das Zusammensein mit den Kindern freute. Als ich Birgitta gegenüber klagte, sagte sie: »Ich könnte in der Papierfabrik fragen, ob du dort arbeiten kannst«, ergänzte dann aber sofort, dass die Arbeit in der Produktion für mich nicht infrage käme. »Das ist harte Arbeit in zugigen und staubigen Räumen, Berti. Warum fragst du nicht bei den Wendts? Es ist überhaupt erstaunlich, dass du nicht längst Fräulein Wendt oder das Ehepaar Wendt getroffen hast.«

Einmal hatte ich Grete Wendt von Weitem gesehen und einen anderen Weg eingeschlagen. Ja, das war kindisch, aber ich hatte mich vor ihren Fragen gefürchtet. Oder vielleicht würde sie gar nichts fragen, sondern nur stumm an mir vorbeigehen, an Berti, die ja vor vielen Jahren ebenso grußlos verschwunden war. Ein paar Tage rang ich mit mir. Es war nur eine Frage der Zeit, dass wir uns begegneten, und würde ein Treffen nicht immer peinlicher werden, je länger ich hier war?

Schließlich fasste ich mir ein Herz und ging ins Kontor. Vielleicht ist Herr Wendt gar nicht da, dachte ich, dann habe ich es doch wenigstens versucht.

Johannes Wendt war da, eine Angestellte führte mich zu ihm. »Eine Frau Hollmann für Sie, Herr Wendt.«

»Frau Hollmann?« Herr Wendt sah von den Papieren, die er bearbeitet hatte, auf, und der Blick, der mich traf, war fragend, aber freundlich. Fast hätte ich unter diesem mir so vertrauten Blick einen Knicks gemacht. Aber das gehörte zu einer Zeit, die lange hinter uns lag.

»Berti Bresser«, sagte ich, und sein freundlicher Blick verwandelte sich in ein herzliches Lächeln. »Berti Bresser, Frau Hollmann! Wie lange ist das her? Sind Sie nach Grünhainichen zurückgekehrt? Wie geht es Ihnen? Wie ist es Ihnen ergangen im Norden?« Er war aufgestanden und kam auf mich zu, gab mir die Hand und bot mir einen Stuhl an.

»Waren Sie schon bei meiner Schwester?«, erkundigte er sich dann. »Sie wird sich freuen, Sie zu sehen.«

»Ich … ich dachte …« Da war es wieder, das alte Stottern, in das ich angesichts der Freundlichkeit, die mir im Hause Wendt entgegengebracht wurde, immer verfallen war.

Herr Wendt lächelte amüsiert. »Sie dachten?«

»Ich dachte, vielleicht möchte Fräulein Wendt mich gar nicht mehr sehen, nachdem …«

»Nachdem Sie so plötzlich aus unserer schönen Heimat verschwunden sind? Ja, das war irritierend und ein bisschen enttäuschend. Aber Ihr Gatte hat alles erklärt und sogar angeboten, die Kosten, die der Firma durch Ihre Ausbildung in Dresden entstanden sind, zu erstatten.« Als er mein Erstaunen sah, fuhr er fort: »Sie wussten das nicht? Er entschuldigte sich bei uns, dass er Sie so plötzlich entführt habe, ›abgeworben habe‹, wie er es ausdrückte.«

»O nein, das wusste ich nicht. Mein Mann hat damals alles für mich in die Hand genommen.«

»Wir hätten Sie gerne hierbehalten, Frau Hollmann, aber wenn die Liebe ruft, dann sind anderen die Hände gebunden. Und nein, Ihr Gatte musste Sie nicht freikaufen. Und damit Sie ganz beruhigt sind: Das Lämmchen, das Sie entworfen haben, hat sich jedes Jahr an Weihnachten so gut verkauft ...«, er unterbrach sich selbst. »Was rede ich von Geld? Ja, ein bisschen verletzt und traurig war meine Schwester, aber ... das ist lange her. Erst kürzlich, als wir von den Angriffen der Alliierten auf den Norden des Reiches hörten, sagte sie: ›Wie mag es wohl Berti gehen?‹ Und jetzt sind Sie hier! Ich hoffe ...«

»Gut geht es mir!«, versicherte ich schnell. »Mein Mann wollte mich hier in Sicherheit wissen. Ich wohne bei meiner Cousine, aber ...« Der Rest meines Satzes blieb in der Luft hängen.

»Meine Schwester ist nebenan im neuen Gebäude, in dem die Werkstätten untergebracht sind.« Als er meinen fragenden Blick sah, ergänzte er: »Sie waren lange nicht hier, es hat sich viel verändert. In den Zwanzigerjahren zog die Produktion immer mehr an, wir haben angebaut, ausgebaut, umgebaut. In den Dreißigerjahren, besonders nach Gretes Erfolg in Paris, wuchs die Nachfrage sogar noch stärker. Jetzt in Kriegszeiten ist freilich alles wieder anders. Weniger Material, weniger Arbeit, weniger Mitarbeiter, dafür aber Einquartierungen von Menschen aus den gefährdeten Städten, die hier Sicherheit suchen. Da mussten wir im Haus wieder zusammenrücken. Aber das wollen Sie jetzt sicher gar nicht hören, sondern Grete treffen.«

Mit diesen Worten stand er auf und öffnete die Tür zum Nachbarraum; die Tür zu dem Raum, in dem ich damals mit meinen Archivarbeiten gesessen hatte. »Fräulein Fischer«, sagte er in den Raum hinein, und einen Moment später betrat eine junge Frau das Kontor. So jung, dass sie vermutlich noch gar nicht geboren war, als ich Grünhainichen verlassen hatte.

Herr Wendt machte uns bekannt und bat die junge Frau, mich zu den Werkstätten zu begleiten. »Sie wissen sicher, wo Sie meine Schwester finden können, Fräulein Fischer.«

Ich dankte ihm, und er verabschiedete mich herzlich: »Schön, Sie wiederzusehen, Frau Hollmann.«

Ja, ich konnte verstehen, dass mir damals als junger Frau immer das Herz geklopft hatte, wenn er mich so freundlich angesehen hatte. Aber das war Geschichte – eine alte Geschichte …

Seine Freundlichkeit hatte mir Mut gemacht, und trotzdem war mir etwas bang, als ich neben Fräulein Fischer durch das Gebäude ging. »Sie sind von hier?«, fragte sie etwas schüchtern, aber bemüht, ein Gespräch in Gang zu bringen.

»Ja, aber ich war lange fort«, sagte ich, und dann deutete sie auch schon zu einer Tür am Ende des Ganges. »Dort sollten Sie Fräulein Wendt antreffen. Soll ich warten, oder finden Sie allein zurück?«

»Das geht schon. Danke, dass Sie mitgekommen sind.«

Ich hatte keine Vorstellung, was mich hinter der Tür erwartete, wusste nicht, wie das Treffen mit Grete Wendt verlaufen würde, aber ich wollte auf keinen Fall eine fremde Beobachterin an meiner Seite haben. Als sie sich umdrehte, um zurückzugehen, klopfte ich an der Tür, hinter der ich den Arbeitsraum von Grete Wendt vermutete.

»Herein, wenn's kein Schneider ist!«, drang eine fremde Stimme aus dem Inneren des Raumes, und ich öffnete zaghaft die Tür. Der strenge Geruch des Perlleims schlug mir entgegen. Ein halbes Dutzend Augenpaare sah mich an, ungefähr genauso viele blieben auf die hölzernen Bauteile von Militärfahrzeugen und Panzern gerichtet, die die Arbeitsfläche bedeckten und von allen Anwesenden bearbeitet wurden. Unter ihnen saßen auch Olly und Grete Wendt. Olly Wendt erkannte mich als Erste.

»Frau Hollmann«, sagte sie zu ihrer Schwägerin, die noch nicht von ihrer Arbeit aufgesehen hatte. Grete Wendt legte das noch unfertige Gefährt, an dem sie gearbeitet hatte, zur Seite und sah zu mir hin. Mein Herz klopfte unter ihrem Blick, auch dann noch, als gewiss war, dass es kein unfreundlicher Blick war. Sie schob ihren Stuhl zur Seite und kam auf mich zu.

»Ich freue mich, Sie zu sehen, Frau Hollmann«, sagte sie und reichte mir die Hand. »Wir haben im Augenblick viel zu tun, um eine angeforderte Bestellung fertig zu machen.« Sie machte eine vage Handbewegung in den Raum hinein. »Daher bin ich leider nicht abkömmlich, aber ...« In der Pause, die entstand, während sie wohl ihre Gedanken ordnete, schlug mein Herz erneut so heftig, dass ich dachte, alle im Raum, in dem es ganz leise geworden war, müssten es hören. Grete Wendts Blick war freundlich, aber sie hatte mich, die ich immer Berti für sie gewesen war, mit Frau Hollmann angesprochen. Eine größere Distanz hätte es nicht geben können. Sie hatte mir zu verstehen gegeben, dass ich ungelegen kam, dass sie keine Zeit für mich hatte. Würde sie mich jetzt mit einer Floskel wegschicken?

Sie senkte die Stimme, die aufmerksame Stille im Raum war ihr wohl auch nicht entgangen: »Kommen Sie doch heute Abend auf eine Tasse Tee zu mir. Meine Wohnung ist immer noch in denselben Räumen wie damals. Ich würde mich freuen.«

Ich bedankte mich und hatte es eilig, den Raum wieder zu verlassen und die Tür hinter mir zuzuziehen.

***

»Panzer«, sagte Fräulein Wendt, als wir uns am Abend am Tisch in ihrem gemütlichen Wohnzimmer gegenübersaßen. »Panzer, Militärautos und Kriegsschiffe für die Offiziersschulen. Das sind vermutlich die neuzeitlichen Zinnsoldaten. Schrecklich, dass wir das machen müssen, aber es hat uns vor der Schließung bewahrt – oder vor noch schlimmeren Arbeiten.«

Dann erzählte sie, dass immer mehr gute Arbeitskräfte abgezogen worden waren oder sich selbst entschlossen hatten, den Arbeitsplatz zu wechseln. »Die Männer sind fast alle an der Front oder vielmehr an den Fronten.« Sie machte eine Pause, und ich spürte, wie schwer ihr die neue Situation fiel. »Auch Johannes war kurzzeitig zum Militärdienst eingezogen, aber glücklicherweise ist er wieder hier. Er führt die geschäftlichen Verhandlungen und bleibt ruhig bei allen Zumutungen, die uns auferlegt werden. Engel und Madonnen passen nicht ins Bild unserer Zeit, und als Spielzeug sind unsere feinen Arbeiten auch nicht geeignet.« Nachdem sie einen Schluck Tee genommen hatte, fügte sie mit wieder festerer Stimme hinzu: »Aber was soll es … im vergangenen Krieg haben wir Grabmale hergestellt. Es werden auch wieder andere Tage kommen!«

Als sie mich bat, von mir zu berichten, packte ich die zurückliegenden Jahre in einige wenige Sätze: die Heirat, der Wunsch nach einer Familie, die Enttäuschung darüber, dass ich nicht schwanger wurde, der Kontakt zur Töpferwerkstatt und die Vögelchen, Tischdekorationen und das Kindergeschirr, das ich hergestellt hatte. »Zuletzt habe ich mich auf Boote verlegt. Nein, keine Kriegsschiffe, sondern Segelboote. Ich wurde Spezialistin für Segelboote, allerdings nur aus Ton. Aufs Wasser habe ich mich nie getraut.«

Meine Blumenkinder erwähnte ich nicht, meine Scham darüber, ihre Idee kopiert zu haben, war noch immer groß.

»Und jetzt sind Sie zurückgekommen?«, fragte sie, und ich berichtete von der Kriegssituation in Kiel, dem dauernden Einsatz von Paul auf der Werft und seiner Angst um mich. »So bin ich wieder hier, kümmere mich um den Haushalt meiner Cousine, stopfe Strümpfe und hoffe, dass ich bald wieder zurück nach Hause kann, zu meinem Mann.«

»Aber… «, sagte ich nach einer kleinen Pause, und das, was folgte, hatte ich mir im Verlauf des langen Tages zurechtgelegt. »Ich möchte mich entschuldigen. Bei Ihnen. Ich bin damals von hier verschwunden, ohne Abschied, ohne mich erklärt zu haben, ohne Ihre Zustimmung erbeten zu haben. Sie haben so viel für mich getan, und ich bin einfach gegangen. Das war ein großes Unrecht von mir. Ich bitte Sie um Verzeihung und bin froh, dass ich heute hier sitze und das endlich sagen kann.«

Fräulein Wendt blickte mich lange an.

»Ja, ich war gekränkt, dass du so auf und davon bist, Berti. Ich habe mir freilich gesagt, dass du, als du in deinen Urlaub aufgebrochen bist, vielleicht nicht wusstest, dass du nicht wiederkommen würdest. Aber hart war es doch. Später habe ich mir gesagt, dass du nach dem Tod deiner Großmutter eine schwere Zeit durchstehen musstest, und ich ahnte, dass du nicht nur deine geliebte Großmutter, sondern auch dein Heim verloren hattest.«

Sie war ehrlich, dafür war ich ihr dankbar. Sie verschwieg nicht, dass ich sie verletzt hatte, aber sie nannte mich wieder Berti, und das distanzierende Sie war wieder zum Du geworden.

»Weißt du, alles war noch so frisch. Grete Kühn, meine Gründungspartnerin, hatten wir ja auch durch ihre Heirat verloren. Das war so vereinbart, aber ich hatte damals, als wir den Vertrag schlossen und Vater uns zu dieser Klausel riet, nicht gedacht, dass dieser Fall eintreten würde. Bei mir nicht und auch nicht bei Grete. Es war eine großartige Zeit mit ihr, und ich dachte wohl, es würde immer so weitergehen. Dann verliebte sie sich, und … Und dann war es mit dir wie eine Wiederholung von allem, nur noch härter, weil du so plötzlich gegangen bist.«

Mir lief eine Träne über die Wange.

»Aber, siehst du, Berti, für mich und unseren Betrieb hat sich dann doch alles gut gefügt. Olly hat mehr und mehr die Rolle von Grete Kühn übernommen. Wir haben unsere Entwürfe besprochen, uns gegenseitig vorangetrieben, und dann sind mein Bruder und Olly ein Paar geworden. Ich habe eine Nichte und einen Neffen, und wir alle leben hier gemeinsam im Haus. Was kann es an größerem Glück für eine Frau geben, die keine eigene Familie hat? Hans und Sigrid, die Zwillinge von Olly und Johannes, sind von klein auf in der Manufaktur unterwegs gewesen. Hans mit Vorliebe in der Dreherei, für die er schon ein erstaunliches Talent entwickelt hat. Eine Zeit lang haben die beiden sich in der Packerei ein kleines Taschengeld verdient, indem sie die versandfertigen Figuren mit der Bodenmarke versehen haben. Du siehst, wir sind ein echter Familienbetrieb geworden.«

Ich fühlte mich leicht, als ich an diesem Abend zurück nach Hause ging. Wir hatten uns ausgesprochen. Ich hatte Fräulein Wendt endlich um Verzeihung gebeten, sie hatte nichts beschönigt, aber sie trug mir auch nichts nach.

Das Schönste war, dass sie mich eingeladen hatte, an einem Sonntagnachmittag wiederzukommen. Dann wolle sie den Musterschrank öffnen, und wir würden uns gemeinsam all das ansehen, was in den langen Jahren nach meinem Weggang in der Manufaktur entstanden war. »Unsere beste Zeit hast du nicht miterlebt!«

***

Der Nachmittag, an dem Grete Wendt für mich die Türen des Musterschranks öffnete, war für uns beide ein Fest. Unauffällig hinter den Gardinen der Glastüren verborgen, war hier die Geschichte der Manufaktur versammelt. Vieles kannte ich bereits aus dem Kieler Kunstgewerbegeschäft, anderes hatte ich im Katalog von 1935 gesehen. Damals hatte ich bedauert, dass alle Abbildungen schwarz-weiß waren und damit einen schlechten Eindruck von der Gesamtgestaltung vermittelten. Jetzt machten mich die Begegnung mit der unglaublichen Vielzahl der Figuren und die detailreiche Farbgebung sprachlos. Mein erster Blick fiel auf den Engel mit den beiden Kerzenleuchtern, der meinem Schutzengel ähnelte.

»Der 28er Engel«, erläuterte Grete Wendt. »In unserem ersten Verkaufskatalog hatte der Engel die Nummer achtundzwanzig, daher hat er seinen Namen.«

In seiner Nähe standen die Beerenkinder und die Hasen aus der Frühzeit der Manufaktur. Und dann war da die Schar der Musikantenengel mit ihren weiß gepunkteten, grünen Flügeln, die in ihrer Vielfalt schon ein ganzes Orchester darstellten.

»Zu jedem könnte ich eine kleine Geschichte erzählen«, sagte Fräulein Wendt und holte den Engel mit der Geige zwischen seinen Geschwistern hervor.

»Das war einer der ersten«, bemerkte ich, »damals in den letzten Wochen, in denen ich hier war, haben Sie mir die Entwürfe gezeigt.«

»Ja, das war ein großer Schritt: Damit war Schluss mit den starren Brettchenarmen und -beinen. Natürlich ist der Aufwand bei der Herstellung größer, aber die Gestaltungsmöglichkeiten, die wir dadurch haben, sind es mehr als wert.«

Sie deutete auf eine Gruppe kleiner Engel mit langen weißen Gewändern, die alle einen Blütenkranz auf dem Kopf trugen. »Meine Schwägerin Olly hat sie entworfen. In all den Jahren hat Olly viel Eigenes beigetragen, auch zu unserem Engelreichtum. Die Margeritenengel sind ein bisschen erwachsener und eleganter gekleidet als die kleinen Musikanten.«

»Und dies hier«, damit zeigte sie auf eine Figur mit großen Schmetterlingsflügeln, »ist der Lippersdorfer Engel, zu dem Olly durch einen alten Engel, den ein Mann aus Lippersdorf zur Reparatur brachte, inspiriert wurde.«

Grete Wendt nahm den Engel aus dem Schrank und drehte ihn, sodass ich seine prächtige Kleidung bewundern konnte. »Olly versteht es, die reichhaltige Ornamentik ihrer baltischen Heimat mit unserer erzgebirgischen Volkskunst zu verbinden, sodass etwas Neues und Einzigartiges entsteht.«

Sie stellte die Figur wieder zurück in den Schrank. »Du siehst, die Engel haben Olly und mich nicht ruhen lassen. Leider sind sie heutzutage nicht mehr erwünscht. Es heißt, Engel seien nicht zeitgemäß. Aber ich bin überzeugt, die Menschen lieben sie wie eh und je. Und: Was wären wir Menschen ohne unsere Engel?«

Ich nickte und dachte an meine kleinen Musikantenengel, die in Friedas Eiskeller hoffentlich in Sicherheit waren, und an den Schutzengel, der mich auch auf meiner Reise zurück ins Erzgebirge begleitet hatte.

Grete wandte sich einer anderen Figurengruppe zu: »Hier haben wir die Trachten aus anderen Teilen Deutschlands und die Holländer, zu denen ich auf den Reisen nach Holland angeregt wurde. Diese Formenvielfalt hat uns neue Verkaufskontakte erschlossen. Johannes hat damals in den Zwanzigerjahren einen Mitarbeiter eingestellt, der all diese Kontakte pflegte und ausbaute. Die ausländischen Verbindungen kamen uns schon in der Inflationszeit zugute, als wir unsere Waren in der Schweiz und in Skandinavien mit Devisen bezahlt bekamen. Johannes hat ein großes kaufmännisches Talent.«

Während ich noch die Trachtenfiguren bewunderte, entnahm Fräulein Wendt dem Schrank einen kleinen dekorierten Leiterwagen. »Sieh hier, das war eine andere großartige Idee! Wir arbeiteten mit Firmen zusammen, die ihren Mitarbeitern und Geschäftsfreunden Figuren unserer Manufaktur als Weihnachtsgaben zukommen ließen. Eine dieser Firmen war die Brotunion in Chemnitz, für die wir diesen Bäckerwagen hergestellt haben. In dem Wagen waren für die Mitarbeiter noch ein oder zwei Geldstücke als Weihnachtsgratifikation verborgen. Ein anderer großer Chemnitzer Betrieb, der uns mehrere Jahre mit der Herstellung der Weihnachtsgabe betraute, war die Firma Wanderer. 1935 fertigten wir für Wanderer sechstausend Engel als Weihnachtsgabe. Damals hat Wanderer sogar einen Film in Auftrag gegeben, der zum großen Teil hier in der Manufaktur gedreht wurde und die Herstellung des Engels dokumentierte.«

»Das war sicherlich eine große Aufregung für die Mitarbeiter.«

Grete lachte. »Ja, einige unserer Damen legten sich gegenseitig die Haare, und über das, was man anziehen sollte, gab es lange Debatten. Aber natürlich kamen nur wenige ins Bild, und das auch nur für einen kurzen Moment. Die echten Stars waren Sigrid und Hans, die gleich mehrere Auftritte hatten. Fünfjährige Zwillinge, die sich ohne Scheu vor der Kamera bewegten … das waren natürlich beliebte Darsteller.«

Den Brotwagen hatte Grete Wendt wieder in den Schrank zurückgestellt, und ich zeigte auf die Schar der kleinen Jungen und Mädchen, die von den großen Blüten in ihren Händen überragt wurden. »Wer Sie kennt, weiß, dass die Blumenkinder Ihre Herzenskinder sind«, sagte ich und dachte dabei an meine eigenen Keramik-Blumenkinder.

Als Fräulein Wendt den Schrank wieder schloss, waren zwei Stunden vergangen. »Jetzt stärken wir uns mit einer Tasse Tee von dieser Reise durch die Jahre«, sagte sie und lud mich in ihr Wohnzimmer ein.

»Es ist wunderbar, all das wiederzusehen und sich zu erinnern, aber es macht mich auch immer ein bisschen wehmütig. Deshalb lass uns über etwas anderes sprechen, Berti. Erzähle von deinen Töpferarbeiten.« Sie nahm einen Schluck und sah mich über die Tasse hinweg an.

Da ich nicht auf die Details meiner Arbeiten eingehen wollte, schlug ich einen anderen Weg ein, der Aufforderung nachzukommen. »Wenn ich in den Musterschrank sehe, geht mir das Herz auf, die Figuren vermitteln Lebensfreude. Das ist es, was ich von Ihnen gelernt habe und was ich auch bei der Töpferei immer im Sinn hatte: Dinge zu schaffen, die den Menschen Freude geben, vielleicht sogar Trost spenden können. Der Schutzengel, den ich damals ins Sanatorium mitnehmen durfte, hat mich so oft getröstet und mir Zuversicht geschenkt. Auch noch in den letzten Jahren. In jeder Bombennacht hat er mich in den Keller begleitet, und auch auf der Reise hierher war er in meiner Tasche.«

In der kleinen Pause, die ich machte, sah ich, dass Grete Wendts Gesicht sich vor Freude erhellt hatte.

»In der ersten Zeit in Kiel habe ich das Kunsthandwerk vernachlässigt. Anderes schien wichtiger und beschäftigte mich. Aber als das Kind, auf das wir so sehr gehofft und gewartet hatten, ausblieb und mein Arzt mir riet, mich einer Beschäftigung zuzuwenden, die mir Ablenkung brächte, begann die Zeit der Töpferarbeiten. Das Entwerfen und Gestalten hat mir Freude und Befriedigung verschafft, und zu sehen, dass ich auch anderen Freude damit machen konnte, bereitete mir noch zusätzliches Glück.

Zuerst haben meine Freundin und ich das Geld, das wir beim Verkauf auf Basaren einnahmen, an Kinderheime gespendet und nur das abgezweigt, was wir für neues Material benötigten. Aber mein Mann war schließlich der Meinung, ich solle auch etwas für mich behalten und mir selbst eine Freude machen. Er hat mich außerdem ermutigt, meine Produkte über ein Geschäft anzubieten.«

Grete Wendt hörte aufmerksam zu, ohne zu ahnen, was folgen würde.

»Das Kunstgewerbegeschäft, das in Kiel meine Arbeiten anbot, verkaufte auch Kunstgewerbe aus dem Erzgebirge und natürlich auch Waren von Wendt & Kühn. Als Erstes habe ich mir zwei der kleinen Musikantenengel geschenkt, dann kamen nach und nach andere Figuren dazu. So gab es für mich auch in Kiel eine Verbindung ins Erzgebirge und zu Ihnen.«

Grünhainichen 1944

Die Briefe von Paul kamen unregelmäßig und enthielten meistens nur ein paar Sätze, gute Sätze. *Du fehlst mir. Ich sehne die Zeit herbei, in der wir wieder zusammen sein werden. Ich hoffe, bei euch ist alles ruhig. Erinnerst du dich noch an den Tag, als wir die Schwanenfamilie auf der Schwentine gesehen haben?* Oder: *Ich hatte ein paar freie Stunden und habe einen Spaziergang im Botanischen Garten gemacht. Auch dort Zerstörungen, aber in meinen Gedanken stand ich wieder mit dir auf dem Aussichtspavillon und hielt deine Hände.* Es waren Sätze wie dieser, die ich besonders liebte, die eine Brücke von ihm zu mir schlugen, eine Brücke zu gemeinsamen Erlebnissen und schönen Momenten. Solche Erinnerungsschnipsel waren wie Inseln aus einer fernen, unwirklichen Welt, in die ich allzu gern eintauchte. Ich selbst schickte ihm kleine Erinnerungsschnipsel zurück, Erinnerungen an Abende, an denen wir vom Ostufer aus den Sonnenuntergang beobachtet hatten, oder an den Abend, an dem er das Grammofon mit nach Hause brachte und wir in unserem Wohnzimmer tanzten. Ich liebte Pauls Briefe und hoffte, dass meine ihm die gleiche Freude bereiteten.

Doch dem Brief, den ich im Dezember 1944 erhielt, sah ich sofort an, dass etwas passiert sein musste. Pauls Schrift auf dem Umschlag sah fremd aus, es waren nicht seine großen, ausladenden Buchstaben. Seine Schrift war deutlich kleiner, als habe ihn etwas erdrückt und bedrückt. Aber es war doch Pauls Handschrift, und als ich mir das sagte, überwand ich meine Angst und öffnete den Brief.

Nachdem ich Kiel verlassen hatte, hatte Paul unsere Wohnung einem Arbeitskollegen zur Verfügung gestellt. Die Familie hatte im August 1944, bei dem schwersten Bombenangriff, der Kiel bis dahin getroffen hatte, die eigene Wohnung verloren und war dankbar, eine neue Unterkunft zu finden.

Jetzt haben Müllers zum zweiten Mal in kurzer Zeit ihre Bleibe verloren, schrieb Paul, *und wir, Berti, haben alles verloren, was noch in unserer Wohnung war. Vielen geht es so in diesen Tagen, und ich weiß, du hängst nicht sehr an Gegenständen, genauso wenig wie ich. Aber der Gedanke, dass alles verschwunden ist, was unser gemeinsames Heim war, wiegt doch schwer, und während ich dies schreibe, kommen mir wieder die Tränen. So viel an Gemeinsamkeit haben wir in unserer Wohnung erlebt, so viele Erinnerungen gibt es, die mit diesen Räumen verbunden sind … und nun ist alles dahin. Weggefegt, verloren, vernichtet. Aber, Berti, ich bin mir sicher, es wird ein Später geben, und gemeinsam werden wir einen neuen Ort für ein neues Zuhause finden. Daran will ich glauben, müssen wir glauben.*

Fassungslos starrte ich auf das Papier. Alles verloren? Ich sah unser elegantes Wohnzimmer mit den Bücherschränken aus Kirschholz und ihrem sorgsam zusammengetragenen Inhalt, unser Arbeitszimmer mit den Zeichentischen, die Küche, bei der Paul den Ehrgeiz hatte, alles stets auf dem neusten technischen Stand zu halten, den Balkon, auf dem wir so oft an Sommerabenden mit einem Glas Wein gesessen hatten … Es schien unvorstellbar, dass es den Ort, den ich in all seiner Vollkommenheit, mit all seinen Erinnerungen vor Augen hatte, nicht mehr gab, dass alles in einer Nacht ausradiert worden war.

Genau deshalb, sagte ich mir, hat Paul mich weggeschickt. Damit ich das nicht erleben musste.

Dann las ich weiter: *Wie froh bin ich, dich in Sicherheit zu wissen. Wie froh bin ich, dass du diese Angriffsnacht nicht erleben musstest. Müllers haben überlebt, wieder mit einem kleinen Köfferchen und ohne Bleibe.*

Birgitta versuchte, mich zu trösten. Ja, wir hatten überlebt, Paul auf der Werft und ich hier. Das war das Wichtigste. Nein, ich hing nicht an den modernen Küchengeräten, an der Biedermeierkommode und den Bücherschränken oder an der Obstschale, die in einen fein gedrechselten Ständer eingelassen war. Aber ich hing an den Erinnerungen daran, wie Paul unser Schlafzimmer bei seinem Tischlerfreund in Auftrag gegeben hatte, wie er immer wieder ein neues Gerät mit nach Hause brachte und es mir stolz präsentierte. Ich hing an den Erinnerungen an die vielen Abende, die wir vor dem Radiogerät verbracht hatten, dessen guter Klang die klassischen Konzerte zu einem Genuss machte, und mehr noch hing ich an den Erinnerungen daran, wie wir Möbelstücke bei Antiquitätenhändlern aufspürten und zu Hause überlegten, ob und wo wir sie aufstellen würden und ob der geforderte Preis angemessen war. Das Tischchen mit der Obstschale, das mir so gut gefallen hatte, hatte Paul als völlig überteuert und nutzlos bezeichnet, und ich hatte ihm mit einem kleinen Zähneknirschen recht geben müssen. Wie war ich überrascht, als ich ein paar Wochen später an meinem Geburtstag das von ihm geschmähte Stück in unserem Wohnzimmer fand.

»Aber du hast doch gesagt, es sei völlig nutzlos …«

»Ach Berti, das habe ich doch nur gesagt, weil ich dich überraschen wollte. Ja, das Tischchen ist ziemlich nutzlos, aber es ist wunderschön.«

Ausgerechnet der Gedanke an das Obsttischchen ließ mich

schließlich bittere Tränen vergießen. Verwöhnt bist du, dachte ich beschämt, verwöhnt hat er dich, und jetzt weinst du einem Tischchen hinterher. Sieh dich hier um, hier stehen keine überflüssigen nutzlosen Dinge. Hier gibt es kein Obsttischchen. Hier gibt es nur die nötigsten Gebrauchsgegenstände, und die sind noch dazu einfach und derb. Einfach wie der Volksempfänger, das preiswerteste Modell, das, zischend und schwer justierbar, nur dafür gemacht ist, die Propagandareden über uns auszugießen.

Birgitta würde nie verstehen, dass ich wegen eines Obsttischchens weinte, und ich hütete mich, davon zu sprechen. Aber ich wusste auch, es war nicht eigentlich das Möbelstück, um das ich weinte, sondern die Hilflosigkeit angesichts der Zerstörung all dessen, was einmal mit Liebe ausgesucht und zusammengetragen worden war, und es war die Erinnerung an unser harmonisches Leben. Die Sehnsucht nach Paul hatte plötzlich und mit unerträglicher Stärke von mir Besitz ergriffen.

So groß meine Sehnsucht nach meinem Mann war, sein Brief hatte mir nur allzu deutlich gemacht, dass es für mich so bald nicht möglich sein würde, nach Kiel zurückzukehren. Die langen dunklen Wintertage und die vielen Stunden, die ich allein in dem kleinen Häuschen verbrachte, machten mich zunehmend schwermütig, und ich freute mich, als Grete Wendt mir anbot, in die Manufaktur einzutreten und eine Lücke zu füllen, die durch das Ausscheiden einer jungen Mitarbeiterin entstanden war.

»Wir wären sehr dankbar, Berti, wenn du bei uns mitarbeiten würdest«, sagte sie. »Du kennst die Arbeitsabläufe, sie haben sich nicht geändert, wenn auch freilich das, was wir jetzt herstellen, nicht viel mit unseren früheren Waren zu tun hat. Aber auch die Militärfahrzeuge, Panzer und Schiffe verlangen

Akkuratesse und Fingerfertigkeit, und gelegentlich gibt es auch andere Aufträge.«

Natürlich war ich bereit, einzuspringen. Endlich, dachte ich, würde ich etwas von meiner Schuld abtragen können, denn noch immer war ich unzufrieden mit mir und meinem Verhalten vor mehr als zwanzig Jahren.

»Auf unbestimmte Zeit« stand in meinem Vertrag als Aushilfskraft, denn nach Kriegsende, das hatte ich Herrn Wendt gesagt, würde ich wieder nach Kiel zurückgehen.

GRÜNHAINICHEN WEIHNACHTEN 1944

In den Adventswochen hatten die Kinder unter Gundas Regie mit dem Bau des Weihnachtsberges begonnen. Für Arnold konnte der Berg gar nicht hoch genug sein. »Vaters Tiere müssen alle auf dem Berg stehen«, forderte er und kramte Karls Schnitzereien hervor. »Schau, Tante Berti, da sind Kühe und Schafe und hier zwei Esel und die Kamele für die Könige.«

Die Maria, die ich als Andenken an meine Mutter mitgenommen hatte, war durch eine Maria aus der Sammlung von Birgittas Mutter ersetzt worden, und auch sonst hatte sich das Männel-Zeug um einige Stücke aus Birgittas Kindheit erweitert.

»Hast du in Kiel auch einen Weihnachtsberg gebaut?«, wollte Gunda wissen, und ich berichtete von der großen Fichte, die Paul in jedem Jahr im Haus seiner Mutter aufgestellt hatte. »Da gab es allerhand Schmuck. Kugeln, Kerzen und silberne glitzernde Lamettafäden, aber die Weihnachtsberge kennt man dort nicht.«

Abends wechselten Gunda und ich uns beim Vorlesen von Geschichten ab und strickten an den letzten Strümpfen und Handschuhen für die Kinder. An Heiligabend wurden die Leuchter ins Fenster gestellt, die ich vor vielen Jahren angefertigt hatte. Ich freute mich, dass sie noch immer in Ehren gehalten wurden.

Von einer Kollegin, deren Kinder inzwischen erwachsen

waren, hatte ich eine Puppe für Almut und eine Mundharmonika für Arnold erhalten, und Fräulein Wendt hatte unser Weihnachtsfest um Marmelade bereichert, mit der Birgitta ein paar Ochsenaugen gebacken hatte. Ein Festessen gab es am ersten Weihnachtstag, an dem der Hase den ganzen Vormittag im Bräter garte und die Kräuter einen herrlichen Duft durchs Haus ziehen ließen.

»Ein halber Hase«, hatte Birgitta gesagt, als sie ihn nach Hause brachte, »aber immerhin ein Hase.«

Ich verdrängte die Erinnerung an die Weihnachtsessen bei Pauls Mutter. Da hatte sich der Tisch gebogen unter all den Delikatessen. Gänsebraten, zartes Schweinefilet, glacierte Putenbrüste, Rehrücken und zum Nachtisch die wundervolle rote Grütze mit viel Sahne … Nein, nicht daran denken und nichts davon erwähnen.

»Du hast immer so wunderschöne Pakete geschickt, Tante Berti«, erinnerte sich nun plötzlich Gunda. »All die guten Zutaten für den Stollen, den Mutter vorbereitet hat und der beim Bäcker gebacken wurde, und die feine Schokolade und Hartwürste und geräucherten Fische …«

»Gunda, hör auf, davon bekommen wir alle nur Bauchschmerzen«, mahnte ihre Mutter. »Mach dich lieber ans Kartoffelschälen und achte auf die Schalen, daraus machen wir noch eine Suppe.«

Der Hase schmeckte köstlich, aber vielleicht war er auch deshalb so köstlich, weil er für uns alle in dieser Zeit etwas Besonderes war und wir wussten, dass es lange dauern würde, bis wieder ein Braten auf dem Tisch stehen würde.

In der Christmette beteten wir um Schutz für unsere Lieben und Schutz für uns selbst. Ich schickte meine Gedanken zu Paul und hoffte, das nächste Weihnachtsfest wieder mit ihm verbringen zu können.

GRÜNHAINICHEN 1945

In der Beziehung zwischen Grete und mir war eine Veränderung eingetreten. Sie war die Firmenchefin und ich ihre Mitarbeiterin, aber der Altersunterschied zwischen uns, der vor zwanzig Jahren fast eine Generation zu umfassen schien, hatte mit wachsendem Alter an Bedeutung verloren.

Als wir an einem Sonntagnachmittag zusammensaßen, sagte sie: »Berti, ich habe dich immer Berti genannt, und auch in meinen Gedanken warst du nie Fräulein Bresser oder Frau Hollmann. Inzwischen aber ist es nicht mehr angemessen, dass ich dich duze und du beim Sie und Fräulein Wendt bleibst. Also: Grete und du, das wünsche ich mir.«

Ja, ich hatte es mir auch gewünscht, wenn ich sie in diesem vertrauten Ton mit Olly sprechen hörte. Aber Olly war ihre Schwägerin, da war das Du selbstverständlich. Umso mehr freute ich mich über Gretes Vorschlag.

Sie stand auf, nahm zwei zierliche Likörgläschen aus dem Wohnzimmerschrank, dazu eine Flasche Kirschlikör. »Den bekomme ich jedes Jahr von einer Nachbarin, und er ist köstlich, aber ich öffne ihn nur für ganz besondere Momente«, sagte sie, während sie die kleinen Gläser füllte. »Dies hier ist so ein besonderer Moment: Berti, auf uns!«

Ich nahm das Glas, der Duft des süßen Likörs hatte etwas Betörendes, genau wie Gretes Vorschlag. »Grete, auf unser

Wohl! Und danke für alles, was du für mich getan hast und tust!«

Beide hatten wir nur ein winziges Schlückchen genommen, aber der Likör war so köstlich, dass man seinen Geschmack auf der Zunge zergehen lassen musste.

»Im Moment tust du mehr für mich als ich für dich. Du leimst Militärautos!«

»Ob wir wohl irgendwann wieder etwas anderes herstellen als diese kleinen Militärfahrzeuge und Panzer?«, fragte ich und dachte doch gleichzeitig, dass das Wort *wir* nicht richtig war, denn in der Zukunft, in der keine Militärmodelle mehr in der Manufaktur entstehen würden, wollte ich wieder bei Paul sein.

Grete zuckte die Achseln. »Warum nicht? Zeiten ändern sich. Wir müssen durchhalten, und Johannes hat den richtigen Weg eingeschlagen, damit unsere Firma bestehen bleiben kann. Auch das Schöne wird wieder seine Zeit haben, da bin ich mir sicher.«

Ich ließ Gretes Worte nachklingen und gab mir dann einen Ruck, das zu fragen, was mich schon oft beschäftigt hatte.

»Woher nimmst du deine Sicherheit, woher nimmst du diese Stärke? Woher hast du sie genommen, als du jung warst, als deine Arbeit schon einmal durch einen Krieg unterbrochen wurde? Wie bist du diesen Weg gegangen, der doch gar nicht der übliche Weg für uns Frauen war?«

»Der übliche Weg?«

»Ja, heiraten! Heiraten, eine Familie haben … «

»War das auch immer schon dein Wunsch, Berti? Eine Familie mit Kindern?«

»Ja, ich glaube, ich habe mir immer eine Familie gewünscht«, sagte ich. »Ich hatte ja nie eine. Meine Mutter war tot, und der Vater hatte mich bei der Großmutter zurückgelassen. Als Kind habe ich mir Geschwister gewünscht, am liebsten hätte ich eine Zwillingsschwester gehabt. Und später? Ja, ich wollte eine Familie haben. Und natürlich wollte ich heiraten. Das wollten wir doch alle damals. Als Kinder haben wir es immer gespielt, Birgitta und ich. Ein weißes Betttuch war der Brautschleier, ein paar rasch gepflückte Wiesenblumen waren der Brautstrauß, und immer sagte Birgitta: Bis dass der Tod euch scheidet. Ich wollte das nie hören, Tod hatte es in meiner Familie genug gegeben.«

Grete dachte eine Weile über meine Worte nach und sagte dann: »Man nimmt wohl oft das, was man selbst hat, als das Normale an. Und das, was man bei anderen sieht, beurteilt man danach. Ich habe nie darüber nachgedacht, was es bedeutet, keine Eltern zu haben, habe immer nur deine gütige und arbeitsame Großmutter gesehen und gedacht, es müsse schön sein, bei ihr aufzuwachsen. Die Familie hat es bei mir immer gegeben. Die Eltern, die beiden Brüder, aber auch die beiden so früh verstorbenen Geschwister, die ich nicht gekannt hatte, die aber doch spürbar dazugehörten. Das alles war die Familie meiner Kindheit. In der Familie hat jeder eine Rolle. Ich stand im Alter zwischen den beiden Brüdern, stand immer in Konkurrenz mit ihnen und ihrem Können.«

Einen kleinen Moment schwiegen wir beide, und jede hing ihren Gedanken nach, den Gedanken an die eigene Kindheit und die Erfahrungen der anderen.

»Ihr habt solch ein enges Verhältnis, dein Bruder, deine Schwägerin und du. Dazu die Zwillinge, es ist eine neue Familie, mit der du lebst und arbeitest.« Ich wusste, dass meine Worte schon fast neidisch klangen, und ruderte rasch zurück. »Aber erzähl doch, wie das war mit dir und den Brüdern.«

»Es war schön, einen großen Bruder zu haben, der ein Vorbild war, und noch schöner war es, einen kleinen Bruder zu haben, den ich ein wenig bemuttern konnte. Oft habe ich mich wie der dritte Bruder gefühlt, dann wieder wäre ich gerne die Prinzessin gewesen. Aber schnell war es dann doch wieder der Wettstreit mit den beiden, der mich herausforderte. Unser Vater förderte unsere individuellen Begabungen. Die Jungen sollten Ingenieure werden, und bei mir war es das künstlerische Talent, das er unterstützte. Ja, in den Werkstätten der Schule habe ich auch mitgearbeitet, aber darüber hinaus hat Vater mich immer ermutigt, meine künstlerische Begabung zu nutzen und zu erproben. Er hat mich nach Dresden geschickt, damit ich eine solide Ausbildung erhalte. Zuerst war es die Zeichenschule, denn ich wollte Lehrerin werden. Damals habe ich in Dresden in Grete Kühns Elternhaus gewohnt – so hat unsere Freundschaft begonnen.«

»Lehrerin wolltest du werden?«, fragte ich. Für mich war Grete immer die kreativ arbeitende Firmengründerin gewesen. Von einem anderen Berufsziel hatte ich nie gehört.

»Ja, auf eigenen Füßen wollte ich stehen, und für uns Frauen gab es damals nicht viele Möglichkeiten. Aber dann eröffnete sich etwas ganz Neues: In Dresden wurde an der Kunstgewerbeschule die erste Damenklasse eingerichtet. Grete Kühn und ich waren 1907 unter den ersten Frauen, die die Möglichkeit zum Studium erhielten. Unser großes Vorbild war unsere Lehrerin Margarete Junge, die 1919 zur Professorin ernannt wurde. Alle wollten wir uns beweisen als Schülerinnen, die es wert waren, diese erste Damenklasse zu besuchen. Der Wettstreit untereinander war groß und enorm bereichernd für jede von uns. Als bei mir die ersten Erfolge eintraten, ich im Praktikum in Hellerau von Karl Schmitt, dem Gründer der dortigen Werkstätten, den Auftrag bekam, eine Weihnachtskrippe zu entwerfen, und diese wenig später ins Verkaufssortiment des Dresdener Dürerhauses aufgenommen wurde, sagte mein Vater: Das ist der erste Schritt. Ich wusste, dass er erwartete, dass ich weitere Schritte machte. Das trieb mich an. Immer und immer wieder.«

»Und dann München und die Bayrische Gewerbeschau!«, ergänzte ich, was ich wusste. »Musstest du kämpfen, damit du dorthin gehen durftest?«

»Kämpfen? Nein, es war keine Frage, dass ich diesen Weg einschlug. Mutter hatte wohl Angst, mich gehen zu lassen. Bei der einzigen Tochter sind Mütter ängstlich, aber Vater hat mich ermutigt, hat mich dorthin geschickt. ›Es ist dein Weg. Heraus aus dem Erzgebirge, in die bayrische Metropole‹, sagte er. ›Sieh dich um, lerne von den anderen, aber bleibe auf deinem Weg.‹«

»Und der führte dann doch zurück ins Erzgebirge.«

»Eigentlich wollte ich in München bleiben, hatte mich sogar schon in Schwabing nach einem geeigneten Atelier umgesehen, aber während der Gewerbeschau waren so viele Aufträge eingegangen, dass die Bestellungen erst einmal bearbeitet werden mussten, und wo hätte ich das besser machen können als hier? Da hat mein Vater mich wieder unterstützt. Er kannte alle hier im Ort, wusste, wer gut arbeitete und zuverlässig war. Und dann saß ich da, in der Wohnung meiner Eltern, manchmal auch in der Werkstatt der Schule, gemeinsam mit einigen anderen, und arbeitete die Aufträge ab. Doch es gingen immer neue Bestellungen ein. Manchmal dachte ich, ich habe mich hier angekettet, dabei wollte ich doch eigentlich heraus aus unserem kleinen Ort.«

»Angekettet?«

»Ja, denn plötzlich hatte ich ja auch Verantwortung für andere. Für diejenigen, die hier durch mich Arbeit und Lohn fanden. Als ich mich 1914 an der Werkbundausstellung in Köln beteiligte, war das nochmals ein großer Schritt aus dem

Erzgebirge heraus. Bei Kriegsausbruch musste die Ausstellung abgebrochen werden, aber bis dahin hatte ich viel Anerkennung bekommen. Und dann kam der Augenblick, in dem mir bewusst wurde, welche Möglichkeiten eine eigene Manufaktur bieten würde und dass für diese Manufaktur genau hier der richtige Ort war. Der Ort, an dem es Menschen gab, die in der Lage waren, meine Entwürfe mit Freude und handwerklichem Können auszuführen. Und das Schöne war: Manche von ihnen entwickelten fast eine ebenso große Liebe für diese Figuren, wie ich selbst sie empfand.«

Ja, genau so hatte ich es erlebt. Für Schöbler, Heiner, Großmutter und ihre Kolleginnen in der Malerei, aber auch für viele andere war die Arbeit in den Werkstätten nicht nur ein Broterwerb, sondern sie taten das, was sie machten, mit Stolz und Freude an den Ergebnissen.

»Als Grete Kühn von ihrem Praktikum aus Paris zurückkam, beschlossen wir, uns zusammenzutun. Das war der Anfang von Wendt & Kühn, und auch dabei unterstützte mein Vater uns wieder. Mitten im Großen Krieg haben wir das alte Verlegerhaus gekauft, dort hatten wir genügend Platz für alle Arbeitsbereiche. In der Kriegszeit haben wir Grabmale angefertigt, deren künstlerische Gestaltung staatlich gefördert wurde. Nach dem Krieg konnten wir unsere Produktion immer mehr erweitern, manches von dem, was wir als Tändelkram für die moderne Frau präsentierten, hast du damals kennengelernt. Das war Nützliches, das aber nicht nur nützlich, sondern auch hübsch gestaltet war und einen Hauch Luxus in das alltägliche Leben bringen sollte. Wir waren darauf bedacht, die fähigsten Mitarbeiter zu gewinnen, wie Malwine, deine Großmutter.«

Gretes Blick war in die Ferne geschweift, in die Vergangenheit, und auch meine Gedanken waren in die kurze Zeit zurückgekehrt, in der Großmutter in diesen Räumen gearbeitet hatte. Sie hatte das Miteinander mit den anderen Frauen geliebt und war durch die Anerkennung, die sie hier erfahren hatte, gewachsen.

Wie immer, wenn ich an Großmutter dachte, spürte ich auch nach so vielen Jahren noch den Schmerz des Verlustes und die Trauer darüber, dass sie nicht mehr da war.

Aber da sprach Grete schon weiter: »Als Johannes aus dem Krieg zurückkam und die Verwaltung der Firma übernahm, waren Grete und ich froh, ihm diese Aufgaben überlassen zu können. Und als sie sich verheiratete, war ich doppelt froh, dass Johannes an meiner Seite war, denn er kannte sich auch in den Werkstätten und bei den handwerklichen Arbeiten aus und konnte mich in allem unterstützen. Aber im künstlerischen Bereich hinterließ Grete eine große Lücke. Damals schrieb ich an Margarete Junge und bat sie, mir eine gute Malerin zu empfehlen. Und sie empfahl mir Olly. Mit ihr war es, als hätten nicht nur die Engel Flügel, sondern wir beflügelten uns gegenseitig mit dem, was wir taten. In den folgenden Jahren hat die Arbeit uns aus Grünhainichen hinausgeführt. Reisen zu Messen und Ausstellungen, Reisen ins Ausland, manche auch nur als Erholungsreisen geplant, brachten uns neue Ideen und neue Kontakte. Schließlich 1937 die Weltausstellung in Paris mit dem großen Erfolg. Unsere Waren fanden so viel Anklang, und Johannes ruhte nicht, sie in die Welt hinauszubringen.«

GRÜNHAINICHEN 1945–1946

In Grünhainichen hatte der Einmarsch der Amerikaner den Krieg beendet, nur kurze Zeit später übernahmen russische Besatzer unsere Region.

Der Krieg war zu Ende, und ich überlegte, wie ich zurück nach Hause kommen könnte. Birgitta beschwor mich, abzuwarten.

»Du kannst dich nicht allein auf diesen weiten Weg machen. Viele Bahnverbindungen sind zusammengebrochen, die Straßen sind voller Menschen. Alles ist unsicher, aber hier sind wir zusammen. Bleib, Berti. Bitte.«

Ich gab ihr heimlich recht, allerdings wuchs meine Unruhe mit jedem Tag. War Paul am Leben? Wartete er auf mich?

Wenn der Krieg zu Ende ist… – das war doch unsere Hoffnung für die Zukunft gewesen. Und jetzt war er zu Ende. Was sollte ich tun? Ich sehnte mich nach meinem Mann, wollte endlich wieder mit ihm zusammen sein, aber auch meine Angst vor den Gefahren der Reise wuchs, und so war ich froh, als mich nach einigen Wochen eine Nachricht von Paul erreichte.

Nicht mit der offiziellen Post, sondern irgendwie von Hand zu Hand auf vielen Umwegen war das schäbige Stückchen Papier nach Wochen bei mir eingetroffen. »Wir leben! Bitte bleib weiter in Sicherheit. Ich melde mich wieder. In Liebe, Paul!«

Das kleine Zettelchen war mein größter Schatz. Paul lebte, und das Wort *wir* bezog sich sicherlich auf ihn und Frieda. Paul würde sich wieder melden, und ich solle in Grünhainichen bleiben. Wie gut kannte er mich, dass er mir mit diesen wenigen Worten die Entscheidung abnahm.

Im September 1945 stand die Welt in der Manufaktur Wendt & Kühn still. Johannes Wendt war festgenommen und in ein russisches Kriegsgefangenenlager gebracht worden. Wir alle waren erschüttert, und so manche Träne floss. Seine ordnende, ruhige Hand und sein Talent für die Organisation fehlten an allen Ecken und Enden. Nach dem ersten Entsetzen wuchs rasch die Hoffnung, dass der Chef bald zurückkäme, aber es vergingen Tage, Wochen und Monate ohne ein Lebenszeichen von Johannes Wendt. Wenige Monate später flüchtete Hans Wendt gemeinsam mit seinem Freund Bodo Hennig in die amerikanische Besatzungszone. Ein russischer Offizier hatte Olly gewarnt, dass Hans und Bodo, wie viele Jungen in ihrem Alter, im Visier der Besatzer waren. Binnen weniger Monate war die Familie auseinandergerissen worden, und Olly blieb mit ihrer Tochter Sigrid allein zurück.

In dieser Zeit bewunderte ich Olly sehr. Sie beklagte sich nie und ließ niemand in ihr Herz sehen. Die Zuversicht, dass Johannes eines Tages zurückkäme, schien sie nicht zu verlassen. Wann immer ich ihr begegnete oder an sie dachte, schämte ich mich. Wie viel Schweres musste sie ertragen, und wie viel Trauer verbarg sie. Und ich? Ich hatte sie noch wenige Wochen zuvor um ihre Familie und das Zusammenleben mit ihrem Mann beneidet.

Grete leistete in diesen Nachkriegsmonaten Großes. Sie organisierte die angeordneten Einquartierungen der Flüchtlinge, kümmerte sich um Heizmaterial und Holzlieferungen für die Produktion und setzte all ihre Energie daran, dass der Betrieb wieder an die früheren Abläufe anknüpfen konnte. Mit gleichbleibender Freundlichkeit ging sie auf die Sorgen und Nöte anderer ein. Ihren eigenen Kummer ließ sie sich genauso wenig anmerken wie Olly.

Gundas Schulzeit war in den letzten Kriegstagen zu Ende gegangen. Sie hatte selbst eine Lösung für die folgenden Monate gefunden: Eine ihrer BDM-Freundinnen, Irmgard Gutscho, war eine Bauerntochter von einem kleinen Hof im Umland. Gunda hatte dort bereits 1944 beim Kartoffelkäfersammeln und auch bei der Ernte geholfen. Im Frühjahr 1945 hatte Irmgards Mutter Zwillinge bekommen und Gunda wissen lassen, dass sie als Hilfe auf dem Hof bis in den Herbst hinein willkommen sei.

»Keine Perspektive für die Zukunft«, stellte Birgitta fest, »aber vielleicht bekommt sie dort so rote Backen wie Irmgard.«

Rote Backen hatte Gunda tatsächlich, als sie kurz vor Weihnachten zurückkam, mit zwei großen Hartwürsten und einer Speckseite im Rucksack. Sie hatte nicht nur auf dem Feld mitgearbeitet, sondern auch melken gelernt, wie sie stolz berichtete. »Die Bäuerin hat gesagt, ich kann im Frühjahr wiederkommen.« Dazu trällerte sie »Im Märzen der Bauer …«.

»Wirst du dann auch Bäuerin?«, wollte Arnold wissen, und Gunda lachte.

»Schlecht wäre es nicht, satt wird man alle Tage.«

In einer der Raunächte dieses ersten Nachkriegsjahres schreckte ich auf. Ich hatte ein Geräusch gehört und war mir sicher, Paul stünde vor der Tür, um mich abzuholen.

Am nächsten Morgen sagte Birgitta: »Ein Traum, Berti! Du weißt, wie das ist mit den Träumen in diesen Nächten: Jede

Nacht steht für einen Monat des kommenden Jahres. In dem Monat wird sich dein Traum erfüllen.« Sie rechnete kurz nach. »Es war die fünfte der Innernächte, in der du von Paul geträumt hast. Das bedeutet, dass er im Mai kommen wird.«

Ich sagte nichts dazu, an solche Vorhersagen glaubte ich nicht. Aber vor dem Einschlafen träumte ich mich gerne zurück in dieses Bild: Paul, der hier stehen und mir jede Entscheidung abnehmen würde. Er würde alles regeln und mich auf der Reise nach Hause beschützen.

Im April, das Kriegsende lag nun fast ein Jahr zurück, erreichte mich endlich ein ausführlicher Brief von Paul. Zwischen Belanglosigkeiten aus dem Alltag, Erinnerungen und kleinen Liebeserklärungen hatte er Nachrichten versteckt. Offenbar befürchtete er, dass die Briefe gelesen und zu direkte Worte den Empfänger nicht erreichen würden. Als leitender Mitarbeiter eines kriegswichtigen Industriebetriebs war er zunächst inhaftiert worden. Noch immer war der sogenannte Entnazifizierungsprozess nicht abgeschlossen. Die Zukunft der Werft sei unsicher, es gäbe die Befürchtung, sämtliche Industrieanlagen des Ostufers würden gesprengt. Die Ernährungslage sei schlecht. Am Ende wurde er noch einmal ganz deutlich: *Meine Berti, ich vermisse dich so sehr, aber bitte bleib im Erzgebirge, solange du kannst. Hier hausen die Menschen in Löchern, und die Tuberkulose breitet sich wieder aus. Bitte komm jetzt auf gar keinen Fall zurück. Alle Mädchen und Frauen zwischen 15 und 45 werden zu vier Stunden Trümmerdienst täglich verpflichtet, ohne diese Arbeit gibt es keine Lebensmittelkarten. Ich wohne bei Frieda. Das Haus ist unversehrt, aber voller Flüchtlinge aus dem Osten.*

***

Als Gunda in der Tür des großen Arbeitsraums stand und mir zuwinkte, verließ ich nach einem kurzen Wort zu Grete den Raum und setzte mich mit Gunda auf eine Bank im Flur. Sie drückte sich in meine Arme und schluchzte und schniefte so laut, dass ich nur mit Mühe verstehen konnte, was passiert war.

Am frühen Nachmittag hatte plötzlich Karl in der Küche gestanden. Abgemagert, zerlumpt und mit einem Entlassungsschein der Briten war er zu Fuß nach Grünhainichen gekommen. Gunda war allein zu Hause gewesen, und nachdem sie ihm aufgetischt hatte, was sich im Haus fand, hatte er gesagt, sie solle gehen und ihrer Mutter Bescheid sagen.

»Und dann hat er sich, schmutzig, wie er war, ins Bett gelegt. In *unser* Bett«, schniefte Gunda, die, nachdem sie Birgitta in der Papierfabrik aufgesucht hatte, zu mir in die Manufaktur gelaufen war. Ich schluckte die Bemerkung, dass es ja eigentlich Karls Bett war, in dem wir die letzten Monate gemeinsam gelegen hatten, herunter, nahm sie in den Arm und versuchte, etwas Tröstliches zu sagen, obwohl auch für mich die Welt gerade unterzugehen drohte.

Karl war zurück, der grobe Klotz, nach dem sich weder seine Frau noch seine Kinder gesehnt hatten. Der Vater, der seine ältesten Kinder aus dem Haus getrieben hatte und vor dem zumindest Gunda Angst hatte. Der Mann, in dessen Haus ich in den vergangenen Monaten Zuflucht gefunden hatte, dessen Bett ich mir in den vergangenen Monaten mit seiner Frau und seiner Tochter geteilt hatte. Karl war wieder da, und mit einem Schlag war die Zeit unseres freundlich-friedlichen Frauenlebens beendet. Wo würde ich bleiben?

»Tante Berti, du kannst bei Almut schlafen, ich werde mir das Bett mit Arnold teilen.« Bei dem Gedanken kicherte Gunda tatsächlich. »Bei dem kleinen Stinktierchen! Ich werde ihm zeigen, wie man sich ordentlich wäscht, bald wird er duften wie ein Veilchen, sonst muss er auf dem Fußboden schlafen.«

Auch ich musste lächeln. Arnolds mangelndes Bedürfnis nach Sauberkeit war immer wieder Anlass für kleine Streitigkeiten oder auch großes Geschrei, wenn Gunda ihm im Winter mit dem eisigen Waschwasser zu nahe kam.

Im nächsten Moment begann Gunda schon wieder zu weinen. »Warum?«, stieß sie zwischen den Schluchzern hervor. »Wir hatten es so schön miteinander. So viele sind nicht wiedergekommen, so viele sind in Gefangenschaft, sogar der freundliche Herr Wendt ist verschleppt worden …«

»Scht«, machte ich. Das, was Gunda gerade ausgesprochen hatte, durfte eine Tochter nicht über ihren Vater sagen, aber es war nicht weit von meinen eigenen Gedanken entfernt. Der Gedanke, in der kommenden Nacht das Bett mit der kleinen Almut zu teilen, hatte für mich nichts Schreckliches, wenn mir auch klar war, dass das Bett des Kindes reichlich eng für uns beide wäre. Der Gedanke an Karl im Nebenzimmer und an Karl als Hausherrn behagte mir sehr viel weniger. Plötzlich fiel mir siedend heiß meine Pappschachtel unter dem Bett ein – unter dem Bett, in dem Karl jetzt lag. In der Schachtel war all das, was mir etwas bedeutete und was ich vor den Kinderhänden hatte bewahren wollen: Pauls Briefe, das goldene Armband, das er mir zum zwanzigsten Hochzeitstag geschenkt hatte, und mein Schutzengel. Noch heute musste ich den Karton an einen anderen Ort bringen.

»Tante Berti.« Gunda hatte sich aufgerichtet und sah mich mit großen, bittenden Augen an. »Nimmst du mich mit?«

»Dich mitnehmen? Wohin soll ich dich mitnehmen?«

»Mit nach Kiel. Wenn du zurückgehst. Du hast doch immer gesagt, wenn der Krieg vorbei ist, gehst du wieder zurück nach Kiel zu deinem Mann, zu Onkel Paul.«

Zwei oder drei Personen waren in der Zwischenzeit über den Flur gegangen, hatten neugierig zu uns hin- oder ganz bewusst weggesehen. Ein weinendes Mädchen in den Armen einer Frau war kein ungewöhnlicher Anblick in dieser Zeit. Bis zu diesem Moment hatte ich selbst Ruhe bewahrt, so aufgewühlt ich auch innerlich war. Bei diesen Worten von Gunda traten aber auch mir Tränen in die Augen.

»Gunda, Gunda, sprich nicht davon … ich weiß doch noch gar nichts.«

»Aber du gehst doch?« In ihrem Blick lagen etwas Flehendes und zugleich Hoffnung. Hoffnung, dass ich bleiben würde, oder Hoffnung, dass ich sie mitnehmen würde, wenn ich ginge?

Gunda wartete auf eine Antwort. Wie gern würde ich Ja sagen. Sie war ein kluges Mädchen, eine Tochter, wie ich sie mir gewünscht hätte, ein junges Mädchen, das ich gerne auf seinem Weg in das weitere Leben begleiten würde. Fast fühlte ich etwas wie eine Versuchung, sie an die Hand zu nehmen und mit ihr einen Zug zu besteigen.

»Wenn ich gehe, können wir darüber sprechen«, sagte ich schließlich und verschwieg den Hinweis, dass ihre Eltern natürlich ihre Zustimmung geben müssten.

Nachdem Gunda sich so weit beruhigt hatte, dass ich sie nach Hause schicken konnte, wo inzwischen sicherlich auch Birgitta eingetroffen war, kehrte ich in den Arbeitsraum zurück. Als wir wenig später unsere Arbeitstische aufräumten, um die Arbeit für diesen Tag zu beenden, kam Grete zu mir. Sie war auch unter denen gewesen, die an unserer Bank auf dem Flur vorbeigegangen waren, und fragte mich jetzt nach Gundas Kummer. »Ihr Vater ist zurückgekommen.«

Grete zog die Augenbrauen etwas empor und sagte nur: »Oh.« Und dann: »Ich verstehe.« So wie sie würden wahrscheinlich viele Gunda verstehen und auch wissen, was es für Birgitta bedeutete, dass ihr Mann wieder zu Hause war.

»Was wird aus dir?«, fragte Grete. »Hast du dir nicht das Bett mit deiner Cousine und Gunda geteilt?«

Ich nickte. »Gunda ist praktisch veranlagt, sie hat vorgeschlagen, dass sie sich künftig das Bett mit Arnold teilt und ich nun mit in Almuts Bettchen krieche.«

»Für eine Nacht mag das gehen …« Grete sah mich an und schüttelte den Kopf. »Ein Kinderbett zu zweit … welche Zeiten …« Und dann ergänzte sie: »Bis morgen habe ich mir etwas überlegt, Berti.«

Als ich sie fragend ansah, fuhr sie fort: »Ja, wir haben schon mehr als genug Einquartierungen hier im Engelhaus, aber es gibt eine Kammer neben meinem Wohnzimmer. Ich habe diese Kammer verteidigt, weil ich nicht wollte, dass jemand Fremdes dort wohnt und neben meinem Wohnzimmer herumrumort. Es ist nur eine Kammer, aber leidlich warm durch den Ofen im Wohnzimmer, und mit einem Kanapee ist sie immer noch besser als die Hälfte eines Kinderbetts.«

Ich freute mich über diesen Hoffnungsschimmer, sagte aber rasch: »Ich will dir nicht zur Last fallen …«

Als sie den Kopf schüttelte und mich mit ihrem warmen Lächeln ansah, stimmte ich zu: »Das klingt wunderbar. Ein Kanapee ganz für mich allein, ohne kalte Kinderfüße. Danke, Grete, wie kann ich dir danken?«

»Du bist hier, in der Manufaktur, du unterstützt uns, du unterstützt mich. Ich will nicht, dass Karl dich ein weiteres Mal vertreibt! Morgen bitten wir zwei von den Männern, die Sachen und Sächelchen aus der Kammer auszuräumen und das Kanapee hineinzuschaffen, und dann sehen wir, was du sonst noch brauchst.«

Karl war an diesem Abend gut aufgelegt. Als ich ins Haus

zurückkam, hatte er sich gewaschen und rasiert und frische Wäsche angezogen, die Birgitta für ihn herausgesucht hatte. »Eine Schande ist's«, sagte er und zog an seinem Hemd, »alles ist mir zu weit geworden. Zeit, dass ich wieder an Mutters Specktöpfe komme.«

»Mit den Specktöpfen ist's nicht weit her«, sagte Birgitta. »Hier ist auch der Hunger der beste Koch.«

»Lass mich machen! Nun, wo ich wieder hier bin, werden sich schon ein paar alte Kanäle finden lassen …«

»Berti«, sagte er dann plötzlich und richtete seinen Zeigefinger auf mich, »du wirst dir wohl eine andere Unterkunft suchen müssen, jetzt, wo ich wieder zurück bin.«

»Karl, bitte!« Ich sah, wie unangenehm Birgitta diese Worte waren. »Es ist doch auch Bertis Haus!«

»Bertis Haus?« Er sah mich fragend an. »Dein Haus? Ich denke, du wohnst in Kiel? Probleme mit dem Herrn Ingenieur?«

Birgitta legte ihm die Hand auf den Arm, aber er schüttelte sie ab. »Hast dich lange nicht sehen lassen! Aber kaum war ich weg, bist du hier wieder untergeschlüpft …«

»Kiel ist eines der Hauptkriegsziele gewesen …«, wollte Birgitta erklären, aber das musste Karl auch ohne ihre Erklärung wissen.

»Lass nur, Birgitta«, sagte ich, »ich weiß selbst, dass es hier eng wird, und morgen werde ich ausziehen.« Auf ihren fragenden Blick hin ergänzte ich: »Grete hat mir einen Vorschlag gemacht.«

Karls Laune verbesserte sich sichtlich noch mehr. »Na bitte«, sagte er, »wusste ich es doch! Bei der ehrenwerten Familie Wendt gibt es immer noch ein Löchlein, wo eine wie du unterkriechen kann.«

Da war er wieder, dieser höhnische Ton, mit dem er allzu

gerne alles kommentierte, mit dem er andere herabsetzte. Weder Birgitta noch ich antworteten darauf. Aber er schob gleich die nächste Herausforderung hinterher: »Und deinen Karton kannst du dann auch mitnehmen.«

Er hatte ihn also entdeckt, und dass es mein Karton war, konnte er nur wissen, wenn er hineingeschaut hatte. »Ja, morgen nehme ich alles mit!«, sagte ich.

»Wann geht's denn zurück in den Norden zum noblen Herrn Gemahl?«

Ich biss innerlich die Zähne zusammen und berichtete vom Verlust unserer Wohnung und dass ich noch abwarten würde. »Die Verhältnisse sind wohl nicht einfach in Kiel«, ergänzte ich.

»Ja, der stolze Norden … aber mit der Marine und den Werften ist's nun aus!«, stellte Karl fest, und damit war das Gespräch beendet.

Almut stöhnte leise, als ich mich zu ihr ins Bett zwängte, aber dann schmiegte sie sich an mich, und zu meiner großen Freude hatte sie ihre Socken angelassen. Nur ihre dünnen Beinchen waren kalt.

Am nächsten Morgen hatte Karl das Haus schon verlassen, als Birgitta und ich uns auf den Weg zur Manufaktur machten. Ich trug meinen Rucksack, am Abend würde ich nicht mehr zurückkommen. Birgitta hatte meinen Karton verschnürt und sich unter den Arm geklemmt.

»Ich helfe dir mit deinen Sachen«, hatte sie nach dem Frühstück gesagt. So wenig, wie es war, hätte ich wohl alles gut selbst tragen können, aber ich verstand, dass sie mich nicht so allein aus dem Haus gehen lassen wollte.

»Es war eine gute Zeit mit dir, Berti«, sagte sie, als wir uns vor dem Werkstattgebäude umarmten. »Vergiss uns nicht!« Sie wischte sich die Tränen vom Gesicht.

»Ich bin doch immer noch hier in Grünhainichen!«, sagte ich und drückte sie noch einmal. Auch ich hatte das Gefühl, einen Abschied zu erleben, und bedauerte das plötzliche Ende meines Zusammenlebens mit ihr und den Kindern.

GRÜNHAINICHEN 1946

Zunächst sahen wir nur die Plakate, die zur Teilnahme am Volksentscheid für ein neues Gesetz aufriefen, für das »Gesetz über die Übergabe von Betrieben von Kriegs- und Naziverbrechern in das Eigentum des Volkes«.

»Volksentscheid«, sagten manche, »das sind ja ganz neue Töne.«

So richtig wussten wir nicht, worüber wir eigentlich entscheiden sollten, bis Grete die Mitarbeiter darüber informierte, dass auch die Firma Wendt & Kühn auf der Liste der Betriebe stand, die nach Einführung des Gesetzes in Sachsen enteignet werden sollten.

»Kriegsverbrecher«, sagte Grete, und Fassungslosigkeit stand ihr im Gesicht. »Enteignet werden die Betriebe von Kriegs- und Naziverbrechern, und unsere Manufaktur steht auf dieser Liste.«

»Enteignung?«, fragte Schöbler, der einer der ältesten und langjährigsten Mitarbeiter war. »Und darüber soll es einen Volksentscheid geben?« Er schlug auf den Tisch. »Und unsere Chefin soll durch dieses Gesetz enteignet werden? Ohne sie würde es doch diesen Betrieb gar nicht geben!«

»Einspruch«, rief einer der jüngeren Männer, »wir müssen Einspruch einlegen. Hier sind keine Kriegsverbrecher und keine Naziverbrecher, und unser guter Chef, den sie fortgeschleppt haben, war auch kein Verbrecher!«

Grete formulierte einen Einspruch, die Belegschaft fügte ein eigenes Schreiben hinzu. Es kam eine Antwort, die Prüfung versprach und doch nur wie eine Verzögerung des Vorgangs aussah. Grete hakte nach, wir arbeiteten weiter. Nur unsere Arbeit konnte Grete und Olly zeigen, wie wichtig der Betrieb für uns alle war und dass wir an ihrer Seite standen. Wir arbeiteten, aber düstere Wolken schienen über allem zu hängen, Wolken der Empörung über das Vorgehen unserer politischen Vertreter und Wolken der Angst vor dem, was kommen würde, wenn das Gesetz beschlossen und der Betrieb wirklich enteignet würde. Und immer wieder die Fragen: Wer hat diese Liste erstellt? Wie war die Firma auf die Liste gekommen?

Olly saß eisern Tag für Tag in der Malerei und arbeitete gemeinsam mit den anderen Frauen. Wie mochte es in ihrem Herzen, in ihrem Inneren aussehen? Ihr Ehemann, von dem sie nicht wusste, wo er war, von dem sie seit Monaten nichts mehr gehört hatte, wurde durch dieses Gesetz und diese Liste dem Personenkreis der Kriegs- und Naziverbrecher zugerechnet. Wie sehr musste sie das über alles andere Leid hinaus schmerzen!

Die Frauen in der Malerei hielten zusammen, versuchten, sich von der alles überschattenden Bedrohung abzulenken. Manchmal stimmte eine ein Lied an, wie es unter ihnen üblich war, aber man hörte nicht nur eine Stimme, die zitterte. Grete war bleich und angespannt, aber freundlich wie immer. Haltung, dachte ich, wie können die beiden diese Haltung und äußere Ruhe bewahren?

Der 30. Juni 1946, der Tag, an dem der Volksentscheid durchgeführt werden sollte, war ein Sonntag. Inzwischen sah man die Plakate, die auf den Volksentscheid hinwiesen und zur Teilnahme aufforderten, überall. Eines der Plakate zeigte rauchende Schornsteine und einen Totenkopf mit Helm auf der linken oberen Seite. Eine schräge Linie trennte diese düstere Darstellung von dem, was auf der rechten unteren Seite zu sehen war: Eine strahlende Sonne ging über einer ländlichen Region auf, in der zwei Frauen bei der Ernte arbeiteten. »Volksentscheid zum Schutz von Haus und Hof, von Vieh und Ernte« war auf der unteren Hälfte zu lesen.

»Was haben wir bei Wendt & Kühn mit diesen rauchenden Schloten zu tun?«, fragten wir uns immer wieder.

Auf einem anderen Plakat, auf dem das Foto eines gefallenen Soldaten mit Trauerschleife zu sehen war, forderte ein kleiner Junge seine Mutter auf, beim Volksentscheid mit *Ja* zu stimmen.

»Hoffentlich weiß Mutti, über wen sie mit ihrem Ja abstimmen soll«, sagte Schöbler düster und sprach uns allen damit aus der Seele.

Das Schreiben des sächsischen Landesvorstands der SED, das schließlich die über uns allen hängende Drohung beendete, traf vier Tage vor dem Volksentscheid ein und teilte Grete Wendt mit, dass nunmehr nur fünfzig Prozent der Firma zur Übergabe an das Volk anstünden und sie diese fünfzig Prozent und damit den Anteil ihres Bruders nach Einführung des Gesetzes käuflich erwerben könne. Diese Entscheidung sei getroffen worden, hieß es, »damit dem Sachsenland die Künstlerin der erzgebirgischen Spielwarenindustrie erhalten bleibt«.

Der Makel blieb damit an Johannes Wendt hängen, und für uns alle, die wir ihn kannten, war das bitter und schmerzhaft. Dennoch schwiegen wir. Was hätte man noch ändern können, und war nicht die Hauptsache, dass die Enteignung abgewendet war? Grete würde den Betrieb erhalten können. Über den Schmutz, der auf ihren geliebten Bruder geworfen worden war, sprach sie nicht, sondern dankte den Mitarbeitern und nahm den Blumenstrauß, den ich rasch gepflückt hatte, aus den Händen unseres jüngsten Lehrmädchens gerührt entgegen.

»Lasst uns wieder an unsere Arbeit gehen«, sagte sie, hakte Olly unter und ging mit ihr gemeinsam in die Malerei, wo sie den Rest des Tages Seite an Seite arbeiteten.

GRÜNHAINICHEN 1947

Gunda war im Frühjahr wieder auf den Bauernhof gegangen. Von dort kam sie gelegentlich mit dem Fahrrad nach Hause. Dann brachte sie ein geschlachtetes Huhn mit, zwei Kaninchen, für die Karl einen Stall baute, Butter oder auch eine Kanne frischer Milch. Sie war zufrieden, dass sie nicht zu Hause wohnen musste, gleichzeitig aber auch unzufrieden, weil sie von einer anderen Zukunft träumte.

»Geh nicht ohne mich, Tante Berti«, sagte sie immer wieder, aber auch ich blieb. In fast jedem meiner Briefe fragte ich Paul, ob es nicht Zeit sei, dass ich nach Hause käme, aber er beschwor mich, weiterhin in Grünhainichen zu bleiben.

Es war Herbst, als ich verstand, dass es nicht nur an seiner Sorge um mich lag, sondern dass etwas anderes geschehen war. Nachdem ich Pauls Brief gelesen hatte, packte mich eine heiße Wut. Ich zerknüllte das Papier und warf es in eine Ecke meiner kleinen Kammer. Gleich darauf hob ich es wieder auf, strich es glatt und las das Unglaubliche noch einmal. Dann zerriss ich den Brief in Schnipsel, ging in die Küche, in deren kleinem Beistellherd immer ein Feuer glomm, und warf die Papierfetzen hinein. Einen Moment später hob ich den Ofenring noch einmal an, um zuzusehen, wie das Papier verglühte. Anschließend füllte ich einen Becher mit dem lauwarmen Muckefuck, der in einem Topf auf dem Herd stand, setzte mich an den

Küchentisch und starrte vor mich hin. Zwei Stunden später, als Grete die Küche betrat, saß ich noch immer dort.

»Berti! Was hast du mich erschreckt!«, rief Grete, als sie mich im Dunkeln sitzen sah. »Was machst du? Was ist passiert? Weinst du?«

Nein, ich weinte nicht, aber eine Träne war auf meine Hand getropft.

»Es ist so schrecklich!« Mehr konnte ich nicht sagen.

Grete zog einen Stuhl neben mich und nahm meine Hände. »Was ist? Erzähl!«

Jetzt schluchzte ich wirklich, und das Schluchzen machte es mir unmöglich, zu sprechen.

»Berti, beruhige dich doch. Bitte!« Grete streichelte meine Hände, dann nahm sie mich in den Arm: »Bist du krank?« Ich schüttelte den Kopf. »Ist etwas mit Birgitta und den Kindern?« Ich schüttelte wieder den Kopf. »Mit Paul? Ist Paul krank?«

»Paul …«

Sie wartete ruhig neben mir, hielt meine Hände und sagte nichts, bis ich den Satz aussprechen konnte, der mein Leben zerstörte: »Paul wird Vater!«

Grete sagte nur: »Ach Berti!« Und nachdem sie mich eine Zeit lang in ihren Armen gewiegt hatte, sagte sie: »Lass uns nach nebenan gehen. Wir brauchen einen Seelentröster.«

In ihrem Wohnzimmer drückte sie mich aufs Sofa, stellte zwei kleine Gläser auf den Tisch und goss sie randvoll mit dem Kirschlikör, den sie aus dem Schrank genommen hatte. »Trink, manchmal hilft es. Und dann mache ich uns einen schönen heißen Tee, und du erzählst mir alles.«

Lag es am süßen Likör oder am heißen Tee, jedenfalls beruhigte ich mich unter Gretes freundlicher Anteilnahme und berichtete alles, was ich wusste.

Amalie hieß die Frau, die mit ihren beiden Kindern in Friedas Haus einquartiert war. Eine Frau, deren Mann in russischer Kriegsgefangenschaft war. Amalie und Paul, zwei einsame Menschen, die auf engstem Raum zusammenlebten und einander trösteten. Ja, das konnte ich verstehen und verzeihen, wenn es auch schwer war. Aber ein Kind! Paul wurde Vater, und ich …

»So sehr habe ich mir in all den Jahren ein Kind gewünscht, haben *wir* uns ein Kind gewünscht. Und jetzt bekommt eine andere Frau Pauls Kind!«

Grete hörte mir zu, meinen Anklagen, meiner Verzweiflung, meinen Halbsätzen, die Halbsätze blieben, weil ich sie nicht beenden konnte, meinen Fragen, die niemand beantworten konnte. Schließlich sagte sie: »Das ist eine traurige Geschichte, Berti, und es ist schwer für dich, unendlich schwer, diese Tatsache zu akzeptieren. Gib dir etwas Zeit, du musst dich daran gewöhnen. Und wenn ein paar Tage vergangen sind und du etwas ruhiger bist, überlegen wir gemeinsam, wie es weitergehen kann.«

Das waren kluge, ruhige Worte, die ich trotz meiner Verzweiflung akzeptieren konnte. Später in meiner Kammer sah ich meinen Schutzengel an und fragte mich, ob er mich verlassen habe. Erschöpft von meinen Emotionen, fiel ich in einen tiefen Schlaf. Als ich aufwachte, war es noch dunkel. Kurz darauf hörte ich die Uhr in Gretes Wohnzimmer dreimal schlagen. Meine Gedanken wanderten zu Paul. Lag er jetzt bei Amalie? Lebten sie offen zusammen, oder war es eine heimliche Affäre, von der keiner etwas wissen sollte und von der jetzt doch alle wissen würden? Machte ihn der Gedanke an dieses Kind glücklich? Würde er dem Kind ein Vater sein, oder würde Amalie mit ihren Kindern weiterziehen und Paul allein zurücklassen? War das Kind wirklich Pauls Kind? Konnte er sich sicher sein? Wollte Paul sich scheiden lassen, damit er Amalie heiraten konnte?

Grete hatte gesagt, wir müssten überlegen, wie es nun für mich weitergehen sollte. Aber wie konnte ich das entscheiden, ohne dass ich wusste, was Paul machen würde? Davon hatte Paul nichts geschrieben, nur immer wiederholt: *Verzeih mir, Berti, verzeih mir!* Und: *Ich weiß, wie unglücklich dich das macht!*

Meine Gedanken kreisten und kreisten und ließen sich nicht beruhigen. Irgendwann hörte ich, dass Grete in die Küche ging. Es musste kurz vor sechs sein. Sie würde hinüber in die Manufaktur gehen, Wasser für den Tee aufsetzen und den Arbeitstag beginnen. Ich sollte heute in der Dreherei arbeiten. Jede Hand wurde gebraucht, um die vielen Einzelteile der Engelschar herzustellen. Täglich gingen Bestellungen ein, auch für andere Produkte, aber immer wieder hieß es: »Und wenn Sie uns ein Dutzend oder zwei von den Engelmusikanten und den Margeritenengeln dazu packen könnten, würde es uns freuen.«

Engel, ja, es war eine Zeit, in der man Engel brauchte.

»Haltung, Berti«, sagte ich mir und beeilte mich, Grete in die Werkstatt zu folgen.

Sie lächelte, als ich kurz nach ihr den Raum betrat und ihr einen guten Morgen wünschte. »Ja, lass es einen guten Morgen werden, liebe Berti, und lass ihn uns mit einer Tasse Tee beginnen.«

Birgitta sprühte vor Empörung, als ich ihr zwei Tage später meine traurigen Neuigkeiten berichtete. »So ein Schuft! Alle sind sie Schufte! Die groben Klötze wie die feinen Herren! Ich habe gedacht, er wäre ein wirklich feiner Herr, dein Paul!«

Dein Paul, es klingelte in meinen Ohren. War er noch mein Paul?

»Was machst du jetzt, was wirst du tun?«

Einen Moment lang bereute ich, dass ich es ihr erzählt hatte. Jetzt würde sie Fragen stellen, die ich nicht beantworten konnte, würde mich zu Antworten drängen, die ich noch nicht finden wollte. »Ich weiß es nicht. Es ist noch so frisch. Ich habe all die Monate darauf gewartet, zurückzugehen. Und jetzt weiß ich gar nichts mehr!«

Ich bat sie, mit niemandem darüber zu sprechen. Mit niemandem, auch nicht mit Gunda oder Karl.

»Karl«, rief sie und schnaubte empört. »Was denkst du, was ich mit Karl rede?«

Ich zuckte die Achseln. Was wusste ich schon von ihrem Leben mit Karl?

»Nichts reden wir. ›Wo ist meine Arbeitsjacke? Gibt es keinen Speck aufs Brot? Wann ist das Essen fertig? Streunt Arnold schon wieder mit diesem Nachbarbengel im Wald herum?‹ Das ist alles, was ich von ihm höre, und wenn ich mal frage, wann er nach Hause kommt, dann fragt er nur, was mich das anginge. Aber eigentlich wäre ich ja froh, wenn er gar nicht nach Hause käme.«

***

Ich ließ mir Zeit damit, Pauls Brief zu beantworten. Ich wusste nicht, was ich schreiben sollte. Dass ich verletzt und traurig war, wusste er auch so. Sollte ich ihm schreiben, dass ich ihm verzeihen würde? Musste ich ihm überhaupt etwas antworten? Oder sollte ich einen Brief schreiben, der aussah wie alle vorherigen: In der Manufaktur arbeiten wir schon wieder an den kleinen Engeln mit den grünen Flügeln, Gunda wird den Winter auf dem Hof verbringen, es gibt noch immer keine Nachricht von Johannes Wendt, ich denke oft an den Silvesterball im Segelclub … Oder einen ganz anderen Brief: Wie stellst du dir das alles vor? Wir müssen miteinander reden, ich werde jetzt sofort kommen …

Nein, ich schrieb nichts und würde auch nicht an die Förde zurückkehren. Ich wusste, dass ich ihm nicht gegenübertreten könnte. Noch viel weniger wollte ich die schwangere Amalie sehen. Da war es gut, dass so viele Kilometer zwischen uns waren, gut, dass ich hier in einer anderen Welt lebte, in einer Welt, in der mich nur meine Gedanken mit der traurigen Realität meiner Ehe konfrontierten.

Ein paar Tage später schlug Grete vor: »Lass uns am Sonntag zusammen Kaffee trinken. Ich habe ein Päckchen guten Kaffee aus Bayern bekommen. Und dann lass uns darüber sprechen, wie dein Leben weitergehen kann.«

Da war er wieder, dieser Satz von meinem Leben, das weitergehen sollte, und die Frage, *wie* es weitergehen sollte. Ich hatte Angst vor dem Gespräch, vor Gretes Fragen, aber ich freute mich doch auch auf den echten Bohnenkaffee, den ich so lange nicht mehr getrunken hatte. Schon der Duft, den er beim Aufgießen verströmte, war betörend.

»Setz dich schon einmal«, sagte Grete, als ich das Wohnzimmer betrat. »Ich bringe das Tablett eben zu Olly, sie soll an unseren Schwelgereien auch teilhaben.« Damit ging sie zur Wohnung der Schwägerin auf der anderen Seite des Flurs.

»Unglaublich«, sagte sie, nachdem sie zurückgekehrt war und wir den ersten Schluck genommen hatten. »Man hat schon fast vergessen, wie gut echter Bohnenkaffee schmeckt!«

Es war ein fast andächtiger Moment, als wir an dem schön gedeckten Tisch saßen, den Kaffee genossen und mit den silbernen Kuchengabeln winzige Stückchen vom köstlichen Marmorkuchen abteilten. Wie oft hatte ich in den Zwanziger- und Dreißigerjahren in solchen Genüssen geschwelgt! Nie würde ich den Kaffeehausbesuch in Dresden vergessen, als Grete Kühn mich eingeladen hatte! Und dann das Café in Travemünde, in dem ich mit Paul an einem Regentag gesessen und auf die Trave geblickt und er gesagt hatte: »Mit dir ist auch ein Regentag wunderschön, Berti!«

»Berti«, riss mich Grete aus meinen Erinnerungen, »ich weiß nicht, ob du deinem Mann inzwischen geschrieben hast und was du denkst, aber ich habe eine Frage, die zuerst, vor allen anderen Überlegungen, entschieden sein muss: Möchtest du zurück? Möchtest du zurück nach Kiel, unabhängig davon, was dein Mann möchte?«

Ich zuckte die Achseln. So hatte ich mir die Frage bisher nicht gestellt. Kiel? »Es ist alles weg«, stammelte ich. »Die Wohnung gibt es nicht mehr, mein Zuhause gibt es nicht mehr, es gibt nichts, wohin ich zurückkehren kann.«

Seit ich Kiel verlassen hatte, war der Kontakt zu Freundinnen und Bekannten abgebrochen, ich wusste nicht, wen ich dort noch antreffen würde. Es hatte die Keramikwerkstatt gegeben, aber hatte sie den Krieg überstanden? Unsere Wohnung war zerstört … nach Kiel zurückzukehren, war unmöglich. Frieda … ja, zu ihr würde ich gerne zurückgehen, aber in ihrem Haus waren Paul und Amalie mit ihren Kindern.

»Nein«, sagte ich jetzt, »in all den vergangenen Monaten wollte ich zurück, weil ich zu meinem Mann wollte, nach Kiel oder an jeden anderen Ort, an dem wir gemeinsam leben würden; ich wollte zurück zu ihm.«

Grete nickte. »Das halten wir fest. Wenn also nicht Kiel, dann Grünhainichen! Du hast deine Arbeit hier, in der Manufaktur bist du geschätzt und geachtet. Deine Cousine mit ihren Kindern lebt im Ort, und ja, im Moment gibt es nur das Kämmerchen neben meinem Wohnzimmer. Aber nach und nach werden die Flüchtlinge weiterziehen. Auch manche aus dem

Erzgebirge überlegen, in eine der Westzonen zu gehen … es wird wieder freien Wohnraum geben.«

Ich hatte angespannt zugehört und mich gefragt, worauf Grete hinauswollte. Das erfuhr ich aus ihren nächsten Sätzen: »Bisher bist du im Betrieb überall eingesprungen, wo du gerade gebraucht wurdest, und das alles ohne richtigen festen Vertrag. Das sollten wir ändern: Wir machen einen Arbeitsvertrag, der ein angemessenes Gehalt festlegt, und benennen deine Position.«

»Meine Position?«, fragte ich.

»Deine Position als meine Assistentin. Damit gilt in den Werkstätten, was du sagst!« Grete sah mich mit einem ruhigen Blick an. »Du weißt, dass ich den Anteil von Johannes zurückgekauft habe. Damit gehört der Betrieb jetzt ausschließlich mir. Meinst du nicht auch, dass ich eine Assistentin brauche?«

»Aber … ich …« Mein unsicheres Stottern war wieder zurückgekehrt, doch gleichzeitig fiel mir ein, was Großmutter mir beigebracht hatte. »Danke für diesen wunderbaren Vorschlag und dein Vertrauen in mich, vielen Dank! Ja, so habe ich mich in den vergangenen Wochen gefühlt: als deine Assistentin! Ja, das will ich sein! Danke, Grete!«

1947 war ich 45 Jahre alt und hatte zum ersten Mal im Leben eine Anstellung mit einem festen Arbeitsvertrag. Einem Vertrag, der mir einen Platz im Arbeitsleben einräumte, einen Platz, der meiner Ausbildung und meinen Fähigkeiten entsprach, einen Platz, der genau dort war, wo ich sein wollte.

Die Anerkennung und die Bestätigung, die ich durch Gretes Angebot erfuhr, machten mich stolz. Berti Hollmann, die kleine Berti Bresser, war angekommen, wo sie vor mehr als fünfundzwanzig Jahren hingewollt hatte: auf einem Platz in der Manufaktur, direkt neben der Firmenchefin. Ich war keine

Praktikantin, keine Aushilfe, niemand, der mal eben eine Aufgabe übernahm und dann wieder verschwand.

»Wie stolz wäre Großmutter jetzt auf dich!«, sagte Birgitta.

Ja, dachte ich, sie wäre stolz gewesen, aber hätte sie sich nicht in all den Jahren vorher für Berti geschämt? Für Berti, die in ihrem Kinderwunsch erstarrt war, die ein Luxusleben geführt hatte, die, als sie schließlich zum Kunsthandwerk zurückgefunden hatte, Gretes Ideen kopiert hatte. Aber dann schalt ich mich selbst für diesen Gedanken. Warum konnte ich mein Glück nicht genießen, sondern machte mich wieder ein wenig kleiner? Immer musste ich an mir herumkritteln und mir vor Augen führen, was ich bisher alles falsch gemacht hatte.

An dem Tag, als ich den Vertrag unterschrieb, Grete die Belegschaft der Manufaktur über meine zukünftigen Aufgaben informierte und alle zu mir kamen und mir gratulierten, schrieb ich abends endlich einen Brief an Paul. Es war der Brief einer neuen Berti: Kühl und sachlich teilte ich ihm mit, dass mich seine Mitteilung sehr verletzt habe, dass mir die neue Situation aber auch zu einer Entscheidung verholfen habe. Zu der Entscheidung, in Grünhainichen zu bleiben, wo ich bei Wendt & Kühn eine verantwortungsvolle Position übernommen habe. Sollte er die Scheidung wünschen, würde ich mich nicht widersetzen.

Die Worte hatte ich mir gut zurechtgelegt, und der Brief war schnell geschrieben.

Natürlich war ich nicht so kühl. Ich war im Innersten getroffen, fühlte mich verraten und verlassen. Verraten und verlassen von dem Mann, dem ich mich und mein Leben anvertraut hatte, mit dem ich viele glückliche Jahre erlebt hatte und von dem ich geglaubt hatte, dass ich mit ihm alt werden würde.

Vielleicht war ja doch alles meine Schuld? Es war die Einsamkeit, die Paul zu der fremden Frau getrieben hatte. Ich war diejenige, die gegangen war, ich war diejenige, die sich nicht sofort nach Kriegsende auf den Weg zurück gemacht hatte. Diejenige, die ihren Mann allein gelassen hatte.

Oder war es etwa ganz anders gewesen? Hatte Paul bei der fremden Frau etwas gesucht und gefunden, was ich ihm nie gegeben hatte? Hatte er nicht nur sie gewählt, sondern auch ihre beiden Kinder? Hatte er vielleicht sogar auf ein gemeinsames Kind gehofft?

Jeden Abend weinte ich vor dem Einschlafen, und wenn ich nachts aufwachte, fand ich kaum wieder Schlaf.

Aber nach außen bewahrte ich Haltung. Lange Zeit wussten nur Grete und Birgitta von meinem Unglück. Niemand sah mich weinen, nur Meister Schöbler sagte manchmal: »Ein bisschen blass um die Nase, Frau Hollmann. Passen Sie auf sich auf.«

GRÜNHAINICHEN 1947

Grete schob einen Brief über den Tisch. »Schau, wir bekommen Besuch aus Chemnitz: eine Klasse angehender Kindergärtnerinnen mit ihrer Lehrerin. Sie wollen die Manufaktur besichtigen.«

Es war eine muntere Schar, die sich da vor dem Musterschrank eingefunden hatte, die Schülerinnen kaum jünger als ihre Lehrerin, die Kunsterziehung unterrichtete und die Figuren von Wendt & Kühn schon im Elternhaus kennengelernt hatte. Die jungen Frauen hatten sich auf dem Fußboden niedergelassen. Zunächst gab es noch ein wenig Rücken und Drängeln, aber kaum hatte Grete nach den Begrüßungsworten begonnen, von der Firmengründung und den ersten Jahren zu berichten, waren alle mucksmäuschenstill. Sie waren beeindruckt von dieser zierlichen, nicht mehr jungen Frau, die mit ihrem weißen Arbeitskittel eher unscheinbar wirkte, die aber mit jedem ihrer Worte die Energie der Firmengründerin und ihre Begeisterung für ihre Arbeit ausstrahlte. Nach einigen einführenden Sätzen nahm Grete Stück für Stück Gegenstände und Figuren aus dem Schrank und erzählte kleine Geschichten über ihre Entstehung.

»Engel waren schon immer ein fester Bestandteil der Holzkunst im Erzgebirge«, sagte sie. »Daher gehörten sie auch von Anfang an zu unserer Manufaktur, und wir sind froh, dass wir sie nun endlich wieder in die Welt hinausschicken können.«

Sie erwähnte die ersten Engel, die sie für einen Leuchter entworfen hatte und die das Vorbild für den Engel gewesen waren, den sie ihrem Bruder 1914 ins Feld schickte, zusammen mit einem Weihnachtsstollen. »Der Stollen war wohl schnell aufgegessen, aber der Engel begleitete meinen Bruder durch die Kriegsjahre, und als er schließlich zu uns zurückkam, brachte er auch den Engel zurück.«

Ich sah die Rührung in den Gesichtern der jungen Frauen. Sie alle hatten den Krieg erlebt, der gerade zu Ende gegangen war, und sicherlich hätten viele von ihnen ihren Vätern und Brüdern einen solchen Begleiter gewünscht. Aber ich sah auch, wie Grete nach diesen Worten einen Moment innehielt, einen Moment, dessen Bedeutung nur ich kannte; den Moment, in dem sie an den verschollenen Bruder dachte.

Als Nächstes stellte Grete die Engelmusikanten vor, und den jungen Frauen wurde rasch deutlich, dass hier ein ganz anderer Typus von Figuren entstanden war, bei denen nicht nur die Gestaltung der Gliedmaßen neu war. »Freudenspender sollten sie sein, und der Erfolg, den sie hatten und haben, hat uns in dieser Absicht bestätigt.«

Eine der jungen Frauen wagte die Frage nach der Bedeutung der grünen Flügel mit den Punkten.

»Was denken Sie?«, fragte Grete zurück, und die Antwort zur Bedeutung der grünen Farbe als Farbe des Firmenlogos und als Farbe der Fichten des Erzgebirges war schnell gefunden. »Rätseln Sie nicht weiter über die elf Punkte«, sagte Grete dann, »das hat sich einfach so ergeben, wie manches sich ergibt, wenn man gestalterisch arbeitet. Aber wann immer Ihnen irgendwo ein Engel mit Punkten auf den Flügeln begegnet, zählen Sie die Punkte. Sollte er weniger oder mehr als elf Punkte auf einem seiner Flügel haben, dann können Sie sich sicher sein, dass er nicht aus der Manufaktur von Wendt &

Kühn stammt oder …«, sie machte eine kleine Pause und lächelte, »… dass uns einer entkommen ist, der sich von seinen Geschwistern unterscheiden wollte.«

Auch zu den zierlichen Margeritenengeln konnte Grete eine Geschichte erzählen: »Wir legen viel Wert darauf, mustergetreu zu arbeiten. Das bezieht sich nicht nur auf Farben und Formen, sondern auch darauf, die ursprünglichen Materialien beizubehalten, aber manchmal muss man Kompromisse eingehen. Die Margeritenengel trugen von Anfang an einen kleinen Kranz auf ihren Köpfchen, die Röselborte, die in den ersten Jahren aus Zinn gefertigt wurde. Zu Beginn des Krieges wurden Rohstoffe knapp, und wir bekamen kein Zinn mehr. Also suchten wir nach einer Alternative, um nicht ganz auf den typischen Kranz verzichten zu müssen. Die Lösung fand sich in Burgstädt bei einer Firma für Spitzenpapierprägung. Dort werden Papierdeckchen, Borten und Schleifen geprägt, aber auch vieles anderes, und glücklicherweise war man gerne bereit, auch unsere Röselborten in die Herstellung aufzunehmen.«

Gretes Blick schweifte über die kleine Gruppe junger Frauen, bevor sie fortfuhr: »Wir alle haben in den Kriegsjahren bei vielem improvisieren müssen, vielleicht werden auch Sie künftig bei Ihrer Arbeit im Kindergarten immer mal wieder vor der Frage stehen, dass Sie das, was Sie eigentlich gewöhnt sind, durch etwas anderes ersetzen müssen. Vielleicht ermutigt Sie die kleine Geschichte der Margeritenengel, in einer solchen Situation nicht aufzugeben, sondern zu überlegen, welchen anderen Weg Sie einschlagen können. Manchmal finden sich Lösungen, die ganz einfach sind.«

Als Nächstes kam Grete auf die Märchenfiguren zu sprechen: »In unserer Familie wurden gerne Märchen erzählt. So ist es auch kein Wunder, dass Märchenfiguren zu unserer Kollektion gehören, ebenso wie die kleinen Heinzelmännchen, die mit allerhand Gerätschaften versehen sind.« Sie entnahm dem Schrank zwei der kleinen rot gekleideten Wichte und ließ sie von Hand zu Hand gehen. Nachdem die Heinzelmännchen wieder bei ihr angekommen waren und ihren Platz im Musterschrank eingenommen hatten, griff Grete nach einer weiteren Figur. Die jungen Frauen wurden unruhig.

»Hans Kunterbunt!«, rief eine, die nicht an sich halten konnte. Der Kasper Hans Kunterbunt, die Titelfigur der gleichnamigen Kinderzeitschrift, war den meisten von ihnen bekannt. Dass er als Holzfigur auch zum Sortiment von Wendt & Kühn gehörte, war offenbar eine Überraschung.

»Wie schade, dass es die Zeitschrift nicht mehr gibt!«, seufzte eine. »Das wäre eine wunderbare Lesestunde für die Kinder: Der hölzerne Hans Kunterbunt kommt auf den Tisch, und aus den Heften wird vorgelesen.«

Auch diese Figur ging von Hand zu Hand, und Grete freute sich sichtlich über den Anklang, den die Figur bei den angehenden Kindergärtnerinnen fand. »Damals hatten wir die Idee, die Figur für Kinder greifbar zu machen, sie vom Papier in eine andere Dimension zu versetzen«, erläuterte sie. Nachdem sie Hans Kunterbunt wieder in den Schrank zurückgestellt hatte, fasste sie noch einmal zusammen: »Sie sehen, dass unsere Produkte aus ganz unterschiedlichen Anregungen entstehen. Oft begegnen uns Inspirationen, wenn wir die Welt und unsere Umgebung mit offenen Augen wahrnehmen, manchmal ergibt sich etwas, wenn wir ganz ruhig auf unsere Eingebungen achten und unsere Hände arbeiten lassen.«

Einige der jungen Frauen nickten zustimmend.

Dann kam Grete zu den großen Schätzen: den Spieldosen. Sie nahm eine aus dem Schrank und drehte an der Handkurbel. Die Blumenkinder auf der Dose setzten sich in Bewegung, dazu erklang die Melodie von »Alle Vögel sind schon da«.

»Wie schön.« Eine der jungen Frauen seufzte laut, als das Lied verklungen war. Grete sah zu mir hin, und als ich nickte, erteilte sie mir das Wort: »Zu den Spieldosen kann Ihnen Frau Hollmann noch eine kleine Geschichte erzählen. Eine Geschichte, die aus dem Erzgebirge nach Hollywood führt und von dort wieder zurück nach Deutschland.«

Marlene Dietrich kannten natürlich alle, aber sie waren zu jung, um den Film *Blonde Venus* gesehen zu haben, und ich hatte die gebannte Aufmerksamkeit aller, als ich von meinem Kinobesuch berichtete und die Filmszene mit der Spieldose beschrieb.

»Die Dose«, ergänzte ich noch ein Detail, das ich von Grete erfahren hatte, »hatte Marlene Dietrich selbst auf einer Messe in Sachsen gekauft und mit nach Amerika genommen.«

Nachdem Grete den Musterschrank geschlossen hatte, brachen wir zum Gang durch die Arbeitsräume auf. Auch hier verfolgten die jungen Frauen alles mit großer Aufmerksamkeit und viel Interesse. Grete wies immer wieder darauf hin, wie wichtig jeder Einzelne im Betrieb war und dass nur im Miteinander die hohe Qualität der Produkte zu erhalten sei. Ich sah, wie gut allen Mitarbeitern diese Worte taten.

»Eine beeindruckende Frau! Man sieht, dass Fräulein Wendt die Chefin ist, und man sieht auch, dass sie die Arbeit aller anerkennt«, sagte Fräulein Wolters, die junge Lehrerin, die mit mir gemeinsam die Nachhut der Gruppe bildete. »Solche Frauen braucht unsere Zeit – Frauen, die Vorbild sein können für die nächste Generation.«

***

»Tante Berti, das war eine wunderbare Idee!« Gunda sprühte förmlich vor Freude, als wir an einem Sonntag auf der Bank vor Birgittas Häuschen saßen. »Fräulein Wolters hat mir alles über die Ausbildung und die Schule ganz genau erzählt. Und als ich ihr von den Gutscho-Kindern auf dem Hof erzählte, meinte sie, ich sei bestimmt die Richtige für diesen Beruf!«

Beim Besuch der angehenden Kindergärtnerinnen hatte ich auf dem Rückweg von der Werkstatt zum Haupthaus Fräulein Wolters nach den Bedingungen für die Aufnahme in die Kindergärtnerinnenausbildung gefragt, und wir waren übereingekommen, dass Gunda einen Gesprächstermin mit ihr vereinbaren solle.

»Und wirst du eine Bewerbung abgeben?«, fragte ich.

Gunda druckste etwas herum, sodass Birgitta an ihrer Stelle antwortete: »Gundas Problem ist, dass sie dann wieder hier wohnen müsste.«

»Oder in Chemnitz, aber wie soll ich ein Quartier finden und ... alles kostet Geld!«, ergänzte Gunda.

»Schreib deine Bewerbung, über den Rest denken deine Mutter und ich nach! Das Schuljahr fängt erst im Frühjahr an. Bis dahin wird sich eine Lösung finden.«

Ich hatte Zuversicht in diesen letzten Satz gelegt. Die finanzielle Seite würde kein Problem sein, auch wenn Birgitta gerade für den täglichen Bedarf ihrer Familie aufkommen konnte und von Karl sowieso keine Unterstützung zu erwarten war. Ich freute mich, einen Teil meines Verdienstes für Gunda und ihre Ausbildung einsetzen zu können. Aber wo sollte Gunda in der zerbombten Stadt unterkommen? Von Birgitta wusste ich, dass Magdalen, die bei der Brotunion in Chemnitz arbeitete, sich eine sehr bescheidene Unterkunft mit drei Kolleginnen teilte und die Schwester nicht würde aufnehmen können.

Aber fanden sich nicht immer Lösungen?

***

Paul beglückwünschte mich in seinem nächsten Brief zu meiner Anstellung. An Scheidung denke er nicht, auch sollten wir die Verbindung nicht abbrechen lassen. Der Brief riss meine Wunden wieder auf, und ich beschloss, nicht zu antworten. Was sollte ich auch schreiben? Warum sollte ich meine alltäglichen Erlebnisse noch mit ihm teilen? Für mich und mein Seelenheil wäre es am besten, wenn ich in den nächsten Monaten von Paul nichts hören, wenn der Kontakt abreißen und ich auch innerlich Distanz zu unserem alten Leben gewinnen würde.

Ich erbat mir von Grete eine der unbehandelten Spanschachteln, die im Lager auf ihre Bemalung warteten, und legte Pauls letzten Brief mit allen anderen, die er seit meinem Weggang aus Kiel geschrieben hatte, hinein. Dann zog ich meinen Ehering vom Finger und schob ihn unter die Briefe. Ich hatte die Schachtel schon geschlossen, als ich mich noch einmal anders besann. Ja, für mich wäre es gut, diesen Trennungsschritt zu vollziehen und den Ring abzulegen, aber wollte ich ein solches Zeichen nach außen setzen? Es würde nicht unbemerkt bleiben, dass Berti Hollmann keinen Ehering mehr trug. Die Fragen anderer, das war mir klar, wollte ich nicht hören und nicht beantworten müssen. In den Monaten nach Kriegsende hatte ich stets gesagt, dass ich noch hier sei, weil die Zerstörungen in Kiel groß seien und das Haus, in dem sich unsere Wohnung befunden hatte, nicht mehr existierte. Auch das weitere berufliche Schicksal meines Mannes sei noch nicht entschieden. Diese Auskunft hatte bisher niemand hinterfragt, und ich wollte es dabei belassen.

Ich nahm den Ring wieder aus der Schachtel und steckte ihn zurück an meinen Finger, an dem ich ihn seit fast fünfundzwanzig Jahre getragen hatte.

***

Es war kurz vor Weihnachten 1947, als Birgitta mich nach Arbeitsschluss auf meinem Weg von der Werkstatt abpasste. Sie hatte wohl schon ein paar Minuten vor der Haustüre auf mich gewartet. Ihre Nase war rot vor Kälte, aber ihre Augen glänzten vor Freude. Ich zog sie rasch mit mir ins Haus, und wir gingen in meine kleine Kammer, in der dank der Ofenwärme aus Gretes benachbartem Wohnzimmer eine angenehme Temperatur herrschte. »Gemütlich hast du es hier!«, sagte Birgitta, die mich zum ersten Mal in meinem Kämmerchen besuchte.

»Ich mache rasch einen Tee, damit dir warm wird«, sagte ich und ging in die Küche. Als ich kurz darauf mit zwei Bechern dampfendem Tee zurückkam, hatte Birgitta sich immer noch nicht gesetzt. Sie stand vor dem Vertiko und betrachtete die Dekoration, die ich dort aufgebaut hatte.

»Eine echte Wendt & Kühn-Mitarbeiterin«, sagte sie und deutete auf die Figuren. Kleine Engelmusikanten und Heinzelmännchen, zwei der von mir entworfenen Lämmchen und eines meiner Vögelchen umringten den Schutzengel.

»Was ist los, Birgitta?«, wollte ich wissen. »Nach all der Zeit, die ich nun schon hier wohne, hast du mich nicht abgepasst, um plötzlich meine Kammer zu inspizieren.« Ich stellte die Teebecher auf dem Stuhl ab, der neben dem Kanapee stand. »Setz dich, das Kanapee ist Bett und Sitzbank in einem! Und nun sag, was gibt es?«

Es war, als hätte sich eine Schleuse geöffnet. So sehr ihre Augen zuvor gestrahlt hatten, so wild war der Tränenfluss, den ich mit meiner Frage ausgelöst hatte. Ich ließ sie weinen und fragte, als sie sich ein wenig beruhigt hatte: »Karl?«

Sie wischte sich die Tränen aus dem Gesicht, und das Strahlen kehrte zurück. »Berti, er ist weg! Weg, weg, weg! Und er wird nicht wiederkommen! Er ist nach Bayern gegangen!«

Birgittas anschließendem, etwas ungeordnetem Bericht

konnte ich entnehmen, dass Karl sich schon Anfang November nach Bayern abgesetzt hatte, vor zwei Tagen aber noch einmal zurückgekommen war. Er hatte eine Anstellung als Hilfskraft in einer Tischlerei gefunden.

»Und stell dir vor, er hat gesagt, er will dort ein neues Leben beginnen, und wir sollen uns scheiden lassen.«

»Ein neues Leben?«

»Es ist mir egal, was er macht. Hauptsache ist, er ist weg, und er bleibt dort! Hauptsache, er kommt nicht mehr nach Bier stinkend und torkelnd nach Hause, Hauptsache, er schreit nicht mehr herum und ... Vergessen, vergessen, vergessen, ich will alles vergessen!« Birgitta schlug sich die Hände vors Gesicht und schluchzte von Neuem.

»Es ist vorbei«, sagte ich und dachte: hoffentlich!

»Der arme Arnold!« Sie schniefte wieder, bevor sie weitersprach. »Der Junge konnte machen, was er wollte, nichts war recht, und wenn er nur fröhlich war, schrie Karl ihn an, was es zu lachen gäbe, er würde ihm etwas zu lachen geben, und dann versetzte er ihm eine Ohrfeige. Für nichts! Und einmal, da hatte er Arnold wieder einmal so prüfend angesehen, wie er es oft tat, behauptete er, Arnold könne gar nicht sein Sohn sein. Nichts passe: Die blonden Locken habe er nicht von ihm, er habe nicht den typischen schiefen kleinen Zeh, den alle Männer in seiner Familie hätten – und die guten Schulnoten, die habe er auch nicht von ihm. Und er wisse schon, von wem der Junge das habe.«

»Was für ein riesengroßer Unsinn! Haare und Zehen ...«, sagte ich. »Und welcher Vater wirft seinem Sohn gute Schulnoten vor?«

Birgitta schniefte und zog die Schultern hoch.

»So ist er, so ist Karl! Almut war wegen Karls Schreierei schon ganz verängstigt. An einem Abend ist sie zu mir ins Bett gekrochen, da hat Karl sie erwischt, aus dem Bett gezerrt und herumgetobt. Sogar …«, Birgitta holte tief Luft, »… sogar den kleinen Kater hat er vertrieben. Er hat ihn so oft zur Tür hinausgejagt, bis er schließlich weggeblieben ist, und als Almut weinte, hat er gesagt, sie solle aufhören, über diesen unnützen Fresser zu heulen, sonst würde er ihr einen richtigen Grund zum Heulen geben.«

Langsam beruhigte sie sich wieder, nahm den letzten Schluck von ihrem Tee und stellte den Becher mit Schwung auf dem Stuhl ab. »So, Schluss damit. Ich will das alles vergessen. Für mich und die Kinder beginnt jetzt ein neues Leben. Heute habe ich das Türschloss auswechseln lassen, und nachts werden wir eine Kette vorlegen! Und wenn er jemals wieder angekrochen kommt … Als er aus dem Krieg kam, konnte ich ihn nicht wegschicken. Ich hatte gehofft, er sei ein anderer geworden. Aber so einer wie Karl, der wird nicht anders. Der kann sich nur verstellen wie damals, bevor wir geheiratet haben …«

Ich stand auf und nahm zwei Likörgläser und die Flasche mit dem Kirschlikör vom Regal.

»Aber nur einen ganz kleinen«, sagte Birgitta, und wir stießen darauf an, dass Karl weg war, dass es für sie und die Kinder ein neues, friedliches Leben geben würde, und darauf, dass Gunda zurückkommen konnte.

»Manchmal gibt es Lösungen, mit denen man nicht rechnet«, stellte Birgitta fest und schob mir das Gläschen zu. »Und darauf kannst du mir noch einen ganz kleinen Schluck eingießen.«

In der Küche machte ich uns ein paar Wurstbrote, und als ich zurück in das Kämmerchen kam, hielt Birgitta die Flasche in der Hand und sagte: »Meinst du, wir könnten ausnahmsweise noch ein ganz kleines Schlückchen …?«

Grünhainichen 1947

Handwerker«, sagte Grete, als sie mir Entwürfe für eine neue Figurengruppe zeigte. »Das sind Figuren, die vielleicht noch in vielen Jahren die Geschichte unserer Zeit erzählen werden.«

Ein Bauarbeiter, ein Maurer und ein Ziegelträger bildeten die erste Gruppe, die in Produktion gehen sollte. Wie immer hatte Grete die Entwürfe von der ersten Idee bis zur endgültigen Überarbeitung in vielen Arbeitsstunden detailliert entwickelt. Der Bauarbeiter war mit Hacke und Schaufel auf dem Weg, Trümmer abzuräumen oder ein neues Fundament vorzubereiten. Der Maurer hatte eine Kelle in der rechten und ein Reibebrett in der linken Hand, und dem Ziegelträger mit seiner Kiepe voll sorgsam aufgeschichteter Backsteine hatte Grete einen Stock in die Hand gegeben, damit er mit seiner schweren Last sicher durch unwegsames Gelände gehen konnte. Olly mit ihrem feinen Gespür für Farbe hatte Vorschläge zur Kleidung gemacht, und schließlich erstellte ich Arbeitsblätter mit Vorgaben für die Dreherei und die anderen Werkstattbereiche. Nun konnten die vielen kleinen Teile, aus denen jede Figur zusammengesetzt würde, in Arbeit gehen.

Als ich in der Dreherei ankam, war gerade Frühstückspause.

»Zeit für einen Becher Muckefuck, Frau Hollmann?«, rief

mir Meister Schöbler entgegen. Er hatte mich noch als Berti gekannt, und obwohl ich gesagt hatte, wir könnten es dabei belassen, war er zu der förmlichen Anrede gewechselt. »Nichts für ungut, Frau Hollmann, aber aus der Berti sind Sie für mich herausgewachsen«, hatte er gesagt.

Die Einladung zum Muckefuck lehnte ich nicht ab, setzte mich zu den Männern an den Tisch und nahm den Becher mit der dampfenden Flüssigkeit entgegen. »Tut gut an einem so kalten Morgen.«

»Neue Arbeit? Neue Nacktärsche?« Schöbler zeigte auf die Papiere, die ich mitgebracht hatte.

Auf den Gesichtern der anderen Männer breitete sich Grinsen aus. »Vorsicht, Wilhelm, hier sitzt eine Dame!« und »Lass das die Chefin nicht hören!« waren die Kommentare. Es herrschte hier immer noch der gleiche freundlich frotzelnde Ton, wie er schon vor Jahren üblich gewesen war.

»Erst der Muckefuck, dann die Arbeit!«, sagte ich zu Schöbler. Die Entwürfe würde ich erst ausbreiten, wenn die Becher und fettigen Brotpapiere vom Tisch waren. Mein Blick ging an Schöbler vorbei in den hinteren Bereich der Dreherei, wo einer der Männer bis eben noch gearbeitet hatte. Erst als er auf uns zukam, erkannte ich ihn.

»Wenn das nicht die kleine Berti ist!« Auch Heiner Pietsch hatte mich im Näherkommen erkannt. Diesmal war es Schöbler, der an die notwendigen Umgangsformen erinnerte: »Muss man euch das immer wieder sagen? Hier sitzt eine Dame, die rechte Hand der Chefin, oder die linke?« Ein verschmitzter Blick traf mich kurz. »Frau Hollmann heißt die Dame! Oder Madame Hollmann, wie du es in deiner französischen Gefangenschaft gelernt hast.«

Heiner stand jetzt vor mir und machte eine kleine Verbeugung: »Habe die Ehre, Madame!« Als er meine beiden Hände nahm, zog das alte spitzbübische Lächeln wieder über sein Gesicht: »Berti Bresser, wer hätte gedacht, dass wir uns hier noch mal wiedersehen!« Er machte eine Handbewegung zu seinen Kollegen. »Die Kerls haben ständig von Frau Hollmann gesprochen, und ich fragte mich, was das wohl für eine neue Dame ist … und da sitzt plötzlich Berti. Berti Bresser, die immer aufgepasst hat, dass sie auf ihre Lämmchen keine Vogelköpfe leimt.« Mit einem fröhlichen Lachen erinnerte er an den alten Scherz.

Es folgten ein paar lose Sprüche der anderen, bis Heiner sagte: »Wahrscheinlich geht es uns allen so, wenn wir in andere Regionen verschlagen werden: Irgendwann kommen wir zurück. Zurück in die Heimat, zurück in unser Erzgebirge, zurück nach Grünhainichen. Du aus dem hohen Norden und ich aus dem Reich der Froschfresser. Hat etwas länger gedauert, bis sie mich wieder nach Hause gelassen haben, mein Sächsisch hat ihnen wohl so gut gefallen, dass sie es immer weiter hören wollten. Und am Ende gab ich ihnen dann noch ein *Machenses hibsch* und kein *Au revoir.* Wiedersehen will ich von denen keinen.«

Schöbler beendete die Pause mit einem dreimaligen Klopfen auf den Tisch und wandte sich dann an Heiner: »Setz dich zu uns, sehen wir uns gemeinsam an, was da in der Papierrolle verborgen ist.«

Nachdem der Lehrjunge Wally den Tisch von allen Resten und Krümeln gereinigt und Schöbler mit zwei Fingerstrichen geprüft hatte, dass auch alles sauber war, rollte ich den Bogen aus.

»Ei verbibbsch!«, verlieh Schöbler, der sich als Erster über den Entwurf beugte, seiner Überraschung Ausdruck. »Das ist ja mal ganz was anderes! Da wird keine Engelmusik gemacht, sondern gearbeitet!«

»Mir gefällt es!«, sagte Heiner, der Schöbler über die Schulter sah.

»Insgesamt sollen es sieben Handwerker werden. Zwei Bauarbeiter, ein Ziegelträger, zwei Maurer, ein Maler und ein Tischler«, erläuterte ich und deutete auf die unterschiedlichen Figuren. »Beginnen wollen wir mit diesen dreien: dem Ziegelträger, dem Bauarbeiter mit der Hacke und dem Maurer.«

»Ein Auftrag?«, erkundigte sich Schöbler, und als ich das bejahte, rieb er sich die Hände. »Es läuft wieder, es läuft! Fast wie vor dem Krieg!«

Nachdem wir uns noch über einige Details ausgetauscht hatten, sagte Schöbler: »Dann hau mal rein, Heiner, die anderen haben noch mit den Blumenmädchen zu tun, du kannst dich um die fleißigen Handwerker kümmern, damit unsere Frau Hollmann die ersten Muster zusammenleimen kann.«

»Das Sägen der Rohlinge kann ich übernehmen, dann sehe ich am besten, ob alles passt«, gab ich Heiner mit auf den Weg, als er die Entwurfsskizze nahm und zu seiner Drehmaschine ging. Ich sah ihm einen Moment lang nach.

Wie immer, wenn ich jemand traf, den ich aus meiner Jugend kannte, wurden mir die Veränderungen, die die Zeit bei uns allen hervorgerufen hatte, bewusst. Mehr als fünf Jahre Kriegszeit und Gefangenschaft lagen hinter Heiner. Jahre, in denen seine Frau verstorben und Günter, sein Sohn, ebenfalls zum Kriegsdienst eingezogen worden war. Günter war nach der Entlassung aus der Kriegsgefangenschaft in Bayern geblieben, und Heiners Tochter war bereits Witwe mit einem kleinen Sohn.

Heiner war schmaler, als ich ihn in Erinnerung hatte, aber das waren wir alle in diesen Tagen, und auch graue Haare und Sorgenfalten gehörten zu unserer Generation. Doch trotz allem, was Heiner in den vergangenen Jahren erlebt haben mochte, lag in dem federnden Schritt, mit dem er zurück zu seiner Drehbank ging, etwas Jugendliches und, ja, auch ein Ausdruck von Lebensfreude.

Schade, dachte ich, schade, dass Birgitta und Heiner damals kein Paar geworden sind.

In den nächsten Tagen gab es immer wieder etwas mit Heiner zu besprechen. Es ging um kleine Korrekturen in der Armhaltung des Maurers, und auch für die Kiepe des Ziegelträgers hatte er einen winzigen Veränderungsvorschlag, der einen guten Effekt hatte. Ich sprach mit Grete, und wir korrigierten den Entwurf.

»Ein kluger Kopf, der Heiner Pietsch, wir können froh sein, dass er wieder hier ist. Solche Männer haben uns gefehlt«, sagte Grete.

»Ja. Ein guter Handwerker und ein positiver Mensch, obwohl er doch viel Schweres durchlebt hat.«

Grünhainichen 1947

Im Herbst 1947 gab es erstmals nach dem Krieg wieder einen Messestand von Wendt & Kühn in Leipzig. Der Zustrom der Besucher aus den Westzonen und dem Ausland war trotz der Einschränkungen im Bahnverkehr und des noch immer schadhaften Zustands der Straßen groß, und wir freuten uns an dem Interesse, das unserem Sortiment entgegengebracht wurde. Grete war erfolgreich in der Beschaffung von Holz, und auch die Personalsituation verbesserte sich. Männer wie Heiner kamen aus der Gefangenschaft zurück, Flüchtlinge aus den Ostregionen des früheren Deutschen Reiches siedelten sich dauerhaft in Grünhainichen und der Umgebung an. Die Zahl der Mitarbeiter war Ende des Jahres 1947 wieder auf fünfundachtzig angestiegen.

Auch in Birgittas Familie war eine neue Stabilität eingekehrt. Gunda wohnte wieder bei ihrer Mutter und ihren Geschwistern und würde demnächst die Kindergärtnerinnenschule in Chemnitz besuchen.

»Ich habe nur zwei Wünsche für Weihnachten«, sagte Gunda an einem Abend im Advent.

»Zwei Wünsche? Lass hören«, forderte ihre Mutter sie auf.

»So ein richtiges Neunerlei als Weihnachtsessen und …« Gunda sah zu mir hin.

»Und?«, fragte ich.

»Dass du wieder zu uns kommst. Es war so schön damals, als wir hier gemeinsam gewohnt haben. Warum kommst du nicht zurück?«

»Jetzt ist doch Platz, wo Vater weg ist!«, fügte Arnold hinzu, und auch Almut schloss sich an: »Bitte, Tante Berti! Komm doch wieder! Socke ist doch auch wiedergekommen.« Mit diesen Worten setzte sie den schwarzen Kater mit seinen namengebenden weißen Pfötchen auf meinen Schoß. Wenige Wochen nachdem Karl die Familie verlassen hatte, hatte Socke maunzend vor der Tür gestanden und war von allen mit großer Freude wieder aufgenommen worden.

»Ohne mich habt ihr doch viel mehr Platz im Bett, Gunda!«

»Ach, da ist Platz für drei, ich mache mich auch ganz klein!«

Gundas Wunsch rührte mich, und ich freute mich, dass auch Arnold und Almut eingestimmt hatten. Aber ich hatte mich an mein Kämmerchen bei Grete gewöhnt und schätzte die vielen guten Gespräche mit ihr. Wir waren Freundinnen geworden. Freundinnen, deren Tagesabläufe sich auf das gemeinsame Leben eingespielt hatten. Keine schien die andere zu stören, und jede von uns genoss die gemeinsamen Stunden, die sich aus dem Zusammenleben ergaben. Oder wäre Grete vielleicht doch froh, das Kämmerchen wieder selbst nutzen zu können?

»Ich werde an Weihnachten einen kleinen Urlaub bei euch machen«, versprach ich. »Und das Neunerlei sollten deine Mutter und wir beide wohl zustande bekommen.«

»Die Kinder kennen es gar nicht«, sagte Birgitta. »Mal hatten wir zu wenig Geld, mal gab es nichts ... lasst uns einen Plan machen, wer was besorgt und vorbereitet.«

»Und den Weihnachtsberg müssen wir auch bauen!«, rief Almut.

»Es wird das schönste Weihnachten, das wir je hatten!«,

verkündete Arnold, und ich war mir sicher, dass es für die Kinder so werden würde.

Der Weihnachtsberg wurde von uns allen gemeinsam aufgebaut und bestückt. Almut hatte im Sommer Moos gesammelt, Arnold steuerte getrocknete Rinde und kleine Holzstückchen bei. Unter einem grünen Tuch wurden Hocker, alte Töpfe und Eimer verborgen, die die Grundlage für den Berg bildeten, dann wurden Moos, Rinde, Steine und frisch geschnittene Tannenzweige darauf verteilt. Birgitta stellte die Schachtel mit den Holzfiguren bereit, und Almut kramte fast jeden Tag darin herum und wollte immer wissen: »Wer hat diese Figur gemacht?« Dabei hielt sie abwechselnd Hirten, Schafe und alle anderen Figürchen in die Höhe. Die Krippe stellten wir an einen der höchsten Punkte des Berges, und an Heiligabend steuerte ich eine neue Maria bei, die ich aus der Manufaktur mitgebracht hatte.

»So schön ist sie!«, sagte Almut ein ums andere Mal voller Ehrfurcht, und auch Arnold sah die neue Figur mit ihrem leuchtend roten Kleid verzückt an.

An Heiligabend stellten wir die Leuchter ins Fenster, zündeten die Kerzen an und setzten uns zum Essen. »Neeinerlaa«, sagte Arnold immer wieder und verfiel damit in seiner Vorfreude in unseren breiten Dialekt. Dann wurde er erst einmal bitter enttäuscht, denn es stand nur Brot mit Salz auf dem Tisch und dazu eine Terrine Linsensuppe.

»Damit beginnen wir«, erklärte Gunda. »Alles, was heute Abend auf den Tisch kommt, hat eine Bedeutung. Brot und Salz stehen dafür, dass wir immer gastlich sein sollen. Die Linsen helfen uns dabei, denn sie sorgen dafür, dass immer Kleingeld im Haus ist. Und denkt daran, während des Essens soll man nicht aufstehen, sonst wird man vielleicht im kommenden Jahr bestohlen.«

»Ah«, stellte Almut fest, »deshalb hast du alles auf dem kleinen Tisch bereitgestellt, damit du nicht aufstehen musst.«

Gunda lachte und sagte: »Schlau, meine kleine Schwester!«

Als Nächstes kamen Sauerkraut und Bratwurst auf den Tisch: »Damit uns das Leben nicht sauer wird und wir unsere Kraft bewahren!«, erklärte Gunda. Zum Kaninchenbraten, den es anstelle des Schweine- oder Gänsebratens gab, der in bessergestellten Häusern üblich war, lautete Gundas Erläuterung: »Damit uns das Glück nicht ausgeht!« Auch die Beilagen hatten ihre Bedeutung: »Die Roten Rüben bringen Gesundheit und rote Backen, und die Klöße stehen für das große Geld!«

»Bekomme ich das dann auch?« erkundigte sich Arnold, erhielt aber von Gunda die Antwort, dass das große Geld besser bei der Mutter in der Schatulle aufbewahrt würde. »Aber die roten Backen, die hast du jetzt schon!«, ergänzte sie.

»Und wenn ich jetzt satt bin?«, wollte Almut wissen.

»Ein Löffelchen Kompott passt bestimmt noch rein, das ist nämlich für die Lebensfreude, und die wollen wir uns doch alle bewahren. Und alles, was übrig geblieben ist, essen wir morgen.«

Während die Kinder beim Tischabräumen halfen, hatte ich das Jesuskind in die Krippe gelegt, und Almut, die plötzlich neben mir stand, rief: »Das Jesuskind ist da, jetzt können wir singen!«, und damit stimmte sie auch sogleich »Stille Nacht, heilige Nacht« an.

»So warte doch«, rief Birgitta, »wir wollen alle gemeinsam singen!«

Später, nachdem die Geschenke verteilt worden waren und Almut mit dem Märchenbuch in der Hand neben mir eingeschlafen war, versuchte sich Arnold mit dem Schnitzmesser, das ich für ihn besorgt hatte.

»Vorsicht, Arnold«, sagte Birgitta ein ums andere Mal. »Lass es dir doch von Tante Berti zeigen.«

Aber ich sah, dass er geschickt war und es wenig Anlass zur Sorge gab.

Es tat mir fast leid, Almut wecken zu müssen, aber wir wollten noch zur Christmette gehen, und nachdem wir uns alle eingemummelt hatten, setzten wir Almut auf den Schlitten und zogen sie durch den tiefen Schnee hinter uns her.

»Wie schön ist das. Weihnachten im Erzgebirge. Frieden und satte Bäuche und keiner da, der unseren Hausfrieden stört!«, sagte Birgitta, als wir uns der Kirche näherten.

Nach dem Gottesdienst, in dem wir die Worte des Weihnachtsevangeliums hörten und bei dem »Ehre sei Gott in der Höhe und Frieden auf Erden und den Menschen ein Wohlgefallen« bei einigen in der Gemeinde Tränen die Augen füllten, wünschten wir uns gegenseitig ein gesegnetes Weihnachtsfest.

»Nun rasch wieder nach Hause«, sagte Birgitta und blinzelte in das Schneegestöber, das eingesetzt hatte, während wir in der Kirche waren.

»Frohe Weihnachten, Berti«, hörte ich plötzlich Heiners Stimme neben mir, und dann »Frohe Weihnachten auch dir und deinen Kindern, Birgitta!« Wir drückten uns die behandschuhten Hände, grüßten zu Heiners Tochter hinüber und gingen dann weiter.

»Ich wusste gar nicht, dass Heiner wieder hier ist«, sagte Birgitta, als Gunda und die Kinder endlich in den Betten lagen.

»Schon seit einiger Zeit. Er arbeitet wieder in der Dreherei.«

»Hast du viel mit ihm zu tun?«

»So viel wie mit allen, die in der Manufaktur arbeiten. Grete ist froh, dass er wieder da ist. Er ist ein guter Handwerker. Und er denkt mit.«

»Ach, Heiner … wie lange ist das her …« Birgitta hing ihren Gedanken nach. »Er ist Witwer inzwischen, und wenn du …« Sie sah mich fragend an.

»Wenn ich was?«

»Wenn du erst einmal geschieden bist … vielleicht klappt es dann mit euch!«

»Mit uns? Mit Heiner und mir? Wovon redest du?«

»Berti, wo hast du deine Augen?«

»Meine Augen?«

»Ja, deine Augen oder was auch immer, Berti. Heiner hat immer nur dich gesehen. Damals genau wie heute Abend.«

»Unsinn«, sagte ich und stand auf, um unsere Punschgläser noch einmal zu füllen.

GRÜNHAINICHEN 1948

Zu meiner täglichen Arbeitsroutine gehörte der morgendliche Gang durch die Werkstatträume. An den Tagen nach Weihnachten hielt ich meinen Aufenthalt in der Dreherei kürzer als sonst. Es war an einem der ersten Januartage, als Schöbler mich ansprach: »Wieso haben Sie es immer so eilig, Frau Hollmann? Kommen Sie doch mal wieder zum Muckefuck in der Frühstückspause zu uns!«

»Mach ich«, versprach ich, drückte mich aber auch an den beiden folgenden Tagen noch mit einem knappen »Muss weiter«.

Schließlich sagte ich mir: »Reiß dich zusammen, Berti, du bist kein junger Hüpfer, sondern eine erwachsene Frau!«, und setzte mich mit meinem Becher zu Schöbler.

»Der Betrieb läuft wieder wie am Schnürchen«, stellte er fest.

»Ja, wir arbeiten immer noch die Bestellungen der Herbstmesse ab, und es gehen laufend neue Aufträge ein.«

Aus dem Augenwinkel sah ich, dass Heiner näher kam, doch zu meiner Erleichterung suchte er sich einen Platz am anderen Ende des Tisches. Die üblichen Frotzeleien gingen zwischen den Männern hin und her, dann kam das Gespräch auf einen Kollegen, der nach Seiffen abgewandert war. »Zu den Reifendrehern! Da wird er sich noch umgucken, das will gelernt sein!«, war Heiners Kommentar.

Wirklich Unsinn, was Birgitta da gesagt hatte, dachte ich, als ich an meinen Arbeitsplatz zurückkehrte, und ermahnte mich: Denk lieber daran, dass du im nächsten Monat sechsundvierzig Jahre alt wirst. Keine Zeit für verliebtes Geplänkel.

Schließlich vergaß ich Birgittas Anspielungen; es gab keine Veranlassung, Heiner aus dem Weg zu gehen, keine Anzeichen dafür, dass er etwas anderes als eine Kollegin in mir sah, die er schon seit vielen Jahren kannte.

***

An den Sommerabenden saß ich häufig auf einer der vielen Bänke, die Grete rund um die Werkstätten hatte aufstellen lassen, beobachtete die Bienen und Hummeln, die fleißig zwischen den Blüten hin und her flogen, und dachte dabei manchmal auch an Friedas Garten und unsere gemeinsamen Nachmittage. Gelegentlich kam ein Brief von ihr, in dem sie Paul nie erwähnte, aber schrieb, dass sie verstehe, dass ich vorerst nicht zurückkam, dass sie mich vermisse und oft an die schönen gemeinsamen Stunden zurückdächte. Wie ruhig und friedlich der Garten damals gewesen sei und wie sehr es sie anstrenge, mit den vielen Menschen unter einem Dach zu leben. Ich schrieb ihr von meiner Arbeit und den vielen kleinen Freuden, die ich erlebte.

»Darf ich, Berti?« Heiners Frage brachte mich von der Ostsee zurück ins Erzgebirge. Ich hatte nicht bemerkt, dass er sich genähert hatte.

»Natürlich. Ich habe nicht zu bestimmen, wer auf dieser Bank sitzen darf.«

»Aber vielleicht willst du lieber allein sein?«

»Nein. Manchmal hat man zu viele trübe Gedanken, wenn man allein ist«, entgegnete ich und dachte im gleichen Moment, dass ich damit vielleicht zu viel gesagt hatte. Noch immer wussten nur Grete, Birgitta und inzwischen auch Gunda, dass ich nicht zu meinem Ehemann nach Kiel zurückgehen würde.

»Trübe Gedanken hatten wir wohl alle nach diesen Kriegsjahren«, sagte er. »Aber jetzt geht es doch aufwärts.«

»Wie geht es deinem Sohn?«, fragte ich und wollte damit von mir ablenken. »Ich habe gehört, er lebt jetzt in Bayern.«

Heiner nickte. »Ja, die amerikanische Zone ... da hat Günter es nicht schlecht getroffen. Arbeitet bei einem alten Drechslermeister, dessen Söhne nicht aus dem Feld zurückgekommen sind. Wenn Günter Glück hat, kann er den Betrieb übernehmen, wenn der Alte sich zur Ruhe setzt.«

»Das hört sich gut an. Für die jungen Leute muss es weitergehen.«

Wir redeten noch ein bisschen hin und her, bis Heiner plötzlich fragte: »Wie ist es bei dir? Warum bist du noch hier und gehst nicht zurück in den Norden?«

Ich zuckte mit den Schultern, ich mochte ihn nicht mit der üblichen Ausrede abspeisen: ausgebombt, vieles zerstört, schlechte Versorgungslage ...

»Ich denke, ich werde hierbleiben. Für immer!«

Heiner sah mich von der Seite an, dann zeigte er auf meinen Ringfinger: »Aber du bist verheiratet. Was ist mit deinem Mann? Ist er noch bei den Russen?«

Auch das war eine Frage, die mir immer mal wieder gestellt wurde. In diesen Zeiten war die russische Kriegsgefangenschaft der häufigste Grund dafür, dass Eheleute getrennt waren. »Nein, er ist in Kiel und dort mit dem Wiederaufbau beschäftigt.«

Ich hörte, wie Heiner die Luft einzog, und als ich mich ihm zuwandte, sah ich, dass er die Stirn runzelte.

»Berti, was redest du da? Dein Mann ist in Kiel mit dem Wiederaufbau beschäftigt, und du bleibst hier? Drei Jahre nach Kriegsende bist du immer noch hier im Erzgebirge? Was baut er wieder auf, wobei du ihm nicht zur Seite stehen kannst?«

»Ja«, sagte ich und musste über die Formulierung lachen, »was baut er auf? Eine Familie vielleicht. Eine neue Familie ohne mich!«

Heiner zögerte einen Moment und legte dann den Arm um meine Schultern. »Ach Berti, entschuldige, ich hätte nicht so viel gefragt, wenn ich gewusst hätte …« Er machte eine Pause und zog mich dichter zu sich heran. Es tat gut, mich bei ihm anzulehnen. Wenigstens für einen Moment. »Warum trägst du noch den Ring?«, fragte er dann.

»Weil ich nicht will, dass alle es wissen, dass alle mich bedauern oder darüber reden. Nur Grete, Birgitta und Gunda wissen Bescheid.«

Wir saßen eine Zeit lang schweigend nebeneinander, Heiners Arm lag immer noch um meine Schultern. »Ach Berti«, sagte er schließlich, »ich war so ein Idiot …«

»Du? Weil du gefragt hast?«

»Nein, weil ich dich nicht schon längst gefragt habe.«

»Warum solltest du?«

»Ich dachte die ganze Zeit: Da ist Berti Hollmann, die Frau von Ingenieur Hollmann, die irgendwann nach Kiel zurückgeht zu ihrem Mann, zurück in eine Großstadt am Meer, in eine schöne Wohnung und … ach, wer weiß, was ich noch Blödes gedacht habe.«

Ich sagte nichts. Ich wollte, dass er weitersprach, aber ich wollte ihn nicht dazu auffordern. Wieder saßen wir eine Zeit lang schweigend nebeneinander.

»Vermutlich war ich schon immer ein Idiot«, fuhr er schließlich fort. »Damals nach dem Großen Krieg dachte ich: Da ist Berti Bresser, die Begabung hat und die eines Tages neben Fräulein Wendt arbeiten und Herrn Wendt heiraten wird.«

»Das hast du gedacht?«

»Ja, warum nicht? Das hätte doch gepasst! Und dann geht Berti Bresser weg, nicht nur nach Dresden, sondern gleich nach Norddeutschland. Heiner, der Idiot, hatte ja auch kein Wort zu ihr gesagt.«

Ich biss mir auf die Zunge, denn fast hätte ich Birgitta verraten.

»Und als ich jetzt aus Frankreich zurückkam und wieder in der Dreherei arbeitete, kam Frau Hollmann in die Werkstatt und war Berti, und wieder hat es mir die Sprache verschlagen.«

»Davon habe ich nichts gemerkt. Du warst ganz schön vorlaut!«

»Ja, das konnte ich schon immer gut: vorlaut sein!« Heiner lachte.

»Schade«, sagte ich.

»Dass ich vorlaut bin?«

»Nein, dass du damals nichts gesagt hast. Vielleicht wäre ich hiergeblieben …«

»Damals? Du wärest … aber warum bist du gegangen?«

»Es gab viele Gründe … Nachdem meine Großmutter gestorben war, fühlte ich mich so allein, Birgitta und Karl wollten in das Haus ziehen …« Dabei musste es bleiben. Meine Enttäuschung darüber, dass Olly Sommer und Johannes Wendt sich verlobt hatten, meine Angst, dass es neben Olly keinen Platz für mich bei Wendt & Kühn geben würde, wollte ich auch nach der langen Zeit nicht eingestehen. Heiner schon gar nicht, der mit seiner Vermutung meinen damaligen Träumereien so nahe gekommen war.

»Und Herrn Hollmann!«, ergänzte er jetzt.

»Ja, natürlich. Paul kannte ich aus dem Sanatorium. Danach haben wir einander geschrieben, er hat mich in Dresden besucht.«

»Und ihr habt euch ineinander verliebt«, ergänzte Heiner leise.

Ich nickte und stellte nun meinerseits eine Frage: »Warum hast du nie etwas gesagt?«

»Habe ich das nicht schon gesagt? Weil ich ein Idiot bin!« Er lachte sein verschmitztes Lachen, wurde aber schnell wieder ernst. »Vielleicht hoffte ich, dass du es von dir aus merkst oder dass ich an einem Zeichen von dir erkenne, dass ich dir nicht gleichgültig bin. Ich habe immer gedacht, dass ich nur ein Handwerker in der Dreherei bin und du in Dresden zur Schule gehst, in dieselben Schulen, an denen auch Fräulein Wendt und Fräulein Kühn waren, dass du eine Künstlerin werden wolltest, und von einer Künstlerin könnte ich nicht erwarten, dass sie als Hausfrau an meinem Herd stehen würde.«

»Ich habe dann an Pauls Herd gestanden.«

»In einer schönen Wohnung und mit vielen Dingen, die du hier nie gehabt hättest.«

»Die ich vermutlich auch gar nicht vermisst hätte«, wandte ich ein.

Heiner sah mich fragend an.

Was redete ich da? Ich hatte Paul geliebt, hatte viele Jahre ein wundervolles Leben mit ihm geführt. Ich war stolz auf meinen erfolgreichen Mann gewesen und stolz darauf, seine Frau zu sein. Rasch revidierte ich meine Aussage: »Ja, wir hatten schöne gemeinsame Jahre, bis der Krieg begann.«

»Und jetzt?«

»Jetzt?«, fragte ich.

»Jetzt willst du hierbleiben. Vielleicht haben wir beide nun eine Chance.«

Ich rückte ein Stück von ihm ab, und er nahm seinen Arm von meinen Schultern. Ich lächelte ihn an. Es tat so gut, diese Worte zu hören. Nach den Verletzungen, die Paul mir zugefügt hatte, war es heilsam, Heiner zuzuhören.

Trotzdem sagte ich: »Gib mir Zeit, es ist alles so neu für mich.«

Als ich die Enttäuschung auf seinem Gesicht sah, fügte ich hinzu: »Wir haben doch Zeit… aber denke nicht, dass es irgendeine Kluft zwischen uns geben könnte. Ich bin Berti, die du schon immer gekannt hast, die in Großmutters kleinem Häuschen aufgewachsen ist, Hunger und Kälte erlebt hat und Glück hatte, dass die beiden Greten ihr den Schulbesuch in Dresden ermöglichten. Ich bin die dumme Gans, die alles hingeworfen und keinen Abschluss gemacht hat. Ich bin nichts Besonderes!«

»Doch«, sagte er, »du bist etwas Besonderes, das sehen wir alle jeden Tag, und Fräulein Wendt hat das als Allererste erkannt. Und für mich, Berti, bist du sowieso etwas Besonderes.« Er nahm meine Hände, küsste meine Fingerspitzen und sagte: »Gib uns eine Chance, Berti, und vergiss Herrn Hollmann.«

***

Es wurde ein wunderbarer Sommer voller neuer Gemeinsamkeit und kleiner Glücksmomente. An den Sonntagen unternahmen wir Wanderungen, abends kochten wir gemeinsam in Heiners Haus, saßen in seinem Garten und lachten über die Erinnerungen an unsere Kindertage. Wir lachten über Heiners abgewetzte Lederhose und meine Zopfbänder, die ich immer und überall verloren hatte.

»Man sah immer, wo Berti gerade gewesen war«, erinnerte er sich, und ich erzählte ihm, dass Birgitta und ich eine Wette abgeschlossen hatten, wie lange es dauern würde, bis er diese abgeschabte Lederhose durchgesessen hätte.

»Ihr hättet beide verloren. Die Hose hat mein Sohn noch getragen!«

»Ja, sparsam sind wir im Erzgebirge.«

Wir erzählten uns von den Jahren, in denen wir weit entfernt voneinander gelebt hatten, und ich gestand Heiner, wie sehr ich darunter gelitten hatte, keine Kinder zu bekommen. Er erzählte mir von der Krankheit seiner Frau und ihrem Tod, und wir hielten uns lange schweigend an den Händen.

»Also doch Heiner«, sagte Birgitta eines Abends.

»Kränkt es dich?«

»Nein. Früher hätte es mich gekränkt, aber das ist lange her und vergessen. Was machst du jetzt? Lässt du dich scheiden? Da gibt es einen Anwalt in Chemnitz …«

»Ich habe noch nicht darüber nachgedacht.«

»Hörst du noch von Paul?«

Ja, Paul schrieb mir. Es waren Briefe, wie ein guter Freund sie schreiben würde. Er berichtete von der Werft, die als einzige in Kiel noch erhalten war und erhalten bleiben würde, vom Beschluss der Engländer zur Zerstörung von Industrieanlagen und von den vergeblichen Versuchen der Stadtpolitiker, die Standorte und Arbeitsplätze zu erhalten. Er schrieb davon, dass die Wohnsituation sich ganz langsam entspannte, dass Frieda immer stärker von Rheumatismus geplagt würde und unter dem Lärm der immer noch zahlreichen Bewohner in ihrem Haus litt. Amalie und seinen Sohn erwähnte er nicht. Nur dessen Geburt hatte er mir mitgeteilt und dazu geschrieben: »Ich möchte dir nicht das Herz brechen, aber es ist wunderbar, Vater zu sein.«

Ja, das hatte mir das Herz gebrochen, und ich hatte beschlossen, seine Briefe nicht mehr zu öffnen. Aber es gab wohl doch noch ein Band zwischen uns. Ein Band, das ihn die Briefe schreiben ließ und das mich veranlasste, sie zu lesen. Meine Antworten waren selten und kurz, meistens schrieb ich nur zu den Feiertagen und zu Pauls Geburtstag. Einmal schickte ich ihm eine Ansichtskarte aus Dresden: *Bin mit einem Freund für ein Wochenende nach Dresden gefahren. So viel wurde zerstört, aber man arbeitet fleißig am Aufbau. Du würdest es nicht wiedererkennen.*

Grete blieb die innige Beziehung zwischen Heiner und mir natürlich nicht verborgen. »Es freut mich, dass ihr beide zueinandergefunden habt. Ihr habt es verdient, noch einmal glücklich zu sein«, sagte sie eines Abends. Es war, als würde unsere Beziehung damit öffentlich anerkannt, und die Heimlichkeiten der ersten Wochen und Monaten hatten ein Ende. Ich verbrachte die Wochenenden in Heiners Haus, und auch an den Wochentagen machten wir uns morgens immer öfter gemeinsam auf den Weg zur Manufaktur.

»Hochzeitsglocken klingen auch in der zweiten Jugend noch schön«, sagte Meister Schöbler, und auch andere machten gerne Anspielungen aufs Heiraten, aber ich hatte beschlossen, dass alles so bleiben konnte, wie es war.

GRÜNHAINICHEN 1949–1950

Vier Jahre nach Kriegsende verbrachte Heiner zum ersten Mal wieder ein Weihnachtsfest mit seinen beiden Kindern. Kurz nachdem er aus der Kriegsgefangenschaft gekommen war, hatte seine Tochter Grünhainichen verlassen, sie lebte nun in der bayrischen Kleinstadt, in der sich auch ihr Bruder niedergelassen hatte.

»Die Bayern kommen«, hatte Heiner gesagt, und ich hatte beschlossen, Heiligabend mit Birgitta und den Kindern zu verbringen, was Heiner akzeptierte. Vielleicht war er auch dankbar für meine Entscheidung, die es ihm ermöglichte, seinen Kindern die Tatsache, dass es wieder eine Frau in seinem Leben gab, in meiner Abwesenheit mitzuteilen.

»Gut haben sie es getroffen in der amerikanischen Zone, da scheinen Milch und Honig zu fließen«, berichtete Heiner, als ich am zweiten Weihnachtstag zu ihm kam und Günter, Magda und ihr kleiner Sohn schon wieder auf dem Heimweg waren. »Ein bisschen von ihrem Wohlstand haben sie mitgebracht: Bohnenkaffee, Schokolade und amerikanische Zigaretten.«

Aber sie hatten auch etwas zurückgelassen: eine Idee.

»Günter arbeitet ja bei diesem alten Meister, dessen beide Söhne in Russland gefallen sind. Der Alte redet davon, sich zur Ruhe zu setzen, und Günter hofft, dass er den Betrieb im kommenden Jahr übernehmen kann. Es gibt wohl vieles zu modernisieren, aber einen guten Kundenstamm. Günter hat mich gefragt, ob ich dann bei ihm einsteigen würde.«

Ich sah ihn erstaunt an. »Waren wir uns nicht einig, dass wir den schönsten Arbeitsplatz haben, den man sich vorstellen kann?«

»Ja«, sagte er etwas zögerlich, »aber etwas Eigenes ... Und du könntest doch auch mitmachen ...«

»Und hast du nicht einmal gesagt, dass wir Erzgebirgler immer wieder zurückkommen?«

Heiner lachte. »Nur wer weggeht, kann zurückkommen. Stimmt doch, oder?«

Ich sagte nichts, und da auch Heiner an den folgenden Tagen das Thema nicht mehr erwähnte, hoffte ich, dass er es als erledigt betrachtete. Bis zu dem Abend, an dem er mir einen Brief zeigte. »Von Günter!«

»Und was schreibt er?«

»Er hat die Meisterprüfung bestanden!«

»Glückwunsch an ihn. Einem Erzgebirgler liegt das Holzhandwerk eben im Blut.«

»Und der Alte will ihm den Betrieb zum Herbst übergeben! Magda besucht einen Abendkurs und wird den kaufmännischen Teil übernehmen.« Heiner faltete den Brief auseinander. »›Es wird ein richtiger Familienbetrieb‹«, las er vor, »›jetzt fehlst nur noch du, Vater.‹« Heiner sah vom Brief auf. »Und jetzt höre: ›Und wenn die Berti auch mitkommt, dann machen wir neben dem bisherigen Hauptbereich für Treppen und Möbel noch einen Bereich für Kunstgewerbe auf.‹«

»Oh«, war alles, was ich in diesem Moment sagen konnte, aber Heiner träumte schon weiter: »Denk dir nur, wir beide in Bayern mit einem kleinen feinen Laden mit Räuchermännchen, Leuchtern und ... was immer dir einfällt und du herstellen möchtest.«

Einen Moment nahm mich seine Euphorie mit. Malwina, dachte ich, meine eigenen Figuren, und diesmal nicht aus Keramik, sondern aus Holz.

»Willst du das wirklich? Von hier weggehen?«

»Warum nicht? Es ist doch nicht China! Ja, die Bayern sprechen komisch, aber wir schließlich auch …«

Ich schüttelte den Kopf. So viel wollte ich dagegensetzen: Hier hatten wir unseren sicheren Arbeitsplatz, an dem wir das taten, was wir beide beherrschten. Wie wäre das in der Selbstständigkeit? Wer würde das kaufen, was wir herstellten? Würden wir uns überhaupt mit Günter verstehen, wenn wir zusammenarbeiteten? Würde ich mich mit ihm verstehen, oder würde ich zwischen Vater und Sohn stehen? Hier war ich zufrieden, hatte meinen Platz neben Grete, den Platz, den ich mir doch immer gewünscht hatte. Hier war ich respektiert und anerkannt. Wie würde das in einer neuen Umgebung sein?

Heiner sah mir meine Zweifel an, auch ohne dass ich sie aussprach. »Sag jetzt nichts, Berti. Lass uns überlegen, in Ruhe überlegen.«

Aber ich wusste, dass ihm die Sache immer wieder durch den Kopf ging. »Warum willst du von hier weggehen?«, fragte ich ihn, und er nannte viele Gründe. Er würde in der Nähe seiner Kinder sein, seines Enkels. Die Selbstständigkeit lockte ihn, die Chance, etwas Neues zu beginnen, die Möglichkeit, mit Günter gemeinsam etwas aufzubauen, und das auf einer soliden Basis.

Und dann sagte er eines Abends, als wir nach dem Abendessen aneinandergekuschelt auf dem Sofa saßen: »Da ist noch etwas, Berti, was mir Gedanken macht: Ich traue den Russen nicht, ich traue Stalin nicht.« Er flüsterte es, als habe er Angst, in seinem eigenen Haus belauscht zu werden. »Wenn ich daran denke, dass sie den Wendt verschleppt haben. Das war kurz nach dem Krieg, und nun sind schon mehr als vier Jahre vergangen, und man hat nichts mehr von ihm gehört. Und er ist nicht der Einzige … Das ist nicht besser als bei Hitler.«

»Wer soll uns beiden etwas tun?«, fragte ich, und als er nicht antwortete, sondern nur die Schultern zuckte, fuhr ich fort: »Es geht doch auch hier bergauf. Wir haben unseren eigenen Staat, eine neue Währung, und manches ist besser als in den Westzonen …«

»Lass dich nicht einlullen. Lass uns gehen, solange wir noch gehen können.«

Wusste er etwas, was ich nicht wusste? Gab es einen Grund für seine Ängste? Mir fielen die Enteignungen vor ein paar Jahren ein. Aber das war doch längst ausgestanden, außerdem gab es weder bei Heiner noch bei mir viel Besitz, den man enteignen konnte. Die Erwähnung von Johannes Wendt hatte mir allerdings einen schmerzhaften Stich versetzt. In der ersten Zeit nach seinem Verschwinden waren allerhand Vermutungen angestellt worden, aber es hatte nie eine Klärung gegeben. Niemand hatte damit gerechnet, dass er nicht wieder nach Hause kommen würde, und Olly hoffte noch immer auf die Rückkehr ihres Mannes. Wie konnte ein Mensch abgeholt werden und dann für Jahre verschwinden? Hatte man ihm etwas angetan? War auch unser Leben nicht so sicher, wie es mir schien? Mit der Erwähnung von Johannes Wendt hatte Heiner auch in mir einen Zweifel gesät. Suchte er Argumente, die mich überzeugen sollten?

Zwischen Heiner und mich hatte sich etwas geschlichen, das unser Leben störte. Er wollte weg, ich wollte bleiben.

In dieser angespannten Zeit erreichte mich ein Brief von Paul, in dem er mir mitteilte, Amalies Mann sei aus der Kriegsgefangenschaft zurückgekehrt und wolle mit ihr und seinen

Kindern weiterziehen ins Münsterland, wo sein Onkel einen großen landwirtschaftlichen Betrieb habe. Mit seiner Frau und seinen Kindern – aber ohne Hajo, Pauls Sohn. Amalie habe zugestimmt, dass Hajo bei ihm bleibe.

Berti, schrieb er, *willst du zurückkommen? Du würdest mich so glücklich machen. Kannst du mir verzeihen? Gibt es einen anderen in deinem Leben? Einen, mit dem du in Dresden warst?*

Sosehr mich diese Nachricht aufwühlte, der letzte Satz ließ mich einen kleinen Moment lächeln. Meine Karte aus Dresden … Paul hatte die versteckte Botschaft verstanden. Aber dann fing mich die Neuigkeit wieder völlig ein.

Ja, dachte ich, jetzt ruft er nach Berti. Jetzt, wo die andere weg ist und ihren Sohn zurückgelassen hat. Berti, willst du die Scherben einsammeln?

Nein, ich wollte nicht! Ich wollte die Scherben unseres alten Lebens genauso wenig kitten wie die, die Amalie zurückgelassen hatte. Ich wollte aber auch kein neues Leben in Bayern, auch wenn es zwischen Heiner und mir nichts zu kitten gab. Seit sechs Jahren war ich wieder in Grünhainichen, sechs Jahre, von denen die letzten beiden, die Jahre mit Heiner, die besten gewesen waren. Ich hatte Birgitta und ihre Kinder, bei denen ich jederzeit willkommen war. Ich hatte meine Tätigkeit in der Manufaktur, die mich forderte und erfüllte, und ich hatte meine mir kostbare Freundschaft mit Grete.

Als ich Birgitta von Pauls Brief berichtete, schnaubte sie voller Empörung: »Das wirst du doch nicht machen!«

»Nein«, entgegnete ich, und sie schien mit meiner Antwort zufrieden zu sein.

»Das arme Kind! Was für eine Mutter, die ihr Kind einfach zurücklässt!«

»Vielleicht ist ein Vater, der den Sohn liebt, besser als ein

Stiefvater, der seine eigenen beiden Kinder mehr liebt als den Sohn des anderen. Wer will das schon entscheiden?« Ich wollte Amalie nicht verteidigen, aber ich ahnte, wie schrecklich die Entscheidung war, vor die ihr Mann sie gestellt hatte. Ein Vater, der seinen Sohn liebt, hatte ich gesagt, und für einen Moment überfiel mich die brennende Sehnsucht nach meinem Mann, der dieser Vater war.

»Aber wenn du nicht zurückwillst, warum lässt du dich dann nicht endlich scheiden? Dann kannst du Heiner heiraten, und alles ist geordnet.«

»Ach Birgitta, nicht jeder muss sich scheiden lassen.«

»Das verstehe ich nicht. Wenn man doch nicht zusammenlebt und du auch nicht zurückwillst. Jetzt, wo er dich doch gefragt hat …«

Ja, ich verstand es auch nicht, aber ich wollte diese Entscheidung nicht treffen und sah keine Notwendigkeit, sie zu treffen. Solange Paul nicht von Scheidung sprach, würde auch ich nicht davon sprechen.

»Und Heiner, was sagt er?«

»Er weiß nichts von Pauls Brief, und er muss es auch nicht wissen.«

Außerdem möchte ich nicht über Heiner sprechen, dachte ich, denn niemand sollte erfahren, dass Heiner überlegte, nach Bayern zu gehen.

Ein paar Tage später hatte Heiner wieder Neuigkeiten aus Bayern.

»Denk dir, Günter hat einen Gesellen eingestellt, einen aus Seiffen. Zwei Sachsen in Bayern!«

»Dann braucht er dich nicht mehr?«, fragte ich. Ich hatte bei seinen Worten Hoffnung geschöpft, dass das Thema damit vorläufig erledigt sei.

»Doch, es gibt genug Aufträge, schreibt er. Wenn ich nicht komme, müsse er einen weiteren Mann einstellen.«

Also keine Entspannung, dachte ich, und offenbar hatte ich das Seufzen nicht unterdrücken können, denn Heiner fuhr fort: »Günter schlägt vor, dass wir Weihnachten zu ihm kommen, dann können wir uns alles ansehen und besprechen. Auch du kannst dir dann einen Eindruck machen, und es wird kein Sprung ins eiskalte Wasser.«

»Nein, nur ins kalte!« Ich konnte mir den Kommentar nicht verkneifen, aber Heiner ging darüber hinweg und fragte: »Abgemacht?«

Ich hatte Ja gesagt, aber zwei Tage später bat ich ihn, allein zu fahren. »Ich bleibe bei Birgitta, wie letztes Jahr und die Jahre zuvor. Fahr du und sieh dir alles an, dann kannst du mir berichten.«

Heiner fuhr, und als er zwei Tage nach Weihnachten zurückkam, war er Feuer und Flamme. »Am liebsten wäre ich direkt dortgeblieben. Die Werkstatt ist mit neusten Maschinen ausgestattet, und ich habe die Auftragsbücher durchgesehen … das brummt! Ich habe auch mit dem alten Meister gesprochen, der Günter das beste Zeugnis ausgesprochen hat. ›Dein Sohn weiß, wie man's macht‹, hat er gesagt. Die Arbeit sei so, wie die Kunden es erwarten, die Organisation hervorragend, und auch die Werbung laufe. Wenn einer frisch von der Meisterschule kommt, sei der Betrieb doch anders als bei einem Alten wie ihm. Aber dann und wann einspringen, wenn es eilige Aufträge gäbe, würde er auch gerne. Und ja, Günter hat sogar schon allerhand Ideen fürs Kunstgewerbe, das kann auch laufen.«

Ich sagte nichts. Eine Weile herrschte Stille, eine, wie mir schien, unheilverkündende Stille, bis Heiner den Faden wieder aufnahm: »Berti, ich habe Günter gesagt, dass ich im Frühjahr komme.«

Als ich daraufhin schwieg, schob er nach: »Allerdings nur, wenn du mitkommst.«

An den Weihnachtstagen hatte ich allein und in aller Ruhe nachgedacht. »Ich werde Grünhainichen nicht verlassen, Heiner. Ich kann es nicht. Ich bin mitten im Krieg mit nichts hierher zurückgekommen, Grete Wendt hat mich aufgenommen, zuerst in der Manufaktur und dann in ihrem Haus. Ich bin hier angekommen. Ich bin glücklich hier, und ich bin glücklich mit dir. Hier!«

Er schluckte, und nach einer Pause sagte er, er könne mich verstehen, und wenn meine Entscheidung feststünde, würde auch er bleiben. »Jetzt, wo wir nach all den Jahren zusammengefunden haben.«

Er nahm mich in die Arme, und ich drückte mich an ihn. An diesem Abend schien sie klar vor uns zu liegen, die gemeinsame Zukunft.

Aber von Tag zu Tag sah ich deutlicher, dass Heiner sich quälte. Wir waren freundlich zueinander, gingen morgens gemeinsam zur Arbeit und abends gemeinsam nach Hause. Wir kochten gemeinsam, spielten Karten, hörten Radio, versuchten, unser altes Leben wieder aufzunehmen, und sprachen nicht über Bayern. Ein Brief von Günter kam. Heiner las ihn, ohne mir zu berichten, was Günter schrieb. Als mir mehr und mehr klar wurde, dass der Frohsinn und die Leichtigkeit von Heiner gewichen waren und seine Haltung stattdessen Resignation ausdrückte, dass wir morgens nicht mehr Seite an Seite zur Manufaktur gingen, sondern ich stets einen Schritt schneller war als er, dass er mich in den Arm nahm, ohne sich in meine Arme fallen zu lassen, machte ich einen Vorschlag: »Geh du nach Bayern. Vielleicht ist der Schritt für mich noch zu groß. Für dich ist es anders: ein Aufbruch zu etwas Neuem, in die Selbstständigkeit, eigene Verantwortung, aber alles gemeinsam mit Günter und Magda. Ein Familienbetrieb. Geh, Heiner, ich sehe, dass du hier nicht mehr zufrieden sein kannst. Es muss auch nicht unsere Trennung bedeuten. Mach du den Anfang, wir können uns besuchen, du kommst zu mir, ich komme zu dir, wir machen gemeinsam Urlaub. Vielleicht komme ich nach, oder vielleicht kommst du doch wieder zurück. Vielleicht sind dir die Bayern zu bayrisch, oder vielleicht kommt doch alles anders. Aber du musst es jetzt machen, sonst wirst du immer unglücklich sein, immer denken, dass du etwas versäumt hast und dich ärgern, weil ich der Stein war, der in deinem Weg gelegen hat.«

Als Heiner mich ansah, hatte er Tränen in den Augen. »Du sagst das so schön, du willst es uns leicht machen, und vielleicht ist das wirklich der richtige Weg. Aber ich habe Angst, dich zu verlieren, Berti!«

»Wir müssen uns nicht verlieren!«

»Ich liebe dich Berti, habe dich vielleicht immer schon geliebt.«

Es wäre leicht gewesen, »Ich liebe dich auch« zu sagen, aber ich wusste, dass mein Gefühl für ihn etwas anderes war als die Liebe, von der er sprach. Ich nahm ihn in die Arme, zog ihn an mich und sagte: »Lass es uns so machen: Geh du, ohne dass wir uns trennen.«

»Danke, Berti!« Damit stand Heiner auf, nahm zwei Weingläser aus der Vitrine und holte aus der Vorratskammer eine Weinflasche. »Die hat Günter im letzten Jahr mitgebracht. Frankenwein! Die Temperatur ist perfekt, und der Tag heute ist der richtige, um die Flasche zu öffnen.« Nachdem wir angestoßen hatten, hielt Heiner einen Moment inne: »Auf meine kluge Berti, auf uns beide und die Zukunft.«

Heiner sprach mit Grete Wendt und Grete anschließend mit mir.

»Für die Firma ist es ein großer Verlust, wenn einer wie Heiner geht. Aber ich kann ihn verstehen. Ein eigener Betrieb ist etwas anderes, keiner kann das besser wissen als ich. In der amerikanischen Zone sind die Voraussetzungen für einen Familienbetrieb besser als hier, und wenn der Sohn den Vater bittet …«

Sie sagte nichts dazu, dass ich nicht gehen würde, und fragte nicht nach meinen Plänen. Ich blieb, das schien für sie genug zu sein.

In Windeseile regelte Heiner alles, was es zu regeln gab: Das Haus vermietete er an einen Vetter und dessen Familie, behielt sich nur vor, die Dachkammer zu nutzen. Heiner war in Aufbruchstimmung, während ich zunehmend trauriger wurde. Unser gemeinsames Leben würde Vergangenheit sein. Ich würde zu Birgitta ziehen, die sich freute, mich wieder bei sich zu haben. Gunda hatte die Ausbildung abgeschlossen, eine Stelle in Chemnitz angetreten und dort mit zwei anderen Frauen eine kleine Wohnung bezogen.

Am Abend vor seinem Aufbruch sagte Heiner: »Ich habe mir auch etwas überlegt, Berti. Ich möchte, dass wir heiraten. Gerade jetzt! Reich die Scheidung ein, dann steht nichts mehr im Weg.«

An diesem letzten Abend wollte ich keinen Konflikt aufkommen lassen. »Ich werde darüber nachdenken.«

»Versprochen?«

»Ja, versprochen!«

GRÜNHAINICHEN 1951

Heiner war abgereist, und ich fragte mich, ob meine Entscheidung richtig gewesen war. Er fehlte mir, fehlte mir beim Aufwachen, fehlte mir beim Einschlafen, und er fehlte mir, wenn ich in die Dreherei ging und an seiner Maschine ein anderer stand. Aber ich hatte auch wieder mehr Zeit für Gespräche mit Grete oder Birgitta, mehr Zeit dafür, Almut und Arnold bei ihren Hausaufgaben zu helfen. Almut bat mich, sie im Zeichnen zu unterrichten.

»Ich will es so gut machen wie du«, sagte sie, und wir begannen mit kleinen Übungen, die sie erstaunlich rasch und gut bewältigte.

»Wenigstens eine, die das Familientalent geerbt hat«, stellte Birgitta fest, und Arnold sagte, er könne zwar nicht zeichnen, aber er wolle das Drechseln lernen.

»Soll ich fragen, ob du in den Ferien ein Praktikum in der Dreherei absolvieren kannst?«

»Das willst du machen?« Er strahlte mich an. Dass er bereit war, einen Teil seiner Ferien zu opfern, zeigte mir, dass er es ernst meinte. Ich sprach mit Schöbler und Grete, und die Sache war beschlossen.

Zu Ostern bekam ich zwei Päckchen. Eines aus Bayern und eines aus Schleswig-Holstein, natürlich teilte ich alles mit Birgitta und den Kindern.

»Schade, dass wir nicht solche Päckchen bekommen.« Arnold leckte sich die Finger, nachdem er einen der Schokoladenosterhasen geköpft hatte.

»Tante Berti teilt doch alles mit uns.« Almut biss in ein Marzipanosterei.

Das Wetter war herrlich, und wieder einmal saß ich mit Birgitta auf der Bank. »Was schreibt Paul?«, fragte sie und anschließend: »Was schreibt Heiner?«

Paul hatte seinem Brief eine Zeichnung von Hajo beigelegt: ein Sonnenuntergang an der Förde, der aus viel Blau und Orange bestand und Wehmut in mir aufkommen ließ.

Heiner hatte Fotos von der Werkstatt gemacht und von dem Haus, in dem er mit Günter und Magda wohnte. Alles sah sehr einladend aus, auch die Gartenbank, die hinter dem Haus stand. Auf die Rückseite des Fotos hatte er geschrieben: »Hier können wir im Sommer sitzen!«

»Hach«, sagte Birgitta, »die ziehen ja beide an dir, der eine von Norden, der andere von Süden! Ich weiß nicht, ob ich dich darum beneide.« Sie wickelte ein Schokoladenei aus dem Papier. »Aber die Schokolade ist köstlich!«

***

Ich vermisste Heiner, und manchmal dachte ich mit Sehnsucht an mein Leben mit Paul. Aber ich hatte meine Entscheidung getroffen: Ich wollte bleiben. In der Manufaktur hatte ich Verantwortung übernommen, und es machte mich stolz, von den inzwischen fast neunzig Mitarbeitern als Ansprechpartnerin und Vertrauensperson akzeptiert zu sein.

Grete und Olly besuchten die Messen in Leipzig und Frankfurt und kamen mit gut gefüllten Auftragsblöcken zurück. Engelmusikanten, Blumenkinder, Margeritenengel –

die kleinen Figuren waren beliebt, die Menschen begannen wieder, Schönes zu sammeln. Gelegentlich wurde auch eine Kinderzimmeruhr oder eine Spieldose bestellt, Aufträge, die aus dem Rahmen fielen und besondere Sorgfalt erforderten.

Schöbler stöhnte, wenn ich die Dreherei betrat. »Keine neuen Aufträge, bitte. Lieber einen neuen Mitarbeiter. Der Heiner fehlt hier an allen Ecken und Enden.«

Mir fehlt er auch, dachte ich. Ich sprach es nicht aus, schrieb ihm aber in einem meiner Briefe, dass er nicht nur mir fehle, sondern auch bei der Arbeit.

Ich bin hier am richtigen Fleck, antwortete er, und ich sah, dass ich meine Hoffnung, er würde zurückkommen, aufgeben musste.

Gretes Kämmerchen blieb mein Kämmerchen, und manchmal, nachdem wir den Abend in ihrem Wohnzimmer oder am Küchentisch verbracht hatten, blieb ich über Nacht und schlief auf dem Kanapee.

An einem unserer gemeinsamen Abende zeigte Grete mir ein Zeichenblatt. »Sieh dir das mal an, Berti. Kennst du ihn noch?«

»Roland«, sagte ich mit einem Blick auf das Blatt, auf dem ein Hund zu sehen war.

»Ja, Roland, aber … er gelingt mir nicht so, wie ich ihn in Erinnerung habe. Ich habe viele Entwürfe gemacht, versuche es immer wieder, aber … Roland war anders.«

»Ich habe ihn sofort erkannt.«

»Du hast einen Hund erkannt, einen Boxer, und denkst an Roland. Aber für mich fehlt immer etwas an meinen Zeichnungen. Vielleicht liegt es an der Kopfhaltung, vielleicht sind auch die Ohren zu groß …« Sie hatte das Blatt etwas von sich geschoben. »Damals, als du zum ersten Mal hier warst, bist du mit Roland zusammen hereingekommen. Wann war das eigentlich?«

»Vor mehr als dreißig Jahren«, sagte ich.

Grete nahm die Skizze an sich, griff nach einem Stift, schrieb etwas unter die Zeichnung, drehte sie wieder zu mir um, sodass ich lesen konnte, was sie geschrieben hatte: *Für Berti zur Erinnerung an ihren ersten Besuch bei mir. Grete in Erinnerung an Roland.*

»Danke«, sagte ich, »das ist wunderbar. Dieser Tag damals war ein Wendepunkt in meinem Leben, und Roland hat mir die Tür geöffnet. Vielen Dank, dass du mir diese Zeichnung überlässt.«

Sie lächelte: »Es wird nicht mein letzter Versuch mit Roland gewesen sein. Vielleicht haben wir doch auch irgendwann einen hölzernen Roland.«

***

An einem Sommerabend nahmen Grete, Olly und ich das Abendessen gemeinsam im Garten ein. Wie immer im Hause Wendt war der Tisch schön gedeckt mit einer sommerlich-bunten Decke, feinem Porzellan, geschliffenen Gläsern und Silberbesteck. In der Mitte des Tisches stand eine große Vase mit bunten Sommerblumen. Es gab Tomaten, Radieschen, Salat, alles frisch geerntet, dazu kräftiges dunkles Brot und Käse.

»Köstlich«, sagte Olly, »das Einzige, was ich manchmal vermisse, ist der Fisch: Hering, Scholle, Dorsch, alles, was die Ostsee hergibt. Manchmal schwelge ich in Erinnerungen an die Kindheit in Riga oder an die späteren Urlaube an der See.« Sie sah zu mir. »Wie ist es bei dir, Berti, vermisst du die Küste nicht auch, nachdem du so lange dort gelebt hast?«

Plötzlich waren auch in mir wieder Erinnerungen wach geworden. Erinnerungen, die schmerzten, und Sehnsucht nach dem, was einmal mein Leben gewesen war. Aber darüber wollte ich nicht sprechen und antwortete stattdessen mit einer kleinen Nebensächlichkeit: »Als ich das erste Mal Krabben gesehen habe, habe ich mich gefragt, ob man die wirklich essen kann.«

Beide lachten und begannen von ihren gemeinsamen Holland-Reisen zu sprechen.

»Ja, unsere Reisen!« Ein Leuchten ging über Ollys Gesicht, als sie sich an mich wandte. »Meine erste große Reise mit Grete ging nach Paris! 1925! Stell dir vor, Berti, zwei Frauen aus Grünhainichen ganz allein in Paris. Und wir wollten alles sehen. Es war überwältigend: Montmatre, die Seine, Notre-Dame, der Louvre, Versailles, das entzückende Trianon … Am letzten Tag haben wir uns dann noch auf den Eiffelturm gewagt. Aber die Weltausstellung, derentwegen wir nach Paris gefahren waren, hat uns enttäuscht, oder vielmehr hat uns das enttäuscht, was die Franzosen an modernen Möbeln und Kitsch zeigten. Da haben die schönen Möbel der deutschen Werkstätten und des Werkbundes als Gegengewicht gefehlt. Vielleicht war es Absicht, dass die Einladung nach Deutschland so kurzfristig kam und deutsche Produkte daher gar nicht vertreten waren. Gewundert haben wir uns damals jedenfalls.« Grete nickte zustimmend, und Olly fuhr fort: »Aber die Mode und die gezeigten Stoffe haben mich begeistert. Das war wirkliche Qualität, die von den Franzosen da hergestellt wurde, und die Eleganz der Modelle war beachtlich. Es waren wunderbare Tage in Paris, und doch waren wir froh, als wir wieder zurückreisten und hier ankamen, voll neuer Ideen. Wie lange das her ist! 1937 waren die deutschen Firmen dann ja bei der Weltausstellung in Paris wieder vertreten und …«, sie warf Grete einen Blick zu, »wir hatten Erfolg! Grete hatte Erfolg mit dem Engelberg.«

Grete lächelte und korrigierte Olly: »Wir hatten Erfolg, unsere Manufaktur, und dein Anteil, Olly, war immer ein großer!«

Olly stand auf, räumte das Geschirr zusammen und stellte es in einen Korb, den sie von drinnen mitgebracht hatte. »Wollt ihr noch hier draußen bleiben? Ich lasse euch den Himbeersaft da.«

»Ich hole noch ein bisschen Eiswasser für den Saft.« Damit stand ich auf, nahm das, was in Ollys Korb nicht hineingepasst hatte, mit ins Haus und kam mit einer frischen Kanne gut gekühltem Wasser zurück, das ich mit dem Himbeersirup in unseren Gläsern mischte.

»Wie geht es Heiner?«, fragte Grete plötzlich in meine Gedanken hinein, die noch irgendwo zwischen Ostsee und Paris waren. Paris, wohin Paul und ich niemals gereist waren, obwohl wir oft davon gesprochen hatten.

»Heiner? Er ist zufrieden. Der Betrieb läuft gut, er ist bei seinen Kindern …« Der Satz blieb in der Luft hängen, und ich fügte hinzu: »Es geht ihm gut.«

»Er ist ein Mensch, der überall leben kann. Er versteht etwas von der Arbeit, ist zupackend und hat eine positive Grundeinstellung zum Leben. Dass er sich in seinem Alter noch mal auf ein neues Leben einlässt, imponiert mir, das würden nicht viele machen.«

Ich nickte, und Grete fuhr fort: »Auch Hans ist immer noch in Bayern. Die Lehre hat er längst abgeschlossen und das Abitur gemacht. Inzwischen studiert er in München. Wir hoffen, dass er irgendwann zurückkommt und in unsere Firma eintritt. Für Olly wäre es eine große Freude und Erleichterung, den Sohn endlich wieder in ihrer Nähe zu haben.«

Auch dazu nickte ich.

»Bodo Hennig, der damals mit Hans nach Bayern ging, hat seinen Vater nachgeholt. Sie haben eine Spielwarenfabrik in

Dietmannsried gegründet. Du siehst, Heiner ist nicht der Einzige, der seinem Sohn gefolgt ist. Die Möglichkeiten im Westen sind für viele verlockend. Glücklicherweise nicht für alle.«

Damit legte sie eine Hand auf meine. Das Sprechen über Söhne und ihre Väter ließ mich wie so oft an Johannes Wendt denken, und heute traute ich mich, die Frage zu stellen, die vielen bei Wendt & Kühn, vielen in Grünhainichen immer wieder durch den Kopf ging. Eine Frage, über die spekuliert wurde, die aber niemand zu stellen wagte: »Und dein Bruder? Habt ihr gar nichts mehr von ihm gehört?«

Grete holte tief Luft, und für einen kurzen Augenblick wünschte ich, ich hätte den Mund gehalten, sie nicht an das schwierige Thema erinnert. Aber als sie dann antwortete, war es, als sei sie erleichtert, darüber sprechen zu können.

»Nein, in all den Jahren gab es keinen Brief, kein Lebenszeichen, auch unsere Nachforschungen blieben ergebnislos. Solange keine Todesnachricht kommt, hoffen wir weiter.«

»Wenn er doch wieder hier wäre«, sagte ich. »Alle vermissen ihn, und für euch – Olly, dich und die Kinder – muss es so schrecklich sein.«

»Ja, und manchmal ist es auch schrecklich, dass niemand mehr von ihm spricht, zumindest nicht, wenn wir dabei sind. Ich weiß, man will uns schonen, die Erinnerung nicht wecken. Der Gedanke an seine Abwesenheit schmerzt, aber wenn man Johannes erwähnt und über ihn spricht, ist er doch immer ein bisschen bei uns.« Bei diesen Worten glitt ein Lächeln über Gretes Gesicht, und auch ich fühlte in diesem Moment etwas von der Nähe zu dem Vermissten.

»Die Ungewissheit ist sicher schwer zu ertragen, aber sie gibt doch immerhin die Möglichkeit des Hoffens. Und wenn wir auch nicht darüber sprechen: Viele im Betrieb hoffen mit euch!«

GRÜNHAINICHEN 1951

Arnold riss die Tür zum Kontor auf: »Tante Berti, Tante Berti«, rief er in den Raum hinein, wo ich mit Liesel Fischer die eingegangenen Bestellungen durchsah. Bei meinem ersten Besuch im Kriegsjahr 1944 war es Liesel Fischer gewesen, die mich zu Grete begleitet hatte. Damals hatte sie schon mit Johannes Wendt zusammengearbeitet, inzwischen hatte sie die Verantwortung im Kontor übernommen.

Seit Arnold in den ersten Ferienwochen sein Praktikum in der Dreherei absolviert und Meister Schöbler ihm für das kommende Jahr einen Ausbildungsplatz in Aussicht gestellt hatte, betrat der Junge im stolzen Glanz eines zukünftigen Mitarbeiters ohne Scheu die Räume der Manufaktur. Dass er aber so hereinstürmte, war ungewöhnlich, sodass Liesel und ich ihn fragend ansahen. »Was ist passiert, was platzt du hier so herein?«

Arnold grinste und zeigte hinter sich. Hinter seinem Rücken versteckt stand ein kleiner blonder Junge, der nach einer ermutigenden Handbewegung von Arnold einen zögerlichen Schritt nach vorne machte. Mit der einen Hand klammerte er sich an Arnolds Hosenbein, in der anderen trug er einen kleinen Blumenstrauß.

»Gib Tante Berti die Blumen«, sagte Arnold und schob den Jungen ein Stückchen weiter in den Raum hinein. Der sah von

Liesel zu mir und machte einen vorsichtigen Schritt weiter in meine Richtung. Als er mich ansah, war es, als würde mich aus diesem Blick etwas ins Herz treffen. Die blauen Augen, die Gesichtszüge …

Ich hatte es nie verstanden, wenn manche sagten, ein Kind sei dem Vater oder der Mutter oder einem der Großeltern wie aus dem Gesicht geschnitten. Aber dieser Junge … Gleichzeitig dachte ich: Das kann er nicht machen! Er versteckt sich hinter seinem Sohn!

Der Junge und ich starrten uns an, bis Arnold ihn noch ein Stückchen zu mir hinschob. »Los, Hajo, mach schon, die Blumen verwelken, wenn du so herumstehst. Gib Tante Berti die Blumen.«

Es war wahr: Dort stand Hajo, Pauls Sohn, und sah aus, wie der kleine Paul ausgesehen haben musste. Pauls Augen, seine Haare, seine Gesichtszüge. Lag es an Arnolds aufmunternden Worten, oder hatte sich in diesem Moment etwas in meinem Gesichtsausdruck oder in meiner Haltung verändert, plötzlich lief Hajo die letzten Schritte auf mich zu, und ich fing ihn in meinen Armen auf.

»Danke, Hajo, danke für die Blumen. Das ist lieb von dir!«

»Papa hat gesagt, du freust dich über Blumen!«

»Ja, das sind sehr schöne Blumen.« Ich hielt den bunten Wiesenblumenstrauß ein Stück von mir weg. »Hast du sie selbst gepflückt?«

»Ja, aber die gelben, die hat mir das Mädchen gegeben.«

»Das Mädchen? Welches Mädchen?«

Hajo sah sich Hilfe suchend nach Arnold um.

»Almut. Onkel Paul sitzt bei uns im Garten, und Almut macht gerade Apfelmus für die Klitscher.«

»Onkel Paul?« Bei Arnolds Worten hatte ich schlucken müssen und war froh, dass Liesel mit dem Hinweis, sie wolle eine Vase für die Blumen holen, nach draußen gegangen war und Arnolds Antwort nicht hörte. »Ja, er stand plötzlich mit Hajo im Garten, sagte, er sei dein Mann und wir könnten ihn Onkel Paul nennen.«

»Das Mädchen hat Himbeerlimonade gemacht«, fügte Hajo hinzu, »und Papa hat gesagt, wir sollen dich holen.«

»So, ihr sollt mich holen …« Dem Impuls, diesen kleinen Jungen an die Hand zu nehmen und mit ihm zu gehen, stand mein Ärger über Paul entgegen. Wie konnte er mich so überfallen, wie konnte er das Kind vorschicken, wie konnte er …?

»Geht ihr schon mal vor«, sagte ich zu Arnold. »Ich muss mit Liesel noch etwas besprechen, dann komme ich nach. Wenn Almut Klitscher macht, kann ich nicht widerstehen.« Und zu Hajo sagte ich: »Geh schon mal mit Arnold, er kann dir die Kaninchen zeigen.«

So zogen die beiden ab, und Liesel, die sah, wie mich dieser plötzliche Besuch verwirrte, stellte mir ein Glas Wasser hin. »Trink einen Schluck. Das war ja ein Überfall … Der kleine Junge ist süß. So einen hätte ich auch gerne!«

»Ja!« Ich trank das Wasser in kleinen Schlucken und versuchte, wieder ruhiger zu werden. »Das ist wirklich eine Überraschung.«

»Verwandtschaft?«, wollte Liesel wissen, und ich nickte nur. Die Wahrheit brachte ich nicht über die Lippen.

»Nimm dir den Rest des Tages frei«, schlug Liesel vor. »Ich kümmere mich um alles hier, und morgen ist sowieso Sonntag.«

»Aber …« Mit einem Schlag fiel mir ein, dass Grete und Olly in Dresden waren und erst am Montag zurückkamen. Während ihrer Abwesenheit war ich die Ansprechpartnerin für alle im Betrieb, ich war diejenige, die die Werkstätten morgens auf- und abends abschloss, ich trug die Verantwortung.

»Wir wissen ja, wo du bist, und das Abschließen übernehme ich heute. Das habe ich schon öfter gemacht, und du kannst dir sicher sein, dass ich auch Schöbler von seiner Drehmaschine loseisen werde.« Sie lachte bei dem Firmenwitz, der darauf zurückging, dass Schöbler einmal in der Dreherei eingeschlossen worden war, weil ich nach Arbeitsschluss davon ausgegangen war, dass er längst zu Hause war.

»Danke, Liesel«, sagte ich und schob auch schon den Schlüsselbund über den Tisch. »Dann kannst du auch am Montag aufschließen.«

»Klar, Chefin, pünktlich um fünf vor sechs! Und jetzt geh! Lass dir Almuts Klitscher schmecken und hab Spaß mit dem süßen Kleinen.«

Der Weg zu Birgittas Häuschen war nicht lang genug, um meine Gedanken und Gefühle zu sortieren. In wenigen Minuten würde ich Paul gegenüberstehen, meinem Mann, den ich seit fast sieben Jahren nicht mehr gesehen hatte, der mich betrogen hatte und nun mit seinem Sohn gekommen war. Paul, der mich in seinen Briefen in den letzten Monaten immer wieder gebeten hatte, zurückzukommen. *Lass es uns noch einmal versuchen, Berti,* hatte er geschrieben und dann immer wieder: *Bitte, komm zurück, Berti!*

Und ich? Konnte ich ihm noch vorwerfen, dass er mich betrogen hatte? Jetzt, nachdem ich selbst mit Heiner zusammengelebt hatte? Konnte ich ihm vorwerfen, dass er ein Kind mit einer anderen Frau hatte? Ein Kind, um das ich ihn beneidet hatte, einen Sohn, dem zu begegnen ich Angst gehabt hatte, weil er der Sohn einer fremden Frau war? Hatte Paul gewusst, dass dieser kleine Junge mein Herz öffnen würde?

Als ich zum Haus kam, war niemand zu sehen. Dafür hörte ich Hajos Stimme vom anderen Ende des Gartens aus der Richtung des Kaninchenstalls. Aus der Küche drangen Geräusche von klapperndem Geschirr und der Geruch der gebratenen Klitscher. Die Bank vor dem Haus war leer.

»Berti«, hörte ich Pauls Stimme hinter mir, und als ich mich umdrehte, zog er mich in seine Arme. »Endlich! Wie sehr habe ich darauf gewartet, und wie lange hast du mich warten lassen!«

Sofort begannen mir Tränen über das Gesicht zu laufen, und dann sagte ich den Satz, von dem ich niemals gedacht hatte, dass ich ihn sagen würde: »Warum bist du nicht eher gekommen?«

WEIHNACHTEN 1979

Die zweite Raunacht

Man sagt, dass in den Raunächten das Tor zur Anderswelt besonders weit offen steht und uns die Toten wieder nahe sind. Manchmal schenkt ein Traum eine schöne Begegnung, manchmal verzaubert ein Traum den ersten Moment nach dem Aufwachen, manchmal gelingt es, einen Traum für ein paar Minuten festzuhalten.

Die Porträtskizze, die ich vor so langer Zeit in Travemünde von Paul gemacht habe, hängt in meinem Schlafzimmer über der Kommode, auf der mein Schutzengel steht. In einer Mappe in meinem Dielenschrank liegen viele weitere Porträts, die ich im Laufe unserer gemeinsamen Jahre von Paul angefertigt habe.

»Wenn du mich zeichnen möchtest, ist das jedes Mal wie eine Liebeserklärung von dir, Berti!«, hatte Paul in solchen Stunden gesagt und geduldig stillgehalten.

Ich erinnere mich gerne an diese gemeinsamen Momente, die uns in einer ganz besonderen Intensität verbanden. Einige Zeichnungen sind auf unserem Balkon in Düsternbrook entstanden, andere im Garten des Reetdachhauses und viele an vergangenen Weihnachtstagen. Einmal hat Paul gesagt: »Du zeichnest mich immer, wenn ich satt und faul bin!«

»Falsch«, habe ich erwidert, »wenn du zufrieden und entspannt bist.«

Meine Jahre mit Paul waren glückliche Jahre. Nach der schweren Zeit der Trennung und Entfremdung, in der ich so gelitten, aber auch Selbstständigkeit und Anerkennung gefunden hatte, war es nach meiner Rückkehr möglich gewesen, ohne Groll ein neues gemeinsames Leben zu beginnen. Ein harmonisches Leben, das durch den Tod schmerzlich und unwiderruflich beendet worden war.

Am Abend des ersten Weihnachtstages nehme ich die Mappe mit den Zeichnungen aus dem Schrank und suche diejenigen heraus, die ich an zurückliegenden Weihnachtstagen angefertigt habe. Durch das Betrachten der Zeichnungen und mit den Erinnerungen an die Stunden, in denen sie entstanden sind, möchte ich meine Träume lenken. Ich wünsche mir, dass sie mich in die Anderswelt führen, in das andere Leben, in dem Paul jetzt ist.

Am nächsten Morgen schüttele ich den Kopf über mich. Ja, ich habe geträumt – von einer Zugfahrt, die mich zu Paul bringen sollte. Die Fahrt war endlos, und ich hatte Angst, nie anzukommen. Schließlich betrat ich ein großes Hotel. Herr Wendt empfing mich an der Rezeption und sagte: »Ihr Gatte erwartet Sie schon.«

Als ich die Zimmertür öffnete, war das Zimmer leer, und ich lief auf einer Treppe, die nicht enden wollte, nach unten. Plötzlich stand Johannes Wendt erneut vor mir, hielt meine Hände und sagte: »Man braucht Sie hier, Berti.« Aber dann war es nicht mehr Herr Wendt, sondern Paul, der meine Hände hielt.

Als ich aufwache, ist mir das, was ich geträumt habe, peinlich. Träume, denke ich, sind doch immer nur Fetzen von Erinnerungen, die sich vermischen. Ich strecke meine Hand nach der Seite aus, auf der Paul in all unseren gemeinsamen Nächten gelegen hat, bis meine Hand an die Wand stößt und ich zusammenzucke. Ich drehe mich auf die andere Seite und stelle mir vor, Paul läge neben mir. Ich erinnere mich an das Glück der ersten Wochen unseres Lebens mit Hajo, die der Anfang unseres gemeinsamen Familienlebens waren. Ich spüre Pauls Nähe und schlafe wieder ein.

TEIL 4

Neue Kreativität

KIELER FÖRDE 1964

Kleinschroths, mit denen wir das Haus in den zurückliegenden Jahren geteilt hatten, bekamen 1964 endlich eine Neubauwohnung in Kiel zugewiesen und zogen aus. Wir begannen über eine Renovierung des alten Reetdachhauses nachzudenken.

»Oder möchtest du wieder nach Kiel?«, fragte Paul, aber ich hatte das Haus trotz all seiner Einschränkungen, seiner zugigen Fenster, der schlechten Beheizbarkeit und des einfachen Badezimmers lieb gewonnen und freute mich darauf, es künftig mit neuem Komfort genießen zu können. Die Umbauarbeiten, der Einbau einer Heizung und moderner Bäder, der Austausch der Fenster und schließlich die Neueindeckung des Reetdaches zogen sich hin und waren mit viel Schmutz und Aufregung verbunden. Eines Abends legte mir Paul einen Entwurf für eine Neugestaltung des kleinen Anbaus vor. Ursprünglich waren die beiden Räume eine Werkstatt gewesen, die Pauls Vater sich eingerichtet hatte. In den letzten Jahren hatten wir unsere Holzvorräte dort gestapelt. »Schau, was hältst du davon?«, fragte er.

Ich erkannte sofort, dass er eine Töpferwerkstatt entworfen hatte: Arbeitstische, Töpferscheibe, Brennofen, Regalwände zur Aufnahme der halb fertigen oder fertigen Arbeiten. Ja, das hatte ich mir lange gewünscht, und je mehr ich darüber nachdachte, desto größer wurde mein Wunsch, an die lange zurückliegende Malwina-Zeit anzuknüpfen. Meine Begeisterung wuchs, als der Ausbau Gestalt annahm, und während ich noch auf die Lieferung des Brennofens wartete, versuchte ich, die alten Kontakte in Kiel wiederzubeleben. Das Kunstgewerbegeschäft, in dem Frau Marten Geschäftsführerin gewesen war, gab es noch, und tatsächlich traf ich auch Frau Marten dort an.

»Frau Hollmann!«, sagte sie nach einem Augenblick des Erstaunens. »Wie lange ist das her? Ich erinnere mich noch so gut an das Kinderservice und die netten kleinen Figuren, die Vögel, die kleinen Schafe und …« Sie dachte einen Moment nach. »Hatten Sie nicht eine Verbindung zu Wendt & Kühn?« Als ich nickte, zeigte sie auf eine der Vitrinen. »Sehen Sie, da sind auch die kleinen Engelmusikanten! Sie werden gesammelt wie eh und je.«

Wir sprachen über aktuelle Trends im Kunstgewerbe. Kleine Tiere seien gefragt, Vögel als Tischdekoration und Sammelgegenstände wie Eulen, Katzen, Elefanten, Hunde. Plötzlich sagte sie: »Vor ein paar Jahren fragte mich eine Kundin nach Malwina-Produkten. Sie sprach von Kindern mit Blumen, und ich musste ihr leider sagen, dass ich solche Figuren nicht kannte. Nach einigen Tagen kam sie wieder und zeigte mir eine Keramikfigur mit einer hölzernen Blume und der Bodenmarke Malwina. Die Figur erinnerte mich an die Blumenkinder von Wendt & Kühn, war aber gleichzeitig etwas ganz anderes und Besonderes. Wann haben Sie die Figuren entworfen? Warum haben Sie sie nie bei uns angeboten? Damit hätten wir auch heute sicherlich Erfolg.«

Ich wusste nicht, was ich antworten sollte. Da war auf der einen Seite mein schlechtes Gewissen, das mir sagte, dass ich Gretes Idee kopiert hatte, auf der anderen Seite mein Staunen darüber, dass Frau Marten die Verwandtschaft der Figuren erkannte, meine Arbeiten aber als etwas Besonderes bezeichnete. Hatte ich mir zu viele Gedanken gemacht?

Ich ging nicht weiter auf das Thema ein. Ich war auf der Suche nach neuen Ideen, eigenen Ideen. Diesmal wollte ich einen Neuanfang machen, mit eigenen Formen, die nicht von dem, was ich von Wendt & Kühn kannte, inspiriert waren.

Wochenlang streifte ich durch Porzellan- und Kunstgewerbegeschäfte, sah mir schließlich sogar die Angebote in den Souvenir- und Andenkenläden in den Küstenorten an. Als meine Werkstatteinrichtung komplett war, ein Vorrat an Ton, Glasuren und Farben angelegt und ich schon einige Entwürfe zu Papier gebracht hatte, begann ich mit der Arbeit.

Freude schenken! Dieses Grundprinzip, das ich von Grete gelernt hatte, war wieder in meinem Kopf.

Es kommt auf die Ausstrahlung an, dachte ich und begann mit dem, was für unsere Küstenregion typisch ist: den kecken Möwen, die ich auf kleine Poller, Boote oder Geländer setzte.

»Die sieht aus, als würde sie gleich losfliegen«, sagte Hajo, als er mich in meiner Werkstatt besuchte, und ich beschloss, eine Serie dieser Möwen anzufertigen.

»Das gleiche Modell, aber jede sieht anders aus!«, bemerkte Paul, und ich dachte an die Gesichter, die Großmutter den Holzfiguren gegeben hatte.

Meine Möwen hatten Erfolg. Sie waren typisch für die Region, vermittelten gute Laune und Urlaubsstimmung. Sie sahen keck aus, unternehmungslustig, vorwitzig. Zunächst bot ich sie nur auf Kunstgewerbemärkten an, schließlich zeigte ich sie Frau Marten.

»Ja«, sagte sie, »die haben eine individuelle Note und Witz, lassen Sie es uns versuchen!«

Auf den Märkten mischte ich noch andere Tiere unter

meine Möwen: Austernfischer, kleine Lämmer und Katzen. Gelegentlich sprachen mich Kunden an, ob ich auch Auftragsarbeiten annehmen würde. So entstanden Papageien, Hühner und Bären und einmal sogar ein Wildschwein, das ein Jäger für einen Jagdfreund in Auftrag gab. Als Frau Danner, eine Kundin aus unserem Nachbarort, die sicherlich bereits ein halbes Dutzend Möwen gekauft und weiterverschenkt hatte, mich fragte, ob ich eine Figur ihres Hundes anfertigen könnte, schlug ich vor, sie möge mir ein Foto zur Verfügung stellen.

Roland!, war mein erster Gedanke, als sie mir das Foto aushändigte, und ich musste es wohl laut gesagt haben, denn Frau Danner widersprach verwirrt: »Nein, es ist eine Hündin, und ihr Name ist Dana. Dana Danner.« Sie kicherte.

»Dana«, verbesserte ich mich und nickte der hübschen Boxerdame auf dem Foto zu.

Noch am gleichen Tag versuchte ich mich an Entwurfsskizzen. Dana aufrecht sitzend wie auf dem Foto, stehend, in einer Bewegung begriffen, die den muskulösen kraftvollen Körper der Boxer-Hündin zur Geltung brachte, oder liegend, die Vorderbeine nach vorne gestreckt, den Kopf schräg zur Seite geneigt, einem Geräusch folgend.

In der Buchhandlung bestellte ich ein Buch über Ausbildung und Pflege von Boxerhunden und studierte die Fotos, die die Hunde in typischen Posen zeigten. Das musste etwas in mir ausgelöst haben, denn plötzlich erinnerte ich mich an den Entwurf, den Grete gemacht und mir damals mit einer Widmung geschenkt hatte. Das Blatt musste irgendwo in meinen Unterlagen sein.

Als ich es gefunden hatte und neben meine eigenen Entwürfe legte, sah ich den Unterschied zu meinen Zeichnungen. Gretes auf den Hinterbeinen sitzender Boxer war nicht nur athletisch und kraftvoll, er sah aus, als würde er gleich aufspringen, hin zu etwas, das sich über ihm befand, etwas, das er im nächsten Augenblick aus der Luft schnappen würde. Obwohl er saß, spürte man die Dynamik des gleich folgenden Sprungs. So wollte ich meine Dana gestalten.

Ich fertigte neue Entwürfe an, den ersten von dem sitzenden Hund vor dem Sprung im Profil, dann eine Skizze, die den Hund im Sprung zeigte und die mir zur Korrektur der Ausgangshaltung diente. Ich tüftelte lange an den Proportionen. Als ich zufrieden mit meinem Entwurf war, legte ich ihn neben Gretes Skizze und … Im ersten Moment war ich begeistert von der Übereinstimmung, die mir Bestätigung meiner eigenen Arbeit war. Gleich darauf kam der Zweifel: Wenn ich meinen Entwurf als Vorlage nahm, nahm ich dann nicht gleichzeitig Gretes Skizze als Vorlage? Durfte ich das? Als ich Paul von meinen Sorgen erzählte, beruhigte er mich.

»Es ist dein Entwurf, Berti, und die keramische Umsetzung wird allein deine Arbeit sein.«

Der Schritt vom Entwurf zur Ausgestaltung der Figur kostete Zeit, einige Versuche und brachte reichlich Enttäuschung. Schließlich konnte ich dem Brennofen eine gelungene Dana mit weißem Lätzchen und einer weißen Vorderpfote entnehmen. Das Bemalen des Kopfes mit Augen und Schnauze war die letzte Herausforderung und gelang mir erst beim zweiten Versuch perfekt. Dana drückte nun nicht nur in ihrer Körperhaltung, sondern auch mit ihrem Blick aus, dass sie im nächsten Moment einen Wurstzipfel oder was auch immer sie erstrebte, schnappen würde.

»Frau Hollmann, Sie haben es getroffen! Das ist genau unsere Dana mit ihrer weißen Vorderpfote und dem Lätzchen! Wunderbar! Mein Mann wird begeistert sein, und wenn unsere Freunde aus dem Verein das sehen …«

Weitere Anfragen gingen bei mir ein, ich freute mich über

das Interesse der Boxer-Freunde und verdrängte meine Bedenken und den Gedanken an Grete und Roland. Frau Danners Vorschlag, ein Inserat in der Vereinszeitschrift aufzugeben, griff ich nicht auf.

Die beiden letzten Hundefiguren, die ich dem Brennofen entnahm, hatte ich in Erinnerung an Roland gestaltet. Eine würde ich behalten, und vielleicht würde ich eines Tages Gelegenheit haben, die zweite Figur Grete zu überreichen.

KIELER FÖRDE 1971

Im Frühjahr 1971 machte Hajo in Hannover sein Diplom als Maschinenbauingenieur. Er kam zu einem Segelwochenende nach Hause – an diesen Tagen sah ich von Vater und Sohn nicht viel.

»Er hat einen Assistentenjob an der Uni«, erzählte mir Paul, nachdem Hajo wieder abgereist war. »Das verstehe, wer will. Mit seinem guten Abschluss könnte er unter den besten Angeboten der großen Firmen wählen, stattdessen korrigiert er die Klausuren von Studienanfängern.«

Wir hörten wenig von Hajo, bis er einen Besuch für den ersten Weihnachtstag ankündigte. »Er bringt jemand mit«, berichtete ich Paul, was ich am Telefon erfahren hatte. »Eine Frau, hat er gesagt.«

Paul sah mich erstaunt an. »Eine Frau? Bisher waren es doch immer Mädchen, die er mitbrachte.«

»Jedenfalls heißt sie Elke.«

Nein, Elke konnte man nicht als Mädchen bezeichnen. Sie war eine junge Frau, fünf Jahre älter als Hajo und Lehrerin an einer Kieler Grundschule.

»Nett, wirklich nett«, flüsterte mir Paul zu, als wir gemeinsam den Nachtisch aus der Küche holten. »Die wäre doch eine prima Schwiegertochter!«

Ich schüttelte den Kopf. Auch mir gefiel Elke. Sie war herzlich, offen und unkompliziert. Aber war Hajo nicht noch viel zu jung, um ans Heiraten zu denken?

Nachdem er zwei Schälchen rote Grütze gegessen und viele Blicke mit Elke getauscht hatte, kündigte Hajo zwei Überraschungen an: »Oder eigentlich drei. Gestern waren wir bei Elkes Eltern und haben ihnen unsere Neuigkeiten erzählt, und wenn ihr euch nicht mindestens genauso freut wie Elkes Eltern, bin ich schwer enttäuscht.« Die Einleitung klang schon mal gut.

»Nummer eins«, begann Hajo. »Ab 1. Februar habe ich eine Stelle als Entwicklungsingenieur bei den Maschinenwerken Kiel.« Diese Ankündigung entlockte Paul ein »Donnerwetter!«.

»Nummer zwei: Im Sommer werden Elke und ich Eltern.« Nun wäre ich an der Reihe gewesen, einen Kommentar abzugeben, aber Hajo schob die dritte Ankündigung direkt nach: »Und Nummer drei: Vorher heiraten wir.«

Ich war mir sicher, dass wir in unserer Freude mit Elkes Eltern mithalten konnten. Paul holte Sekt, ich umarmte Elke, und im weiteren Verlauf des Nachmittags sagte Paul immer wieder: »Berti, ich habe doch geahnt, dass Elke unsere Schwiegertochter wird.«

Im nächsten Jahr feierten wir Heiligabend gemeinsam. Paul und Hajo besorgten den riesigen Weihnachtsbaum, den sie in der Diele aufstellten, und Paul witzelte, nun hätten wir ja auch ein Kind für die Krippe, ein Mädchen zwar … Aber stolzer als Paul konnte kein Großvater sein.

»Nun sind wir auch noch Großeltern geworden, Berti!«, sagte er, und nachdem er mich umarmt hatte, fragte er: »Warum weinst du immer, wenn du glücklich bist?«

Ich strickte Babyjäckchen, Mützchen und Kinderpullis. Als Solveig sprechen lernte, wollte Elke ihr beibringen, mich Oma zu nennen.

»Lassen wir es bei Tante Berti«, sagte ich, und als sie nachfragte und viele Gründe fand, die für das Wort Oma sprachen, sagte Hajo: »Tante Berti bleibt Tante Berti. Omas haben alle, aber nur wir haben eine Tante Berti!«

Ich liebe Hajo für seine Klugheit und dafür, dass er *mein Hajo* ist.

WEIHNACHTEN 1979

Zweiter Weihnachtstag

Gestern hat Solveig gefragt, ob sie zum Frühstück kommen dürfe. »Nur wir beide, Tante Berti!«, hat sie gesagt. Solveig ist mein Patenkind, und auch wenn ich mich bei der Taufe für eine Patentante etwas alt fühlte, bin ich froh über diese besondere Verbindung zwischen uns.

Der Frühstückstisch ist gedeckt, eine Schüssel mit klein geschnittenem Obst und Nüssen, Joghurt, Toastbrot, Rosinenbrot und Erdbeermarmelade, die Solveig besonders gerne mag, stehen bereit, und auch der Stollen fehlt nicht. Ein kleiner Schokoladenweihnachtsmann bewacht Solveigs Platz. Noch einmal habe ich die Kerzen am Adventskranz angezündet; Keramikschäfchen und die alten geschnitzten Figuren meiner Mutter sind auf dem Tisch verteilt. Ich höre Solveigs Schritte auf der Treppe und öffne die Tür, noch bevor sie klingelt.

»Du kannst dich schon an den Tisch setzen, ich mache nur rasch die Milch heiß«, sage ich, aber Solveig kommt hinter mir her in die Küche.

»Tante Berti …«

Ich merke, dass sie etwas auf dem Herzen hat und sich nicht traut, es auszusprechen.

»Ja, was ist? Möchtest du etwas?«

»Nein, ja … ich möchte etwas fragen!«

»Ja?«

»Papa hat gestern Abend zu Mama gesagt: ›Vielleicht hat Tante Berti Heimweh. Vielleicht möchte sie noch einmal zurück ins Erzgebirge.‹« Solveig wirft mir einen fragenden Blick zu. »Hast du Heimweh? Möchtest du zurück?«

Manche Fragen sind schnell ausgesprochen, viel schneller, als sich die richtige Antwort geben lässt. Ich zögere und gewinne schließlich Zeit durch die Behauptung, erst mal auf die Milch aufpassen zu müssen.

Als ich mit dem Kakaobecher ins Wohnzimmer komme, steht Solveig am Fenster. Ein kleiner Schlepper zieht auf dem Wasser vorbei, die Strahlen der aufgehenden Sonne geben seinen Aufbauten einen funkelnden Glanz. Mein Herz wird weit bei dem Anblick des Mädchens am Fenster.

»Schön«, sagt sie, aber der Duft des Kakaos lockt sie doch an den Frühstückstisch.

»Ob ich Heimweh habe«, greife ich Solveigs Frage auf. »Nein. Ich bin schon so lange hier im Norden. Hier habe ich mit Opa gelebt, und dann mit Opa und eurem Papa, und nun seid ihr dazugekommen. Ihr seid meine Familie, und ich möchte an keinem anderen Ort leben. Aber manchmal erinnert man sich, wie es war, als man ein Kind war, und sehnt sich nach dieser Zeit zurück. Vielleicht ist das tatsächlich ein bisschen wie Heimweh.«

»Und du bist von dort weggegangen, weil du Opa geheiratet hast?«

»Ja. Opa hat schon als Kind in dem Haus gewohnt, in dem ihr jetzt wohnt, er hatte hier eine Anstellung auf der Werft. Opa war Ingenieur wie euer Papa.«

Solveig hat noch eine Erinnerung an Paul und fragt weiter, wie es war, als ihr Opa und ich uns kennenlernten. Ich erzähle von Pauls Besuch in Dresden und meiner Reise nach Travemünde, der ersten Scholle meines Lebens und dem Heiratsantrag im Strandkorb. Sie hört zu und kichert hin und wieder. Ich freue mich, dass sie sich für die alten Geschichten interessiert, und erzähle ihr auch von der Urgroßmutter, die immer über den s-pitzen S-tein s-tolperte.

Nachdem wir den Frühstückstisch abgeräumt haben, frage ich Solveig, was sie nun machen möchte, aber sie hat noch eine Frage: »Mama hat gesagt, ich soll dich fragen, was ich machen muss, um Malerin zu werden.«

»Malerin? Was meinst du, was eine Malerin braucht?«

»Papier, Stifte, Buntstifte, Wasserfarben …«

»Richtig, das ist das Handwerkszeug … und was noch?«

»Eine Stafelei?«, versucht sie sich an dem noch fremden Wort.

»Eine Staffelei? Das kommt später! Mhm, dann überleg mal: Was machst du, wenn du in der Flötenstunde etwas Neues gelernt hast?«

»Üben.« Solveig seufzt. »Das ist langweilig!«

»Ja«, gebe ich zu, »manchmal ist es langweilig.«

»Aber du hast doch auch Malen gelernt! Du hast Bilder gemalt. Von Opa und Papa, von Opas Jolle und …« Sie deutet auf die kleinen Keramikfiguren, die ich auf dem Tisch verteilt habe. »Und du hast getöpfert. Das alles hier und das Segelboot, das bei Papa im Regal steht, und Mamas Möwen. Du hast alles gelernt!«

»Ja, ich habe in Dresden die Schulen besucht und in Kiel die Töpferkurse.«

»Aber deine Werkstatt ist jetzt immer zu!«, sagt sie dann plötzlich, und es klingt wie ein kleiner Vorwurf. »Warum?«

»Manchmal macht man etwas wirklich gern, aber dann geht die Zeit weiter, und man möchte etwas anderes machen …«

Solveig lässt nicht locker. »Und jetzt, was machst du jetzt?«

»Jetzt freue ich mich, wenn ihr zu Besuch kommt und wenn ich mit euch auf den Spielplatz gehe …«

In meinen Ohren klingt das mehr als jämmerlich, aber Solveig scheint es zu genügen, zumindest für den Moment. Natürlich kann ich nicht sagen, dass ich mich nach dem Tod ihres Opas fühlte, als sei ein Lebensfaden abgeschnitten worden, meine Kreativität versickert.

»Üben kann aber auch Spaß machen«, sage ich, stehe auf und stelle einen Stuhl für Solveig neben meinen Sessel im Erker.

»Komm ans Fenster und erzähle mir, was du siehst.«

»Wasser, den Himmel, die Häuser drüben, Wald …«, zählt sie auf, und da ich nichts sage: »Das Lotsenschiff, das rausfährt …«

»Wenn du dir etwas aussuchen solltest, was würdest du malen?«

Solveig denkt einen Augenblick angestrengt nach, und zu meiner Überraschung sagt sie: »Das Wasser! Man denkt, es ist doch nur Wasser, aber es hat so viele Farben … Vorhin, als die Sonne schien, war es dunkelblau, manchmal ist es silbern oder nur grau, und einmal, als ich vor einem Gewitter mit Papa draußen an der Steilküste war, war es dunkelgrün und sah ganz unheimlich aus.«

»Sollen wir meinen Wasserfarbkasten aus dem Schrank holen, und du probierst es aus?«

Ich nehme die Decke vom Tisch und lege ein altes Betttuch über die Tischplatte, während Solveig das Malglas mit Wasser füllt. Anschließend lege ich Wasserfarbe, Deckweiß zum Mischen und Papier bereit und beobachte, wie Solveig beginnt, die blauen und grünen Farbtöne immer heller werden zu lassen, und da sie ganz in ihre Arbeit versunken ist, gehe ich zum Abwaschen in die Küche.

***

Der NDR spielt an diesem Morgen englischsprachige Weihnachtssongs, und bei Bing Crosbys »White Christmas« tropfen ein paar Tränen in das Abwaschwasser. Ja, es ist kitschig, aber das Lied ist eine Erinnerung an Paul, der die Schallplatte jedes Jahr auflegte.

»White Christmas, davon träumst du bestimmt auch, Berti.«

Und wenn es tatsächlich an Weihnachten schneite, was Anfang der Sechzigerjahre ein paarmal der Fall war, sagte er jedes Mal: »Endlich auch hier im Norden Schnee für dich, Berti!«

Als ich das Geschirr abtrockne, ist es zehn Uhr. Dem kurzen Nachrichtenüberblick folgt ein Beitrag der evangelischen Kirche. Ich hänge das Geschirrhandtuch an den Haken, will das Radio ausschalten und ins Wohnzimmer zurückgehen, da höre ich das Wort Raunächte und werde aufmerksam. Es ist von Aberglauben die Rede und von den Ursprüngen der besonderen Bedeutung dieser Tage, darauf folgen ein paar Sätze, die mich im Innersten treffen. Es scheint mir, als spräche mich die Stimme direkt an.

»Diese Zeit, von der man gerne sagt, sie sei die Zeit zwischen den Jahren, ist besonders geeignet, innezuhalten und zurückzuschauen. Ein Rückblick kann klärend sein und dabei helfen, Positives zu erkennen und mit Negativem abzuschließen. Das gibt uns die Chance für Neuanfänge. Nicht nur im Sinne von guten Vorsätzen, sondern in dem Sinn, dass wir frei von alter Last Neues beginnen können und offen sind für all das, was wir vielleicht schon seit Langem aufgeschoben haben.«

Neues beginnen, das klingt wie eine Verheißung. Aber kann

es Neuanfänge geben, wenn man mein Alter erreicht hat? Ein Neuanfang mit Mitte siebzig?

Mein Auszug aus dem großen Haus war kein Neuanfang, sondern der endgültige Abschluss meines Lebens mit Paul. Die Töpferwerkstatt habe ich bei meinem Umzug abgeschlossen und drei Jahre lang nicht mehr betreten. Sie hat mir nicht einmal gefehlt.

Etwas anderes fehlt mir: eine Tätigkeit, die mir eine Perspektive gibt, etwas, das meine Tage und Wochen strukturiert. Eine Zeit lang war es richtig, in den Tag hinein zu leben, bereit zu sein, hier und da mit anzupacken: Kuchen backen für Solveigs Schulfest, Brötchen belegen für die Kindergartenfeier, den Hund einer Nachbarin, die sich einen Knöchel gebrochen hatte, ausführen.

Aber wenn ich jetzt daran denke, was ich vom kommenden Jahr erwarte, sehe ich eine Reihe von Geburtstagsfeiern, Ausflügen mit dem Kirchenkreis und das Theaterabonnement vor mir und denke, dass es nicht so bleiben soll. Neues beginnen also? Was könnte es sein? Meine Töpferarbeiten haben mir mehr als einmal über eine Leere hinweggeholfen, kreative Tätigkeit hat meinem Leben immer wieder Sinn gegeben. Sollte ich wieder in die Töpferwerkstatt zurückkehren? Sollte ich wieder Möwen und Segelschiffe gestalten oder Wandteller mit feinen Mustern? Nein, nichts mehr verkaufen, nicht mehr ausstellen, aber auch nicht meine Wohnung oder gar Hajos und Elkes Haus vollstellen. Etwas Neues beginnen klingt verheißungsvoll. Heute Abend werde ich darüber nachdenken, was dieses Etwas sein könnte.

Solveig hat ihren Platz am Tisch verlassen und steht wieder am Fenster.

»Das ist schwer, Tante Berti«, sagt sie. »Das Wasser glitzert so. Das geht nicht mit den Wasserfarben!«

»Ja, das ist schwierig, damit haben schon viele Maler gekämpft.« Ich betrachte die Blätter, auf denen ein Farbstreifen unter dem anderen ist, und staune über die feinen Nuancen, die sie gefunden hat. Ich erinnere mich an Pauls Worte von den »tausend Farben, die den Himmel und das Wasser von einem Augenblick zum anderen immer wieder verändern« und erzähle es Solveig. »Opa wäre stolz, dass du so ein gutes Auge für die Farben hast!«, sage ich. »Willst du weitermachen?«

»Ja, das Grau fehlt ja noch!«

***

»Wir dürfen nicht zu spät kommen«, sage ich nach einer Weile. »Die Blätter kannst du zum Trocknen auf dem Tisch liegen lassen. Heute Abend schreibe ich auf die Rückseite: ›Die Farben des Wassers‹ und das Datum. Und du kannst später deinen Namen dazuschreiben.«

»Da sind ja unsere Künstlerinnen«, sagt Hajo, der in seinem Auto herumräumt, als wir am Reetdachhaus ankommen. »Künstlerinnen erkenne ich immer an der Farbe, die sie an der Nasenspitze haben!«

»Stimmt gar nicht, Papa«, sagt Solveig, wischt sich aber trotzdem über die Nase.

Bei Elkes Eltern Robert und Hetty weht uns schon an der Tür der Duft des Gänsebratens entgegen, und ich sehe, dass Hajo sich die Lippen leckt. Gänsebraten mit Maronenfüllung ist Hettys Spezialität, und ich überlasse ihr dieses Feld nur allzu gern. Kurz nach uns trifft Elkes Bruder Kai mit seiner Familie ein, und vor dem lebhaften Durcheinander rette ich mich zu Hetty in die Küche.

»Alles gut bei dir, Berti?«, fragt sie. »Diese emotionsgeladenen Tage sind doch immer schwierig, wenn einer fehlt.«

Als ich nicke, nimmt sie mich rasch in den Arm. »Ja«, sage ich, »und wenn einer fehlt, dann denkt man auch an all die anderen, die nicht mehr da sind.«

Kai hat sich im Wohnzimmer an den Flügel gesetzt und ein Weihnachtsliederpotpourri begonnen, zu dem Elke und alle Kinder singen.

»Schön, wenn man ein Instrument spielen kann, und dann auch noch so gut wie deine Kinder«, sage ich.

»Roberts Begabung«, entgegnet Hetty mit einem warmen Lächeln. »Als wir uns kennenlernten, hat er mich damit um den kleinen Finger gewickelt. ›Mondscheinsonate‹ für eine Zuhörerin. Da kann man doch nicht widerstehen.«

Nach dem Essen verschwinden die beiden Schwäger mit den Söhnen zur Eisenbahnanlage in den Keller, die Mädchen gehen in Elkes ehemaliges Zimmer, in dem die alte Puppenküche und der Kaufmannsladen aufgestellt sind.

»Was macht die Kunst, Berti?«, fragt Robert, der mit uns Frauen vor dem gemütlich knisternden Kaminfeuer sitzt.

»Solveig hat heute mit Farben experimentiert, und sie hat mich nach der Töpferwerkstatt gefragt.«

»Möchtest du wieder etwas arbeiten?«, fragt Elke sofort.

»Ja, es ist schade, dass du damit aufgehört hast, Berti!«, schließt ihre Mutter sich an, und es kommt mir vor wie ein Komplott, das da geschmiedet worden ist.

Ich zucke die Achseln. »Die Töpferei hat mir in den vergangenen Jahren nicht gefehlt.«

»Aber du könntest doch etwas mit den Kindern dort machen. Mit unseren oder auch mit anderen Kindern.«

»Töpferkurse für Kinder«, steuert Hetty bei, und jetzt bin ich mir sicher, dass sie vorher darüber gesprochen haben.

»Ich weiß nicht …«, sage ich, doch dann fällt mir das ein, was ich am Morgen im Radio gehört habe: etwas Neues beginnen.

»Überlege es dir, Tante Berti«, meldet sich jetzt auch Elkes Schwägerin zu Wort. »Du kannst es ja mal ausprobieren mit den Mädchen. Unseren würde es bestimmt auch Spaß machen.«

»Und vielleicht entdeckst du dabei ein junges Talent«, fügt Robert hinzu.

Eine Verschwörung, denke ich, als ich wieder zu Hause bin.

»Vielleicht wirst du dich langweilen, wenn Hajo aus dem Haus ist«, hatte Paul gesagt, als er den Vorschlag machte, die Werkstatt einzurichten. Die eigene Werkstatt hatte mir zu neuer Kreativität verholfen. Der Gedanke, die Werkstatt zu nutzen, um Kinder in der Entwicklung ihrer Kreativität zu unterstützen, gefällt mir. Komplott hin oder her.

DEZEMBER 1979

Vier Tage später

Schneemänner!«, rufen Swenja und Solveig, und nachdem Elke sie mit zurechtgeschnittenen alten Hemden ausgestattet hat, teile ich jeder von ihnen einen kleinen Tonklumpen zu, auf dem sie zunächst nach Herzenslust herumdrücken.

»Das ist wie Plätzchenbacken!«, stellt Solveig fest und formt etwas, das einem Vanillekipferl ähnelt.

Als wir nach einer guten Stunde die Werkstatt wieder verlassen, stehen allerhand merkwürdige kleine Ungeheuer und vier Schneemänner zum Vortrocknen im Regal, und nicht nur den Händen der Mädchen, sondern auch ihren Gesichtern sieht man an, womit sie sich beschäftigt haben.

»Iiihh«, schreit Sören und zeigt auf die Tonreste und Farbspuren an Swenjas Nase, woraufhin sie dem Bruder voller Würde erklärt, man habe in der Werkstatt gearbeitet, während er nur mit seinen doofen Autos gespielt habe. Mein Angebot, mit uns in die Werkstatt zu kommen, hatte Sören abgelehnt und das Töpfern für Mädchenkram erklärt.

»Die sehen aber komisch aus«, mault er, als wir gemeinsam mit seinem Vater in die Werkstatt gehen, wo die Mädchen ihr Werk vorführen.

»Die sind ja auch noch nicht fertig, sie müssen noch in den Brennofen. Das macht Tante Berti, wenn sie getrocknet sind!«, klärt ihn Solveig über das weitere Verfahren auf.

TEIL 5

Rückkehr ins Erzgebirge

SOMMER 1991

Ich möchte eine kleine Reise mit dir machen, Tante Berti«, sagt Hajo, als wir an einem unserer Tante-Berti-Abende an meinem Erkerfenster sitzen. Als die Kinder klein waren, hat Hajo diese Abende eingeführt, um vor den Spaghetti-Schlachten seiner Familie zu fliehen. Wir haben es beibehalten: Einmal im Monat kommt Hajo zu einem Fischessen zu mir.

»Eine Reise?«

»Ja, nach Grünhainichen. Jetzt, wo es keine Grenze mehr gibt, keine Besuchsanträge, keine Kontrollen …«

»Hajo, weißt du, wie alt ich bin?«

Er lacht. »Du sollst ja nicht zu Fuß nach Sachsen gehen. Ich habe mir die Strecke angesehen, wir können das an einem Tag schaffen, aber wenn es dir lieber ist, suchen wir uns einen netten Ort zur Übernachtung.«

»Ich werde nächstes Jahr neunzig!«

»Hm …« Er wirft mir einen Blick zu, als wolle er es nicht glauben, und sagt dann: »Ja, also eigentlich ist dies genau der Grund, aus dem Elke vorgeschlagen hat, dass wir nach Grünhainichen fahren.«

»Elke hat das vorgeschlagen?«

»Tja, sie hat da so eine Idee … es sollte wohl eine Überraschung werden …«

Angekündigte Überraschungen liebe ich noch immer nicht, aber ich warte ab, was Hajo preisgeben will.

»Also … Elke möchte zu deinem neunzigsten Geburtstag eine Ausstellung in der Galerie machen.«

Vor einigen Jahren hat Elke gemeinsam mit einer Freundin eine kleine Kunstgalerie in Kiel eröffnet, die sich rasch zu einem gefragten Ausstellungsort entwickelt hat. Grafik, Fotografie, Malerei und Kunsthandwerk bilden das Spektrum dessen, was gezeigt wird, und die Liste derer, die auf die Möglichkeit, in der Galerie auszustellen, warten, ist lang. Einmal haben wir sogar darüber nachgedacht, Objekte aus meinem Töpferstudio für Kinder zu zeigen. Seitdem ist viel Zeit vergangen, die Töpferkurse überlasse ich inzwischen Solveig, die im Unterschied zu Swenja bei ihrer Begeisterung für die Töpferei geblieben ist.

»Retrospektive nennt man das«, sagt Hajo. »Ein Überblick über deine Arbeiten und auch etwas über deinen Werdegang.«

»Wer soll sich das ansehen wollen? Alte Geschichten …«

»Alte Geschichten sind oft interessante Geschichten.«

»Hat Elke mich deshalb nach Zeugnissen oder anderen Dokumenten aus Grünhainichen gefragt?«

»Ja! Und jetzt schlägt sie vor, dass wir in der Manufaktur nachfragen, ob es dort noch so etwas wie eine Personalakte gibt, einen Einstellungsvertrag oder, na, du weißt schon … irgendwelche Dokumente, die sich in einer Ausstellung gut machen würden. Außerdem könnte ich Fotos machen. Und vielleicht gibt es ja auch noch jemand, den du kennst und den du gerne wiedersehen möchtest. Und natürlich könnten wir Grete Wendts Grab besuchen.«

Ich zucke die Achseln. Wahrscheinlich gibt es noch jemand, den ich kenne, aber niemand, der mir nahegestanden hat. Birgittas Kinder leben alle im Westen, schon vor ein paar

Jahren ist es Almut gelungen, auch ihre Mutter zu sich nach Stuttgart zu holen. Getreu ihrem Motto, dass man einen alten Baum nicht verpflanzen soll, und schon gar nicht eine alte erzgebirgische Fichte, ist Birgitta wenige Monate nach dem Umzug ruhig und friedlich eingeschlafen und am nächsten Morgen nicht mehr aufgewacht.

Wer soll sich nach all der Zeit noch erinnern? Olly vielleicht, wenn sie noch lebt. Als Hans nach dem Krieg nach Bayern ging, war er gerade fünfzehn Jahre alt, und als er zurückkam, lebte ich schon wieder in Norddeutschland. Warum sollte er sich an mich erinnern?

»Und Elke möchte nicht mitkommen?«

»Sie fand es eine gute Idee, dass wir beide, und nur wir beide, diese Reise machen.«

Elke hat ein Gespür für die Gefühle anderer Menschen, und ja, es scheint eine gute Idee zu sein, noch einmal mit Hajo dorthin zu fahren, wo wir uns zum ersten Mal begegnet sind.

»Vielleicht«, sage ich, weil ich ein wenig Angst habe, Hajo lästig zu sein, ihn um die Ruhe seiner Urlaubstage zu bringen, um Segeltage oder Tage, an denen er eigentlich lieber im Garten arbeiten würde.

»Nicht vielleicht ... ich finde die Idee großartig. Als Erstes schreibe ich an Wendt & Kühn, und du überlegst, wo wir übernachten. Dresden, Chemnitz ...«

»Dresden«, sage ich rasch, »da hat dein Vater mich besucht, als ich an der Kunstgewerbeschule war und ...«

»Und ihr seid ein Liebespaar geworden!«

»So schnell ging das nicht. Oder ... vielleicht fing es sogar schon vorher an, damals im Sanatorium auf der Bank unter der Tanne.«

***

Ein paar Tage später kommt die Antwort aus Grünhainichen. Ja, es gibt Unterlagen, und wir können sie gerne einsehen. Dem Schreiben ist eine Todesanzeige beigelegt. Es ist die Todesanzeige für Olga (Olly) Wendt, geborene Sommer, die wenige Tage zuvor, kurz nach ihrem fünfundneunzigsten Geburtstag, verstorben ist. Grete, Olly … ich bin die Jüngste von uns dreien …

Ich hätte mich gefreut, Olly wiederzusehen, gleichzeitig hatte ich aber auch etwas Angst davor. Welche alten Wunden hätte es aufgerissen? Bei ihr, bei mir? Hätten wir von Grete gesprochen? Von Johannes?

Nachdem ich mich einmal entschieden habe, freue ich mich auf die Reise. Alles, was mich in den zurückliegenden Jahren von einer Fahrt ins Erzgebirge abgehalten hat, gehört der Vergangenheit an. Es gibt keine Grenze mehr, keine Reiseerschwernisse, keine Regeln in dem anderen Deutschland, gegen die man vielleicht unwissentlich verstoßen würde. Auch der VEB Werk-Kunst ist Vergangenheit. Wie freute ich mich, als ich den alten Firmennamen auf dem Antwortschreiben sah. Wie gut, dass Olly das noch erleben durfte, und wie schrecklich, dass Grete in dem Bewusstsein gestorben ist, dass ihr Name aus dem Firmennamen getilgt worden war.

Auf die Reise und die gemeinsamen Tage mit Hajo freue ich mich – Elkes Plan für die Ausstellung sehe ich mit Skepsis. Nachdem Hajo ihr gestanden hat, dass ich eingeweiht bin, hat sie mir mehr über ihre Pläne erzählt.

»Natürlich werden deine Malwina-Arbeiten gezeigt, aber ich möchte auch deine Lebensgeschichte nachzeichnen, den Weg aus einem kleinen Ort im Erzgebirge nach Dresden, dann nach Kiel, aus der holzverarbeitenden Manufaktur zur Töpferei und schließlich von der Künstlerin zur Lehrerin, die einige kindliche Talente erkannt und gefördert hat. Dazu ein bisschen Historisches über die Ausbildungsbedingungen von Frauen in den ersten Jahren unseres Jahrhunderts, die Damenklasse in Dresden und gerne auch etwas über deine Verbindung zu Grete Wendt.«

Ich bin gerührt über Elkes Pläne, gleichzeitig finde ich, dass ich zu wichtig genommen werde. Der letzte Schwerpunkt meiner Arbeit ist mir der liebste. Unter den vielen Kindern, die in der Töpferwerkstatt den Umgang mit Ton und Farben lernten, gab es immer wieder Kinder, deren Arbeiten Talent erkennen ließen, das über dem Durchschnitt lag. Bis heute habe ich Freude daran, diese Kinder durch Einzelunterricht zu fördern und ihren Eltern Empfehlungen zu geben, wie sie ihr Kind weiter unterstützen können. Daher schlage ich vor, auch einige Objekte der Schülerinnen auszustellen. Zwei von ihnen besuchen inzwischen die Fachhochschule für Kunst und Gestaltung in Kiel.

»Auch Solveigs Arbeiten«, füge ich hinzu. Mit Stolz habe ich beobachtet, wie Solveig sich immer mehr vom figürlichen Kunsthandwerk gelöst hat und inzwischen eine eigene künstlerische Linie verfolgt. Dem Thema Farben, das sie schon in der Kindheit faszinierte, ist sie treu geblieben. In den vergangenen Monaten hat sie sich darauf konzentriert, auf kleinen Tonkacheln die Farben des Meeres zu verschiedenen Tageszeiten und bei unterschiedlichem Lichteinfall festzuhalten. Auch sie wird in diesem Jahr ihr Studium an einer Kunsthochschule beginnen.

»Die Töpferkurse für Kinder waren doch das Wichtigste. Etwas, das Früchte getragen hat«, sage ich zu Elke.

»Du musst dich nicht klein machen, Tante Berti.«

Das Argument, das mich letztlich überzeugt, ist jedoch ein anderes: »Wenn die Ausstellung deinen Lebensweg erzählt, dann kann das andere Frauen ermutigen, ihre künstlerischen Talente zu nutzen.«

Vielleicht ist daran etwas Richtiges, also schlucke ich die Entgegnung, dass meine Arbeiten mich niemals ernähren mussten und es letztlich Paul war, der mich immer wieder ermutigt hat, herunter.

Schließlich willige ich ein und sehe mit Solveig die Kisten durch, die wir während des Kriegs in den Eiskeller eingelagert hatten und die Paul vor vielen Jahren in einer Ecke meiner Werkstatt untergebracht hat. Ich suche meine alten Entwurfsskizzen heraus und finde sogar ein paar Tapeten- und Stoffmuster aus meinem ersten Jahr an der Kunstgewerbeschule. »Noch nicht mal die drei Studienjahre habe ich zum Abschluss gebracht«, stöhne ich und schäme mich wieder dafür.

»Vergiss die Zeichenschule nicht und die Keramikkurse, die du später belegt hast«, sagt Elke. »Du hast dir für deine Arbeit eine solide Grundlage geschaffen.«

Ich denke, dass sie mich ermutigt, wie sie als Lehrerin auch ihre Schüler ermutigt, freue mich aber trotzdem über ihre Worte.

***

Vierzig Jahre sind vergangen, seit Paul mit Hajo nach Grünhainichen gekommen ist. Jetzt, im Sommer 1991, fahre ich noch einmal mit Hajo ins Erzgebirge.

»Raststätte?« Hajos Stimme dringt in meinen Halbschlaf.

»Wie weit ist es noch?«, frage ich.

»Noch achtzig Kilometer bis Dresden.«

»Gut«, sage ich, »meinetwegen musst du nicht anhalten!« Ich lasse mich in das Dämmern zurückgleiten, das mir jedes

Reden erspart und in dem ich mich an die Reise mit Paul und Hajo zurückerinnere.

Damals habe ich mit Hajo auf der Rückbank gesessen, wir haben nach Schafen und Kühen auf den Feldern neben den Straßen Ausschau gehalten, Autos gezählt, und Hajo hat mir Lieder aus dem Kindergarten vorgesungen. Schließlich war er in meinen Armen eingeschlafen.

In einem Landgasthof hielten wir fürs Abendessen an, und Paul fragte nach einem Zimmer.

»Brauchen Sie ein Extrabett für den Kleinen, oder schläft er bei Ihnen?«

»Die Besucherritze geht für eine Nacht!«, entschied Paul, und so begann unser Leben als Familie.

***

Hajo hat Hotelzimmer in Dresden gebucht, in einem Hotel, das schon zur DDR-Zeit ein Luxushotel für Westtouristen war. Beim Abendessen genießen wir den Ausblick auf die Elbe. Hajo bestellt eine Flasche Rotwein und lässt sich wie sein Vater vor vielen Jahren bei der Auswahl beraten. Als der Wein vor uns steht, sagt er: »Rotwein. Das war euer Ritual. Auf deine Gesundheit, Tante Berti!«

Wir stoßen an, und ich denke, wie gerne ich noch einmal mit Paul hier säße und wie froh ich bin, jetzt mit Hajo hier zu sein.

»Danke, Hajo, dass du mich zu dieser Reise überredet hast.«

Als wir am nächsten Tag nach Grünhainichen fahren, wächst meine Aufregung stetig, und ich warte gespannt darauf, etwas wiederzuerkennen. Die Papierfabrik, die Kirche, das Wendtsche Engelhaus … An der ein oder anderen Stelle bitte ich Hajo, anzuhalten. Vieles hat sich in den langen Jahren meiner

Abwesenheit verändert, ja, ich erkenne meinen Heimatort kaum wieder. Dort, wo Großmutters Häuschen stand, ist jetzt eine kleine Siedlung. Wir machen einen kurzen Spaziergang am Ufer der Flöha, und ich versuche, mich zu erinnern, wo Birgitta und ich damals Herrn Wendt getroffen haben.

Hajo hat mich am Vorabend gefragt, ob ich den Friedhof besuchen möchte, aber ich habe mich dagegen entschieden. Ich möchte Grete lieber dort begegnen, wo sie gelebt hat, wo wir gemeinsam gearbeitet haben.

Nach dem Mittagessen in einem Gasthof stellt man mir einen Liegestuhl in den Schatten eines der Obstbäume im Garten, sodass ich mich vor unserem Aufbruch zur Manufaktur ausruhen kann. Hajo sagt, er wolle mich nach einem kleinen Spaziergang durch den Ort abholen.

Über dem Garten liegt eine große Ruhe, ein Kaninchen hoppelt an mir vorbei. Ich schließe die Augen und erinnere mich an meinen letzten Sommer in Grünhainichen. Grete, denke ich, ich hätte schon längst kommen sollen, aber ich bin froh, dass ich endlich hier bin. Und wie im Traum sehe ich Gretes freundliches ruhiges Gesicht und höre ihre Stimme: Es ist gut, Berti, gut, dass du hier bist.

***

Mit Solveigs Hilfe habe ich eine von mir getöpferte Keramikschale mit Sommerblumen bepflanzt und die Dana-Danner-Figur in der Mitte zwischen den Blumen platziert. Eine Erinnerung an meine erste Begegnung mit Grete und eine Abbitte dafür, dass ich ihren Entwurf als Inspiration für meine Figur der Boxerhündin genutzt habe, ohne es ihr je mitzuteilen.

In der Manufaktur überreichen wir Frau Gerling, der Mitarbeiterin, die uns schon erwartet hat, die Blumenschale.

»Eine Erinnerung an Grete«, sage ich, und: »Sie wissen sicher, wo der beste Platz dafür ist.«

Zu meiner Freude sagt sie sofort: »Die Schale nehmen wir mit ins Musterzimmer!«

Während Hajo im Kontor die erbetenen Unterlagen sichtet, gehe ich mit Frau Gerling ins Musterzimmer, wo ich wie viele Jahre zuvor vor dem riesigen Musterschrank stehe. Meine Lieblingsstücke, denke ich und merke, dass mir Tränen in die Augen treten.

»Es war immer wieder ein Erlebnis, wenn Fräulein Wendt den Schrank für Besucher öffnete und die Geschichten der Figuren erzählte«, erinnert sich Frau Gerling, und einen Moment lang überlege ich, ob ich sie vielleicht noch von damals kenne, aber dafür ist sie zu jung.

Als Hajo kommt, um mich abzuholen, sitzen Frau Gerling und ich mit einer Kanne Kaffee am Tisch im Musterzimmer und tauschen Erinnerungen an Grete aus.

»Wir sind auf einer Reise in die Vergangenheit, Herr Hollmann. Ich habe vieles gehört, was ich noch nicht wusste.«

»Schade«, sagt Hajo, als wir zum Auto zurückgehen, »dass ich Fräulein Wendt nicht kennengelernt habe. Nach allem, was du erzählt hast, muss sie eine besondere Frau gewesen sein, mit einem großen Herz für andere Menschen. Und sie muss über viel Energie verfügt haben: für die Gründung der Manufaktur in der Kriegszeit und für all das, was in den langen Jahren ihr Schaffen beeinflusst und bedroht hat: Inflation, das Dritte Reich und ein zweiter Krieg. Danach die DDR-Zeit mit dem Verlust ihres Unternehmens. Wie schade, dass sie die Wiederherstellung des Familienbetriebs nicht mehr erleben durfte.«

***

Auf der Rückfahrt nach Dresden schlafe ich ein. Der Tag hat mich erschöpft, aber mir auch ein Gefühl tiefer Zufriedenheit geschenkt. Im Hotel bestelle ich mir eine Kleinigkeit zum Abendessen aufs Zimmer und verabrede mich mit Hajo für das Frühstück am nächsten Morgen.

»Warte noch einen Moment«, sagt er und kramt in seiner Mappe mit den Unterlagen. Er zieht einen Umschlag heraus. »Das habe ich in deiner Akte gefunden. Man hat es mir ausgehändigt, damit ich es an dich weitergebe.«

Der Umschlag trägt Gretes Handschrift und ist an mich adressiert. Auch den Vermerk *Frau Albertine Hollmann, bitte nur persönlich aushändigen, kein Postversand. Kopie des Briefes vom 3.2.1973* hat Grete geschrieben.

Die Hand, mit der ich den Brief an mich nehme, zittert.

»Soll ich hierbleiben?«, fragt Hajo, aber ich schüttle den Kopf. Was auch immer Grete 1973 an mich geschrieben hat, ist mein Problem. Dabei kann Hajo mir nicht helfen.

Ich setze mich in den Sessel mit Blick auf die Elbe und wiege den Brief in meiner Hand. Was mag er enthalten? Soll ich ihn überhaupt öffnen, jetzt, nach fast zwanzig Jahren?

Die Aufschrift auf dem Umschlag belegt, dass Grete mir 1973 einen Brief geschrieben hat, der nie bei mir angekommen ist. Dass Briefe zwischen Ost und West den Empfänger nicht erreichten, war keine Seltenheit, vermutlich hatte Grete deshalb diese Kopie angefertigt. Sie musste die Hoffnung gehegt haben, dass ich einmal zurückkommen würde. Vielleicht hatte man diesen Brief in ihrem Nachlass gefunden und ihn dann in meiner Personalakte abgeheftet. Welch Zufall, dass Hajo ihn gefunden hat.

Noch einmal blicke ich nachdenklich auf das Kuvert. Grete war es wichtig gewesen, dass der Brief mich irgendwann erreichen würde, und wenn ihr das wichtig gewesen war, konnte ich mich dem Brief nicht verweigern.

***

Liebe Berti,
nun sind schon mehr als zwanzig Jahre vergangen, seit wir uns zuletzt gesehen haben. Wie gerne hätte ich mich damals von Dir verabschiedet und Dir gute Wünsche mit auf den Weg gegeben. In den zurückliegenden Jahren habe ich mich oft gefragt, warum Du so plötzlich und eilig aufgebrochen bist. Ja, in der ersten Zeit war ich ärgerlich. Schließlich hatten Olly und ich Dir die Manufaktur für das lange Wochenende, das wir in Dresden verbrachten, anvertraut. Dies in der sicheren Gewissheit, dass bei Berti alles in guter Obhut war. Als wir zurückkamen, hat Liesel Fischer hier im Kontor gesessen und auf uns gewartet. Auch sie war etwas ratlos, was geschehen war. Ich reimte mir rasch zusammen, dass der kleine Junge, von dem sie sprach, Pauls Sohn war.
All das ist so viele Jahre her, wir sind darüber alt geworden, und es ist eine Grenze errichtet worden, die fast unüberwindbar ist, zumindest von Ost nach West. Du bist nie wieder zurückgekommen. Von Deiner Cousine habe ich gelegentlich gehört, dass es Dir gut geht mit Deiner Familie. Das freut mich, denn ich weiß, dass es immer Dein größter Wunsch war, eine Familie zu haben, ein Kind. In den Jahren nach dem Krieg habe ich gehofft, dass die Manufaktur und wir alle Dir die Familie ersetzen können. Fast sah es in Deiner Zeit mit Heiner so aus, als sei es geglückt, und als Heiner nach Bayern ging und Du nicht mitgegangen bist, war ich mir sicher, dass Du Dich

endgültig für Grünhainichen und die Manufaktur entschieden hattest.
Die ersten Jahre nach Deinem Weggang haben Gutes für uns gebracht: Hans ist zurückgekehrt, und wir haben gemeinsam hier gearbeitet, wie wir damals mit seinem Vater gearbeitet hatten. Seine Rückkehr war ein großes Glück für Olly und mich, und besonders, als 1962 die schreckliche Nachricht kam, dass Johannes bereits Ende 1945 in einem russischen Spital verstorben war, war Hans uns eine große Stütze.
Er hat die Firma gut und mit Geschick geführt, bis 1972 doch noch die Enteignung kam; diesmal konnten wir sie nicht aufhalten. Sie wussten, dass die Grenzen so dicht waren, dass wir mit unserer Manufaktur bleiben mussten. »Unsere Manufaktur« schreibe ich, dabei ist sie es gar nicht mehr. Du kannst Dir sicherlich vorstellen, was dieser Einschnitt für mich bedeutet hat. Du warst dabei, als wir 1946 gegen die Enteignung angegangen sind und unseren Familienbetrieb zurückbekamen, als ich zurückkaufen musste, was Olly und mir doch eigentlich gehörte.
Mehr als fünfzig Jahre nach der Gründung von Wendt & Kühn haben wir alles verloren. In der Manufaktur steckte mein Herzblut, die Manufaktur – das war ich. Auch das schöne Fachwerkhaus, in dem mein Vater noch selbst viele Holzarbeiten ausgeführt hat, gehört uns nun nicht mehr. Immerhin, Olly und ich konnten unsere Wohnungen behalten, wenigstens das.
Seitdem sind nur ein paar Monate vergangen, Hans ist weiterhin Geschäftsführer, und Olly ist Angestellte beim VEB Werk-Kunst. Ich hingegen habe mich zurückgezogen, ich bin alt genug, die Hände in den Schoß zu legen, und zu alt, um noch eine Angestellte zu werden.

Enteignung, ein Wort, das mich mit Bitternis erfüllt, aber in einem langen Leben erfährt man viel Bitteres.
Auch Dir gegenüber habe ich Bitterkeit empfunden, habe mich gefragt, warum Dir meine Freundschaft so wenig wert war. Aber heute weiß ich: Das war die falsche Frage, denn es ging nicht um mich.
Es ging um Deinen Mann und den kleinen Jungen, dem eine Mutter fehlte, um die Familie, die Dir immer gefehlt hat. Das habe ich inzwischen verstanden, und dies will ich Dir ohne Groll mitteilen. Ich bin ohne Groll und hoffe, dass Dich mein Brief erreicht, und wenn nicht, dann vielleicht die Kopie, die ich hinterlegen werde. Aber vielleicht sehen wir uns ja doch wieder. Wenn nicht in dieser Welt, dann in einer anderen, einer besseren.
In Freundschaft
Grete

EPILOG

Februar 1992

Ich höre den Schlüssel in der Wohnungstür und fast gleichzeitig das kurze Klingeln: Solveigs Zeichen. Sie hat, ebenso wie Hajo und Elke, einen Schlüssel für meine Wohnung, für den Notfall, haben wir gesagt, aber auch dafür, dass ich mir den Weg zur Tür ersparen kann.

»Tante Berti«, ruft sie, noch bevor sie die Wohnungstür hinter sich zugezogen hat. »Ich habe die Zeitungen! In beiden gibt es einen Bericht!«

Vorgestern fand die Ausstellungseröffnung in Elkes Galerie statt. Elke hatte für die Presse einen Handzettel mit den wichtigsten Daten vorbereitet, und beide Pressevertreterinnen hatten ein Interview mit mir geführt. Auch der regionale Fernsehsender würde ein paar Impressionen von der Ausstellung zeigen, dazu einen Wortbeitrag und vielleicht ein oder zwei Sätze von mir. Elke hat im Laufe der Zeit einen guten Draht zu den Medien aufgebaut, und so kurz vor dem internationalen Frauentag ist ein Frauenthema interessant.

Dresdener Wurzeln einer Kieler Keramikkünstlerin, war die eine Überschrift, *Vom Erzgebirge an die Förde, von der Holzkunst zur Töpferei* die andere.

Ich muss den Text nicht lesen, ich sehe die Fotos von Grete und mir und das Foto von Gretes Zeichnung von Roland und die Textunterschrift: »Grete Wendt, Firmengründerin und

Designerin, förderte Berti Hollmann und legte den Grundstein zu ihrer künstlerischen Entwicklung«.

»Weinst du, Tante Berti?«

Ich denke an Pauls Worte, *Warum weinst du immer, wenn du glücklich bist?*, und zeige auf das Foto von Grete.

»Jetzt ist alles gut. Am Ende ist doch alles gut.«

NACHWORT

Der Roman erzählt die fiktive Lebensgeschichte von Albertine (Berti) Hollmann, die eng mit der realen Firmengeschichte der Grünhainichener Manufaktur Wendt & Kühn verbunden ist. Bei der Darstellung der historischen Fakten habe ich mich an den vorliegenden Veröffentlichungen der Firma (s. Literaturliste) orientiert und die historischen Personen so handeln lassen, wie ich es, entsprechend den vorliegenden Dokumenten und Zeitzeugenberichten, für möglich und glaubwürdig halte.

Ich schließe mich Hajo Hollmann an, wenn er über Grete Wendt sagt: »Schade, dass ich sie nie kennengelernt habe.«

Die zeitlichen Abläufe im Roman orientieren sich überwiegend an den historischen und firmengeschichtlichen Gegebenheiten, weichen in einem Punkt jedoch ab: Im Roman zeigt Grete Wendt Berti ihre Skizzen für die neue Gestaltung von Armen und Beinen der Engelmusikanten bereits im Jahr 1922 und damit ein Jahr vor dem tatsächlichen Entstehen dieser Figuren.

Im Roman wird Bertis Talent zunächst durch Grete Wendts Vater, den Direktor der Gewerbeschule, erkannt. Ob zu Bertis Schulzeit Mädchen der Besuch dieser Schule möglich war, konnte ich nicht klären.

Danken möchte ich meiner Literaturagentin Gudrun Hebel, ohne deren Anregung und Unterstützung ich nicht zum Thema des Romans gefunden hätte, und meiner (Schreib-) Freundin Karla Letterman, ohne sie hätte es den Kontakt zu Gudrun Hebel nicht gegeben. 2019 haben Karla und ich uns bei einer Autorenfortbildung am Nordkolleg in Rendsburg kennengelernt. Von dort führte der Weg zu unserem ersten Schreibwochenende mit vielen intensiven und anregenden Gesprächen und zu unserer gemeinsamen Veröffentlichung eines Bandes mit Kurzgeschichten. Gegenseitig haben wir unser weiteres Schreiben begleitet. In langen Telefonaten während der Corona-Zeit ging es immer ums Schreiben, aber immer öfter auch um andere Themen. Danke dafür, und hoffentlich werden wir uns noch zu vielen weiteren Schreibwochenenden treffen.

Danke an Maike Frie, in deren Seminar am Nordkolleg ich Karla kennenlernte. Maike ermutigte mich und weihte mich in einige Geheimnisse des Romanschreibens ein.

Danke an Gerhard Thorn, der mir als *Testleser* mit seinen Fragen und Hinweisen viele gute Anregungen gab und den ich dafür bewundere, dass er die Geduld und Zeit aufbrachte, auch ein *Frauenbuch* sorgfältig zu Ende zu lesen.

Danke an Sabine Eschenbach, die Töpferin aus unserem Nachbarort, die mich bei der Darstellung von Bertis Töpferarbeiten beraten und korrigiert hat.

Ein besonderer Dank gilt Regine Schmitt vom Piper Verlag, die mir das Thema anvertraute und wertvolle Hinweise zur Strukturierung des Romans gab, und Susann Harring, deren Lektorat Ungereimtheiten im Manuskript aufspürte, vieles glättete und besser verständlich machte.

Einen langen Lockdown-Winter verbrachte mein Mann mit mir und Bertis Geschichte. Wer sonst hätte mir immer wieder zuhören wollen und mich beim Kampf mit all meinen Zweifeln ermutigt? Danke dafür.

Last, but not least ein Danke an die Stadtbücherei Lütjenburg und ihre Mitarbeiterinnen, durch die ich am Auswärtigen Leihverkehr teilnehmen konnte.

VERWENDETE LITERATUR UND QUELLEN

Bischoff, Cordula; Jenzen, Igor: *100 Jahre Wendt & Kühn. Dresdner Moderne aus dem Erzgebirge.* Chemnitz 2016

Elfpunktepost. *Nachrichten aus den Werkstätten Wendt & Kühn.* Ausgaben Herbst 2005 – Herbst/Winter 2021

Feine Holzarbeiten, Spiel- und Tändelkram aus den Werkstätten Wendt & Kühn. Nachdruck der Erstausgabe von 1937. Grünhainichen 2005

Flade, Helmut: *Grete Wendts Spiel- und Tändelkram.* In: Sächsische Heimatblätter 6/1986, S. 269–273

Heinold, Ehrhard: *Himmlische Boten aus dem Erzgebirge. Die weltberühmten Engel von Wendt & Kühn.* Husum 2008

Heinold, Ehrhardt (Hrsg.): *Weihnachten im alten Erzgebirge.* Husum 2007

Helling, Karen: *Spielzeug aus dem Erzgebirge.* Katalog und Preisführer. Husum 1999

Karlsch, Rainer; Grubann, Franziska: *Im Zeichen der beständigen Fichte:* Wendt & Kühn KG, Grünhainichen. In: *Verdrängung, Enteignung, Neuanfang. Familienunternehmen in Ostdeutschland von 1945 bis heute.* München 2020

Olly Wendt: *Das Porträt.* Grünhainichen 2021

Kiel in den Jahren 1943–1950

Kiel im Luftkrieg 1939–1945. Tagebuch des Alarmpostens Detlef Boelck. Kiel 1980. Sonderveröffentlichung der Gesellschaft für Kieler Stadtgeschichte. Bd. 13

Kriegsschauplatz Kiel. Luftbilder der Stadtzerstörung 1944/45. 2. erw. Auflage 1995

Oddey, Markus; Riis, Thomas: *Zukunft aus Trümmern. Wiederaufbau und Städtebau in Schleswig-Holstein nach dem Zweiten Weltkrieg.* Kiel 2000

Filme

Blonde Venus. USA 1932

Die Weihnachtsgabe der Wanderer-Werke AG 1935s. Filmarchiv Chemnitz 1935